KB260100

나이지리아
차드
카메룬
중앙아프리카공화국
두알라
방기
야운데
리코우알라 오제르베 강
적도기니
텔레 호
임폰도
리브르빌
리코우알라
늪지
키나메
가봉
브라자빌
킨샤사
대서양
앙골라
르완다

북
서 동
남
0 500 km
수단
우방기 강
콩고 강
우간다
캄팔라
루안다
부룬디
콩고민주공화국
사하라
아프리카

렙틸리아

파충류의 나라

Reptilia

by Tomas Thiemeyer

부모님께 이 책을 바친다.
어린 시절 자연에 대한 두 분의 사랑에 큰 감화를 받았다.

렙틸리아 파충류의 나라

ⓒ 들녘 2007

초판 1쇄 발행일 2007년 7월 2일

지은이 토마스 티마이어
옮긴이 이광일
펴낸이 이정원

책임편집 김상진

펴낸 곳 도서출판 들녘
등록일자 1987년 12월 12일
등록번호 10-156
주소 경기도 파주시 교하읍 문발리 파주출판단지 513-9
전화 마케팅 031-955-7374 편집 031-955-7381
팩시밀리 031-955-7393
홈페이지 www.ddd21.co.kr

ISBN 978-89-7527-575-3 (03850)

값은 뒤표지에 있습니다.
잘못된 책은 구입하신 곳에서 바꿔드립니다.

이어 전사(戰士)는 저 심연에 웅크린 그렌델의 어머니,
거대한 호수의 괴물을 보았다. 힘차게
칼을 휘둘렀으나 허사가 되고.
우아한 칼끝에서는 전투의 노래가 거칠게 울렸으되
전사가 깨달은 건 전투의 불길이
적을 베려고도 해하려고도 하지 않는다는 사실.
칼끝은 곤경에 처한 주인을 외면했으니.

《베어울프》 중에서

1

가없는 영원.

옥빛 세계.

경이로 가득한 잊혀진 제국.

엽록소의 증기를 내뿜는 대양처럼 정글은 대지를 뒤덮었다. 그러면서 시간의 가장자리로 느릿느릿 찰랑거리며 지평선 저편으로 솟아오르는 햇살을 빨아들일 채비를 하고 있었다. 새 아침이 나무들 위로 번지면서 어둠을 원시림 깊숙한 곳으로 몰아넣었다.

빛과 함께 온갖 소리가 시작됐다. 회색앵무의 날카로운 외침, 침팬지의 깍깍 우는 소리, 새들의 지저귐……. 지붕처럼 드리운 잎사귀들 사이로 다채로운 꽃들이 피어나 첫 햇살을 한껏 즐겼다. 산호랑나비, 공작나비, 왕나비 들은 짙은 꽃향기에 취해 어지러이 춤을 추었다. 그러나 그 춤은 굶주린 분홍가슴파랑새의 느닷없는 공격으로 중단되곤 했다. 파랑

7

새는 번개처럼 나타나 순간 파란 날개를 번쩍 하고는 다시 어둠 속으로 사라졌다. 물론 부리에는 배고프다고 울어대는 새끼들에게 줄 먹이를 잔뜩 물고 있었다.

정글 깊은 곳은 아직 날이 밝았다는 사실을 느낄 수 없었다. 밤새 비가 왔다. 새벽안개가 원시림의 거목들 사이로 구름처럼 내려앉아 모든 소리도 삼켜버렸다.

에고모는 발목까지 덮는 반쯤 삭은 낙엽을 밟으며 발걸음 가볍게 앞으로 나아갔다. 바닥은 부드러웠고 밟을 때마다 탄력이 느껴졌다. 이 피그미족 전사가 민첩하게 이동하는 것을 보노라면 한 마리 영양이 뛰노는 것 같았다. 그는 어스름을 뚫고 가시나무 덤불을 피하면서 공기뿌리를 헤치고 미끄러지듯이 전진했다. 살갗에 맺힌 땀방울은 아침 햇살을 받아 수정처럼 반짝였다.

에고모는 바야카 부족이었다. 아침 일찍 마을 오두막을 떠나 우림의 어둠 속으로 스며들었다. 사냥 목표는 난쟁이코끼리였다. 난쟁이코끼리는 신비에 싸인 동물로 에고모를 제외하고는 다들 망상이라고 여겼다.

어떤 이들이 어린 새끼라고 주장했기 때문에 바야카족은 수줍은 숲코끼리라고 불렀다. 그러나 에고모는 소문을 듣고 하는 얘기가 아니었다. 난쟁이코끼리가 상상의 동물이 아니라는 걸 알고 있었고 어디 가면 찾을 수 있는지도 확신하고 있었다. 그는 탄력 있는 발걸음으로 우거진 수풀을 뚫고 목표를 향해 나아갔다. 지평선 너머 저 멀리 어디엔가 태양이 떠올랐다. 그러나 여기 아래 영원한 어스름의 제국에는 아직도 적막만이 지배하고 있었다.

에고모는 바야카족 중에서 난쟁이코끼리를 진짜로 보았다고 주장할 수 있는 유일한 인물이었다. 그가 그 수줍은 늪지 숲의 동물과 빤히 눈을 마주친 지도 벌써 삼 년이 됐다. 그때부터 난쟁이코끼리 얘기를 해달라는 요청에 시달리지 않은 날이 하루도 없었고, 녀석을 생각하지 않은 날도 하루도 없었다. 사람들은 그의 이야기를 반신반의했지만, 호기심은 날로 커져만 갔다. 노련한 사냥꾼들조차 그의 얘기에 넋을 잃었다. 그런 만큼 그는 저 운명적인 만남에 대해 계속 이야기하지 않을 수 없었다. 난쟁이코끼리는 진흙을 온통 뒤집어쓴 채 에고모 앞에 서 있었다. 겨우 몇 미터 거리였다. 반은 텔레 호 주변 일 미터쯤 높이로 자란 수초에 가려 있었다. 녀석은 바로 에고모를 알아보고는 놀란 표정으로 몇 초 정도 멍하니 서 있더니 못마땅하다는 듯이 코를 씩씩거리며 물속으로 사라졌다. 지금까지 그 코끼리를 본 것이 에고모뿐이었다는 것은 아마 그런 이유에서였으리라. 에고모네 부족은 지금까지 누구도 이 저주받은 호수에 가까이 가본 적이 없었던 것이다. 텔레 호는 금지된 구역 안에 있었다. 그곳에는 괴물이 산다는 풍문이 돌았다. 놈은 호수 바닥 저 깊은 곳에서 사람들이 아무 생각 없이 호수로 다가오기를 기다렸다가 덮쳐 푸른 심연 속으로 끌고 들어간다는 얘기였다. 지금까지 이 존재를 눈으로 본 사람은 아무도 없었지만 주변 수천 킬로미터에 걸쳐 사는 피그미족은 하나같이 하천을 둑처럼 막을 수 있을 만큼 거대한 '모켈레 음벰베'에 관한 전설을 알고 있었다. 삼십여 년 전에 그 괴물 중 하나를 잡아 죽였다는 소문이 끈질기게 이어졌다. 그러나 누가 그랬는지는 아무도 몰랐다. 그 시체를 어떻게 했는지도 몰랐다. 좀 더 자세히 알아볼라치면 먼 친척의 친구의 친구로부터 들은 이야기라고들 했다. 그런데 그 친척은 대부분 살아 있지 않았다. 하기야 그런 이야기들은 늘 그런 식이다.

에고모는 잠시 멈춰 서서 머리를 들어 방향을 가늠했다. 그는 그런 괴물의 존재는 믿지 않았다. 그런 이야기는 꼬마들을 무섭게 해서 부모의 말을 잘 듣게 할 목적으로 지어낸 것이라고 확신했다. 그러나 난쟁이코끼리는 텔레 호와 마찬가지로 실제로 존재하는 것이었다. 에고모의 운명이 호수의 운명과 밀접하게 연결돼 있음은 어느 날 한 백인 여자가 동료 몇 명과 함께 마을에 나타났을 때 드러났다. 예닐곱 달 전이었을 것이다. 그 여자는 이웃 부족들에게서 에고모가 금지된 구역에 들어갔다 온 유일한 사람이라는 얘기를 들었다. 그녀는 용감하다고 칭찬을 하면서 많은 선물을 안겨 주었다. 호수의 비밀에 대해 캐낼 요량이었다. 그런데 언젠가부터 백인 여자의 호기심이 아주 부담스러워졌다. 그래서 노골적으로 청혼을 하자 그녀는 아첨을 멈췄다. 그 사이 마을 사람들 사이에서 에고모의 명성은 높아져만 갔다. 진심으로 그 여자를 아내로 삼고자 한 것은 아니었다. 원래는 칼레마로 하여금 질투를 느끼게 할 심산이었다. 그 의도는 성공했다고 생각했다. 물론 칼레마는 모른 척했지만 한두 번 자신에게 간절한 눈길을 보내는 것을 느낄 수 있었다. 그 순간 그는 칼레마도 자기와 마찬가지로 사랑에 빠졌음을 알게 됐다. 이제 그녀를 내 사람으로 만들기 위해 필요한 것은 약간의 시간과 사냥에서의 행운뿐이었다. 에고모는 난쟁이코끼리를 잡아서 그 시체를 마을로 끌고 오리라고 굳게 다짐했다. 몽땅 끌고 올 수 없다면 최소한 머리나 다리, 아니면 엄니만이라도 가져올 요량이었다. 중요한 것은 전리품이었다.

백인 여자가 어떻게 됐는지 에고모는 몰랐다. 그녀는 한 일주일쯤 있다가 사라졌다. 떠도는 말로는 텔레 호로 갔다고 했다. 그 이후로는 그녀에 대한 소식을 듣지도, 보지도 못했다.

에고모는 제자리에 서서 고개를 들었다. 천둥 치는 듯한 굉음이 숲에 울려 퍼졌기 때문이다. 평소에 듣던 하마나 물소 같은 거대한 동물의 소리가 아니었다. 이건 좀 달랐다. 그야말로 <u>으스스</u>했다.

밀림에 사는 다른 동물들 소리는 갑자기 뚝 끊겼다. 밀림 전체가 이 굉음에 귀 기울이는 거대한 귀로 변한 것 같았다. 에고모는 나무줄기에 몸을 딱 붙이고 석궁을 쏠 채비를 했다. 숨을 멈췄다.

그러자 그 굉음이 다시 울려 퍼졌다. 이번에는 울부짖음 같았다. 폭풍이 몰아칠 때 나뭇가지들 사이를 파고드는 울부짖음 같았다. 그 소리는 영원히 계속될 듯하다가 차츰 잦아들더니 멀리 사라졌다.

에고모의 등에 식은땀이 흘렀다. 그 울부짖는 소리에는 분노와 슬픔이 뒤섞여 있었다. 얼핏 요즘 부쩍 자주 보이는 숲을 파고드는 저 거대한 괴물이 아닌가 하는 생각이 들었다. 냄새 나는 녹슨 괴물은 나무란 나무는 몽땅 삼켜버리면서 길을 냈다. 그러나 그건 아니었다. 그 괴물들은 소리가 달랐다. 놈들은 영혼이 없었다.

그 으르렁거리는 소리는 동물이, 그것도 아주 아주 큰 동물이 내는 소리였다. 그 소리는 정확히 그가 가려는 방향에서 들려왔다.

2

2월 5일 금요일. 캘리포니아 해변.

관자놀이를 타고 흐르는 땀방울이 머릿속을 뚫고 들어가려는 벌레처럼 느껴졌다.

나는 생각을 가다듬고자 애썼다. 하늘을 난 지 얼마나 됐나? 열 시간? 열두 시간? 아니면 열네 시간? 샌프란시스코로 출발할 때 시계를 현지 시간으로 맞춰놓고 나서는 시간 감각이 흐려졌다. 내가 도대체 왜 이 헬리콥터를 타고 있는가? 앞으로 무슨 일이 있을 것인가? 정신을 집중해 보려고 했지만 머리 위로 윙윙 돌아가는 로터를 보면 다시 생각이 흐트러졌다.

"팜브리지 여사가 왜 초대했는지 정말 모르시나요, 애스트베리 선생님?" 헬멧 스피커에서 나오는 조종사의 금속성 목소리가 윙윙거리는 헬기 엔진 소리를 타고 들려왔다. 그제야 간신히 태평양에서 눈을 뗄 수 있었다. 오십 미터 아래 파도는 빅서 해변에 부딪히고 있었다. 경관이 너무나 독특해서 정신이 그쪽에 팔려 있었던 것이다.

"알면 말씀드리지요." 나는 이렇게 답하고 턱을 치켜들었다. "그냥 즐겁게 만나자는 거라고 생각했다면 이렇게 갑자기 재킷에 가죽구두를 신고 나섰겠습니까?"

"그럼 뭔가 다른 일이 있을 거라고 생각하신 건가요?"

"솔직히 말하면 전혀 모르겠어요. 다만 런던에서 바로 출발했기 때문에 가방 속에 넣어둔 스웨트셔츠와 진 바지 생각을 하면 가슴이 아픕니다."

조종사는 내 쪽으로 얼굴을 돌리더니 내 복색을 눈여겨보았다. 선글라스 뒤에서 움직이는 시선으로 보건대 만족스러운 모양이었다.

"제대로 선택하셨습니다, 애스트베리 선생님. 아시는 대로 팜브리지 여사는 뼈대 있는 영국 귀족 출신이어서 복장을 까다롭게 따지시지요. 미국에 사신 뒤로는 좀 느슨해지셨지만요. 넥타이만 좀 다듬으면 되겠네요. 매듭이 비뚤어졌거든요. 아 참, 저는 벤저민 힐러입니다. 팜브리지 부인의 비서지요. 정확히 말하면 조종사이자 운전기사이자 몸종인 셈이지요. 부군이 오 년 전에 돌아가신 뒤로는 팜브리지 여사께서 전보다 더 자주 저를 찾으십니다. 그냥 벤이라고 불러주십시오."

그가 손을 내밀어 악수를 했다.

"데이비드입니다." 나는 짧게 답했다.

벤의 손은 따뜻하고 뽀송뽀송했다. 내 손과 정반대였다. 나는 내가 좀 신경과민인가 싶어서 거울 같은 게 없나 하고 두리번거렸다. 넥타이에 관한 한 나는 정말 숙맥이라서 거울이 없으면 어쩔 줄을 몰랐다. 넥타이는 거의 매지 않는 편이었다. 아니, 심지어 넥타이를 증오할 정도였다. 영국에서는 넥타이란 게 거의 매고 태어난다고 할 정도로 보편화되어 있는데도 그랬다. 어쩌면 그래서 그렇게 싫었는지도 모른다. 넥타이와 정장은 성공의 표상이었지만 난 그런 게 싫었다. 매일 매일의 삶에 상처받지 않도록 해주는 갑옷 같은 것이었다.

나는 넥타이 매듭을 만지작거리면서 잠시 팜브리지 경 부부가 아버지의 소싯적 친구이고, 딸 에밀리는 내 소중한 첫사랑이었다는 얘기를 할까 말까 곰곰 생각했다. 그러나 그런 생각을 접었다. 힐러에게 불필요한 관심을 불러일으키고 싶지 않았기 때문이다. 그는 신바람이 났는지 아니면 나를 좀 놀려줄 심산인지 파도 위를 아슬아슬하게 미끄러지듯이 비행했다. 앞에서는 갈매기 떼가 사방으로 흩어졌다. 이른 오후의 햇살을 받은 갈매기들은 휘날리는 눈송이 같았다. 찡그린 힐러의 얼굴을 보는 순간 갈매기가 부딪히면 위험하지 않은지 물어보고 싶었다. 그는 내가 초조해져서 그러지 말라고 하소연하기를 기대하는 것 같았다. 그러나 그렇게 그의 기대를 만족시켜 줄 수야 없는 노릇이었다. 나는 로터가 절벽에 부딪혀 동체가 크게 나선형을 그리면서 추락해 바다에 빠지면 어떤 기분일까 하는 생각이 들었다.

쓸데없는 생각이었다.

"그분은 어떠신가요?" 나는 화제를 돌릴 요량으로 이렇게 물었다.

"누구 말씀이십니까? 여사님이요? 잘 아실 거라고 생각했는데요. 제가 듣기로는 여사님과 선생님 아버님이 잘 아시는 사이라고 하던데."

나는 눈살을 찌푸렸다. 힐러는 내 예상보다 훨씬 많이 알고 있는 것 같았다. "네, 그렇지요." 나는 그의 말을 인정했다. "하지만 팜브리지 일가가 우리 영지를 방문했을 때 난 겨우 열 살이었습니다. 팜브리지 경과 아버님은 예전에 사업적인 관계가 많았지요. 그러나 그건 런던에 계실 때 일입니다. 저는 언젠가 한 번 그런 기회에 팜브리지 경 부부를 만났지요. 그 직후 그분들은 영국을 떠나 미국으로 이사를 가셨고. 그 이후에는 연락이 끊겼습니다."

벤은 약 백오십 미터 정도 높이로 고도를 높였다. 안도의 한숨이 나왔다.

"어른이 돌아가시자 여사님은 갑자기 늙으셨어요." 그는 여주인을 진심으로 좋아하는 것 같았다. "소포 얘기는 들으셨나요?" 나는 고개를 저으면서 그게 무슨 소리냐는 표정으로 그를 쳐다보았다. "여사님이 일주일 전에 그 소포를 받으셨지요. 그 안에 든 걸 보시고는 상당한 충격을 받으셨습니다. 따님 물건이었거든요."

"에밀리요?"

"에밀리를 아세요? 아, 예전에 두 분 다 헤버에 계셨지요? 윈스턴 처칠의 영지가 있던 곳 아닙니까?"

나는 고개를 끄덕였다. "처칠은 바로 옆 채트웰에 살았지요."

"아주 고상한 동네지요. 에밀리는 헤버 얘기를 많이 했습니다. 고풍스러운 벽돌집 사진도 많이 보여주었고. 동산으로 가는 소풍이며 근엄한 집사, 마을사람들과 함께 하는 잔치 같은 것들에 대한 이야기가 저 같은 캘리포니아 베이 젊은이에게는 얼마나 천일야화처럼 들렸을지 상상이 가실 겁니다."

"에밀리하고 안 지는 얼마나 되나요?" 나는 이렇게 물으면서 질투심이 이는 것을 느꼈다.

"제가 팜브리지 장원에서 일을 시작한 게 열아홉 살 때였습니다. 그때 맬컴 삼촌이 고용돼 있었거든요. 나한테는 두 번 다시 안 올 기회였지요. 절대 후회해 본 적이 없습니다. 게다가 에밀리는 그야말로 매혹적이었지요."

나는 고개를 끄덕였다. "그랬지요. 하지만 그때 우린 아직 어렸어요." 나의 생각이 과거로 이어졌다. 에밀리 생각을 자주 했다는 것은 분명했다. 에밀리는 아무리 아니라고 부정을 해도 내 삶의 확고한 일부였다. 지금쯤 얼마나 성숙한 아가씨가 됐을지는 상상이 가지 않았지만 말이다. 나중에 생각해보니 내가 사귀었던 여자친구들은 하나같이 에밀리의 그림자 같은 존재였다. 그런 친구들과의 관계가 반년을 넘기지 못한 것은 바로 그런 이유 때문이었다. 그림자가 그 사람일 수는 없는 노릇이니까. 그런 결속력 부족 때문에 희생된 최근의 인물은 세라였다. 세라는 아마 지금쯤 화가 나서 빨개진 얼굴로 내가 갑자기 사라진 이유를 설명해주기를 기다리고 있을 것이다. 그런 요구야 전적으로 정당한 것이다.

"괜찮으세요?" 힐러가 이렇게 묻는 바람에 나는 다시 현실로 돌아왔다.

"미안합니다." 내가 말했다. "옛날 생각이 나서요. 노부인이 그토록 놀랐다는 소포는 뭔가요?"

"그건 저도 모릅니다. 안다고 해도 말씀드릴 수는 없지요. 선생님과 팜브리지 여사가 직접 나누실 얘기니까요. 그래서 오시라고 한 거지요. 제가 말씀드릴 수 있는 것은 에밀리가 콩고로 여행을 떠난 것과 관계가 있다는 사실뿐입니다."

정신이 번쩍 났다. "도대체 에밀리가 거기서 뭘 한다는 겁니까? 거긴 여러 해 전부터 내전이 극심한 지역인데요. 이미 오백만 명 이상이 학살당했다고 하던데……."

힐러가 고개를 가로저었다. "뭘 좀 혼동하셨군요. 지금 얘기하신 데는 콩코민주공화국입니다. 예전의 자이르지요. 에밀리는 콩고공화국에 가 있습니다. 자이르 서쪽에 있는 나라지요. 아주 작은 나라로 지금까지는 조용한 편이었습니다. 하지만 제가 알기로는 요즘은 사정이 좀 달라졌답니다. 상당히 혼란스러운 상태지요. 아, 이제 실례해야겠군요. 저 앞이 팜브리지 장원입니다. 착륙 준비를 해야겠습니다." 그는 가볍게 미소 짓더니 조종간에 정신을 집중했다.

에밀리가 콩고에 갔다? 거기서 뭘 잃어버렸다는 건가? 그 지옥 같은 아프리카의 오지에서. 에밀리에 대해 내가 아는 게 거의 없다는 생각이 들었다. 에밀리는 내게 언제나 금발 머리를 쪽진 소녀로 남아 있었다. 그러나 그녀는 나와 정반대로 모험적인 삶을 살아가는 모양이었다.

생각을 정리하는 사이 저 앞에 반도가 떠올랐다. 바위 절벽이 바다 쪽으로 쑥 솟아나와 있었다. 반도 위쪽에 예전에 헤버에 있던 팜브리지 가문 저택과 놀라우리만치 흡사한 건물이 솟아 있었다. 그런데 설계도에 센티미터로 표시한 것을 인치로 바꾸어 지은 것처럼 그로테스크한 느낌을 주었다. 무조건 큰 것을 좋아하는 미국인들 취향에 어울렸다. 벽돌은 오후의 햇빛에 불타는 듯이 빛났다. 네 모퉁이에는 망루가 손가락으로 하늘을 가리키듯이 서 있었다. 좁다란 반도에는 팜브리지 영지까지 길이 하나 나 있었다. 길은 널따란 주차장으로 이어졌는데 주차장 주변에는 소나무가 무성했고 자동차가 여러 대 주차돼 있었다. 하나같이 호화판 리무진이었다. 부럽다는 생각이 들었다. 팜브리지 일가의 유전자 연구 프로젝트가 성공을 거둔 모양이다. 내가 아는 한 팜브리지 경은 캘리포니아 해변 어딘가에서 유전자 센터를 운영했다.

"착륙하니까 꼭 잡으세요." 힐러가 알려주었다. 헬기는 완만하게 곡선을 그리며 내려가더니 주차장 옆 잔디밭에 부드럽게 내려앉았다. 충격은 거의 느낄 수 없었다. 이어 엔진 소리가 잦아들었다.

"다 왔습니다." 그가 헬멧을 벗으면서 환한 표정으로 나를 쳐다봤다. "팜브리지 장원에 오신 것을 환영합니다."

그는 헬리콥터에서 뛰어나가더니 앞쪽으로 돌아서 문을 열어주고 안전벨트 푸는 것을 도와주었다. 나는 다시 땅을 밟게 된 것에 안도하면서 밖으로 나갔다. 뒷좌석에서 짐을 꺼내려는데 힐러가 그러지 말라는 눈짓을 했다.

"놔두세요, 데이비드. 제가 알아서 방에 갖다 놓겠습니다. 그냥 앞으로 곧장 가시면 됩니다. 다른 손님들은 벌써 와 계시는 것 같습니다. 여사님은 시간 못 맞추는 걸 아주 싫어하시거든요." 그는 어서 가보라는 표정을 지어 보였다.

나는 잠시 잔디밭에 멍하니 서 있었다. 두 팔은 마치 인형 팔처럼 내 몸에 헐렁하게 붙어 있었다. 힐러는 내가 당황한 것을 알아채고는 용기를 북돋워줬다. "신경 쓰실 것 없어요. 그냥 정문으로 가시면 됩니다. 애스턴이 열어줄 거예요."

나는 정신을 차리고 화려한 저택을 향해 발걸음을 서둘렀다. 주차장을 건너가는데 발아래 자갈이 뽀드득거렸다. 시계를 보니 샌프란시스코만의 안개 탓에 반시간쯤 늦었다.

나는 문을 마주하자 좀 헷갈린 나머지 두리번거렸다. 초인종은 안 보이고 용머리 모양으로 된 육중한 주철 문고리밖에 없었기 때문이다. 문고리는 기분 나쁜 표정으로 나를 노려보는 듯했다. 용기를 내서 문고리를 두드렸다. 두드리는 소리가 집 안쪽 깊숙이에서 울려 퍼졌다. 나는 잠시 기다렸다. 아무도 없나 싶었는데 안쪽에서 저벅저벅 발자국 소리가 들려왔다. 누군가가 자물쇠를 만지작거리는 듯하더니 육중한 문이 스르르 열렸다.

하인 옷을 제대로 차려 입은 늙은 집사가 문을 열어주었다. 얼굴 표정이 이 가문의 옛 시절 영광을 말해주는 듯했다. 집사도 영국에서 수입해 온 게 분명했다. 미국 사람은 이런 기품 있는 자세가 안 나온다.

"실례합니다. 저는 애스턴이라고 합니다." 집사가 쉰 목소리로 자기소개를 했다. "팜브리지 여사님께 누구시라고 전해 드릴까요?"

"데이비드 애스트베리라고 합니다."

"응접실로 가시지요. 벌써부터 기다리고 계십니다."

문턱을 넘어서자 타임머신 속으로 들어가는 기분이었다. 이국적인 꽃 냄새가 코를 찔렀다. 이십 년 전 팜브리지 경의 저택에 처음 갔을 때와 똑같았다. 문 오른쪽으로 어른 키만 한 화병이 서 있었다. 식물학 세미나에서도 보지 못한 기이한 난초들이 꽂혀 있었다. 왼쪽에는 신기한 분재 목들이 작은 숲을 이룬 채 햇빛 쪽으로 가지를 뻗고 있었다. 멋지게 자란 은행나무와 난쟁이맹그로브가 눈에 띄었다. 그 사이에 걸어둔 황금빛 새장에는 극락조 한 마리가 종종 뛰놀고 있었다. 그 지저귀는 소리가 현관 로비를 신기한 멜로디로 가득 채웠다.

애스턴은 나를 머리에서 발끝까지 훑어보았다. 뭘 빼앗아가기라도 할 것 같았다. 그러나 내가 외투나 모자도 쓰지 않고 지팡이도 들지 않은 것을 확인하고는 실망했다는 듯이 잔기침을 하며 고개를 돌리더니 오른쪽 방향으로 걸어갔다. 그가 천천히 앞서가는 동안 나는 사방을 둘러보았다. 이리저리 발걸음을 옮기면서 새삼 팜브리지 가문에 대한 존경심이 솟았다. 이국적인 식물과 고색창연한 가구들이 천정까지 솟은 서가 사이사이를 장식하고 있었다. 탁자에는 정교한 장식이 새겨져 있었다. 가죽 소파는 너무도 편해서 어지간해서는 일어나고 싶은 생각이 들지 않을 것 같았다. 나도 괜찮은 집안 출신이지만 이런 사치 앞에서는 기가 죽을 수밖에 없었다. 이 가문은 당시에도 이미 굉장히 부유했는데 여기 미국에 와서 한 재산 불린 것이 분명했다.

달팽이 같은 속도로 벽난로가 있는 방을 지나는 중에 옆방에서 닫힌 문틈으로 두런거리는 소리가 들렸다. 세 사람 목소리였는데 잘 분간이 되지 않았다. 여자 목소리는 단호하고 카랑카랑했는데 의심의 여지없이 여주인 목소리였다. 두 번째 목소리는 남자였는데 어디 출신인지 알기 어려운 악센트였다. 나는 세 번째 목소리를 듣고는 깜짝 놀랐다. 목구멍 깊은 곳에서 나는 소리가 지금까지 들어본 그 어떤 목소리와도 달랐다.

집사가 문 쪽으로 가더니 노크를 했다.

"들어와!" 안에서 소리가 나자 애스턴이 문을 열었다. 나는 속이 거북한 기분으로 방에 들어섰다.

3

자욱한 담배연기가 확 밀려왔다. 팜브리지 여사와 두 남자가 탁자를 사이에 두고 긴 소파에 앉아 담배를 피우며 호기심 어린 눈빛으로 나를 쳐다보고 있었다.

"왔구나!" 여주인은 벌떡 일어나서 내 쪽으로 다가왔다. 나는 팜브리지 부인의 쪼그라진 몸집을 보고 깜짝 놀랐다. 회색 머리는 한데 묶어 쪽을 진 상태였다. 눈매와 입가의 잔주름은 단호한 의지를 풍겼다. 그래도 전에는 미인이었다는 흔적이 남아 있다.

"정말 반갑구나, 데이비드. 비행기 타고 이 먼 곳까지 와주다니 정말 고맙구나. 어디 보자. 정말 잘난 젊은이네! 몰라보겠어. 그 꼬마가 이렇듯 건장한 청년이 됐다니. 패션 감각도 있고 말이야." 팜브리지 여사는 진정 반가운 마음으로 내 손을 잡고 흔들었다. "여러분, 내 친구이자 인생의 동료였던 로널드 애스트베리의 아들을 소개할게요. 그 사랑스러운 남자가 우리와 함께 있지 않다는 건 정말 슬픈 일이에요. 그분은 오 년 전에 돌아가셨어요. 남편과 거의 같은 시점이었어요. 그 두 사람과 젊은 시절을 함께 보냈는데……."

그녀는 잠시 생각에 빠진 것 같았다. 그러나 곧바로 고개를 들더니 두 남자 쪽으로 돌렸다. 그들은 가죽으로 된 육중한 안락의자에서 일어나기 싫은 기색이었다.

"그냥 앉아계십시오." 나는 이렇게 말하고 그 사람들 쪽으로 갔다. 그리 말을 해주니 고마워하는 눈치였다. 한 사람은 거의 이 미터나 되는 거한이었는데 코가 오뚝하고 이마가 넓었다. 내민 손이 크고 거칠었다. 팔뚝은 흉터투성이였다. "스튜어트 멀로니올시다." 그가 말했다. 목소리는 악수하는 손과 마찬가지로 예상 외로 부드럽고 편안한 느낌이었다. 그러나 눈에는 불굴의 의지를 내비치는 불꽃이 일었다. 목에 원시시대 분위기가 나는 부적 같은 것을 걸고 있다. 장식을 많이 한 둥근 나무테 안에 파충류를 양식화한 문양을 새겨넣은 것이었다. "이쪽은 내 조수요." 그가 옆에 앉은 동행을 소개했다.

나는 그 사람을 보고는 깜짝 놀랐다. 그는 호주 원주민이었다. 귀밑까지 찢어진 입으로 미소 짓고 있었다. 시선을 아래로 드리우는 순간 신발을 신지 않은 것이 보였다. 그는 입에서 작은 나무파이프를 떼더니 내게 손을 내밀었다. "식스펜스입니다." 문틈으로 들었던 그 독특한 목소리였다. "만나 뵙게 돼서 반갑습니다."

나도 "정말 반갑습니다" 하고 대답하면서 그의 손을 잡았다. 그런데 이거야말로 엄청난 실수였다. 이 남자의 강철 같은 악력이 얼마나 대단한지 미리 알았더라면 한결 조심했을 것이다.

손을 놓았을 때는 뼈가 으스러진 기분이었다. 문득 왜 멀로니의 악센트가 그렇게 독특한지, 부적은 또 왜 저렇게 그럴듯하게 어울리는지 이해가 갔다. 멀로니도 마찬가지로 호주 사람이었다. 그리고 그 부적은 나쁜 꿈을 걸러주는 주술도구 드림캐처였다.

팜브리지 여사는 내게 미소를 보냈다. 내가 무슨 생각을 하는지 알겠다는 표정이었다. "멀로니 씨와 식스펜스 씨는 지구 반대편에서 오셨어. 내가 너를 초대한 이유와 똑같은 이유에서지. 하지만 그 얘기는 저녁 먹고 나서 오늘 밤에 하자꾸나. 지금은 다들 그냥 편히 지냈으면 좋겠다. 뭘 줄까, 데이비드? 브랜디? 위스키? 아니면 셰리?" 나는 잠시 남들이 들고 있는 잔을 보고는 바로 위스키를 달라고 했다. 특별히 좋아해서가 아니라 다른 걸 마시는 사람이 아무도 없었기 때문이다. 팜브리지 여사가 눈짓을 하자 애스턴은 흔들흔들하는 발걸음으로 바 쪽으로 갔다. 저택은 정말 호화로웠지만 에밀리가 없어서인지 그저 사치스러운 양로원 같았다.

"스카치로 드릴까요, 버번으로 하시렵니까?" 집사가 물었다.

"스카치로 주세요. 얼음 넣지 마시고요." 반 미터만 좀 떨어져 설 걸 하는 생각이 들었다. 어쩌다 이리로 끼어들게 됐는지……. 여사는 나를 탁자가 좁아지는 쪽에 놓인 안락의자로 데려갔다. 맞은편에 멀로니와 식스펜스가 앉았다. 나는 의자 깊숙이 허리를 묻었다. 겉보기와는 달랐다. 안락의자들은 대단히 훌륭했다. 내가 잔을 받아들기를 기다리던 여주인이 자기 잔을 높이 쳐들었다. "이 늙은이를 곤경에서 구하고자 수고스럽게 여기까지 와주신 모든 분들을 위해 건배! 우리의 만남이 잘 성사되기를 기원합시다." 그녀는 잔을 한 모금에 쭉 비우더니 다시 한 잔을 따르라고 했다.

나는 여주인의 기이한 행태에 놀라면서도 그 모호한 말이 무슨 의미일까를 곰곰 생각했다. 위스키는 기대대로 최고급이었다. 부드럽고 미끄럽게 목구멍을 넘어가더니 뱃속을 훈훈하게 덥혀주었다.

"자, 데이비드, 얘기해봐. 대학 생활은 어땠어? 지금도 내가 다닐 때처럼 그렇게 촌스럽니?"

나는 당혹스러워서 주위로 시선을 돌렸다. "그건 뭐라고 말씀드리기가 어렵군요, 여사님. 하지만 제 생각에는 여사님 공부하실 때하고 크게 달라지지는 않은 것 같습니다. 성질 급한 사람한테는 좀 굼뜬 조직이지요. 어쨌든 저는 얼마 전에 처음으로 세포 내 신호 전달 체계에 관한 강의를 맡게 됐습니다. 길이 열린 거지요."

팜브리지 여사는 멀로니 쪽을 돌아보았다. 그는 의심스럽기도 하고 흥미롭기도 하다는 듯한 표정으로 날 쳐다보고 있었다.

"스튜어트. 당신의 정보에 따르면 데이비드가 런던 임페리얼 칼리지에서 교수 자리를 얻으려 하고 있다지요. 임페리얼 칼리지는 영국에서 두 번째로 좋은 엘리트 대학이지요. 아시다시피. 옥스퍼드보다 윗길이지만 유감스럽게도 케임브리지보다는 좀 처지지."

"음, 저는 그런 문제가 조만간 해결될 걸로 기대하고 있습니다." 내가 눈을 깜박거리며 말했다.

"나도 그렇게 될 거라고 믿어요. 데이비드는 구조생물학에 관한 주제로 박사학위를 받았지. 유전공학 쪽에서 아주 유망한 새로운 연구 분야야. 나중에 시간이 좀 나면 그 문제에 대해 상세히 이야기해보자꾸나."

"물론 그러겠습니다." 이렇게 답하고는 한 모금 더 마셨다. 그사이 팜브리지 부인이 말을 이었다. "데이비드는 아버지의 가업을 잇고 있는 셈이지요. 그분은 일급 생물분류학자셨어요. 차이가 있다면 로널드는 전 세계를 누비고 다니는 사람이었지요. 역마살이 있었던 것 같아……. 늘 돌아다녔으니까. 난 그이처럼 지칠 줄 모르는 사람은 본 적이 없어. 우리 남편과 그이는 동료였지. 곧이곧대로 말하자면 두 사람은 중요한 기초연구를 했어. 내 정신 좀 봐. 지난 얘기는 그만하고 데이비드 네 얘기 좀 듣자꾸나. 아버지와는 영 딴판인 것 같구나.”

“맞습니다.” 나는 솔직히 시인했다. “아버지는 저를 데리고 지구를 반 바퀴나 도셨어요. 전 그런 건 내가 원하는 삶이 아니라는 걸 분명히 깨달았지요. 전 연구실에서 문 걸어 잠그고 조용히 연구하는 게 제일 좋아요.”

팜브리지 여사는 알겠다는 투로 미소 지었다. 그러더니 다시 멀로니 쪽으로 고개를 돌렸다. “조교 자리와 교수 사이에 얼마나 험난한 가시밭길이 있는지 상상도 못하실 거예요. 필드워크라는 표현이 맞을지 모르겠지만, 그쪽 출신인 당신 같은 분한테 대학은 무슨 낯선 행성 같은 기분이 들 거예요.”

“저한테 그런 건 아무것도 아닙니다.” 멀로니가 잔을 들여다보며 중얼거렸다.

“실례지만 저는 그 아버님 쪽이 마음에 듭니다, 애스트베리 씨. 나는 폐로 신선한 공기를 마시고 핏속에 아드레날린이 돌아야 하거든. 책이나 강의실 같은 데는 정말 취미 없소.”

“흥미롭군요.” 나는 약간 쏘는 듯한 어조로 말을 가로막았다.

“선생님은 무슨 필드워크를 하시나요?”

“멀로니 씨와 조수 분은 지구상에서 가장 탁월한 사냥꾼이란다.” 팜브리지 여사가 끼었다. “말하자면 대학에 연구물이 떨어지지 않도록 하는 일을 해. 두 분은 야생 사냥터에서 살아 있는 오카피를 직접 보고 잡았단다. 그런 사람들은 정말 극소수지. 지금까지 했던 사냥 중에 가장 어려웠던 때가 언제였는지 얘기 좀 해주겠어요, 멀로니 씨?”

멀로니는 좀 주저했다. 말끔하게 면도한 피부 아래로 저작근이 씰룩거리는 게 보였다. 이럴까 저럴까 마음을 정하지 못하는 것 같았다. 그러더니 얘기를 시작했다. "삼 년 전 보르네오에서였지요. 케타팡 근처였지요. 육 미터짜리 바다악어였는데 정말 믿기 어려운 괴물이었어. 이만 한 크기의 산 놈이라면 거래시장에서 대략 오십만 달러쯤 하지. 악어들의 신이라고 할 만한 녀석이지."

"그 흉터는 그때 난 건가요?" 내가 멀로니의 팔뚝을 가리키며 물었다.

"아니요" 그가 말했다. 잠시 그의 눈에서 다시 불꽃이 튀는 것이 보였다. 그가 계속했다. "그 짐승의 배에 마취총을 세 발 쏘았소. 어린애처럼 잠이 들더군. 어쨌거나 우린 그렇게 생각했지. 고가의 인양장비로 물속에서 들어 올린 다음 나무상자에 담으려고 했어. 그런데 그때 놈이 깨어나더니 인부들을 덮친 거야. 악어가 그렇게 빠를 줄은 누구도 예상치 못했지. 내가 총의 안전장치를 풀기도 전에 인부 셋이 물려 죽었어. 그러고는 염분 많은 강물 속으로 사라졌지. 핏물이 흥건했소." 멀로니는 마지막 남은 술을 다 비우더니 애스턴에게 더 따르라는 듯이 잔을 내밀었다.

"그래서 결국 잡았나요?" 내가 물었다.

"나흘 걸렸소. 매일 밤 놈은 물에서 나와 한 명씩 잡아갔지. 이틀째 되던 날 밤에는 심지어 우리 천막 속으로 달려 들어와 요리사를 물어갔지." 그는 이렇게 말하면서 날카로운 목소리로 웃었다.

"왜 캠프를 옮기거나 사냥을 포기하지 않았습니까?"

멀로니는 무슨 소리를 하는지 이해하지 못하겠다는 듯한 표정으로 날 쳐다봤다. "셋째 날 인부들이 다 떠났소." 그가 말을 이었다. "그 사람들 얘기가 우리가 물의 신인 모부아타를 화나게 했고, 그래서 더는 도울 수 없다는 거야. 그래서 식스펜스와 나는 강변에서 잠복을 시작했지. 그러자 그 악어도 기다리더군. 우리한테서 사십 미터쯤 떨어진 물속에서 말이오. 우린 놈의 눈을 봤소. 악의에 가득 찬 눈길로 우리를 흘겨보고 있었지. 낮이고 밤이고 할 것 없이 하루 종일. 자신을 노리는 악어의 눈을 들여다본 적이 있으시오, 애스트베리 씨? 일체의 미동도 없는 눈이지. 죽은 사람의 눈 같지. 정말이지 이 세상에서 다른 무엇과 비교하려야 할 수가 없소. 식스펜스도, 나도 잠을 자지 않았소. 쉬고 있을 때 나머지 사람이 부주의하면 엄청 위험하거든. 서른여섯 시간 동안 우린 꼼짝 않고 그 악어를 마주 보며 앉아서 기다렸소. 정말 내 생애 최고로 힘겨운 신경전이었지. 우리가 도착하고 나서 나흘째 되던 날 아침 그 괴물이 마침내 물에서 나왔소. 천천히 여유 있게 기어 나오더군. 전혀 우리를 공격하거나 달아날 궁리를 하는 것 같지는 않았어. 그냥 거기 엎드려 머리를 늘어뜨리고 우리가 관찰하는 대로 가만히 있었지. 처음에 우리는 그게 속임수라고 추측했소. 악어는 아주 교활하거든. 하지만 이번에는 사정이 달랐어. 전체적인 분위기로 볼 때 놈은 평화를 원하는 것 같았지. 우리가 자기를 무서워하지 않으니까 우리를 존경했던 것이지.”

“악어치고는 행태가 아주 이상하다고 생각지 않으세요?” 이렇게 끼어들었다가 금방 주제넘은 말을 했구나 싶어서 후회스러웠다.

“뭐라고?” 멀로니는 의자에서 앞쪽으로 몸을 당기더니 당장 맹수처럼 덤벼들 것 같은 태세였다. 모두들 내게 시선이 쏠렸다. 내가 어쩌나 보려는 것 같았다. 뭘 잘못 밟은 셈이었다.

“아니, 악어가, 그런, 말하자면 인간적인 움직임을 보인다는 얘기는 금시초문이어서 드리는 말씀입니다. 악어는 원래 아주 무감각하거든요. 평화니 존경이니 하는 개념은 악어한테는 무의미한 얘기지요.” 나는 이렇게 덧붙였다.

“그렇게 말하면…….” 멀로니가 차가운 미소를 보냈다. “하기야…….” 내가 말을 받았다. 사냥이 무슨 대단한 일인 것처럼 뻥을 치는 것을 끝내고 불편한 상황도 모면할 겸해서 말했다. “그렇다면 마취총을 쏜 다음 생포해서 오십만 달러에 팔 수 있었잖아요?”

“아니요.” 멀로니의 눈이 나를 쏘아보았다. 등에서 식은땀이 흘렀다. “죽였소. 가까운 거리에서 머리를 쏘았지. 놈의 해골은 지금 레이크리크에 있는 내 집에 걸려 있소. 그쪽으로 오시게 되면 한번 보시오.”

—

방에 있는 대형 탁상시계가 7시 15분 전을 알렸다. 기운을 내 일어나서 저녁 먹을 준비를 했다. 여행이 생각보다 고된 모양이었다. 시차를 극복하려면 며칠 걸릴 것 같은 기분이었다. 한편으로 이번 방문이 내 마음에 상당한 부담이 된 것 같았다. 왜 내가 여기 와 있어야 하는지 아직도 전혀 감을 잡지 못하고 있었다. 힐러가 에밀리에 대해 약간 언급한 내용과 팜브리지 여사의 수수께끼 같은 암시, 멀로니와 식스펜스가 와 있다는 상황 자체가 온통 의문투성이였다. 한 가지 분명한 것은 멀로니와 나는 전혀 맞지 않는다는 사실이었다. 처음 만난 순간부터 분명히 알 수 있었다. 그는 친절해 보이는 겉모습 뒤에 냉혹한 킬러의 본능을 감추고 있었다. 다만 여사가 내가 이 도살자와 친해질 것이라는 희망을 품지 않기만을 바랄 뿐이었다. 악어 이야기를 생각하면 반감이 치밀어 올랐다. 복수심을 충족하려고 오십만 달러나 되는 보상금을 거부하는 인간은 어떤 종류의 인간일까? 그런 행태는 전혀 프로답지 못하다.

나는 화장실로 가서 면도를 하고 머리를 감고 옷을 갈아입었다. 거울

앞에 서서 넥타이 모양을 마지막으로 살펴보았다. 에밀리한테 무슨 일이 생긴 것인지 정말 꼭 알고 싶었다. 팜브리지 여사는 나를 초대하게 된 비밀을 저녁식사 후에 공개하겠다고 약속했다. 그때 에밀리가 지금 어디 있는지에 대해서도 알아볼 생각이었다. 에밀리는 지금쯤 어떻게 변했을까? 못 본 지 이십 년이 됐으니까 살이 찌고 못생겨졌을까? 그럴 리 없었다. 힐러도 경탄조로 말하지 않았던가. 예전과 마찬가지로 여전히 매력적일 게 분명했다.

창 쪽으로 가서 창문을 열었다. 부드러운 밤바람이 바다 내음을 방으로 실어왔다. 창문 아래로는 작은 소나무 숲과 잘 손질한 잔디밭이 절벽까지 뻗어 있었다. 그 너머로 쏴아 쿠웅 쏴아 쿠웅 하며 바위에 파도 부딪히는 소리가 들렸다. 멀리서 바다사자의 울음 소리가 났다.

나는 긴장을 하고 창문을 닫았다. 가볼 시간이었다. 애스턴이 층계참에서 나를 맞이해 식당으로 안내해주었다. 우리 왼쪽 편에서는 식기며 프라이팬 같은 것들이 딸그락거리는 소리가 들렸고, 생선 굽는 푸짐한 냄새가 코로 밀려들어왔다. 아, 정말 배가 고팠다.

집사가 문을 열었다. 순간 정신이 번쩍 나면서 나는 다시 현실세계로 돌아왔다. 내가 제일 먼저 왔다. "잠시만 기다려 주시면 다른 손님들을 모셔오겠습니다." 집사가 말했다. "원하신다면 애피타이저용 술이라도 한 잔 하십시오." 그는 내가 식탁에 놓인 은제식기라도 훔쳐갈지 모른다는 듯한 표정을 지으며 사라졌다. 타이밍을 잘못 잡았다는 생각이 들었다. 난 늘 그랬다. 하기야 이 짬을 이용해 이 홀을 좀 자세히 살펴보는 것도 괜찮을 것 같았다. 식당은 영국 귀족들 저택이 으레 그렇듯이 온통 사냥에서 잡은 짐승의 뿔이나 가죽, 박제 같은 것으로 장식돼 있었다. 큰 뇌조 수컷 박제와 멧돼지 머리 사이에는 영국식 장궁이 걸려 있었고, 그 옆으로 화살통과 맹금류의 깃을 박은 화살이 꽂혀 있었다. 세공 솜씨가 놀라웠다. 아주 귀한 것이 분명했다. 멧돼지 사냥에 쓰는 창이며 장검, 두 손으로 잡고 휘두르는 바스타드 검 등등 번쩍번쩍하는 다양한 무기들이 구식 전장총(前裝銃)들과 섞여 있었다. 총들은 장식이 화려했다. 요컨대 영국인들이 좋아하는 모든 무기를 총망라해서 시대 순으로 일목요연하게 전시해놓은 것 같았다. 런던탑에 갖다 놓으면 한결 어울릴 만한 전시품들이었다. 무기보다 훨씬 더 시선을 끈 것은 벽난로 위에 걸려 있는 그림이었다. 진짜 터너 그림이라는 것을 오 미터 거리에서도 바로 알아볼 수 있었다. 화려한 하얀 범선이 검은 거룻배에 이끌려 선착장으로 들어가는 그림이었다. 터너 특유의 안개 낀 황혼이 배경이었다. 가까이 가보니 액자에 작은 황동표지판이 붙어 있었다. 거기에는 '전함 테메레르, 조셉 윌리엄 터너 1838년' 이라고 적혀 있었다. 그림 아래 벽난로 위 장식대에는 팜브리지 경과 이 집안 사람들의 사진을 담은 액자가 몇 개 놓여 있었다. 에밀리의 모습을 담은 큰 사진을 보는 순간 내 가슴은 고동쳤다. 에밀리는 카메라 쪽을 보면서 환한 표정으로 윙크하고 있었다. 이 사진을 찍은 시기는 스물다섯쯤 됐을 때로 내가 상상했던 모습과는 전혀 달랐다. 금발 머리는 현대적으로 짧게 잘랐다. 나는 사진 쪽으로 가까이 다가가다가 코를 부딪힐 뻔했다. 둥그스름한 얼굴은 훤했고 전에는 작고 귀여웠던 들창코가 이제는 오뚝해졌다. 입은 도톰했고 눈은 반짝였다. 거기서 내 어린 시절의 에밀리를 찾아볼 수 있었다. 전체적으로 에너지와 모험욕이 넘치는 인상이었다. 사진을 보고 있노라니 마법의 수건이 갑자기 걷힌 듯 옛날 기억이 되살아났다. 그녀의 목소리가 들렸고, 종소리처럼 낭랑한 웃음소리하며 노랫소리도 들렸다. 음악을 가르치는 포네구트 부인에게 열심히 안 한다는 이유로 혼난 뒤 정원으로 달아나 딱총

나무 숲에 함께 숨었던 날이 생각났다. 그 숲에는 에밀리가 지어놓은 오두막이 있었다. 우리는 음악 선생님이 뒤에서 시끄럽게 잔소리를 해대거나 말거나 무작정 달아났다. 에밀리가 처음으로 가출하겠다는 얘기를 하던 날이었다. 어디든 상관없이 그냥 집을 나가겠다는 것이었다. 집이 너무 커서 숨이 막힌다고 그녀는 내게 털어놓았다. 그 집은 고독하고 적막했다. 특히 밤에는 그랬다. 내가 거기 있을 때에도 문을 닫고 내 방으로 들어가면 비슷한 느낌이 들었던 것 같다. 그러고 나서는 벽이 사방으로 흩어져 진공상태만 남는 것 같았다. 점점 추워졌다. 나는 에밀리를 달래보려 했지만 이렇다 할 성과를 거두지는 못했다. 그녀가 오랫동안 뚫어져라 내 눈을 들여다보던 생각이 난다. 무엇을 보았는지는 모르지만 만족한 것 같았다.

"여자애랑 키스해본 적 있니?" 내게는 벼락같은 질문이다. 마른하늘에서 떨어진 날벼락 같았다. 정말 얼굴이 뜨거워졌던 기억이 난다. 따갑게 내리쬐는 오월의 햇살 때문은 아니었다. 물론 여자애랑 키스를 해본 적은 아직 한 번도 없었다. 그러나 그런 고백을 한다는 것은 난감한 일이었다. 대답 대신 나는 아무 말 없이 고개만 흔들었다.

"해보고 싶어?"

싫다고 했는지 좋다고 했는지는 영 기억이 안 난다. 아마 말없이 서 있었을 것이다. 고양이 앞에 쥐처럼 완전히 마비상태로. 그러고는 처분만 기다렸겠지. 에밀리는 나를 요모조모 뜯어보더니 자기 입술을 내 입에 대고 눌렀다. 난 그 자리에 서서 달아날 생각도 못했다. 이 첫 키스는 아직도 기억하고 있다. 마치 어제 받은 것 같다. 수천 개의 별이 쏟아져 내리는 듯한 느낌이었다. 그 순간은 결코, 천 년이 가도 잊지 못할 것이다.

나는 한숨을 쉬었다.

"얘 정말 예쁘지?" 팜브리지 여사의 목소리가 귓가를 스쳤다. 나는 움찔하며 뒤로 물러섰다. 부인이 다가오는 소리를 듣지 못했던 것이다.

"미안하구나. 놀라게 할 생각은 아니었다. 하지만 사진을 어찌나 열심히 들여다보던지 내가 오는 것도 모르더구나."

"잠시 옛날 생각에 젖었습니다." 나는 솔직히 털어놓았다.

"그래, 나도 그 기분 알아." 여주인이 미소 지었다. "신경 쓰지 마. 자네도 내 나이 되면 옛날 생각이 부쩍 잦아지게 될 테니까. 사과하는 의미에서 69년산 아몬틸라도 한 잔 권해도 되겠지?"

"네, 그럼요."

"방은 마음에 드니?"

"정말 좋습니다, 마치…… 옛날 헤버에 있던 여사님네 집에 온 기분입니다. 그때 기억은 잊을 수가 없거든요."

"아하, 옛날 헤버 집. 로널드가 죽고 나서 거기 다시 가본 적 있니?"

"아니요. 전 그 집 팔았습니다. 너무 많은 추억이 있는 곳이라 도저히 견딜 수가 없었지요. 제가 그걸 어쩌면 좋겠다고 보십니까? 전 도시 체질이거든요. 그 돈으로 좋은 집을 사서 지금 아주 행복하게 지내고 있습니다."

"미안하지만, 그 솔직히 얘기하면 그 집을 판 건 잘못이라고 봐." 팜브리지 여사는 이렇게 말하면서 내게 잔을 내밀었다. "내 말은 말이야, 사람이 나이가 들수록 어린 시절의 뿌리로 돌아가게 된다는 거야. 자네도 앞으로 알게 될 거야. 남편과 내가 왜 이 건물을 옛날 계획대로 지었을까? 우린 여기서 뿌리를 내리고 싶었어. 하지만 자네 경우는 뭐라고 할까, 그러면 안 된다고 봐. 그 무엇도, 그 누구도 어린 시절의 장소를 되돌려줄 수는 없는 거야."

그러더니 그녀는 잔을 높이 들었다. 우리는 잔을 부딪쳤다. 이 순간 로

비 쪽에서 목소리가 들렸다. 두 손님이 내려온 것이 분명했다. 문이 열리자 두 호주인이 식당으로 들어왔다 둘 다 나무랄 데 없는 정장 차림이었다. 그러나 적어도 식스펜스는 나만큼이나 옷이 불편한 것처럼 보였다. 나는 두 사람을 보면서 히죽 웃음이 나는 것을 억지로 참았다. 둘 다 존 라이더 해거드의 소설에서 튀어나온 것처럼 보였기 때문이다. 멀로니에 대한 의심이 누그러지지 않은 마당이었지만, 이토록 다른 두 사람이 어떻게 함께 다니는지 알아보고 싶은 마음이 굴뚝같았다.

"들어오세요." 팜브리지 여사가 예의 단호한 목소리로 말했다. 지금도 목소리가 이처럼 쩌렁쩌렁하니 젊어서 한창 때는 정말 어땠을까 하는 생각이 들었다. "애스턴, 이제 손님들께 원하시는 걸 내드려. 많이들 드시기 바랍니다. 요리사인 미란다가 여러분을 위해 특별히 귀한 음식을 준비하느라 온 정성을 쏟았답니다."

"저는 곰처럼 배가 고프군요." 멀로니가 웃으며 말했다. 그는 애스턴이 셰리를 권하려 하자 됐다는 눈짓을 했다. "난 됐고, 이 친구나 주시오. 고맙소." 그가 집사에게 말했다. 그러나 이미 따른 터라 집사는 깜짝 놀라 이맛살을 치켜 올렸다. "우리를 초대하신 이유를 알게 되면 정신이 번쩍 날 것 같습니다. 팜브리지 여사님, 정말 방이 환상적입니다. 바닷가가 이렇게 기분 좋은 곳일 줄은 꿈에도 몰랐습니다. 평생 육지에서만 살아서 말이죠."

"리 크리크는 정확히 어디에 있나요?" 내가 끼어들었다.

"남쪽에, 노스 플린더스 레인지 발치에 있소." 내가 무심한 표정을 짓자 그가 물었다. "애들레이드는 어디 있는지 아시오?"

"대충……."

"리 크리크는 거기서 북쪽으로 약 삼백 마일 떨어진 곳에 있소. 사람

손길이 닿지 않은 야생지역이지. 언덕은 나지막하고 숲은 **빽빽**하고 강에는 물고기가 아주 많지. 그 뒤로 사막 오지 아웃백이 시작되지. 그 거대하고 끝없이 황량한……."

"선생한테는 황량해보일 수도 있겠지만" 하고 식스펜스가 끼어들었다. "우리한테는 꿈과 추억이 가득한 곳이지요."

"그럼 옛날 얘기들을 잘 아시겠네?" 나는 이렇게 묻고는 설명조로 덧붙였다. "브루스 채트윈이 호주 오지에 대해 쓴 여행기 『꿈의 오솔길 The Songlines』을 읽었는데 정말이지 완전히 매료됐거든요."

식스펜스는 흰 이를 드러내며 히죽 웃었다. "원주민이라면 그런 얘기는 다 알지요. 마음속에 갖고 있으니까."

"그런데 성함은 어디서 유래한 겁니까?" 내가 식스펜스에게 물었다. "평범하지는 않다는 생각이 들어서요."

식스펜스는 미소를 지었다. 좀 거북한 주제라는 표정이었다. "그건 우리 어머니가 나를 멀로니 가문에 팔아먹을 때 받은 값입니다." 그가 답했다. "육 펜스하고 위스키 한 병이 스튜어트 아버지의 자동차 글러브 박스에 들어 있는 전부였습니다. 하지만 거래는 그걸로 충분했지요. 어쩌면 술 한 병으로도 족했을지 모르지요. 하지만 저는 그분이 그때 잔돈이라도 가지고 계셨던 걸 고맙게 생각합니다. 그렇지 않았다면 제 이름은 지금쯤 위스키가 돼 있을 테니까요. 전 당시 아기였고, 어머니는 알코올 중독자였습니다. 우리 원주민 종족에는 그런 사람이 많았지요." 그는 어깨를 으쓱해 보였다.

"서글픈 이야기요." 멀로니가 덧붙이면서 친구의 어깨에 손을 얹었다. "나도 그때 아직 꼬마였소. 여덟 살도 안 됐지. 그런데 아버지가 이 친구를 들판에서 데려왔어." 그는 말했다. "나는 집안의 아웃사이더였소. 양

돌보기는 정말 관심이 없었소. 그리고 나는 부모형제들한테서 스스로 고립돼 있었지. 그러다 식스펜스한테 친근한 영혼을 발견했지. 난 이 친구를 형제처럼 돌봐주었어. 이 친구는 내 가장 좋은 친구이자 영원한 동반자가 됐지. 이 친구가 없었다면 내가 지금 뭘 하고 있을지 모르겠소." 그는 식스펜스를 쳐다보며 다정하게 미소 지었다. 나는 멀로니가 자신의 과거에 대해 터놓고 얘기하는 걸 보고 깜짝 놀랐다. 그가 무척 솔직하며 원주민 친구와 깊은 유대를 유지하고 있다는 사실이 지금까지와는 다른 각도로 그를 바라보게 했다.

집사가 어쩔 줄 모른 채 들고 서 있던 셰리 술잔을 식스펜스가 뺏는 사이 멀로니가 무기들을 가리켰다. "정말 멋진 컬렉션이군요, 여사님." 그는 전문가적인 안목으로 칭찬의 말을 했다. "특히 이 머스킷 총이 마음에 드는군요. 진짜배기 엔필드 총으로 구경은 15.5 밀리미터, 맞지요? 이걸로 사냥해보셨습니까?"

"원 무슨 말씀을!" 팜브리지 여사가 답했다. "젊어서 여우사냥에 몇 번 따라나서는 정도지요. 나랑 우리 남편은 언제나 생명을 말살하는 대신 살리려고 애썼어요. 그렇지만 이 무기들을 보면 센티멘털한 감상에 젖게 돼요. 멀로니 씨 얘기를 들으니 고향 생각이 나네요. 이 집에서도 많은 일이 있었지만……."

"그렇다면 이 엔필드 총을 파시란 말씀은 드릴 수 없겠군요."

그 순간 애스턴이 종을 울렸다.

"만찬이 준비됐습니다."

4

만찬은 산해진미가 넘쳤다. 미란다라는 여자 요리사는 주방에서 요술 부리기를 엄청 즐기는 스타일이라는 걸 쉽게 알 수 있었다. 그만큼 경이로운 메뉴를 짰다. 송로버섯을 곁들인 거위간과 오이 냉채에 이어 중국식 야채에 얹은 새끼가자미와 아스파라거스를 곁들인 새끼양 넓적다리를 내왔다. 이런 미식에 말로만 듣던 최고급 프랑스산 적포도주와 백포도주를 곁들였다. 한 입도 더는 못 먹겠다는 생각이 들 즈음에 미란다는 오렌지 절임을 얹은 초콜릿을 내왔다. 감미로운 헝가리산 토카야 포도주까지⋯⋯.

이토록 거하게 먹어 본 것은 몇 년 만이었다. 멀로니와 식스펜스도 비슷한 것 같았다. 두 사람은 만족한 미소를 지으며 몸을 의자 뒤로 기댄 채 발을 쭉 펴고 더할 나위 없이 행복한 표정으로 미란다가 상을 치우고 커피를 내오는 것을 지켜보고 있었다.

"끝내주는군요, 팜브리지 여사님." 멀로니가 말했다. 요리사가 나가고 문이 닫혔을 때였다. "요리사 정말 잘 두셨네요. 저도 정말 실력 있는 사람을 찾으려고 늘 노심초사하거든요." 그는 사냥조끼 단추를 풀더니 배를 쑥 내밀었다.

"하지만 몸매에는 치명적이겠어요."

"그렇지요. 솔직히 말씀드리면 미란다가 오늘 저녁에는 아주 특별하게 신경을 썼답니다. 하긴 우리 집엔 손님이 오는 법이 별로 없으니까요."

멀로니가 조끼에서 은갑을 꺼내 열더니 우리에게 향기 좋은 시가를 권했다. 고맙지만 사양하겠다는 표시를 하자 그는 어깨를 으쓱하더니 하나를 꺼내 불을 붙였다. "팜브리지 여사님, 이젠 저희를 더 고문하시면 안 될 것 같은데요. 왜 오라고 하셨는지 말씀 안 하실 겁니까?" 그가 공중에 연기를 뿜어내자 곧 방 안에 부드러운 바닐라향이 가득 찼다. 우리의 눈이 여주인에게 쏠렸다. 그녀는 천천히 일어났다. 나는 일어서기가 힘겨운 것이 아닌가 하는 인상을 받았다. 아무래도 나이가 있으니까. 그녀가 초인종을 울리자 문밖에서 기다리던 애스턴이 들어왔다. 그는 여주인의 눈짓에 따라 벽장 쪽으로 가서 맞닫이문을 열고 컴퓨터 프로젝터를 꺼냈다. 그가 불빛을 낮추고 프로젝터 스위치를 켰다. 하얀 직사각형 화면이 회사 로고와 함께 맞은편 벽에 나타났다.

"고마워, 애스턴. 됐어." 여주인이 말했다.

그녀는 집사가 홀을 나갈 때까지 기다렸다가 프로젝터 쪽으로 갔다.

"왜 여러분을 이리로 불렀는지 정확히 설명드리기에 앞서 팜브리지 유전공학, 약칭 PGE에 대해 간단히 설명드리겠습니다." 그녀는 프로젝터를 작동시켰다. 그러자 바위투성이의 황량한 해안에 자리한 납작한 하얀 건물이 조감도처럼 눈에 들어왔다. 철조망을 이중으로 친 높은 울타리가 건물 일대를 에워싸고 있는 게 꼭 교도소처럼 보였다.

"이 시설은 이미 70년대에 세워졌습니다." 그녀가 설명했다. "당시에는 아직 핵 연구용이었지요. 그래서 주거지에서 멀리 떨어진 시에라네바다 산맥 발치에 있는 칼베라스에 자리 잡게 된 것이지요. 그러나 원자력 에너지가 지속될 수 없다는 게 분명해진 직후에 가동이 중단됐습니다. 바이러스와 기타 공격성 생명체를 실험하던 내 남편에게는 이 지역이 당연히 이상적인 장소였겠지요. 입지 여건도 그렇고, 보안 차원에서도 그랬습니다. 지금 화면에서는 안 보이지만, 저 안쪽 깊숙이 네 개의 구조물이 있습니다. 저 아래쪽에는 최고의 보안을 요하는 실험실들이 있고. 거기서 우리는 현실적으로 흥미로운 대상들을 가지고 작업을 하고 있지요." 카메라가 부지 전체를 아래로 비치면서 감시탑과 출입문을 지나 안쪽 본관까지 보여주었다. 나는 그제야 비로소 지금 보는 것이 컴퓨터 시뮬레이션이라는 사실을 깨달았다. 사막과 덤불과 심지어 조슈아 트리까지 모든 게 인공이었다. 그러나 너무도 생생한 현실 같아서 곧 그 가상세계로 빠져들었다.

"왼쪽에 보이는 것이 주거구역과 소형 발전소입니다. 여러 시설에 에너지를 공급해주는 곳이지요." 그녀의 목소리에는 남편이 이룬 필생의 업적을 소개한다는 흐뭇함이 묻어났다. 갑자기 그녀는 힘과 활력이 넘치던 예전 모습으로 돌아갔다.

"이제 사무실들이 있는 행정동을 지나 미생물과 기타 미세생명체를 연구하는 구역으로 갑니다." 가상세계의 카메라가 노란 안전작업복이 걸린 탈의실을 지나는 동안 과학자들이 좀 더 아래 위험구역으로 가려면 반드시 거쳐야 하는 화학적 샤워에 관해 설명하는 글이 화면 아래에 떴다. 형질 전환 및 DNA 염기서열 분석 실험실들이 보였다. 이 실험실에는 주사식 전자현미경, 질량분석계, 고압증기멸균기, 인큐베이터, 기타 과학 설비들이 꽉 차 있었다. 도무지 믿기 어려웠다. 여기 있는 시설을 돈으로 따지면 수억 달러어치는 됐다. 팜브리지 여사는 내가 입이 떡 벌어진 것을 알아채고 미소를 지었다.

"네가 알다시피 남편은 육십 년대부터 줄곧 유전자 연구에 몰두해왔단다." 그녀가 설명했다. "그이는 로절린드 프랭클린과 모리스 윌킨스가 런던 킹스 칼리지에서 1950년과 60년 사이에 DNA 분자의 구조에 관해 얻어낸 놀라운 연구 성과에 자극을 받았어요. 그때는 분자가닥이 이중으로 꼬였다는 이중나선 개념이 태동하는 시기였습니다. 지금이야 그 형태에 대해 다들 익히 알고 있지만. 나는 남편을 알게 됐을 즈음 화학을 공부하고 있었지요. 우리는 윌킨스가 크릭, 왓슨과 함께 1962년 노벨 생리의학상을 수상하는 과정을 아주 가까이서 지켜봤습니다. 새로운 세계가 열리는 시기였고 아인슈타인의 상대성 이론 이후 중단됐던 혁신이 새로 시작된 시기였습니다. 그게 얼마나 충격이었는지 여러분은 상상이 안 갈 거예요. 지상에 존재하는 모든 생명체가 네 개의 염기로 규정된다는 사실이 알려지면서 자연과학에서부터 철학에 이르기까지 엄청난 영향을 받았지요. 그러나 진짜로 충격적인 사실은 우리가 영혼이라고 규정하는 것이 단순한 화학적 분자들 사이 어딘가에 숨어 있다는 인식이었습니다. 그 점을 지금 이 순간까지도 사람들은 명확하게 이해하지 못하고 있습니다."

"영혼과 같은 어떤 것이 실제로 존재한다고 가정하면 그렇지요." 내가 끼어들었다. "그런 증거는 아직 없습니다."

"그걸 의심한단 말이오?" 멀로니가 눈살을 찌푸리며 내게 물었다.

"전 제가 보는 것만 믿습니다. 지구상의 모든 생명체는 세포로 구성돼 있고, 세포들은 화학적 과정을 통해 서로 연결돼 있습니다. 세포는 눈으로 보고 그 기능을 밝혀낼 수 있지요. 하지만 영혼과 같은 것은 아직 발견하지 못했습니다.”

“우리의 지각능력으로 포착하지 못하는 사물도 있소.” 사냥꾼이 응수했다. “과학적으로 밝혀낼 수 없는 사물들 말이오.”

“내가 그런 걸 믿는다면 아마 과학자는 못 됐을 겁니다.”

“자, 여러분” 하고 팜브리지 여사가 중간에 말을 끊었다. “이 논쟁은 시간이 걸릴 문제입니다. 이의가 없으시다면 제가 계속하겠어요.” 나를 쳐다보는 그녀의 눈초리가 날카로웠다. 나는 당황해서 고개를 끄덕였다.

“그러셔야지요. 실례했습니다.”

“정보가 어떻게 복제되고 전달되는지 알게 되면서” 하고 그녀가 설명을 계속했다. “비로소 모든 일이 제대로 굴러가기 시작했습니다. 오늘날까지도 해명되지 않은 문제들이 많이 있지요. 유전자가 어떻게 표현되는가, 즉, 유전자가 눈 색깔이나 신장, 피부색과 같은 신체적 특징들을 어떻게 발현시키는가? 예를 들어 양 한 마리를 만들려면 하나의 게놈, 즉 모든 유전정보의 총체는 어떻게 구조화돼 있어야 하는가? 유전병을 없애려면 이 게놈을 어떻게 변화시켜야 하는가 등등. 갑자기 엄청난 연구비가 쏟아져 들어왔어요. 산업계에서도 관심을 갖게 된 탓이지요. 과학은 새로운 문을 열었고, 그 뒤에 숨어 있는 세계는 상상이 안 갈 만큼 거대했어요. 우리는 당시에 영국이 그런 근본적인 문제를 탐구하기에는 너무 좁다는 걸 알았지요. 그래서 딸과 함께 미국으로 이주했습니다. 남편이 죽고 나서 내가 실험실을 이어받아 그분의 작업을 계속했지요.” 그녀가 스크린을 가리켰다. “이 시설에는 생명의 비밀과 인류의 미래를 여는 열쇠가 들어 있습니다. 아시겠지만, 인간 게놈 프로젝트의 일부를 우리가 맡고 있습니다. 실험실에는 인간 게놈 전체가 있습니다. 그걸 분석하고 해독해서 최적화할 준비를 하는 거지요."

처음으로 귀가 번쩍 뜨이는 대목이었다. 그녀가 앞서 이야기한 모든 것은 전혀 새로울 게 없었다. 그러나 최적화란 말에 나는 등골이 서늘해졌다. 나는 아버지와 다른 점이 아주 많았다. 하지만 그래도 과학이 통제받지 않고 전능할 수 있다는 환상을 갖는 것보다 더 치명적인 것은 없다는 그분의 견해에 동감하고 있었다.

"그게 정확히 무슨 말씀인가요?" 내가 물었다. 팜브리지 여사는 설명을 중단하고는 미소를 지으며 내게 다가왔다. 프로젝터의 빛이 비쳐서 그녀의 얼굴에 그림자가 어른거리는 바람에 아주 낯설게 보였다.

"놀랐니, 데이비드?" 빛 때문에 그녀의 피부가 투명해 보였다. "내가 인종차별의 광기에 빠져서 한때 나치가 그랬던 것처럼 초인을 꿈꾸고 있을까봐 무서운 모양이지?"

나는 이 질문에 부정을 해야 할지 긍정을 해야 할지 망설였다. 그냥 입을 다물고 있는 편이 나았다.

"그럼 안심을 시켜주마. 나는 창조주인 척하려는 욕망은 가지고 있지 않아. 복제인간이나 초인적인 전사나 그 비슷한 괴물들을 만들 생각이 전혀 없어. 다른 기관에서는 그런 시도가 진행되고 있을지 모르지만, 우리는 그런 거 없다. 우리가 하는 일은 탄탄한 기초연구가 전부야. 호모 사피엔스에게 장기간의 생존을 확실히 가능케 해 주는 길을 찾는 거지."

"어째서 그런 작업이 유전자 연구의 도움 없이 성공할 수 없다는 겁니까?" 멀로니가 끼어들었다. 그는 전과 달리 십오 분 동안이나 잠자코 있었다.

팜브리지 여사가 일어났다. "인간이 자신의 몰락에 책임이 있다는 얘기는 여러 번 제기된 가설입니다. 이런 시나리오는 전쟁에서부터 환경파

괴, 인체 자체의 잠행성 중독에 이르기까지 다양하지요. 그런 가설에는 어느 정도 진실이 있겠지만, 나는 타고난 낙관주이자입니다. 인간은 상상력이 대단하지요. 목숨이 걸린 중대한 문제가 생기면 말입니다. 그래서 그런 문제들에 대해 해결책을 찾아내게 될 겁니다. 아니, 나는 오래전부터 과학이 억압해온 것을 이야기하는 것입니다. 그건 인간이 스스로 만들어낸 저주로서 의학이라는 이름으로 통하지요. 터무니없는 소리로 들릴지 모르겠지만, 고통과 상처를 치유하는 능력이 오히려 장기적으로는 유전자를 허약하게 만듭니다. 그것도 정도가 너무 심해서 몇 백 년이나 천 년이 지나면 결국은 인류의 멸종으로 이어지게 될 겁니다."

멀로니가 일어났다. "여사님, 무슨 말씀이신지 이해가 안 됩니다. 어떻게 그런 결론에 이른 겁니까?"

"지금 제가 말씀드린 것은 과학적으로 사고하는 냉철한 사람들 사이에서는 일반적으로 인정되는 사실입니다. 다만 이런 얘기를 크게 떠들지 않는 이유는 인간적인 삶이라는, 자비와 동정으로 충만한 삶이라는 우리의 철학에 정면으로 배치되기 때문이지요." 팜브리지 여사는 말을 이었다. "예를 들어 선천성 약시라는 현상을 봅시다. 수만 년 전, 구석기 시대에 약시는 유전자 변이를 거쳐 점점 빈번해지면서 조기 사망으로 이어졌을 겁니다. 불쌍하게도 약시를 타고난 친구는 아무것도 잡을 수 없었을 테고, 따라서 짝짓기를 하거나 자손을 낳을 수도 없었을 겁니다. 유전자 결함의 종착점이지요. 그런데 지금은 안과 치료 덕분에 이런 문제가 없습니다. 그 결과로 '약시' 유전자 정보가 다음 세대로 계속 전달되지요. 다른 예로 선천성 당뇨병을 들 수 있습니다. 당뇨병 타입 1 말입니다. 잘못된 음식물 섭취로 야기되는 타입 2와 혼동하면 안 됩니다. 유전된 당뇨병이라는 얘기지요. 이 병은 현재 인슐린을 공급해주면 아무 문제없이 대처할 수 있습니다. 동시에 그 결과 환자 비율이 최근 세 배나 늘었습니다. 아니면 최근 증가하는 선천성 심장병 사례를 보십시다. 이런 식의 사례는 끝이 없습니다."

"그래서요?"

"똑같은 원리가 우리의 면역체계도 약화시키는 겁니다. 바이러스와 박테리아는 언제나 있었지요. 그에 대항하는 면역성을 가진 사람들은 살아남고 유전체 속에 중요한 정보를 다음 세대에 전해주었습니다. 오늘날에는 사정이 달라요. 지금은 백신, 면역혈청, 항생제 같은 것들이 있어서 개인의 생명을 보호해주지요. 그런 생명이 살아남고 증식을 하고 잘못된 유전정보를 다음 세대에 물려줍니다. 그런 반복은 계속됩니다. 악순환이지요. 몇 년 전부터 신문에 나는 기사들을 보세요. 인간을 위협하는 신종 바이러스가 발견되지 않는 날이 없어요. 하루가 멀다 하고 에이즈니 에볼라 바이러스니 중증급성호흡기증후군(SARS)에 유행성독감(인플루엔자) 얘기가 나오지요. 하나같이 현대 의학이 어느 정도 무력화시킨 것처럼 보이는 질병들입니다. 대단할 것 없는 감기 수준인 독감이 매년 백만 명 이상의 목숨을 앗아간다는 사실을 아세요? 그 원인이 매년 이십 만 명의 기형아가 세상에 태어나기 때문이라는 걸 아세요? 인플루엔자는 1918년에 세계 인구의 50분의 1을 급사시켰습니다. 그때까지 지구를 덮친 그 어떤 전염병보다 강력했지요."

"원 저런, 난 그런 줄 몰랐네" 하고 멀로니가 중얼거렸다.

엽총으로 쏘아죽일 수 없는 적에 관한 이야기를 듣는다는 사실이 영 마음에 들지 않았을 것이다. 나도 마음이 편치 않았다. 물론 이유는 달랐다. 이 명철한 노부인의 논리를 존중하기는 하지만 도대체 무슨 의도로 그런 얘기를 하는지 감을 잡았기 때문이다.

"많은 과학자와 사람들이 뭘 잘못 알고 있어요." 여주인이 당당하게 말을 이어갔다. "바이러스가 단번에 갑자기 훨씬 위험하고 악랄한 병원균으로 발전한다는 가정 말입니다. 하지만 그건 헛소리예요. 바이러스는 이런저런 형태로 늘 있었습니다. 어떤 것은 해가 없고 어떤 것은 한타 바이러스처럼 악랄하지요. 바이러스는 우리 환경의 일부이며 전체 진화의 일부입니다. 그놈들이 변한 게 아니라 우리가 변한 거예요. 우리는 의학의 도움으로 자연 진화의 순환 과정에서 떨어져 나온 겁니다. 그 결과 바이러스의 공격에 쉽게 당하게 된 거지요. 진화의 기술이라는 관점에서 보면 우리가 현재 서 있는 지점이 바로 우리의 몰락이 시작되는 순간입니다. 우리가 아무런 조치를 강구하지 않는다면 말이지요. 게다가 인구는 급속히 증가하고 바이러스 전이는 급격하게 진행됩니다. 특히 잠복기가 짧은 질병일수록 그렇지요. 따라서 두 가지 측면에서 서둘러야 합니다."

"좋은 말씀입니다." 나는 이렇게 말하고 벌떡 일어섰다. 너무 과한 반응이어서 나 스스로도 깜짝 놀랐다. 그러나 더는 조용히 앉아 있을 수가 없었다. "여사님 말씀이 맞다고 치자고요. 그렇다고 해도 막연하게 인간 게놈에 어떤 변화를 가할 수는 없는 노릇이지요. 우리는 이제 겨우 염기서열 하나하나의 기능을 확인하기 시작한 정도입니다. 변화를 가하겠다는 생각을 하는 것은 너무 이릅니다."

"개인적인 상실을 겪어 보지 않은 사람은 그렇게 말하지." 팜브리지 여사가 반박했다. "바로 눈앞에서 사랑하는 한 인간이 죽어 가는데 아무것도 할 수 없다는 게 어떤 것인지 겪어보지 않아서 그래요."

나는 반박을 하고 싶었지만 그녀가 손을 들며 말했다. "흥분하지 마. 자넨 조심스럽고 사려 깊은 사람이지. 무엇을 염려하는지 충분히 이해할 수 있어. 많은 진지한 과학자들이 우생학이라는 끔찍한 이론에 빠진 것도 그리 오래전 일이 아니니까. 변화를 아무렇게나 시도해서는 안 된다는 건 맞아. 적절한 설계도, 방향을 잡을 수 있는 청사진 없이 하면 안 돼. 하지만 우린 그걸 곧 손에 넣을 것 같단 말이지."

5

나는 아무 말도 할 수 없었다. 설계도? 청사진? 생각이 여러 갈래로 뻗어가는 바람에 어지러웠다. 멀로니는 혼란스러운 표정으로 팜브리지 부인과 내 얼굴을 번갈아 쳐다봤다. 그는 논쟁이 계속되기를 기다리는 것 같았다. 그러나 그렇게 되지 않자 자기가 말을 꺼냈다. "무슨 설계도를 말씀하시는 건가요, 팜브리지 부인? 전 한 마디도 못 알아듣겠습니다."

"제가 말하는 청사진은 일종의 유전자 코드입니다. 고도로 발달된 종의 경우 온전한 면역체계가 어떠한 양상이어야 하는지를 말해주는 준거점 같은 겁니다. 끊임없이 새롭게 변화하는 변종 바이러스의 공격에 유연하게 대응할 수 있는 면역체계 말입니다." 그녀는 설명을 이어갔다. "그런 체계가 최신 상태에 있다는 것, 말하자면 현재 살아 있는 바이러스 종들을 성공적으로 물리칠 수 있다는 것은 별로 중요하지 않습니다. 그런 미세조정은 백신 접종 등을 통해서 아주 쉽게 할 수 있습니다. 내 애기는 그런 게 아닙니다. 내가 말하는 요점은 우리의 생화학적 방어기제 전체를 근본적으로 새롭게 정렬하는 것입니다.”

나는 용기를 내서 솔직하게 물었다. “대체 어디서 그런 설계도를 가져오겠다는 거지요? 침팬지한테서?”

팜브리지 여사가 고개를 저었다. “전혀 아니야. 침팬지의 면역체계는 우리와 아주 유사하지. 너무 유사하다고 할 수 있어. 우리와 똑같은 면역결핍증과 여러 취약점이 발견되니까. 하기야 이런 문제는 거의 모든 포유류에 똑같이 적용되지. 그러니까 우리와 유사하긴 하지만 너무 유사하지 않은 종이어야 해. 집단적인 생활을 하면서도 고도로 지능적이고 구체적인 의사소통 능력이 있는 종 말이지.”

“돌고래요?”

그녀는 다시 고개를 흔들었다. “해양생물은 우리가 추구하는 목적에 안 맞아. 지금은 그 이유까지 설명할 시간은 없을 것 같다. 다만 돌고래는 우리가 추구하는 구조와 전혀 다르다는 얘기만 해두자.”

나는 한숨을 쉬고 어깨를 으쓱했다. “모르겠네요. 여사님이 얘기하는 내용에 딱 맞는 생물은 떠오르지 않네요.”

그녀는 얼굴을 찡그리더니 한 마디 툭 던졌다.

“공룡.”

—

슬그머니 못마땅한 생각이 들었다. 이 여자는 이성을 잃었다. 그게 아니면 우리를 놀리고 있는 거다. 우리를 농락하려는 것이거나 떠보려는 짓이다. 공룡이라니! 썰렁한 농담이다. 다른 손님들도 비슷한 생각을 하는 모양이었다. 그러나 여사에게 무례한 인상을 주고 싶은 사람은 아무도 없었기 때문에 당혹스러운 침묵만이 계속됐다.

존중하는 뜻을 표하면서도 거리를 유지하고자 하는 마음에서 나는 고개를 끄덕이며 "흥미롭군요" 하고 중얼거렸다. 여주인으로 하여금 자기 의견에 공감한다고 믿게 만들 요량이었다.

그녀는 회색 눈동자로 나를 쏘아보더니 비아냥거리는 듯한 미소를 흘렸다.

"데이비드, 너는 우유부단할 뿐만 아니라 위선자로구나." 그녀가 말했다.

"네?"

"실제로는 내 말을 한 마디도 안 믿고 있어." 그녀의 미소가 사라졌다. "가슴에 손을 얹고 생각해보렴. 지금 무슨 생각을 했는지 말이야. 내가 미쳤다고 생각했지? 아니면 망령이 들었다고? 아마 내가 어떤 형태로든 널 시험해보려 한다고 생각했겠지. 가만히 주위를 둘러보거라. 어쩌면 몰래카메라가 숨겨져 있을지 몰라."

"솔직히 그런 생각이 떠오른 것은 사실입니다. 죄송합니다." 나는 참으로 당혹스러웠다.

"용서고 자시고 할 것 없다. 네 말이 맞으니까. 필요한 정보가 없는 상태라면 이런 이야기는 쥐라기 공원을 엉터리로 모방한 것처럼 들릴 수밖에 없겠지. 물론 쥐라기 공원도 출발점은 나쁜 게 아니야. 책이나 영화로 보셨지요, 멀로니 씨?"

사냥꾼은 고개를 흔들었다. 동행도 마찬가지였다. 그들도 나나 마찬가지로 여주인이 하는 말이나 태도가 당황스러워 어쩔 줄 모르는 것 같았다.

"본질적으로는 화석에 든 핏방울을 가지고 공룡을 복제해내는 것이었습니다. 핏방울은 공룡을 빤 모기의 몸속에 들어 있고 이 모기는 호박 속에 들어 있지요. 책이나 영화에서 근거로 삼고 있는 실험들은 실제로 있었습니다. 그러나 공룡 DNA의 파편밖에 찾을 수 없다는 사실이 바로 드러났어요. 유전자 염기서열에서 탈락된 부분이 너무 컸기 때문에 도저히 그 부분을 메울 수가 없었던 겁니다. 작가와 영화제작자도 이 문제를 의식하고 작품에서는 개구리의 DNA로 결락 부분을 메웠어요. 과학적 관점에서 보면 당연히 사기지요. 상상에 불과합니다. 하지만 흥미진진한 소설을 위해서라면 그 정도는 눈감아줄 수 있어요. 그러나 그 아이디어는 계속 존속했어요. 이억오천만 년 동안 세상을 지배한 생명체를 복제하겠다는 것은 그야말로 모험이 아니겠어요? 나는 지금 그런 작업을 통해서 얻는 대단한 연구 성과를 놀이공원 건립에 악용하자는 얘기를 하는 게 아닙니다. 남편과 나를, 그리고 수많은 과학자들을 움직인 것은 이런 의문이었습니다. 그렇게 고도로 분화되고 발달된 동물 종이 그렇게 오랜 세월 살아남을 수 있었던 비결이 무엇인가? 이억오천만 년 동안이나! 상상을 불허할 만큼 오랜 시간이지요. 우리 인간이 존속한 것은 대충 잡아도 삼백만 년밖에 안 되니까요.”

“그러면서 해악도 많이 끼쳤지.” 멀로니가 툴툴거렸다.

“전 잘 이해가 안 되네요.” 식스펜스가 끼어들었다. “지금도 살아 있는 종의 유전체를 사용하면 안 되나요? 인간처럼 바이러스성 질병에 취약하지 않은 생명체는 많이 있는데…….”

팜브리지 여사는 차근차근 설명했다. “진화의 발전 단계와 밀접하게 연결돼 있는 유전적 분화의 정도와는 아무런 관계가 없습니다. 그건 공룡이 파충류라는 사실보다도 훨씬 중요합니다. 진화의 수준이 비슷할수록 그만큼 이식은 간단하거든요. 어느 쪽 파충류든 간에 공룡은 우리와 유사하게 큰 무리를 지어 공동생활을 했다는 점에 주목해야 합니다. 녀석들은 온혈동물이었고, 일부는 털가죽이 있었습니다. 극히 복잡한 방식으로 의사소통을 할 수 있었고, 지능도 아주 높았습니다. 우리는 공룡이 실제로 얼마나 똑똑한지 이제야 비로소 이해하기 시작하고 있습니다. 심지어 주둥이가 오리처럼 긴 하드로사우루스는 육천오백만 년 전 지구에 거대한 운석들이 떨어지는 바람에 멸종되지 않았더라면 파충류인간으로 발전했을 것이라고 주장하는 연구들도 있습니다."

"공룡과 파충류인간이라……. 좀 독한 술이 필요합니다." 멀로니는 이렇게 말하면서 일어났다.

"같이 가시지요." 여사에게 실례를 범하는 것처럼 보이지 않으려고 나는 그를 따라갔다. 우리는 서로 눈짓을 주고받았다. 멀로니는 익숙한 자세로 위스키를 한 잔 따랐다. 반면에 나는 이번에는 브랜디로 했다. 잔을 들고서 우리는 다시 원래 자리로 돌아왔다.

"도무지 이해가 되지 않는 것은……" 하면서 내가 다시 말을 이었다. "호박이나 화석화된 유전체 얘기가 이미 실패했다면 DNA를 어디서 채취해야 합니까? 그게 문제이지요."

"정말 그게 문제야. 당연히 그 DNA는 살아 있는 개체에서 뽑아내야지."

나는 하마터면 사레가 들릴 뻔했다. 그랬다면 브랜디가 얼마나 아까웠을까. 이야기는 점점 황당무계해졌다. "살아 있는 개체라고요?"

"물론이지."

이 여자는 정말 정신이 나갔다. 하지만 나는 그런 생각이 겉으로 드러나지 않도록 애쓰면서 다시 놀이를 계속했다. "그렇다면 산 공룡을 찾을 수 있다고 믿으시는 겁니까? 네스 호 같은 데서인가요?"

그 순간 내 시선은 벽난로 위에 놓인 에밀리의 사진에 쏠렸다. 그리고 잠시 이 자리에 그녀가 있다면 얼마나 좋을까 하는 생각을 했다. 하지만 지금은 저 멀리…… 콩고에 가 있다!

갑자기 사방의 벽이 뒤바뀌는 느낌이 들었다. 아니, 그럴 리 없다!

사람이 이렇게 미칠 순 없는 노릇이다!

득의만면한 표정을 지으며 팜브리지 여사가 우리 쪽으로 시선을 던졌다. "여러분, 모켈레 음벰베라는 이름 들어보셨나요?"

멀로니가 고개를 흔들었다. "전혀 모르는데요. 그게 뭔가요? 아프리카 말 같은데."

팜브리지 부인은 엷은 미소를 띠었다. "신비동물학이라는 개념을 아시나요?"

그는 당황한 표정으로 노부인을 바로 보았다. "신비…… 뭐라고요?"

"신비동물학. 그리스어로 된 개념이지요." 그녀가 설명했다. "숨겨진 동물들에 관한 이론이지요. 전설로만 존재하고 그 실재가 아직 입증되지 않은 생명체 말입니다. 생긴 지 얼마 안 된 이 학문에는 몇 가지 흥미로운 요소가 있어요. 먼지 앉은 서가와 연구실에 새로운 바람을 불어넣고 있지요. 육천오백만 년 전에 멸종한 것으로 알았던 실러캔스와 같은 총기류(總鰭類) 물고기의 발견을 생각해보시면 됩니다."

"그건 우연히 발견된 것이었어요." 내가 반론을 제기했다. 그 문제를 깊이 알지는 못하지만 관련 잡지에서 이것저것 읽은 바 있었다. "대부분의 경우에 신비동물학은 터무니없는 혼란을 일으킵니다. 파헤치고 들어갈 수 없는 신화와 전설의 정글 같은 것으로 허구와 실재가 마구 뒤엉켜 있어요. 히말라야의 설인 예티나 북아메리카의 야생 인간 사스콰치, 네스 호의 괴물에 대한 보고는 모두 망상입니다. 진지한 과학자들이 신경 쓸 일이 아니지요. 대부분은 간단하게 설명이 됩니다. 미신에 사로잡힌 원주민들이나 말라리아를 앓는 여행자들이 보았다고 믿는 것들이라는 애기지요." 나는 확신에 찬 목소리로 보충 설명을 했다.

"그런데 모켈레 음벰베는 뭔가요?" 식스펜스가 내 말을 끊었다.

"그 개념은 반투족 언어에서 나온 말인데 '거대한 동물' 또는 '강을 막을 수 있는 동물'이라는 의미입니다." 팜브리지 여사가 이렇게 설명하면서 자리에서 일어나 가죽으로 제본한 책을 서가에서 꺼냈다. "말하자면 모든 강의 흐름을 막을 수 있을 정도로 몸집이 큰 동물이라는 애기지요." 그녀는 우리가 둘러앉은 탁자 쪽으로 다가왔다. 그 책에는 『선사시대의 생존자들을 찾아서 In Search of Prehistoric Survivors』(영국 동물학자 Karl P. N. Shuker가 1995년 런던 블랜드포드 출판사에서 낸 신비동물학 책. 부제는 '멸종된 거대 동물은 아직도 살아 있는가?' 이다―옮긴이)라는 제목이 달려 있었다. 저자는 칼 슈커 박사. 그녀는 손가락으로 책장을 넘기더니 특정 페이지를 펼쳤다. "여기 있네."

우리는 탁자로 몰려들었다. 희미한 사진이 한 장 보였다. 분명히 항공기에서 찍은 것으로, 원시림 한가운데 호수가 보이고 물속에서 코끼리코 같은 기다란 목이 솟아나와 있었다. 그 옆에는 다소 서투르게 이 동물 전체를 묘사한 스케치가 붙어 있었다. 일억오천만 년 전에 쥐라기의 바다를 지배한 플레시오사우루스의 일종이었다.

"사진 상태가 상당히 나쁘군요." 멀로니가 투덜거리면서 시가 연기를 책장 위로 뿜어댔다. "이놈은 대체 크기가 얼마나 된다는 겁니까? 유감스럽게도 그림만 가지고는 도무지 얼마나 큰지 가늠할 수가 없네요."

"원주민들은 길이가 사 미터쯤 되고 낮게 굴러가는 듯한 소리를 내는 존재가 있다고 얘기하고 있어요." 팜브리지 여사가 설명했다. "내가 가진 정보에 따르면 틀림없이 아주 큰 동물입니다."

"어떻게 그런 결론을 내리시나요?" 내가 물었다. 우리의 의심을 불식시키려고 멋대로 지어내는 것인지 알아보고 싶었기 때문이다. 희미한 사진 한 장을 보고 덜컥 사실이라고 믿기에는 다들 읽고 들은 게 너무 많았다.

"이제부터 여러분들한테 보여드릴 것은" 하고 그녀가 말했다. 그사이 우리는 원래 자리로 돌아갔다. "비디오테이프입니다. 내 딸이 실종되기 직전에 찍은 것이지요. 다른 물건들과 함께 리코우알라 강을 떠내려 온 것입니다." 그녀의 목소리가 떨렸다. 벤저민 힐러가 말한 바로 그 물건이었다. 비디오테이프는 여사가 일주일 전에 받은 소포 속에 들어 있던 것이 분명했다.

"여기서 보고 들은 것에 대해서는 절대 비밀을 엄수해주셔야 할 것은 두말할 나위가 없습니다" 하면서 노부인은 말을 계속했다. "여기서 들은 이야기로 이득을 보시려 한다면 내 변호사와 상대해야 할 겁니다. 그런 일은 당연히 없기를 바랍니다." 그녀는 우리에게 눈짓을 했다. "얘기를 해봐야 아무도 믿어주지도 않을 터이니 지금부터 집중해주시기 바랍니다."

불이 꺼지자 프로젝터가 벽에 화면을 투사했다. 어지러웠다. 시간이 지나가고 나서야 뭐가 어떻게 돌아가는지 감을 잡을 수 있었다. 달빛에 비친 수면이 보였다. 주변에는 거대한 나무들이 있어서 뒤로 시커먼 보초가 서 있는 것 같았다. 몇몇 야행성 동물의 찌르륵 꾸르륵 하는 소리만이 밤의 적막을 깼다. 수면은 거울처럼 매끄러웠다.

갑자기 아주 먼 곳에서 기포가 일었다. 잔물결이 수면 위로 번지면서 동심원을 만들었다. 카메라 뒤에서 흥분한 채 속삭이는 목소리들이 들렸다. 그러나 그 목소리들은 이내 조용해졌다. 기포는 점점 부풀어 오르더니 하얀 거품이 부글부글 일었다. 정글의 적막 한가운데서 이런 일이 있다는 게 아주 이상했다. 적막? 실제로 조금 전까지만 해도 사방에서 들리던 정글 특유의 소음은 딱 멈췄다. 부글부글 끓어오르는 소리만 들렸는데 도무지 무슨 소리라고 해야 할지 영 알 수가 없었다. 대형 대양 횡단선이 침몰할 때 나는 둔탁한 굉음 같았다.

갑자기 수면에서 뭔가가 정적을 깨뜨렸다. 흔들흔들하는 긴 목이었다. 끝에는 아주 작은 머리가 달려 있었다.

이미 흐릿한 사진으로 본 모습이긴 했지만, 그야말로 깜짝 놀랐다. 그냥 사진으로 보는 것과 움직이는 모습을 그에 어울리는 소리와 함께 보는 건 달랐다. 나는 의자 가죽을 움켜쥐었다. 그러면서 그 괴물이 목을 왼쪽에서 오른쪽으로 흔드는 모습을 살펴보았다. 괴물은 물속으로 몇 미터 미끄러져 들어가는 듯하더니 곧 사라졌다. 물결이 다시 잔잔해졌다.

나는 두 손을 입에 대고 깍지를 꼈다. 이 필름은 충격적이었다. 우리가 지금 본 이 동물은 전에는 전혀 본 적이 없는 것이었다. 결코 보고된 바가 없는 것이었다. 게다가 화질은 또렷하고 선명했다. 이 미지의 생명체를 뭐라고 불러야 할지는 모르겠지만 기이한 존재인 것만은 분명했다. 팜브리지 여사에게 필름을 다시 한 번 틀어달라고 부탁하려는 순간 멀로니가 먼저 나섰다.

"그다지 대단한 건 아니네요." 그가 중얼거렸다. "목이 이 미터도 채 안 됩니다. 엄청난 것처럼 얘기를 하셨는데……."

다음 말이 채 나오기도 전에 갑자기 그 짐승의 목이 다시 솟아올랐다. 이번에는 높이 치솟았다.

점점 더 높아졌다.

나는 우리가 처음에 보지 못한 장면이 이어지는 것을 보고 숨이 멎었다. 그건 목이 아니었다. 그리고 끝에 종기처럼 부풀어 오른 부분도 머리가 아니었다. 진짜 머리는 바로 그 순간 수면을 뚫고 나왔다. 그리고 우리가 지금까지 본 것은 두개골을 헬멧 모양의 혹으로 덮은 기다란 뿔이었다.

나는 입이 쩍 벌어졌다.

이 파충류는 접시만 한 눈으로 호수 위를 내려다보더니 경적 같은 소리를 냈다. 분명히 뿔에는 백악기 후기에 살았던 하드로사우루스와 비슷한 공명기관이 있다는 확신이 들었다. 기이한 느낌을 주는 머리는 잠시 제자리에 머물러 있다가 서서히 일어서기 시작했다. 주위에 위험이 될 만한 것이 없다고 판단한 것이 분명했다. 그런 거대한 괴물이 무엇이 두려울까 하는 생각이 들었다. 그 동물은 차츰차츰 몸을 일으키기 시작했다. 길게 뻗은 몸체가 보였고 앞발은 발톱으로 무장하고 있었다. 피부에는 반짝이는 초록빛 반점이 찍혀 있었다. 갑자기 그 옆으로 또 하나의 작은 뿔이 물에서 솟아올랐다. 이번에는 새끼였다. 기절할 지경이었다. 지금 눈앞에서 벌어지는 일은 생물학자가 아닌 사람이 보아도 지극히 놀라운 일이었다. 새로운 세계가 열린 느낌이었다. 나는 토끼굴로 점점 빨려 들어가는 이상한 나라의 앨리스가 된 기분이 들었다.

"저게 뭔가요, 애스트베리 씨?" 식스펜스가 옆에서 속삭였다. "저런 걸 본 적이 있나요?"

나는 고개를 흔들었다. "듣지도, 보지도 못했습니다. 독립적인 종 같습니다. 정글 깊은 곳은 생물이 오랜 기간 완전히 고립된 상태로 살다가 발전될 수 있는 최적지지요."

"정말 괴물이네요. 저 발톱 좀 보세요." 순간 화면에 뭔가 이상이 생겼다. 뭐가 어찌된 영문인지 알 수 없었다. 정글 전체에 날카로운 사이렌 혹은 파이프 소리 같은 것이 울렸다. 이어 뭐라고 뭐라고 하는 소리가 들렸다.

"피드백 현상이야" 하고 스피커에서 경고하는 목소리가 들렸다. "헤드폰 끼고 너무 가까이 갔어. 그래, 너무 가까이 갔다고 그랬잖아. 빌어먹을, 녹음기 꺼." 여자 목소리가 씩씩거리며 말했다. "바보야, 기계 끄라니까. 안 들려? 빌어먹을, 늦었어. 놈이 우릴 알아챘어." 실제로 거대한 파충류의 눈이 바로 카메라 쪽을 노려보았다. 놈은 어둠을 꿰뚫어보는 것 같았다. 코를 부풀려 벌름거리면서 아가리를 벌리더니 덥석 물었다. 칼처럼 날카로운 이빨이 여러 줄 드러났다. 새끼는 무서운지 거대한 어미 뒤에 숨어서 깩깩 소리를 냈다.

"우릴 공격할 거야!" 여자가 소리쳤다. "총 쳐. 내가 놈을 쫓을게. 겁을 줘서 쫓을 수 있을 거야. 당신들은 캠프로 돌아가." 둔탁한 가격소리와 함께 흐느끼는 소리가 들렸다. 그러더니 철컥하고 장전을 하는 날카로운 소리가 들렸다. "짐 꾸리고 빨리 캠프로 돌아가. 놈은 내가 잡고 있을 테니까."

총성이 울렸다. 새끼가 비틀거렸다. 그러더니 흐늘거리며 물속으로 첨벙 쓰러졌다. 끔찍한 비명이 정글에 울려 퍼졌다. 거대한 동물은 이제 정말 화가 난 것 같았다. 또 한 번 저주를 퍼붓는 듯한 소리가 들렸고, 이어 화면이 흔들리더니 소리가 뚝 끊겼다. 다음 몇 분간 본 장면은 혈관의 피가 얼어붙을 정도였다. 캠프는 끔찍한 공격을 받은 것처럼 보였다. 마지막 컷에는 고무보트의 잔해와 녹색 반점이 있는 거대한 꼬리의 일부가 보였다. 그러더니 화면이 뚝 끊겼다. 방이 깜깜해졌다.

6

성냥이 불꽃을 일으키더니 곧 담뱃불이 보였다. 눈이 부셨다.

"자, 어떠세요?" 팜브리지 여사가 담배를 깊이 빨더니 연기를 우리 쪽으로 내뿜었다. 손이 떨렸다. 누구도 무슨 대답을 해야 할지 몰랐다. 우리는 당황한 나머지 아무 말 못하고 방금 본 것을 이해해보려고 애썼다. 쉬운 과제가 아니었다. 의문은 꼬리에 꼬리를 물었다. 무지와 그 무지를 해결하려는 추론의 순환이 계속됐다.

"화면에 나온 목소리는 누구지요?" 잠시 후에 내가 물었다. 누구인지 짐작은 갔지만 확실히 확인하고 싶었다.

"그건 내 딸이야." 팜브리지 여사가 초조한 듯이 담배를 한 모금 빨았다. "그 아이의 아이디어였어. 정확히 말하면 탐사대 전체가 그 아이 프로젝트였지. 이 년을 꼬박 거기에 바쳤으니까. 조수 네 명과 함께 초인적인 작업을 했지. 너무 가까이 갔어. 너무 가까이……."

그때까지 골똘히 생각에 잠겨 있던 스튜어트 멀로니가 몸을 앞으로 굽혔다. "무슨 일이 일어난 겁니까?"

팜브리지 여사는 담배를 비벼 끄더니 우리 쪽으로 돌아앉았다. "저 필름은 작년 9월 15일자로 돼 있어요. 근 한 달 만인 10월 8일에 파괴된 캠프 일부와 구명보트 조각들이 리코우알라 오제르베 강변의 키나미 마을로 떠내려 왔지요. 옷가지 쪼가리며 찌그러진 사발이며 냄비, 천막포 아래 디지털캠코더가 있었어요. 필름은 거기 들어 있던 것이지요. 딸한테서 틈틈이 촬영을 한다는 얘기를 들어서 알고 있었습니다. 우리는 거의 매일 전화를 했거든요. 이 장비는 감추기가 아주 어려웠어요. 짐작하실 수 있다시피 저 기계는 그런 곳에서는 천문학적 가치가 있거든요. 우리도 마찬가지지만 좀 고장이 나도 역시 아주 비싸지요. 그래서⋯⋯." 그녀는 손등으로 입술을 문질렀다. "⋯⋯ 딸애가 있던 곳에 대한 탐색은 다 성과 없이 끝났습니다. 사수-은게소 대통령이 사고현장으로 보낸 조사팀도 흔적 없이 사라졌습니다. 12월 3일에 한 마지막 무선교신을 보면 군인들은 성과 없는 수색을 중단하고자 했던 것으로 추정됩니다. 또 다른 구조팀을 보내려는 내 모든 노력은 무산됐지요. 그 사건은 정부로서는 어떤 식으로든 처리가 끝난 문제였거든요. 그래서 여러분을 찾은 겁니다, 멀로니 씨. 알아보니까 기이하고 위험한 동물을 사냥하는 쪽에 경험이 풍부하다며 당신과 조수 분을 추천하더군요. 제가 파악한 정보로는 두 분은 아직 빈손으로 돌아온 적이 없다면서요."

"그건 사실입니다." 식스펜스가 고개를 끄덕였다. "우리는 흔적을 추적하면 잡을 때까지 포기하는 법이 없지요."

"저는 두 분에 관한 자료를 보고 정말 깊은 인상을 받았습니다." 팜브리지 부인이 응수했다. "이걸 알아두어야 할 거다, 데이비드." 팜브리지 여사가 내 쪽으로 고개를 돌렸다. "세상에 이 두 분이 동물을 공급하지 않은 동물원은 거의 없단다. 내 정보가 맞는다면 두 분은 심지어 새로운 종을 몇 가지 발견하기도 했어. 특히 그중에는 뱀 세 종과 지금까지 존재가 알려지지 않았던 나무캥거루도 있지."

"식스펜스와 제가 목숨 걸고 전인미답의 지역에 들어갔기 때문에 가능했던 일입니다." 멀로니가 거들었다. "근본적으로 마술 같은 것은 없습니다. 그저 다른 사람들보다 더 많이 가고 더 오래 개기는 거지요. 우리의 비결은 끈기입니다."

"그래서 제가 두 분을 필요로 하는 겁니다. 그리고 데이비드 너도."

"저요?" 나는 당황해서 물었다.

그녀가 고개를 끄덕였다.

"하지만 왜요?"

"멀로니 씨가 말하는 식으로 표현하면 자네가 다른 사람들보다 더 멀리 더 오래 가 있을 수 있기 때문이지." 그녀는 시험해보는 듯한 눈초리로 나를 쳐다보았다. "자네는 탁월한 유전공학자야. 그 분야 최고 중의 하나지. 난 저 아래로 가서 그런 능력을 발휘해줄 사람이 필요해, 알겠어? 더구나 너는 내 딸을 좋아했잖아, 내 말 맞지?"

나는 할 말을 잃었다. 어쩐지 과자를 슬쩍하다가 들킨 꼬마가 된 기분이었다.

"어째서…… 제 말씀은, 어떻게 그런 생각을 하시게 됐나요……?" 나는 더듬거리며 말했다. 어떻게 부인이 에밀리에 대한 내 감정을 알게 됐을까? 물어볼까? 안 그러는 편이 낫겠다. 그녀가 이유를 분명히 밝힐 것 같지도 않았다. 따지고 보면 알았든 말았든 상관없는 일이었다. 모두의 눈이 내게로 쏠리고 있는 게 느껴졌다. 이런 기분은 아주 불편했다. "변명할 필요 없어. 딱히 무슨 계기가 있어서 안 건 아니니까. 에밀리가 네 얘기를 많이 했지. 그래서 함께 학교 다니던 시절에 너를 사랑하게 됐구나 하고 생각한 거지. 이런 말 하면 위안이 될지 안 될지 모르겠는데……. 에밀리가 지난 이십 년 동안 집에 데려온 남자친구들은 하나같이 너랑 닮았더구나.”

“하지만 우린 그때 애들이었는데요.” 내 입에서 불쑥 이런 말이 튀어나왔다. “기껏해야 소년소녀였지요. 분명히 저는 홀딱 반했어요. 하지만 아주 오래전 일이지요. 에밀리는 이제 다 큰 처녀가 됐을 텐데. 전 그 아가씨에 대해서는 전혀 아는 게 없어요.”

팜브리지 부인은 주의 깊게 나를 살펴봤다. “하지만 자넨 좀 더 알고 싶을 거야. 그렇지 않다면 벽난로 위에 있는 사진을 그렇게 관심 있게 들여다보지 않았을걸.” 그녀의 시선이 진지해졌다. “내 딸을 찾아줘, 데이비드. 아니면 적어도 그 애가 어떻게 됐는지라도 알려주게. 이렇게 호소하네! 달리 누구한테 도와 달라고 할 사람이 없어.”

나는 어찌할 도리가 없다는 제스처로 두 손을 들었다. “무슨 말씀을 드려야 할지 모르겠군요. 사건 전체가 정말…… 비극입니다. 저도 정말 마음이 아프고. 하지만 저는 이 일에 적당한 사람이 아닌 것 같군요.”

“돈이 문제라면 염려하지 마.” 팜브리지 부인이 말했다. 그녀의 눈 속에 차가운 빛이 도는 느낌이 들었다. “원하는 건 다 말해봐. 이건 여기 계신 모든 분한테 적용되는 얘기입니다.”

“아니, 그게 아니라…….” 나는 부인을 진정시켰다. “돈과는 전혀 관계가 없습니다. 다만 그런 도전을 감당해낼 자신이 없어서 그럽니다. 전 그냥 실험실에 틀어박혀서 연구하는 걸 제일 좋아하는 책벌레일 뿐입니다.”

“하지만 자네 아버지는 전혀 생각이 다르셨어.”

"제…… 아버지요? 아버님이 이 일과 무슨 관계가 있단 말씀인가요?"

"그분은 자네에게 큰 기대를 걸고 있었어. 편지에다가 자네가 얼마나 멋지게 성장하고 있는지, 그리고 자네가 그분의 발자취를 따라 그분 평생의 사업을 이어받는 날이 오면 정말 기쁘겠다고 쓰셨지. 언제나 칭찬이 넘쳤어. 저 위에 있는데 읽고 싶으면 방으로 가져다주지."

목이 메었다. 이런 상황에서 돌아가신 아버님을 언급하는 것만으로도 지난 추억을 강렬하게 되살리기에 충분했다. 거의 손에 잡힐 듯했다. 아버지. 그분은 내 평생 부동의 중심점이었다. 어머니가 돌아가신 이후로는 꼭 매달릴 수 있는 바위 같은 존재였다. 어머니는 내가 네 살 때 끔직한 교통사고로 목숨을 잃었다. 아버지는 답답한 집을 벗어나지 않을 수 없었다고, 어머니를 생각나게 하는 그 모든 것을 견딜 수 없었노라고 말했다. 아버지는 여행을 떠나고자 했다. 나를 학교에서 빼내와 가정교사를 붙여주고 멀리 연구여행을 떠날 때에도 우리를 함께 데려갔다. 당시 나는 세상이 겁날 정도로 크다는 것을 느꼈다. 처음 눈 덮인 킬리만자로의 정상을 보던 기억이 아직도 생생하다. 그 산은 탄자니아의 하늘 위로 하얀 빛을 내며 솟아 있었다. 빛으로 가득한 녹색의 우잠바라 산맥도 생각난다. 계곡에는 짙은 그림자가 드리워져 있었다. 그렇게 거의 이 년이 지났다. 비극적인 사건이 우리 둘을 종이 한 장 들어갈 틈도 없이 똘똘 뭉치게 해주었다. 그러나 아버지와 달리 나는 빛으로 찬란한 드넓은 아프리카와 결코 제대로 사귀지 못했다. 닫힌 공간에 머물기를 원했기 때문이었다.

"데이비드?"

"아버지는 끌어들이지 않으셨으면 좋겠습니다. 그건 불공평합니다." 내가 말했다.

팜브리지 여사는 알 수 없는 눈빛으로 나를 쳐다보았다. "그럼 뭐가 공평한 거지? 매년 수십만 명이 끔찍한 바이러스 감염으로 죽어야 한다는 사실이 공평한가? 언제나 타인의 복지를 위해 투신했던 내 딸이 지금쯤 텔레 호 바닥에 죽은 채 누워 있는 것이 공평한가? 제발 날 좀 도와주게. 날 위해서 그럴 수 없다면 최소한 돌아가신 아버님을 생각해서라도 그리 해주게. 로널드도 그걸 바라고 있을 거야."

나는 결심이 흔들리는 걸 느꼈고, 그 순간 그런 나 자신이 경멸스러웠다. 그러나 감정과 싸우기는 쉽지 않았다. 나는 팜브리지 경 부부와 에밀리와 아버지의 얼굴이 머릿속에서 엇갈리면서 나는 어느새 어린 시절 기억들과 뒤섞여 추억과 꿈과 희망이 버무려진 과거 속으로 잠겨들었다. 이런 환영을 쫓아내고 과거를 털어내려면 한 가지 길 밖에 없다는 생각이 들었다.

"그럼 좋습니다." 이렇게 말하는 내 목소리가 귀에 들렸다. 그 목소리는 조용한 속삭임 같았다. "여사님한테 에밀리를 돌려드리지요. 아직 살아 있다면 말입니다. 아니면 최소한 어떻게 됐는지라도 말씀드리겠습니다."

한동안 조용하더니 옆방에서 육중한 괘종시계가 종을 치는 소리가 들렸다. 열두 번을 쳤다. 자정이었다. 나는 너무도 피곤하고 맥이 쭉 빠져서 그 자리에서 곯아떨어질 것 같았다. 장시간 여행을 한 데다 불과 몇 시간 만에 놀라운 비밀을 알게 되고, 본의 아니게 옛날 일까지 회상하는 바람에 정신을 지나치게 혹사했기 때문이다.

"의기소침할 필요 없다, 데이비드." 여주인의 목소리가 들렸다. "네가 감당하지 못할 거라고 생각했다면 이런 부탁을 하지도 않았을 거야. 어쨌든 너 혼자 하라는 게 아니야. 그 분야에서 최고의 인력을 붙여줄게. 멀로니 씨와 식스펜스 씨 말고도 여성 과학자가 동반할 거야. 엘리쉬 은

가롱이라는 콩고 사람인데 원주민들과 접촉하는 문제를 맡게 될 거야. 사흘 후에 브라자빌에서 기다릴 거다."

"사흘 후라고요?"라는 말이 내 입에서 터져 나왔다. "그건 불가능해요. 목요일에는 강의도 있고……."

"다 정리해놨어. 앰브로즈 교수와 연락을 했는데, 그분이 탐사에 필요한 기간을 휴가로 처리해주기로 하셨다. 불이익 받을 일은 전혀 없어. 그 반대지. 미션이 성공하면 현지에서 한 체험에 대해 어떤 식으로 발표하든 자유야." 그녀가 덧붙였다.

"그럼 모켈레 음벰베는 어떻게 하지요?"

"그건 같이 가는 사람들이 맡을 거야. 내 부탁은 딸을 구하는 데 네 지식을 보태달라는 거야."

갑자기 비디오에서 들은 동물의 비명이 다시 생각났다. 나는 의심스러워서 고개를 들었다. "놈을 생포할 건가요, 죽일 건가요?"

"생포하지도, 죽이지도 않아." 여사가 대답했다. "난 에밀리가 실종된 이후 계획을 바꿨어. 둘 다 너무 위험해. 봤다시피 이 괴물은 무슨 짓을 저지를지 몰라. 내가 원하는 건 온전한 세포 몇 개 정도야. 우리 실험실에서 배양하면 되니까. 혈액일 수도 있고, 피부나 또는 다른 조직일 수도 있겠지. 중요한 건 세포가 산 채로 이곳에 도착해야 한다는 거야. 그래서 특수장비를 마련해놨어. 좋아들 하실 겁니다." 그녀의 얼굴에 미소가 번졌다가 곧바로 사라졌다. 그녀는 손을 허벅지에 올려놓았다. "이제 이야기는 끝입니다. 모든 걸 아셨으니 어렵지만 제 제안을 수락해주시기 바랍니다. 간절히 부탁드립니다. 여러분이 거부하면 전 더 어떻게 할 도리가 없어요."

스튜어트 멀로니는 이 미터나 되는 거구를 의자에서 일으키더니 우리 모두의 눈을 들여다보았다. 그렇게 보고 나서는 자신의 결심에 힘을 얻은 모양이었다.

"여사님, 제가 우리 모두를 대신해서 말씀드려도 될 것 같습니다. 여사님을 위해 일하는 것은 저희로서는 영광이라고 말씀드리고 싶습니다. 저는 여사님의 얘기를 듣고 확신을 갖게 됐습니다. 이런 기회를 그냥 놓쳐버린다면 저 스스로를 용서할 수 없을 겁니다."

"제 생각도 똑같습니다." 식스펜스가 말했다. "정말이지 하루 빨리 내 눈으로 직접 놈을 봐야겠어요."

나는 뭔가 긍정적인 얘기를 해주어야 할 필요도 있다는 느낌이 들었다. 나머지 사람들의 지나친 낙관에는 전혀 공감하지 않지만. "저는 약속을 지키겠습니다." 나는 말했다. "우리가 좋은 소식을 가져다드릴 수 있기를 기대합니다."

우리의 여주인 얼굴이 환해졌다. "그럼 여러분의 성공을 기원하며 건배를 하고 싶군요. 물론 다들 건강하게 돌아오시기를 기원합니다. 늘 기도하겠습니다. 사명을 완수하시기 바랍니다." 그녀는 잔을 높이 들었다. "건배!"

7

2월 8일 월요일. 런던 임페리얼 칼리지.

비가 억수로 퍼부었다. 택시는 8시 직전에 퀸즈 웨이로 접어들더니 끼익 소리를 내면서 런던 사우스 켄싱턴에 있는 생물학·동물학부 팰톰 게이트 앞에 멈췄다. 파란 칠을 한 건물이었다. 나는 운전사에게 사십 파운드를 쥐어준 뒤 동전은 됐다고 하고 서둘러 플라워 빌딩으로 갔다. 여행가방을 머리에 이고 비를 가렸다. 운전사는 뒤에서 뭐라고 소리를 질렀다. 그러나 나는 관심이 없었다. 다만 고맙다는 얘기였으면 싶었다. 술 한 잔 할 만한 팁을 받았으니 말이다. 상의 안주머니를 뒤져 출입증을 찾았다. 이 시각이면 아직 닫혀 있는 유리 출입문을 열기 위해서였다. 카드판독기는 '임페리얼 칼리지—구조생물학 센터'라고 적힌 문패 바로 옆에 있었다.

얼음처럼 차가운 빗줄기를 벗어나 안으로 들어갔다. 중앙계단은 캠퍼스 곳곳에서 벌어지고 있는 리노베이션 공사 때문에 폐쇄돼 있었다. 그래서 지하층을 거쳐 돌아갔다. 사무실로 가는 복도를 따라 급히 가는데 저온전자현미경이 가동되는 소리가 들렸다. 좀 더 정확히 말하면 아직도 가동되고 있다고 하는 편이 옳겠다. 이 시간에 여기에 있을 사람은 마이클 쳉밖에 없었다. 그는 이 거대한 기계 옆에서 밤을 꼬박 새기를 좋아했다.

"또 자네군, 미스터 쳉!" 나는 지나다가 학장인 앰브로즈 교수의 어투로 소리쳤다. 누군가 쿵 하고 머리 부딪힌 것 같은 소리가 들리더니 중국어 욕설이 들렸다. 그러더니 마이클의 붉어진 얼굴이 보였다. "죄송합니다, 앰브…… 아, 너였군, 데이비드! 나중에 원수 갚을 거야. 이봐, 잠깐만." 그는 티셔츠에 손을 문질러 닦더니 다급히 뒤를 따라왔다. "그게 무슨 얘기야? 이상한 얘기가 떠돌던데. 뭐라더라, 콩고 얘기를 들었는데. 그게 무슨 얘기야?"

원 이런, 소문이 들불보다 빠르다는 생각이 들었다. 나는 아직 사무실에 제대로 도착도 못했는데 벌써 쳉까지 다 알고 있으니 말이다. 앰브로즈 교수 주변에 몰래 정보를 흘리는 사람이 있는 것이 틀림없다. 여비서일까? 엘리자베스가 얘기를 해서 쳉이 알게 됐을 가능성이 높다. 둘은 함께 자주 외출을 하는 사이니까.

"콩고라니?" 나는 숨 돌릴 틈도 없이 다음 모퉁이를 돌면서 물었다. "무슨 얘기야? 난 모르겠는데."

"엘리자베스가 그런 암시를 했거든."

그렇지! 그럴 줄 알았어. 내 직감이 맞았다. 나는 엘리베이터 앞에 서서 쳉의 눈을 들여다보았다. "저기 말이야, 난 무슨 말을 하는지 모르겠어. 앞으로 며칠간 햇살 좋은 캘리포니아에서 보내면서 팜브리지 엔터프라이즈를 살펴볼 계획이거든. 아버님의 옛날 동료가 운영하는 유전자연구센터야. 그게 다야. 그리로 초청을 받았으니 무시할 수 없는 기회지."

"팜브리지, 좋지." 쳉이 말했다. "나도 얘기 들은 적 있어. 바이러스 면역요법 분야에서 세계 최고라고 하던데. 나도 데려 갈 거지?"

"쳉." 나는 최대한 살가운 목소리로 말했다. "난 지금 막 공항에서 도착했어. 잠도 거의 못 자고, 몸에서는 스컹크 같은 냄새가 나. 그리고 곧바로 다시 떠나야 돼. 실제로는 여기 오지 않은 거야. 그러니까 자기를 데려갈 수는 없어. 그리고 그 초대는 딱 한 사람만 받았어. 그러니까 몇 시간 동안 짐이나 쌀 수 있게 내버려두면 정말 고맙겠어."

"알았어. 그래야지. 나도 앰브로즈 교수한테 싫은 소리 듣기 전에 해야 할 일이 많아." 그는 날카로운 눈초리로 나를 쳐다봤다. "정말 콩고에 안 가는 거지?"

"잘 지내, 쳉." 나는 엘리베이터 문을 열고 쳉을 세워둔 채 5층으로 갔다. 나는 방에 들어서서 여행가방을 구석에 던져놓고 안도의 한숨을 내쉬며 책상에 앉았다. 몸이 지금 막 원심분리기에서 빠져나오는 기분이었다. 우주여행을 위해 그런 걸 견뎌내는 사람들은 참 수수께끼였다. 어쨌든 내일 다시 비행기를 타야 한다는 생각에 마음은 영 가볍지 않았다. 아직 처리할 일이 많았다. 어쨌든 조금이라도 잠을 자두어야 했다. 의자에 깊이 몸을 기대고 손을 머리 뒤로 깍지 낀 채 눈을 감았다. 마침내 휴식이다.

얼마 있다가 시계를 보니 반시간이 지났다. 복도는 이제 여느 때와 같이 부산해졌다.

"에이!" 나는 벌떡 일어나서 눈을 비볐다. 그래도 반 시간이나마 졸았다. 의자가 조금만 더 편안했다면 한나절 내내 잠이 들었을 것이다. 그러나 처리할 일이 많이 남아 있었다. 전화기를 들고 번호를 돌렸다. 이 전화를 더 피하는 것은 의미가 없었다. 초조한 기분으로 상대가 전화를 받기를 기다렸다. 오래지 않아 여자 목소리가 들렸다.

"세라 해트필드입니다. 여보세요?"

목이 잠겼다. "나야, 데이비드."

침묵.

"여보세요, 세라, 내 말 들려?"

세라의 목소리는 아주 억눌려 있는 듯했다. "전화를 다 하다니 아주 용감하시군."

"좀 봐야겠는데, 시간 있어?"

"언제?"

"지금 바로."

그녀는 잠시 머뭇거렸다. "무슨 일 있어?"

"전화로 말하긴 뭐 하고. 하지만 중요한 얘기야. 카페테리아에서 커피나 하자."

"아주 낭만적이시군. 미안하다 뭐 그런 얘기 하려고 그러지……?" 마지막 단어를 강조하는 낌새로 보아 바로 그걸 원하는 것 같았다.

"저기, 세라, 우리 그 얘긴 벌써 했잖아."

"아니 안 했어. 다시 한 번 기억을 도와주지. 자기는 외식을 하든지 아니면 같이 놀러가자고 연락할 거라고 그랬어. 약속했잖아, 생각 안 나? 그런데 어떻게 됐어? 아무 일도 없었지. 자기가 날 어떻게 생각하는지 모르겠어. 어쨌든 이런 식은 안 돼."

"진짜 자기랑 더 많이 시간을 보낼 거야." 나는 변명을 하려고 애썼다. "하지만 정말 너무 바빠서 무슨 일을 어디서부터 시작해야 할지 모르겠어."

"거짓말. 거짓말이란 거 자기도 알잖아." 세라의 목소리가 차가웠다. 조짐이 안 좋다.

"일주일 전에 내 친구 엘렌이 자기랑 자기 친구들을 콘서트에서 봤다던데?"

"…… 레드 핫 칠리 페퍼스 콘서트 말이구나."

"무슨 그룹이든 상관없어." 그녀가 말했다. "며칠 전에는 이리저리 술집이나 돌아다녔잖아? 나한테서 달아나려는 거야."

"그렇지 않아, 세라, 난……."

"잘해봐, 데이비드."

"잠깐, 전화 끊지 마. 해달라는 대로 다 해줄게. 설명해줄게. 그리고 사과할 거야. 그러니 일단 나와." 세라는 잠시 머뭇거렸다. "맹세해?"

"그럼."

"잠깐 기다려." 수화기 속에서 바스락거리는 소리가 들렸다. 그러더니 목소리가 다시 들렸다. "좋아. 2교시에 스탠퍼드 강의가 있는데 빠져도 돼. 괜찮으면 십 분 안에 갈게. 하지만 이번엔 확실히 해야 돼. 아니면 그냥 가버릴 거야."

"고마워, 세라. 빨리 와." 나는 수화기를 내려놓고 깊이 한숨을 쉬었다. 제일 어려운 부분은 해결이 됐다. 또 누구한테 비밀을 털어놓아야 할지 곰곰 생각해봤지만 아무도 떠오르지 않았다. 바로 그 순간 문이 열리면서 J. N. 앰브로즈 교수가 들어왔다. 앰 선생이었다. 말하기 전에 "앰앰" 하며 헛기침을 하기 때문에 농담조로 그렇게들 불렀다. 그는 기골이 장대하고 비만인데다 대머리에 남들은 안 어울린다고 생각하는 코르덴 양복을 즐겨 입었다. 그는 주변을 두리번거렸다. 누군가에게 관찰당하는 것이 아닌가 하고 두려워하는 듯했다. 그러더니 쓱 들어와서는 문을 닫고 니켈테 안경 너머로 나를 뚫어져라 살펴보았다.

"데이비드, 데이비드." 그가 말했다. 말투에 비난과 존중이 동시에 느껴졌다. "자네 정말 나를 멋지게 곤궁에 빠뜨렸더군."

"네?"

그는 보조의자를 끌어가더니 요란스럽게 쿵 주저앉았다. 나는 한숨이 나왔다. 뭔가 좀 길어질 것 같았다. 곁눈질로 시계를 봤다. 이번에는 세라와의 약속을 펑크 내고 싶지 않았다.

"우린 잘 지내고 있는 거지?" 앰브로즈는 미소를 지었다. 무슨 의미인지 종잡기 어려웠다.

"그게, 교수님…… 네…… 뭐 대체로……." 나는 잠시 침묵하다가 덧붙였다. "그런데 왜요?"

앰브로즈는 자기 결혼반지를 들여다보다가 구석에 있는 내 여행가방을 바라보았다. "자넨 벌써 삼 년이나 내 조교로 일했고, 근래에는 탁월한 업적을 이루었지. 자네가 없다면 난 어떻게 일을 해야 할지 모를 정도야. 서류처리며 업무 연락 등등 모든 게 나무랄 데가 없지. 정말이야." 그는 말이 막혔는지 다시 여러 번 헛기침을 했다. 이 양반이 무슨 의도로 이럴까 하는 의문이 들었다. 빙빙 돌려서 말하는 건 이 양반 스타일이 아니었다. "단백질 결정학 분야의 자네 논문들도 아주 인상적이었어." 그는 말을 계속했다. "아주 현대적이야."

거짓말이라는 생각이 들었다. 그가 지금까지 이 문제에 대해 언급한 것은 모두 쓸모없는 물건이나 시간 낭비 같은 평가에 지나지 않았다. 하기야 나는 그런 연구를 정규 연구 시간 이외에 해야 했기 때문에 그가 트집을 잡을 수도 없는 노릇이었다.

앰브로즈는 이마를 슬쩍 닦았다. "새로운 단초라는 말을 하지 않을 수 없구먼. 아주 비전통적이야. 하지만 그게 어떤 결과를 가져올지는 전혀 알 수 없어, 안 그런가? 어쨌거나 우리 학생들이 아주 흥미를 가질 만한 분야지. 나는 이 연구 분야를 공식적으로 우리 연구 프로그램에 포함시킬 생각인데 자넨 어떻게 생각하나? 말하자면 자네가 주도하는 거야. 괜찮겠어? 아, 나야 물론 그랬으면 좋겠다고 생각하지." 그는 억지웃음을 지었다. 웃음소리는 즐겁다기보다는 오히려 필사적인 느낌을 주었다. 재깍거리는 시계 소리가 불쾌하게 귓속을 파고들었다. 그런데 아직도 앰브로즈는 본론을 꺼내지 않았다.

마침내 그는 두 손으로 넓적다리를 툭툭 치더니 말했다. "이 얘기를 자네한테 알리지 않고 붙잡고 있어봐야 소용없겠어. 데이비드, 난 난처한 처지라네. 그제 캘리포니아에서 전화를 받았어."

일이 그렇게 된 것이로군. 이제야 전후맥락이 분명해졌다.

"팜브리지 여사라고, 팜브리지 엔터프라이즈 이사장이 나한테 전화를 한 거야. 우린 아주 오랫동안 속 깊은 대화를 나눴어. 그분은 돌아가신 부군을 추념하는 뜻에서 우리 학부에 매년 이백만 달러를 기금으로 내놓으시겠다는 거야. 이 기금은 연구소의 재정적 후원은 물론 학문 후속세대 양성에도 쓰이게 되지."

"그거 정말 잘됐네요."

"그렇지? 하지만 유감스럽게도 이 호의적인 제안에는 두 가지 조건이 있다네. 그리고 두 조건 다 자네와 관련돼 있어." 그는 눈을 크게 뜨고 나를 쳐다봤다.

"저랑요? 무슨 조건인데요?"

"첫 번째는 벌써 말했지. 그러니까 단백질 결정학 담당 교수 자리를 마련해주겠다는 거야. 물론 자네가 맡는 거지. 기본적으로 자네가 기왕에 하던 연구는 기금 운용 재단을 거치게 하고, 학부 전체 시간표에 그쪽 강좌를 몇 개 넣는 거지. 그러니까 복잡할 건 없어."

"그럼 또 하나는요?"

"그게…… 자네를 내 조교 직에서 면하고 교수 자리를 주어야 한다는 거야. 자네가 원한다면 말이야." 그는 다급히 덧붙였다.

"제가 원한다면이라고요?" 나는 자리에 앉아 있기조차 힘들었다. 의자에 갑자기 용수철이 달려서 나를 공중으로 튕겨내려 하는 듯한 기분이었다. 교수 자리라니……. 게다가 단백질 결정학 강좌를 맡는다. 내가 지금까지 꿈꾸어오던 것 이상이었다.

앰브로즈는 다시 이마를 손으로 닦더니 고통스러운 미소를 지었다. "그래, 난 그런 생각을 했어. 심지어 벌써 적당한 새 조교를 물색하고 있네. 하지만 어려워. 아주 어려워. 제대로 능력을 갖춘 애들이 없어. 하기야 뭐 그건 이제 자네가 신경 쓸 문제는 아니지……."

그의 말이 머릿속에서 윙윙거렸다. 재단에, 강의에 교수 자리까지. 너무 좋아서 현실 같지가 않았다. 뒷머리 어디선가 알람 소리가 울렸다. 왜 팜브리지 여사가 이렇게 엄청난 돈을 쏟아 붓는 걸까? 내가 못미더웠나? 이 문제는 좀 더 적절한 시점에 깊이 따져봐야겠다고 마음먹었다.

앰브로즈 박사는 맥이 좀 풀린 것 같았다. 내가 조교 자리를 떠나면서도 한마디 아쉬워하는 말이 없었기 때문이다. 그래서 그를 좀 북돋워줄 요량으로 이렇게 말했다. "쳉이요."

"뭐라고?"

"마이클 쳉 말입니다. 벌써 그 친구하고 비는 자리에 대해 이야기하셨지요? 그 친구, 정확하고 믿을 만하고 좋은 학생입니다. 조교 자리에 관심이 있을 거라고 봅니다."

"쳉이라." 앰브로즈는 그 이름을 나직이 발음했다. "나쁘지 않은 생각이군."

"게다가 그 친구에 대해서는 교수님이 압력수단도 갖고 계시잖아요."

"그게 뭐지?"

"일을 잘하면 전자현미경 옆에 더 오래 붙어 있게 해주면 되고, 칠칠치 못하거든 시간을 제한하세요. 당근과 채찍이지요. 그게 효과가 있을 겁니다."

앰브로즈 교수는 좋은 아이디어라는 듯이 쾌재를 부를 듯한 표정을 지었다. "자넨 정말 내 곁을 오래 지켰지? 그러지 않아도 정말 훌륭한 교수가 될 거라고 생각하고 있었어."

나는 시계를 쳐다보고는 깜짝 놀랐다. 약속한 시간이 벌써 지났다. 벌떡 일어나 외투를 걸쳐 입었다. 그러고는 앰브로즈와 악수를 하고 말했다. "감사합니다. 모든 게 감사합니다. 유감스럽게도 지금 나가봐야 돼요."

"나가……야 된다고?" 그의 얼굴에 당혹한 빛이 역력했다. "난 이 기쁜 소식을 단골 이탈리아 식당에서 아침을 좀 길게 먹으면서 축하해주려고 했는데……."

"죄송하지만, 안 되겠습니다. 하지만 헤어지기 전에 교수님이 저를 위해 그토록 애써주신 데 대해 감사하다는 말씀을 드리고 싶습니다. 정말 저로서는 잊을 수 없을 겁니다." 마지막으로 악수를 한 다음 나는 서둘러 교수 옆을 지나 문 쪽으로 갔다.

"그럼 팜브리지 여사의 제안을 내가 받아들여도 되는 거지?" 그가 뒤에서 소리쳤다. 좀 비아냥거린 내 어투에는 전혀 신경 쓰지 않는 목소리였다.

"그럼요!"

"좋아, 그런데, 데이비드……."

"네, 교수님?"

"콩고에서 우리 명예를 더럽히면 안 돼. 훌륭한 모습을 보여줘야 하네. 그리고 특히 건강하게 돌아오게!"

빗줄기가 훨씬 굵어진 것 같았다. 도서관 카페테리아에 들어섰을 때는 푹 젖은 상태였다. 아직 본격적으로 붐빌 때는 아니었다. 일본어로 종알 대는 교환학생 무리와 다음 강의를 기다리며 책을 읽느라 여념이 없는 세 학생을 빼고는 자리가 비어 있었다. 커다란 창문 바로 옆 탁자에 세라가 앉아서 내게 비난의 눈길을 보내고 있었다. 그녀를 보자 가슴이 뛰었다. 세라는 딱히 미인은 아니었다. 어쨌거나 고전적인 의미의 미인은 아니었다. 어찌 보면 들창코에 입이 너무 큰 것 같기도 했다. 그러나 모든 사물과 사람을 꿰뚫어보는 듯한 신비한 녹색 눈과 새하얀 피부, 아일랜드 혈통임을 말해주는 주근깨 같은 것들이 그런 단점을 보충하고도 남았다. 그러나 가장 인상적인 것은 역시 철저한 낙관주의였다. 그녀는 자기 자신은 물론 세계와도 깊은 일체감을 이루며 살고 있는 것처럼 보였다. 나에게는 완전히 결핍된 특성이었다. 그녀에게 자연은 미해결의 문제로 가득한 존재였다. 그녀는 하늘과 땅 사이에는 우리가 연구실에서 꿈꾸는 것 이상의 것들이 존재한다고 확신했다. 특이한 것은 그런 생각 때문에 오히려 그녀는 항상 기쁨과 신뢰로 가득 차 있다는 점이다.

그녀는 머리칼을 높이 부풀리고 꽉 끼는 하얀 자라목 풀오버를 입고 나왔다. 그 때문에 여성적인 몸매가 더 돋보였다. 앉아 있는 자세로 보면 낭만적인 밀회를 기다리고 있는 것 같기도 했다. 그러나 나는 분위기 있는 데이트를 하기에는 적당한 후보가 아니었고, 이 카페테리아도 그런 만남에 어울리는 환경은 아니었다. 내가 자기를 버리고 떠나면 얼마나 소중한 보물을 잃게 되는지 암시하려는 것이었으리라.

"안녕, 세라." 나는 빗물에 젖은 외투를 벗었다. "정말 고맙네. 이렇게 빨리 나와주다니. 난, 솔직히 이렇게 빨리 나올 줄 몰랐어."

"난 사실 왜 자기가 계속 나를 피하는지 알고 싶어서 나왔을 뿐이야. 내 전화에는 콜백도 없지, 메일에도 전혀 소식이 없잖아. 학교에서는 통보지도 못했어. 땅속으로 꺼진 줄 알았다니까." 한숨이 나왔다. 세라가 나를 떫어하는 것은 너무도 당연했다. 난 사실 그녀를 아주 좋아한다. 그러나 어떤 내적 메커니즘이 우리 둘이 함께 행복해지는 걸 원치 않는 것 같았다. 그녀가 내게 너무 가까이 다가오면 나는 뒤로 물러섰다. 그녀가 뒤따라오면 나는 더 멀리 갔다. 순진한 생각이긴 하지만 나는 사실 세라가 그런 점을 몰랐으면 했고, 좋은 친구로 남았으면 했다. 그러나 이런 소망은 처음부터 실패가 예정된 것이었다. 거의 삼 주 만에 처음 다시 이야기를 하게 된 우리는 상당히 자제했다.

"내가 바보처럼 행동했다는 거 알아." 나는 솔직히 인정했다. "원한다면 따귀를 때려도 좋아."

"그럴 필요도 없어." 그녀가 말했다. "벌써 알아서 충분히 자책하고 있잖아."

"응?"

"알잖아, 그게 우리 문제야. 자기는 내 말을 제대로 듣는 법이 없어. 난 데이비드를 사랑해. 하지만 자기는 저 바깥세상 앞에서 늘 숨어버려. 그리고 나한테도 그래. 나는 매번 그 은둔생활에서 자기를 빼내려고 하지만 그럴수록 더 깊이 숨잖아. 왜 그렇게 세상을 무서워하는 거야?"

"난 너와 달라." 나는 건성으로 말했다. "어쩌면 아버지의 기대에 전혀 부응하지 못해서인지도 몰라. 내가 뭐가 문제인지는 나도 모르겠어. 내 맘 저 깊은 곳에 어떤 혼란 같은 게 있어. 정말 모르겠어. 이런 감정을 어떻게 표현해야 할지……."

"날 사랑해?"

나는 고개를 들었다. "네가 그런 말을 한다면 난 정말 널 좋아해."

"내 질문에 간단히 대답해봐."

진땀이 났다. 소용없었다. 진실을 말하는 수밖에 없었다.

"그래, 난 널 사랑해. 그런데 안 돼. 난 너랑 같이 있을 수가 없어." 나는 힘겹게 미소를 지었다. "이율배반으로 들릴 거야." 잘못은 오로지 나한테 있어. 이런 말이 위안이 될지는 모르겠지만……. 내 인생에서 여자가 있었다고 한다면 바로 자기였어. 다만 좀 더 오래 관계를 유지할 자세가 아직 안 돼 있을 뿐이야. 아직은 안 돼 있다는 얘기야. 지금으로선 그 이상 말을 못하겠어." 나는 억지로 미소를 지었다. "지금도 또 지각했고 말이야." 손을 잡으려고 했지만 그녀가 뒤로 뺐다.

"난 자기가 또 날 버리고 떠날 거라고 생각하고 있었어." 그녀는 서글픈 미소를 지었다.

"앰브로즈 선생한테 붙잡혀 있었어. 도저히 빠져나올 수가 없었다고."

“그런 말 하지 마.” 그녀는 여전히 생각이 다른 데 가 있는 것 같았다.

“정말이야. 나한테 교수 자리를 제안했어.”

그녀가 나를 쳐다봤다. 그녀의 눈이 짙은 녹색으로 변했다.

“뭐라고?”

“말했잖아, 교수 자리하고 강의를 줬다고. 그것도 내 전공 분야에서 말이야.”

“단백질 결정학으로?”

나는 고개를 끄덕였다. “어떻게 생각해?”

그녀는 카푸치노를 한 모금 마시면서 생각에 잠겼다. 그러더니 천천히 입을 열었다. “처음에는 흔적도 없이 사라지더니 콩고 탐험대 어쩌고 하는 얘기가 들렸지. 그러더니 이젠 교수 자리를 제안 받았다고? 도대체 뭐가 어떻게 돼가는 거야?”

“사건이 많았어.” 나는 솔직히 말했다. “나도 뭐가 어떻게 되는 건지 모르겠어. 하지만 꿈같아. 솔직히 말해서 매 순간 다시 깨어나는 기분이야.”

“설명 좀 해봐.”

“그래서 보자고 했어. 자기는 내가 신뢰할 수 있는 유일한 사람이야. 내가 하는 말 중에서 단 한 마디라도 믿어줄 유일한 사람이지.”

“꼭 그렇다는 보장은 없어. 하지만 해봐.”

이어 삼십 분간 나는 최근 며칠 동안 겪은 일들을 꼬치꼬치 이야기했다. 팜브리지 장원에 도착한 얘기에서부터 앰브로즈 교수하고 한 대화까지. 세라는 사실관계를 건너뛰거나 표현이 좀 애매할 때 가끔 끼어들었다. 특히 그녀는 우리 집안과 팜브리지 집안의 관계, 나와 에밀리의 관계에 흥미를 느꼈다. 에밀리의 가정교사가 뇌졸중 발작을 일으키는 바람에 우리가 거의 반년 동안 함께 개인교습을 받았다는 얘기도 하지 않을 수 없었다. 죄책감이 들지 않는 것은 아니지만 그 시기에 에밀리와 좀 더 가까워졌고, 영원히 서로에게 충실할 것을 맹세했으며, 처음으로 키스를 했다는 얘기도 다 했다. 세라가 이 부분에 상당히 주목한다는 사실이 나는 괴로웠다. 그러나 그녀에게 모든 진실을 말해야 한다는 의무감을 느꼈다. 이야기를 끝냈을 때는 마라톤을 완주하고 난 뒤처럼 완전히 기진맥진했다. 더구나 네 시간 전에 비행기 안에서 얇은 토스트 한 조각을 먹은 것이 전부였다. "커피랑 초코바 사 올 건대. 더 먹고 싶은 거 없어?" 내가 물었다.

그녀는 고개를 흔들며 정신이 딴 데 가 있는 사람처럼 탁자만 뚫어져라 쳐다보고 있었다. 나는 어깨를 으쓱하고는 매점으로 갔다.

다시 돌아왔을 때 그녀는 표정이 달라졌다. 근심스러운 듯 이마에 깊은 주름이 패어 있었다.

"빨리 말해봐. 어떻게 생각해?" 나는 다시 물으면서 포장지를 뜯고 초코바를 씹기 시작했다.

"조심해야 돼."

"그게 무슨 소리야?"

그녀는 시선을 들어 나를 뚫어져라 쳐다보았다. "비디오에 나오는 동물은 정말 대단해서 사실 같지가 않아. 그 사진이 진짜이고 실제로 살아 있는 모켈레 음벰베로 밝혀진다면 실러캔스 발견 이후 가장 센세이셔널한 일이 될 거야. 그러나 뒤로 진행되는 일은 뭔가 팜브리지 쪽에 구린 데가 있는 것 같아."

"어째서 그런 생각을 하게 됐지?"

"주변적인 사항들에 시선을 맞춰봐. 우선 그 착하고 고상한 에밀리 이야기 말이야. 인류의 복지를 위해 헌신한다는 거지. 내 생각에는 그게 그녀의 행동 양식이나 자기가 들었다는 목소리하고는 도저히 안 맞아. 그리고 그 부인이 에밀리를 찾도록 투입한 수색대도 그래. 키나미 마을 원주민들이 비디오카메라를 자발적으로 보내줬다고 생각해?"

"아마 돈을 줬겠지……."

"정말 순진하시군. 그런 동네에서는 일이 전혀 다를 수 있어. 내 말은 뭔가 석연치가 않다는 거야. 그런데 자기는 이제 불속에서 밤을 주워야 한단 말이지. 그런 상황을 만들려고 아버지에 대한 막연한 죄책감까지 심어준 거란 말이야. 그러면서 에밀리에 대한 일말의 희망 같은 것도 불어넣었지. 게다가 마무리로 교수 자리라는 미끼를 던지려는 거야. 자기를 돈 주고 산다고 말할 수도 있겠지. 내 말은 색칠을 너무 덕지덕지해서 영 혐오스러운 느낌이야."

"난 자기의 그 분석적인 지성이 정말 좋아."

그녀가 미소 지었다. "좀 늦었다는 생각 안 들어?"

"아니, 진심이야. 자기 말이 맞아. 난 그런 것까지는 생각지 못했을 거야."

"그럼 이제 어쩔 거야? 진짜 그 일에 뛰어들려는 건 아니겠지?"

"아니, 어쩔 수 없어. 우선 약속을 했고……." 세라가 눈을 부릅떴다.

"…… 또 아버지한테 책임감을 느끼기도 하고."

"맙소사, 데이비드, 그분은 돌아가셨어. 자기 목숨을 건다고 다시 살아나시는 게 아니야."

"알아. 하지만 뭐랄까, 나에 대한 그분의 기대가 터무니없지 않았다는 걸 입증해 보이고 싶어."

그녀는 한숨 지었다. "그럼 에밀리는 관계없다는 거야?"

나는 당황스러워서 손에 든 초코바를 쳐다보았다. "아니, 물론 있지.

나도 이상하다는 거 알아. 하지만 아직 에밀리에 대한 미련이 있어. 그 애가 어떻게 됐는지 알아보고 이 문제를 최종적으로 마무리 지어야겠어.” 이번에는 세라가 내 손을 잡았다. “자기가 믿든 말든 그 이유가 내가 보기에는 가장 그럴듯하네. 우리가 제대로 잘 안 된 게 기실은 어쩌면 에밀리 때문이라는 느낌이 들어. 자기가 그 여자를 완전히 떨쳐낸다면 우리가 다시 좋은 기회를 갖게 될지 누가 알겠어. 언제 떠나?”

“내일 아침 일찍. 일곱 시 전에.”

“뭐라고?”

“진짜야.”

“그게 말이 돼? 그런 대규모 탐사대에는 준비가 많이 필요한데! 그게 그렇게 간단히⋯⋯.”

“그래서 걱정 말라는 거야.” 나는 그녀의 말을 막았다. “내가 알기로는 준비는 벌써 몇 주 전에 다 끝났어. 모든 게 최고의 상태로 말이야.”

“모든 게 최고의 상태라고?” 그녀가 나에게 호통 치듯이 말했다. “자긴 정말 가끔 돌아가실 정도로 순진해.”

“뭐라고?”

“준비가 벌써 끝났다는 건 자기는 실제로는 선택권이 전혀 없다는 얘기란 말이야. 자기가 없으면 탐사팀이 무의미하니까. 자기도 그렇게 말했잖아. 그러니까 실제로는 ‘노’라고 말할 가능성이 전혀 없었단 얘기지. 그런데도 자기가 그렇게 했다면 일이 어떻게 됐을까?” 그녀는 나를 뚫어져라 쳐다보았다. 뭐라고 대꾸할 수가 없었다.

“어쨌든 조심해.” 그녀가 힘주어 당부했다.

내가 계속 말이 없자 그녀가 일어섰다. “자, 여기서 계속 머리 쥐어짜봐야 소용없지. 자기는 결심을 했고, 그러니 옳다고 믿는 대로 하셔야겠지.”

나는 바로 이 말을 어렵사리 입에 올리려 했는데 끝내 못하고 만 것이 스스로도 놀라웠다. 당연히 세라의 말은 한 마디 틀린 데가 없었다.

"이제 어떻게 하지? 난 뭘 해야 돼?" 그녀는 기대에 찬 눈길로 나를 바라봤다.

나는 잠시 곰곰이 생각하다가 대답했다.

"우리 데이터뱅크에서 콩고에 관한 정보를 모두 체크해봐. 특히 모켈레 음벰베에 대해서 말이야. 거기 아무것도 없으면 로잔에 있는 미셸 사르토리 교수한테 전화를 해. 사르토리 교수는 그곳 자연사박물관 큐레이터이자 베르나르 외벨망(1916~2001년. 벨기에의 저명한 동물학자. 1955년 기념비적인 저서 『미지의 동물을 찾아서 Sur la Piste des Bêtes Ignorées』를 발표해 신비동물학의 기초를 세웠다—옮긴이)의 유품 관리인이야. 세상에서 가장 유명한 신비동물학자 말이야. 우리한테 필요한 게 있을 거야. 어떤 실마리라도 찾아야 돼."

"그럼 자긴 뭘 할 건데?"

"나는 우선 열대병연구소에 가서 필요한 백신 접종을 해야지. 그리고 말라리아 예방약하고 흔한 뱀독 면역혈청도 필요해. 그 일을 마치고 인터넷을 뒤져서 텔레 호에서 일어난 사건에 대한 얘기가 있는지 찾아봐야겠어."

"결정적인 게 나오면 결심이 변하겠지?"

나는 고개를 흔들었다. "그러기에는 너무 깊이 들어왔어. 물속에 뛰어들었단 말이야. 이젠 헤엄을 쳐야 돼. 그리고 혼자 가는 건 아니야. 다른 대원들 고르는 일은 팜브리지 부인 판단에 맡겼어. 멀로니와 식스펜스는 내가 보기에 위험을 헤쳐 나가는 데 알맞은 사람들 같아. 게다가 현지인도 하나 있고. 잘될 거야." 나는 억지로 미소를 지어 보였다.

"정말 그랬으면 오죽 좋겠어." 그녀는 커피 잔을 옆으로 치우더니 일어나서 아노락(모자 달린 방한용 외투—옮긴이)을 둘렀다. "그럼 가볼게. 언제 다시 만나지?"

"글로스터가 크롬웰 모퉁이에 있는 인도 식당 어때? 아홉 시? 벌써 초대받은 거야."

"새 남자친구 데려가도 돼?"

"새……?"

일어서서 아노락의 지퍼를 올리는 사이 그녀의 눈에 장난기가 번졌다. "속았지? 그럼 아홉 시에 봐! 그리고 성공을 빌어줘. 내가 뭘 찾아내도록 말이야."

그녀는 배낭을 둘러메더니 성큼성큼 카페테리아를 나섰다.

이 생각 저 생각 하면서 뒷모습을 바라보는 사이 그녀는 바람에 헝클어진 플라타너스 뒤로 사라졌다. 나는 마지막 한 모금을 마저 마시고 하늘을 쳐다봤다. 날씨가 영 못마땅했다.

눈이 오기 시작했다.

9

2월 8일 월요일. 콩고 텔레 호.

에고모는 호수 위로 뻗은 구마나무 큰 가지 위에서 눈을 떴다. 울려 퍼지는 새소리가 떠오르는 따스한 햇살에 다채롭게 반주를 맞춰주는 것 같았다. 밤에는 잠시 소나기가 내렸다. 전날 날씨가 아주 안 좋았던 뒤끝이었다.

에고모는 얼굴을 찡그렸다. 저 위에는 일단의 긴꼬리원숭이들이 회의를 소집한 모양이었다. 깩깩거리는 소리가 너무 시끄러워서 더 참을 수가 없었다. 그는 눈을 비비고 잎사귀 사이로 내려다보았다. 발치에 있는 호수 표면은 매끈했다. 거울 같은 수면에 하늘빛이 반사돼 잠자리 날개가 반짝이는 듯했다. 하늘빛이 거울처럼 반사돼 거울 표면 같았다. 에고모의 잠자리는 사실 불편하기는 했지만, 어둠의 베일에 숨어 호숫가에서 사냥감을 노리는 맹수들로부터는 보호가 됐다. 게다가 그는 호수 위 높은 곳에서 잠을 자면 난쟁이코끼리의 위치를 알려주는 꿈을 꾸는 데 도움이 될 거라고 기대했다. 그러나 꿈에서는 끝없는 수면 위로 정령 같은 안개가 스쳐지나가는 형상만이 떠올랐다. 안개는 수없이 형상이 바뀌었다. 어떤 때는 동물처럼, 어떤 때는 뒤틀린 사람의 몸처럼 보였다. 신경이 너무 예민해진 나머지 오래전에 돌아가신 선조들의 얼굴을 보는 듯도 했다. 그들은 하나같이 에고모에게 절대 호수에 가까이 가지 말라고 경고했다.

에고모는 머리 위의 큰 잎을 옆으로 밀치고 일어났다. 개미 몇 마리가 허벅지를 스멀스멀 기어 내려가다가 성기 쪽으로 다가갔다. 그는 몇 센티미터나 되는 개미들을 집어서 입에 넣었다. 별미였다. 그는 사실 계란을 좋아하지만, 이런 환경에서는 이것저것 가릴 처지가 아니었다. 눈을 감고 맛을 음미했다. 약간 씁쓸한 뒷맛이 남는 것이 좋았다. 물론 이 나무에 서식하는 성미 급한 동물을 너무 많이 먹으면 복통이 온다.

그는 아침식사를 마치고 나서 무기를 들고 나뭇가지를 내려갔다. 오늘은 사냥하기 좋은 날이다. 그는 쇠뇌를 가볍게 손에 들었다. 뾰족하고 단단한 화살 열다섯 개를 넣은 화살통은 감촉이 좋았다. 에고모는 뛰어난 사냥꾼이었다. 그가 처음 동물을 잡은 것은 다섯 살 때였다. 덤불에 걸린 두이커영양이었다. 나중에는 부족 어른들로부터 마을에 식량을 공급하는 데 필요한 기술을 다 배웠다. 그는 영리한 학생이었다. 다른 학생들과 달리 혼자 다니기를 좋아했지만. 그는 위험을 아랑곳하지 않았다. 혼자 다니는 게 더 빠르고 편했다. 그리고 위험에 관해서 말하자면 지금까지는 모든 일이 잘됐다.

그는 조심스럽게 갈대숲을 지났다. 갈대는 호수 주변을 에워싸고 있었다. 이곳은 보하족 구역이었다. 바야카족은 과거에 이 부족과 말썽이 많았다. 대부분 사냥 구역 경계 문제였지만 여자 문제로 다투기도 했다. 어쨌든 두 부족 사이의 분위기는 자못 적대적이어서 에고모는 보하족과 마주치는 일이 없도록 조심했다.

얼마 후 그는 삼 년 전 난쟁이코끼리를 만난 지점을 발견했다. 갈대숲을 벗어나 탁 트인 곳이 나오자 그는 멈춰 섰다. 예전의 모습이 아니었다. 사방 수백 미터를 끔찍한 화마가 휩쓸고 지나갔음이 틀림없었다. 사람 키 높이만 하던 풀들은 불에 타 쓰러졌고 역청처럼 새까만 그을음 층이 남아 있었다. 군데군데 벌써 새순이 돋았다. 여기가 정말 거기일까? 에고모는 주변의 나무들을 살펴보고는 틀림없다는 결론에 도달했다. 그런데 이 불은 어떻게 난 것일까?

사냥꾼이라고 그는 생각했다. 하얀 사냥꾼. 사냥감을 찾아서 원시림의 절반을 태워 없앨 만큼 조심성 없는 존재는 그자들밖에 없다. 마을에 왔던 백인 여자였을까? 그녀는 끊임없이 호수에 대해 묻지 않았던가? 아마 그럴 것이다. 결국 그녀는 호수에 관한 모든 것을 알고 싶어했다. 호수의 길이가 얼마나 되며 너비는 어떻고 깊이는 어떤지 등등. 특히 호수에 무엇이 있는지 궁금해했다. 그러나 그에 관해 말할 수는 없었다. 더더구나 백인한테는 그럴 수 없는 노릇이었다. 그게 불행을 가져왔다.

그는 잿더미를 살피다가 캠프의 흔적을 발견했다. 불행이 이미 시작됐다는 사실을 분명히 알 수 있었다.

그는 쇠뇌 축으로 새까만 흙을 후벼 팠다. 곳곳에 유리파편과 새까맣게 타버린 플라스틱 잔해가 있었다. 그 사이에는 휘어진 철사와 파편 같은 것도 있었다. 에고모는 지금까지 그런 것을 본 적이 없었다. 여기서 뭔가 끔찍한 일이 일어났음이 분명했다. 나중에는 아주 신기한 것과도 마주치게 됐다. 전에 어떤 물건들이 놓여 있던 지점이었다. 봉긋하게 솟은 바닥에는 파인 자국들이 그대로 남아 있었다.

이곳에 누가 있었던 것이다. 이 누군가는 뭔가를 찾아서 가져갔다. 그게 뭐였는지 전혀 짐작을 할 수 없었다. 지금 보이는 것은 발자국 같았다. 오래됐지만 의도적으로 무언가를 찾아간 흔적이 역력했다. 그는 손가락으로 주변을 더듬어보았다. 무거운 장화가 아니면 남길 수 없는 자국이었다. 등에 식은땀이 흘렀다. 이런 장화를 신은 사람들이 누구인지 떠올랐기 때문이다. 왕왕 사람들이 마을에 나타났다. 나쁜 사람들이었다. 그들은 음식을 약탈해가고 여자들을 능욕했다. 그자들은 그런 장화를 신고 있었다. 군화였다.

그는 일어서서 사방을 둘러보았다. 그러고는 계획을 바꿨다. 난쟁이코끼리는 뒤로 미뤄야 했다. 우선 여기서 무슨 일이 있었는지 알아내야 했다.

호수 쪽으로 몸을 돌려 거울처럼 매끄러운 수면을 바라보는 순간 말로 표현하기 어려운 두려움으로 등골이 서늘해졌다. 물은 푸른 하늘 아래 고요했다. 에고모는 거기서 뭔가가 자기를 관찰하고 있다는 느낌이 들었다.

10

레스토랑 앞에는 벌써 사람들이 입장을 기다리고 있었다. 저녁이면 이 음식점은 꽉 차는 경우가 많다. 그러나 나는 염려하지 않았다. 만일의 경우에 대비해서 자리를 예약해두었다. 가네샤의 사원에서 식사를 하려면 자리가 없어서 못 들어갈 경우에 대비해야 한다. 사우스 켄싱턴 밖에서도 훌륭한 인도 요리로 이름이 났기 때문이다.

기다리는 사람들을 지나 안으로 들어갔다. 곧바로 뚱뚱한 주인 사히르가 나와서 맞아주었다. 사히르는 시크교도였다. 전통 터번을 두르고 수염이 무성했다. 그는 덮치듯이 나를 끌어안더니 손을 잡고 흔들었다. 그는 직접 나를 자리로 안내해주었다. 단골의 특권이었다. 이럴 때 다른 손님들에게서 부러운 시선을 받는다는 것은 그런대로 흐뭇한 일이었다.

"데이비드, 이 친구, 오랜만에 왔구먼. 이리 와서 앉아요. 특별히 좋은 자리를 비워놓았지. 혼자신가?"

"아니요. 세라도 올 거예요."

"아하, 세라!" 그는 만족스럽다는 듯이 눈을 찡긋했다. "둘이서 여기 온 지 꽤 됐지. 언제 다시 합치셨나?" 그의 머리에 달린 방울에서 밝은 소리가 났다. 나는 사히르가 어떻게 그걸 아는지 궁금했다. 이 도시는 정말 소문 하나는 빠르다.

"우린 그게 아니라……." 나는 말을 하기 시작했다. 그러나 문이 열리고 세라가 레스토랑에 들어서는 순간 벌써 그는 내 말에는 관심이 없어졌다. 사히르는 그녀에게 뛸 듯이 달려갔다. 나에 대한 관심은 순식간에 사라졌다. 그녀가 식탁으로 다가와 외투를 벗자 곳곳에서 웅성거리는 소리가 들렸다. 세라는 숨 막힐 정도로 가슴이 푹 파인 빨간 옷에 런던에서 가장 대담하다고 할 만한 하이힐을 신고 팔꿈치까지 올라간 검은 공단 장갑을 끼고 있었다. 나는 한숨을 쉬며 털썩 자리에 앉았다. 나는 정말 편안한 밤, 다른 사람들의 간섭을 받지 않고 편안한 대화를 나누고 싶었다. 그러나 세라가 이런 복장을 하고 나타났으니 물 건너간 얘기였다. 다시 한 번 내가 얼마나 멍청이인지를 깨닫게 해주려고 작심을 한 것 같았다.

사히르는 완벽한 신사 역을 맡았다. 아첨하는 말을 나누면서 어리뒤영벌이 꽃을 맴돌듯이 그녀에게 열렬한 숭배의 표시를 했다. 의자를 밀어주고 나서 외투를 받은 다음 식탁에 촛불을 켰다. 그리고 허리를 굽혀 인사를 하더니 음험한 표정으로 우리에게 주방에 숨겨둔 보물을 소개했다. "간단한 소개를 드려야겠군요. 놀라운 탄도리 치킨 마살라가 있습니다. 보통 탄도리가 아닙니다. 아니지요. 병아리살은 너무 부드러워 입에서 살살 녹아요." 그는 눈을 찡긋하고는 말했다. "정말 근사합니다."

"괜찮겠네." 내가 거들었다. 세라의 눈에도 호기심이 반짝이기에 나는 "그걸로 하지요" 했다.

"우선 브린잘 브하지를 좀 드실까요?"

"그럼요. 차파티빵 좀 많이 주세요." 사히르는 환상적인 전채 요리로 유명했다. 그걸 맛보지 않는다면 그야말로 죄악이다.

그는 만족스러운 듯이 고개를 끄덕였다. "술은 뭐로?"

"샴페인이요." 세라가 미소 지었다. "최고급으로 주세요. 오늘 계산은 이 아저씨가 하니까."

"기둥뿌리 하나 뽑으면 밥값이야 안 되겠나." 나는 이를 갈듯이 말했다.

사히르는 큰 소리로 웃으며 물러갔다. 그사이 나는 혹시나 싶어서 지갑을 더듬어봤다. 세라는 나를 벗겨먹기로 작심을 한 것 같았다. 그러나 그건 당연했다. 결국 그녀에게 톡톡히 신세를 진 셈이니까. 그리고 이 자리는 우리 관계를 개선하기 위한 것이기도 했다.

"얘기 좀 해봐." 장갑을 벗으면서 그녀가 말했다. "접종은 다 잘됐어?"

나는 고개를 끄덕였다. "완전히 녹초가 됐어. 열대병연구소 사람들한테 어디로 여행을 간다고 하자 주사를 두 배나 놓아주려고 들지 뭐야. 게다가 제정신이냐고 묻더군. '콩고라고?' 하면서 주임의사는 길길이 뛰었어. '살기 싫어진 거냐? 도대체 콩고엔 뭐 하러 가냐?' 일 때문에 간다고 했지. 그랬더니 여기서 일자리를 찾으라고 야단이더군. 우리 경제가 바닥이긴 하지만 일자리 때문에 콩고에 가야 할 만큼 나쁜 것은 아니라는 거지. 계속 그런 식이었어. 어땠는지 알 만할 거야."

"생생하네." 그녀는 미소 지으며 사히르가 막 내온 샴페인 잔을 들었다. "자기의 안녕을 위해서."

"당신의 안녕을 위해." 특급 샴페인이 오후 내내 따라다니던 찜찜한 생각들을 떨치게 해주었다.

세라는 잔을 내려놓으며 기분 좋게 입맛을 다셨다. "그거 어떻게 됐는지 좀 말해봐. 콩고에 대해 뭐 좀 알아봤어?”

“정말 별 볼일 없어. 인구, 면적, 경제. 다 도움 안 되는 것뿐이야. 책방에도 이 나라는 완전히 없었어. 여행안내서도 없고, 사진첩도 없고, 지도도 없고, 아무것도 없어. 존재하지 않는 나라 같았어.”

“여행객들이 관심이 없으니까 그렇겠지.” 그녀가 응수했다. “여행객이 없으니까 여행안내서가 없는 거지. 중앙도서관에서 좀 찾아봤어?”

“그럼. 하지만 이십 년도 더 된 보고서 정도야. 최신 정보가 필요한데 말이야.” 나는 어깨를 으쓱했다. “멀로니가 준비를 잘 해왔으면 좋겠네. 난 뭐가 어떻게 될지도 모르면서 비행기 타고 어디 가는 거 질색이거든.”

“구조대 투입에 대해 알아낸 건 없어?”

“단편적인 것들뿐이야. 그 지역에서 봉기가 일어났다는 기사가 있고. 시점이 대략 구조팀 활동이 있었다고 한 때와 일치해. 솔직히 자기 우려에 서서히 공감이 가.”

“얼마나?”

“모든 관계자들이 비밀로 하고 싶어하는 뭔가가 일어났던 것 같아. 그러나 직접 가서 알아보기 전에는 결코 알아낼 수 없을 거야.”

“아마 자기 말이 맞을 거야. 하지만 이번 프로젝트에 대한 내 입장은 자기도 알잖아. 난 여전히 미친 짓이라고 생각해.”

“좀 알아봤어?” 나는 가급적 빨리 화제를 바꿀 요량으로 물었다. 세라는 핸드백에서 컴퓨터로 인쇄한 뭉치를 꺼냈다. 늘 그렇듯이 과제를 완벽하게 처리한 것 같았다. “꼭 알아둬. 모켈레가 산다는 리코우알라 늪지는 넓이가 영국만 한 지역이야. 그중 팔십 퍼센트가 전혀 탐사가 안 됐어. 공식 정부 자료에 그렇게 돼 있어.” 그녀는 인쇄물을 뒤적이며 설명했다. “거기는 지도상에 남은 마지막 흰 점 가운데 하나야. 모켈레의 전설은 콩고 탐사 초기로 거슬러 올라가. 처음에는 프랑스 선교사 아베 프로야르의 보고서에 언급됐지. 그게 1776년이었어. 그 이후 일부 연구자들이 나오지. 주로 한스 숌부르크, 카를 하겐베크, 요제프 멩에스 같은 독일인들이 그 지역을 횡단했지. 비행기에서 지루하지 않을 만한 얘기들은 다 뽑았어. 1920년대에 몇몇 탐사대가 모켈레를 찾으려는 일념으로 출발했지. 그러나 실제로 그 동물을 본 사람은 아무도 없어. 모든 보고서가 현지 피그미족 원주민들의 진술을 토대로 한 거야. 여러 가지 대형 동물의 그림을 보여주자 원주민들은 갑론을박했어. 그러다 공룡 그림첩을 보여주자 비로소 얘기가 제대로 굴러간 거지. 파라사우로로푸스의 그림을 보자 다들 의견이 일치했대. 그게 모켈레 음벰베라는 거야. 놈은 항상 거대한 괴물로 묘사됐어. 반은 코뿔소에 반은 용이고 몸길이는 오에서 십 미터라는 거야."

나는 고개를 끄덕였다. "그들은 아마 머리나 상체의 일부만을 봤을 거야. 그러니 뿔을 코뿔소 머리의 일부로 생각한 거지. 어쩌면 물 밖으로 나온 적이 극히 드물어서 사람들이 전체를 보지 못한 거겠지. 아마 새끼도 본 것 같아."

"그럼 사람들이 찾은 흔적은 아마 새끼들 걸 거야. 발자국이 직경 구십 센티미터에 이 미터 거리로 나 있었는데 그러면 비교적 작은 동물이라는 얘기지. 어쨌든 전설적인 콩고 공룡 얘기는 한동안 잠잠하다가 미국인과 일본인들이 관심을 보이면서 자체 탐사대를 조직했어. 1972년부터 1992년까지 열 개 팀 정도가 그 지역에 들어갔어. 그러나 이상한 사진 몇 장과 흐릿한 필름 이상의 것은 가져오지 못했지. 그게 다였어. 시간과 돈을 너무 많이 낭비한 것 같아."

나는 인쇄물을 넘기면서 턱을 쓰다듬었다. "어쩌면. 그렇지 않을 수도 있고. 모든 자료에서 이상한 소리를 들었다는 보고가 일치하고 있어. 그 소리는 그 지역에 서식하는 어떤 대형 동물의 것도 아니야. 발자국과 숲 속에 난 길을 발견했지. 거대한 생명체가 지나다녀서 생긴 것일 가능성이 높아. 요컨대 정말 미스터리야. 팜브리지 부인 집에서 그 필름을 보지 못했다면 거대한 사기에 속고 있다고 생각할 수도 있겠지. 하지만 난 그걸 봤고, 그 장면들은 의심의 여지가 없어. 나도 때로 의심을 해봤다고. 또 뭐 찾은 거 없어?"

"모켈레에 대해서는 없어."

나는 실망한 나머지 마지막 샴페인을 들이켰다. "유감이네."

"하지만 그 호수에 대해서는 흥미로운 얘기가 있어."

그녀가 녹색 눈으로 나를 바라봤다.

"얘기해봐."

"여기선 안 돼."

나는 놀란 나머지 그녀의 얼굴을 바라봤다. 짓궂은 표정이었다. "그게 뭔데 여기선 안 된다는 거야? 일급비밀이라도 되나? 검은 선글라스 낀 아저씨들이 우릴 감시하고 있다는 거야?"

"꼭 그런 건 아니고."

"그럼 왜? 모르겠네……."

"알 필요도 없어. 그냥 놀라면 되니까. 아, 저기 음식 나온다."

11

열한 시쯤 계산을 했다. 우리는 레스토랑을 나와 택시를 탔다. 빅토리아 파크 근처 베스널 그린에 있는 세라네 집에 도착하기까지는 이십여 분이 걸렸다. 차를 타고 가는 동안 세라가 정보를 알려주는 것만이 목적이 아니라는 느낌이 들었다. 우연히 그렇게 됐다고 할 수도 있겠지만, 차 안에서 줄곧 가벼운 신체접촉이 있었다. 그 자체로 보면 아무 의미가 없는 것일 수도 있다. 그러나 발을 꼬고 앉아서 나를 바라보는 품새가 분명히 뭔가를 말하고 있었다. 그녀의 눈빛을 보면 이날 밤이 어떤 식으로 전개돼 나갈지는 아주 분명했다. 그런데 그걸 어떻게 받아들여야 할지 몰랐다. 다른 때 같으면 옆에 이런 여자가 함께 있다는 것만으로도 나는 세상에서 제일 행복한 남자였을 것이다. 그러나 이날 밤 내게는 오로지 고통이었다. 집 앞에 도착하자 운전사에게 요금을 지불했다. 비좁은 차 안을 벗어나서 다정하게 다가오는 세라와 거리를 둘 수 있게 된 것이 다행이었다.

나는 몸을 쭉 펴고 하늘을 올려다보았다. 눈을 흩뿌리던 구름은 어느덧 별이 빛나는 밤하늘로 바뀌어 있었다. 바람도 잦아들었다. 밤공기가 찼다. 그 순간 내일 비행기에서 내리면 바로 삼십 도나 되는 습하고 무더운 공기를 호흡해야 한다고 생각하니 정말 이상했다. 낯선 행성에 가는 듯한 느낌이었다.

"무슨 생각이 그렇게 많아?" 세라가 가볍게 내 어깨를 만지며 말했다.

"추워서."

"올라가자. 금방 따뜻하게 해줄게." 그녀는 미소를 지으며 문을 열었다. 그녀가 계단을 앞서 올라가는 동안 나는 그 풍만한 몸매에서 눈을 뗄 수가 없었다. 세라의 유연한 움직임은 그야말로 마법 같은 매력이 있었다. 슬며시 웃음이 나왔다. 수천 년 된 유전자 프로그램이 나무랄 데 없이 작동하고 있었기 때문이다. 눈에 보이지 않는 실에 지배당하는 마리오네트 같다는 느낌이 든 것은 이번이 처음은 아니었다. 그런 어쩔 수 없는 힘에 사로잡혀 있으면서도 웃지 않을 수 없었다.

빅토리아풍의 주택 맨 위층에 있는 문 앞에 이르자 잠시 그 방이 존재하지 않는 것처럼 행동하기로 마음먹었다. 그러자 적어도 그 순간만은 내가 상황의 지배자가 된 듯한 느낌이 들었다.

"금방 따뜻하게 해줄게." 그녀는 말하면서 방으로 들어가 여기저기 붙어 있는 가스난방기를 켰다. 나는 멍하니 현관에 서 있었다.

"뭐 해? 들어와서 편히 앉아. 와 봤잖아." 세라가 내 쪽을 향해 소리쳤다. "금방 다 켤게. 여긴 옛날식 층별 중앙난방이란 거 알잖아. 조작이 좀 복잡해서 그렇지 금세 따뜻해."

"응." 나는 고개를 끄덕였다.

나는 거실로 들어가면서 주위를 둘러보았다. 분명히 세라가 이 공간

안에 있는 모든 것을 세심하게 꾸며놓았음을 알 수 있었다. 그녀는 나처럼 부잣집에서 자라지 않아서 처음부터 열심히 일하지 않을 수 없었다. 그런데도 우리 집보다 더 편하고 우아하게 실내장식이 돼 있다는 것은 놀라운 일이었다. 저기 서 있는 소파는 포르토벨로 로드의 중고상한테서 산 것이고 그 옆에 책꽂이며 옷장은 노팅 힐에 있는 괜찮은 팬시용품점에서 구입했다. 인도 촛대, 티베트 불교 기도용 회전통, 칸딘스키와 샤갈의 복제품도 보였다. 마구 그러모은 것들이지만, 특이하게도 잘 어울려서 하나의 조화로운 전체가 되어 생명력과 따스함을 발산했다.

"자" 하고 손을 비비면서 세라가 내가 있는 거실 쪽으로 왔다. "몇 분만 있으면 아주 편해질 거야. 그것 참, 겨우 몇 시간 만에 날이 이렇게 추워진담. 일기예보는 그냥 바람이 좀 부는 정도라고 하지 않았어?"

"나도 들었어. 일기예보란 게 늘 그렇지 뭐." 나는 그녀의 말에 동감을 표했다. "지구를 도는 위성들은 말벌 떼처럼 늘어만 가고 수천만 파운드를 삼켜도 날씨란 게 제멋대로지……." 나는 이렇게 말하며 어깨를 으쓱했다. "그래도 자연의 의지에 순순히 따르는 게 있어서 그나마 다행이야." 그녀가 미소를 지었다. 목소리에는 뭔가 다른 뜻이 숨어 있는 것 같았다. "몸 덥힐 만한 것 좀 줄까? 설탕에다 향료를 넣어 데운 적포도주나 포트와인, 아니면 압생트?"

"압생트?"

"그래. 신경을 완화시킬 수 있는 독성물질 투존이 들어 있지. 머리가 헬렐레해질 거야. 그거 할래? 아니면?"

"그게 좋겠네." 나는 소파에 털썩 주저앉았다. "이런 건 다 어디서 구했어? 목록을 만들려고 해도 어렵겠다."

"대학하고 관계없는 것도 가끔 읽어." 세라는 배가 불룩한 잔 두 개를 탁자 위에 놓고 그 위에 특별하게 구멍이 뚫린 숟갈을 올려놓았다. 이어 각설탕을 올려놓고 녹색의 끈적끈적한 액체를 따랐다. "적포도주 칵테일을 만들려는 거야?" 나는 웃으며 말했다.

"그 비슷한 거야."

아니스 열매 냄새가 코를 찔렀다. 세라는 잔에도 물을 좀 부어 희석시켰다. 액체가 연한 녹색에 우유처럼 부옇게 되자 각설탕에 불을 붙였다. 파란 불꽃이 확 피어올랐다. 불꽃이 그녀의 눈에 비치자 압생트 같은 색깔이 됐다. 설탕이 반쯤 녹아서 잔으로 떨어지자 그녀는 숟갈을 집어넣고는 나머지 설탕이 녹을 때까지 휘저었다.

"자기의 안녕을 위해!" 그녀가 말했다. "여행 잘하고, 특히, 건강하게 돌아와야 돼."

잔을 비우는 사이 그녀의 눈이 촉촉이 빛났다. 술이 독해서인지 아니면 갑자기 슬픈 느낌이 일었기 때문인지 모르겠다. 그런 질문은 나도 피했다. 우울한 얘기를 나누고 싶은 생각은 없었기 때문이다. 다만 확실한 것은 압생트가 그리 독하지 않았는데도 뱃속에서는 용암이 타오르는 것 같았다. 온몸의 추위가 순식간에 가셨다.

"대단한 술이군." 나는 그 효능을 인정했다. "몸이 따뜻해질 뿐 아니라 기분도 좋아져. 그런데 하던 얘기 마저 하자. 텔레 호에 대해 할 얘기가 있다고 했지?"

세라는 고개를 끄덕이더니 일어서서 컴퓨터를 켰다. "이제 인내심 테스트를 통과하셨군." 그녀가 살짝 웃었다. "답답하셨겠지? 말해줄 것도 있고 특히 보여줄 게 있어."

나는 일어서서 그녀 쪽으로 갔다. 화면이 켜지자 세라는 인터넷 검색창에 야생동식물보호협회(Wildlife Conservation Society)라고 쳤다.

그런 다음 아래 항목에서 콩고를 클릭했다. 잠시 후 화면이 떴다.

"콩고 자연보호기구?"

세라가 고개를 흔들었다. "WCS는 세계에서 가장 큰 환경보호단체 중 하나야. 1895년에 설립됐지. 본부는 뉴욕에 있어. 콩고 지부는 하부조직이야. 하지만 활동은 아주 활발하지. 그 사람들이 자기네 탐사팀을 저지하지 않도록 조치를 취해야 돼. 콩고공화국에는 열 개의 자연보호구역이 있어. 다 WCS가 관리를 맡고 있지. 그중에서도 은도키 국립공원이 가장 유명할 거야. 텔레 호 보호구역도 있어. 거기서 허가 없이 사냥을 하다가는 골치 아파질 거야."

"팜브리지 여사가 뭔가 사전 조치를 취해 놓았겠지. 그렇지 않으면 그냥 소풍 가는 것밖에 안 되니까." 나는 세라의 우려에 공감을 표했다. "보여주겠다는 게 이거였어?"

"아니. 이제 끝내주는 게 나오지. 이거 봐봐." 그녀는 화면 위쪽 메뉴난에 텔레 호를 클릭했다. 그러자 바로 전설에 싸인 호수에 관한 항목이 떴다. 나는 화면을 보고는 놀라움을 감출 수 없었다.

그 호수가 나타났다. 나무와 덤불과 수생생물로 끝없이 펼쳐진 밀림 한가운데 거대한 은 접시가 놓여 있는 것 같았다. 이 녹색의 지옥을 보고서야 비로소 내가 얼마나 미친 짓에 빠져들었는지 알 것 같았다. 그 어떤 인간도 이런 원시림을 횡단할 수는 없었다. 적어도 나는 그랬다.

세라는 내 생각을 읽은 것 같았다. "정말 멋지지? 저 수없이 많은 물길을 타고 달릴 생각을 하니까 말이야. 조지프 콘래드의 『암흑의 핵심 Heart of Darkness』이 연상되지 않아? 내 책꽂이에 있는 걸 찾았어. 한번 읽어봐. 하지만 경고할 게 있어. 마음 약하신 분한테는 안 맞아. 원한다면 가져가. 저 위에 있어. 하지만 나중에 돌려줘야 돼." 그녀는 내게 따뜻한 미소를 보냈다.

"고마워." 나는 중얼거렸지만 그녀의 얘기가 반쯤밖에 들리지 않았다. 화면에 뜬 사진에 정신이 팔렸기 때문이다. 뭔가 기이해 보였는데, 그게 뭔지는 알 수 없었다. 호수는 거대한 눈으로 하늘을 응시하고, 그 홍채 속에 우주 전체가 비친 듯했다. 호수 가장자리는 이상하리만치 윤곽이 뚜렷했고 가위로 오려낸 듯했다.

세라에게 관찰당하고 있는 느낌이었다. 그런 기분은 영 불편했다. "모르겠어." 나는 솔직히 털어놓았다. "이 호수에는 뭔가 이상한 게 있는데 뭐라고 꼬집어 설명을 못하겠어."

세라는 손가락으로 모니터를 가리켰다. "형태야. 원처럼 둥글잖아."

그랬다! 그거였다. 호수는 원처럼 둥글었다.

나는 화면 쪽으로 좀 더 다가갔다. "이 지역 지도 있어? 위에서 봤으면 좋겠는데."

세라가 재빨리 자판을 두드리자 놀랍게도 해당 지역 조감도가 화면에 떴다. 분명히 원형이었다.

"어떻게 이럴 수가 있지?" 나는 중얼거렸다. "거의 사화산 같네. 분화구 속에 물이 고인 것 같아. 하지만 화산은 아니야. 주변 지역이 아주 평평하단 말이야."

세라가 고개를 끄덕였다. "화산 아닌 거 맞아. 운석 충돌이야."

"뭐라고?"

"운석공이라고."

이상하게 등이 근질거렸다. "확실해?"

"전문지에 그렇게 나와 있어. 대략 팔천만 년 전에 충돌이 일어났다는 거야."

"그럼 백악기 전기네."

나는 깊이 생각에 잠겨 중얼거렸다. "백악기라, 공룡 시기군."

"뭐라 그랬어?"

나는 고개를 흔들었다. "별거 아냐. 그냥 그런 생각이 들었어. 백악기 전기는 공룡의 번성기였어. 놈들은 이후 육천오백만 년 전 백악기 말에 멸종됐지. 최근 연구 결과는 공룡이 천체의 참사 때문에 죽은 것으로 보고 있어. 대도시만 한 소행성들이 지구에 떨어졌다는 거지. 그런 건 멕시코의 유카탄 반도에 떨어져서 직경이 이백 미터나 되는 거대한 구멍을 만들었어. 지금도 주변 지형으로 분명히 알아볼 수 있거든. 운석이 떨어지면서 엄청난 먼지를 대기 중에 피워 올렸지. 그래서 햇빛이 흐려지면서 지구 온도가 몇 도는 내려갔어. 공룡과 기타 고도로 발달된 동물 종한테는 종말을 의미하는 거야. 녀석들은 잼싸게 적응할 수 없었던 거지. 포유류의 시대가 시작된 거야."

세라의 손이 우연인 것처럼 내 무릎에 닿았다. "우리의 시대 말이지."

나는 압생트를 홀짝거리며 가볍게 웃었다. "물론 최소한 한 종의 공룡은 그 파국에서 살아남았다는 이론도 있어. 작고 육식을 하는 온혈공룡으로 깃털이 발달됐다는 거지."

세라는 깜짝 놀라서 나를 쳐다봤다. "잘 이해가 안 가는……."

"새야. 정원에서 재잘거리는 귀여운 동물들이 작은 육식공룡이 발전해서 됐다는 거지. 껑충껑충 뛰는 타조를 보면 짐작이 갈 거야."

그녀가 조용히 웃었다. "어떻게 그런 걸 다 알아? 그냥 목록만 만들려고 해도 어렵겠다면서."

"정기 구독하는 〈플레이보이〉에 다 나오는 얘기야." 나는 조용히 웃었다. "끝내주는 사진들하고 신형 차 소개 기사들 있잖아."

그녀는 놀리지 말라는 표정으로 손을 흔들며 웃었다. "누가 그런 소리 하래. 그런데 그 충돌이 서로 관계가 있나? 조금 전 얘기는 평소에 한 번도 한 적이 없었는데."

"너무 엉뚱하니까. 너무 비과학적이지. 그냥 하나의 아이디어에 불과해. 운석의 충돌이 공룡을 멸종시킬 수 있다면 다른 충돌에서는 작은 무리가 살아남을 수도 있었겠지. 이제 알겠어?"

"글쎄."

나는 한숨을 쉬며 시계를 보았다. 벌써 열두 시가 넘었다. "나도 사실은 이해가 안 가. 완전히 녹초가 됐는데 내일 아침 일곱 시 십오 분 전에 비행기를 타야 돼. 지금 집에 가면 네 시간밖에 못 잘 거야."

"그럼 여기 있어." 그녀는 컴퓨터를 끄고 내 눈을 깊이 들여다보았다. 나도 그녀의 눈길을 그대로 맞받았다. 다시 진한 녹색의 반짝임이 느껴졌다.

"그게 좋을까?"

"어쨌거나 지금은 잠 안 올 걸. 압생트는 각성제니까."

"그런 것 같아."

"비행기에서 자면 되지." 그녀는 말하면서 지퍼를 내렸다. 아주 천천히. 어깨끈이 미끄러져 내려가자 가슴이 훤히 드러났다. 유혹을 이겨낼 힘이 사라졌다. 그녀가 내게 먼저 키스를 하며 맨살에 손을 올려놓자 나는 이제 유혹과의 싸움에서 패했다는 기분이 들었다.

12

하늘을 찢는 악천후는 에고모가 지금까지 겪었던 그 어떤 날씨보다도 나빴다. 들이치는 빗발에 사방은 번쩍하다가 다시 어둠에 휩싸이곤 하는 지옥 같았다. 그는 두려움에 싸여 고무나무 가지에 바짝 달라붙었다. 이런 악천후가 하필 지금 이 순간 이곳에서 자신에게 닥칠 줄은 몰랐다. 또다시 번개가 번쩍하더니 저 아래 관목 있는 데까지 훤히 눈이 부셨다. 곧이어 우르릉 쾅 하고 천둥이 치는 바람에 귀가 멍해졌다. 전에 들은 적이 없는 우지끈하는 소리가 숲에 울려 퍼지다 여러 갈래로 멀어져갔다. 등에 식은땀이 흘렀다. 그는 악천후를 많이 겪어봤지만 이번 천둥은 전혀 예사롭지 않았다. 공기가 찢어지는 듯한 소리가 났다.

갑자기 닷새 전 마을을 떠난 이후 느꼈던 그 모든 불길한 조짐들이 떠올랐다. 그 끔찍한 비명하며 조상들의 혼령이 나오는 꿈, 호숫가의 황폐화된 모습. 이번 사냥길에는 불길한 전조가 드리워져 있었다. 그런 징표는 어디에나 있었다. 그러나 그는 그런 것들을 단지 인정하고 싶지 않았고, 눈이 부신 가운데서도 신들이 자신에게 호의적이지 않다는 사실을 받아들이려 하지 않았다. 빈손으로 돌아간다 해도 마을사람들이 비웃거나 비아냥거리지 않는다면 오래전에 돌아갔을 것이다. 그러나 포기하고 싶은 마음이 들 때마다 마을사람들 얼굴이 생각났다. 특히 칼레마가 실망하는 모습은 견딜 수 없었다. 지금까지는 그녀의 아름다운 모습을 생각하는 것만으로 끝까지 견뎌낼 수 있었다. 그러나 지금은 끝이었다. 이런 악천후는 너무 혹독했다. 이보다 더 심한, 가차 없이 몰아치며 고소해하고 악의가 섬뜩한 날씨는 일찍이 없었다. 나중에 다시 한 번 시도해볼 수도 있었다. 신들이 다시 안정을 되찾게 되면 말이다.

그러나 곧이어 그는 스스로 속았음을 의식하게 됐다. '나중에'란 말은 있을 것 같지 않았다. 한 번 실패자는 영원히 실패자다. 용기를 내서 다시 한 번 앞으로 나아가볼까? 에고모는 나무 위 잎사귀들이 시커멓게 뭉쳐 있는 곳을 쳐다보았다. 그림자 세계의 섬뜩한 존재가 그 위에서 자기 쪽을 내려다보고 있는 것 같았다. 그는 무기를 가슴에 대고 울기 시작했다. 그만큼 부끄러움에 압도된 것이다. 정말 불쌍한 전사였다. 가련한 겁쟁이라고 그는 자책했다. 도대체 어떻게 낯을 들고 집으로 돌아갈 수 있단 말인가?

그 순간 다시 번개가 번쩍하면서 숲의 어둠을 유령 같은 환한 빛으로 뒤덮었다. 그런데 거기서 녀석이 그를 보고 있었다. 바로 코앞에 몇 걸음 떨어지지 않은 곳이었다. 발자국이었다. 그 안에 고인 물이 번개가 번쩍하는 사이 환하게 반사됐다. 그다음에 이어진 우지끈하는 소리는 에고모에게 들리지 않았다. 그만큼 그 큰 발자국에 깜짝 놀랐던 것이다. 발자국은 거대했다. 넓은 면적에 앞쪽으로 발톱 자국이 세 개, 뒤로 하나가 있었다. 전체 넓이는 에고모가 큰 대자로 드러누운 것보다 클 것 같았다. 섬뜩한 생각이 솟아올랐다. 의문이나 추측이 아니라 명명백백한 사실이었다.

모켈레 음벰베였다.

다른 동물은 이런 흔적을 남길 수 없다. 그는 발자국을 자세히 살펴보았다. 네 시간도 안 됐다. 그렇지 않다면 비 때문에 이미 알아볼 수 없게 됐을 것이다. 발자국이 찍힌 땅바닥은 진흙이어서 흔적이 유달리 도드라졌다.

에고모는 뒤로 물러섰다. 전설에 싸인 신비한 괴물이 이제 실존하는 것이다. 그렇다면 그 모든 이야기와 전설들은 사실이었다.

에고모는 숨조차 쉬기 어려웠지만 생각을 가다듬고자 애썼다. 그놈은 여기를 지나갔다. 여기 그가 서 있는 곳에서 몇 발자국 벗어나지 않은 지점에 있었던 것이다. 여기에 머물렀던 게 분명하고, 어쩌면 아직도 있을지 모른다는 생각에 그는 극도로 긴장했다. 모든 의심과 두려움은 날아가버렸다. 오로지 원초적인 사냥꾼의 본능과 살아야겠다는 의지만이 남았다.

에고모는 몸을 숙여 정글 바닥과 한 몸이 됨으로써 적의 눈에 띄지 않도록 했다. 두세 번 재빨리 손을 놀려 쇠뇌에 장전을 하고 흔적을 쫓기 시작했다. 쉬운 일은 아니었다. 비 때문에 발자국들이 씻겨 나갔기 때문이다. 그러나 비가 모든 걸 씻어가기에는 에고모는 너무 훌륭한 추적자였다. 그는 백인들처럼 단순히 발자국을 뒤쫓아 가는 데 급급하지는 않았다. 발자국들과 적당한 거리를 두고 앞으로 나아갔다. 덤불에서 덤불로, 이 나무에서 저 나무로 어려서 배운 대로 했다. 그러면서도 사방 경계를 잊지 않았다. 어떤 맹수들은, 특히 표범은 자신이 남긴 흔적을 살짝 벗어나서 오른쪽이나 왼쪽에 숨어 상대를 기다리는 습관이 있다. 그 흔적은 호수에서 계속 멀어지면서 사람 키 넓이의 도랑을 따라 이어졌다. 도랑은 꼬불꼬불하게 남쪽으로 뻗어나갔다. 에고모로서는 처음 와본 지역이었다. 무시무시한 곳이었다. 왜 그런지는 알 수 없지만 나무는 자라지 않았다. 풀만 자라는 지역이었기 때문에 그와 같은 사냥꾼에게는 엄폐물이 돼줄 만한 것은 하나도 없었다.

에고모는 잠시 하늘을 올려다보았다. 악천후는 계속됐다. 그런데 비는 좀 누그러졌다. 아주 멀리서 간간이 번개가 치는 것이 나뭇잎 사이로 보였다. 그러나 거리가 너무 멀어서 천둥도 약한 메아리로만 들렸다.

서둘러야 할 때다. 그는 흔적을 놓치고 싶지 않았다. 발자국은 비로 땅바닥이 부풀어 오르면서 형태가 일그러지기 시작했다. 좀 있으면 완전히 사라지고 말 것이다.

그는 우듬지를 휩쓰는 폭풍에 떨어져 내린 잎사귀며 부러진 가지들이 뒤섞인 바닥을 내달렸다. 그러면서도 줄곧 열심히 은폐물을 찾았다. 그러나 시간이 가면서 분명해진 것은 불안해할 필요는 없다는 사실이었다. 악천후 때문에 숲의 서식자들이 겁을 먹은 것 같았다. 보통 숲에 사는 동물은 모두 자취를 감췄다. 에고모에게는 좋은 일이었다. 함정에 빠질 염려를 할 필요 없이 더 빨리 앞으로 나아갈 수 있었기 때문이다.

약 반 시간쯤 지나서 숲이 듬성듬성해지는 게 보였다. 처음에는 저 높은 나무 위 잎사귀들 사이로 간간이 틈이 생기더니 갈수록 벌어져 흐릿한 하늘빛이 스며들었다. 몇 발짝 더 나아가자 숲이 끝나는 지점이 나왔다. 그는 멈춰 서서 숨을 돌렸다. 앞에는 끝없는 초원이 펼쳐져 있었다. 녹색 울타리 같은 숲의 가장자리는 결국은 저 멀리 희미하고 축축한 초원으로 이어졌다.

에고모는 손으로 눈을 가렸다. 갑자기 강한 빛이 쏟아져 눈이 부셨다. 아니, 이 지역은 어쩐지 좋지 않다는 생각이 들었다. 낯설고 위험이 가득한 곳이었다. 코끼리나 고릴라가 우글거리는, 작지만 전체적으로 조망이 가능한 숲 속의 빈터 같은 곳이 아니었다. 수면이 있는 텔레 호와도 달랐다. 여기는 달랐다. 왜 여기서 갑자기 숲이 끝나는지도 알 수 없었다.

에고모는 한숨을 쉬었다. 흔적이든 그 끄트머리든 뭔가가 숲의 어둠으로부터 멀리 떨어진 초원 속으로 곧바로 사라졌다. 그리로 따라갈 수도 없고 따라가고 싶지도 않았다. 너무 위험했다. 그곳은 하이에나와 들개와 표범의 사냥터였다. 놈들은 어른 키 높이로 자란 수풀 사이에 숨어 멍청하게 이 미로로 들어서는 모든 존재를 공격한다.

그는 바닥에 편히 앉아 사냥용 배낭을 열었다. 안에는 가죽 물통 외에 무화과 열매 몇 개, 새끼대추야자 열매, 육두구, 말린 원숭이고기와 그밖에 쇳조각, 부싯돌, 마른 부싯깃 등등 불을 피우는 데 필요한 도구도 들어 있었다.

그런데 이제 뭘 먹는다? 그는 무화과 열매를 먹기로 하고 질긴 고기는 나중을 위해 남겨두었다. 무화과는 별로였다. 곰팡내가 났다. 솔직히 말하면 화덕에 신선한 고기를 구워먹는 게 좋았다. 그런 생각을 하는 순간 벌써 입에 침이 고였다. 그는 달콤한 무화과를 씹으면서 오늘 저녁에는 신선한 고기를 먹어야겠다고 결심했다. 모켈레 음벰베가 돌아다니는 마당에 이제 마른 음식은 질렸다. 지금까지 용기를 발휘한 데 대한 보상을 받고 싶은 욕심도 있었다. 진짜 성찬이 되어야 했다. 긴꼬리원숭이나 멧돼지 정도는 돼야 했다. 진수성찬을 생각하면서 그는 휴식을 끝내고 물을 한 모금 잽싸게 마신 뒤 자리를 털고 일어섰다. 숲 가장자리를 따라가면서 어디로 이어지는지 볼 요량이었다. 운이 좋으면 그 괴물을 어디선가는 찾게 될 것이다. 놈은 워낙 몸집이 크니까. 그런 다음에 어떻게 할지는 좀 시간을 두고 결정할 수 있을 것이다. 확실히 처치하지는 못하더라도 어쨌든 발톱이나 비늘 같은, 뭔가 기념이 될 만한 것은 집으로 가져갈 수 있을 것이다. 그렇게 되면 얼마나 훌륭한 약혼선물이 되겠는가!

그는 발길음 가볍게 길을 나서 숲 가장자리를 따라 오른쪽으로 나아갔다. 그 지역은 앞이 툭 트였고 수풀도 그다지 우거지지 않았다. 얼마 가지 않아 이상한 냄새가 났다.

연기다!

그는 허공에 대고 코를 킁킁거리며 어느 쪽에서 나는 냄새인지 알아보려고 했다. 불은 정확히 그가 가려던 쪽에서 났다. 에고모는 아직 화살 하나가 얹혀 있는 쇠뇌를 다잡았다. 그러고는 살금살금 앞으로 나아갔다. 소리 없이 한 발짝 한 발짝 다가가며 모든 신경을 극도로 집중했다.

불이 난 지점에 가까워질수록 보통 불이 아니라는 사실이 뚜렷이 느껴졌다. 불에 탄 나무 냄새가 달랐다. 잎사귀와 풀 냄새 같았다. 불에 탄 살점도 다른 냄새가 났다. 그건 마치…… 마치…….

에고모는 경악했다. 호숫가의 저 초토화된 캠프 같은 냄새가 났다. 그러나 이번에는 불에 탄 냄새가 신선하게 코를 찔렀다. 새까맣게 눌어붙은 플라스틱, 호숫가의 수렁에 반쯤 묻혀 있던 전선, 깨진 유리가 생각났다. 식은땀이 이마를 타고 내렸다. 목표지점에 너무 가까이 왔다는 느낌이 들었다.

내딛는 발걸음이 영 내키지 않았다. 몸의 근육이란 근육은 하나같이 긴장돼서 조금만 위험한 징표가 보이면 바로 달아날 채비를 하고 있었다. 벌써 가느다란 짙은 연기가 보였다. 삼십 미터쯤 되는 거리에서 어른 키만큼 높이 자란 풀 사이로 피어오르고 있었다. 키가 조금만 더 컸더라면 저 앞에서 무슨 일이 벌어졌는지 볼 수 있었을 것이다. 그는 눈을 가린 꼬마처럼 더듬더듬 앞으로 나아갔다. 그러나 멈출 생각은 없었다. 저 앞에 뭐가 있는지 알아야 했고 무슨 일이 벌어졌는지 파악해야만 했다. 이제 몇 미터만…… 천천히…… 천천히.

곧이어 현장이 나타났다.

순식간에 그는 사태를 파악했다. 끔찍한 모습 하나하나를 알아보는 순간 깜짝 놀라 눈이 휘둥그레졌다.

에고모는 입을 손으로 가리고 털썩 무릎을 꿇고 말았다. 어깨에 메고 있던 쇠뇌가 땅에 떨어지고 배낭은 떨리는 손에서 빠져버렸다. 이토록 충격적인 장면을 본 적은 없었다. 그는 자신의 호기심이 저주스러웠다. 왜 포기하지 않았던가? 왜 가족과 친구들 곁으로 돌아가지 않았던가?

그는 다수의 시체를 보자 속이 뒤집혔지만 혼란스러운 머리로나마 여기서 무슨 일이 있었을까를 따져보기 시작했다. 백인 여자와 그 대원들의 시체일까? 아니다, 분명 아니다. 이건 군인들의 시체였다. 찢어진 군복, 구부러진 무기, 또렷한 가죽장화의 흔적을 보면 알 수 있었다. 홈이 파인 부분이 호숫가에서 발견한 발자국과 정확히 일치했다. 확실히 하기 위해 장화 하나를 집어 들었다가 바로 떨어뜨리고 말았다. 잘린 발이 들어 있었기 때문이다. 끔찍한 곳이었다. 모켈레 음벰베의 짓일까? 만일 그렇다면 저 물속에 사는 비정한 맹수는 어떤 존재란 말인가? 전설 같은 얘기에 나오는 것보다 훨씬 더 사악한 것 같았.

갑자기 시야 가장자리로 어떤 움직임이 보였다. 절단된 시체들 가운데 하나가 움직였다. 에고모는 처음에는 잘못 본 것이겠거니 했다. 그러나 이어서 신음소리가 들렸다. 생존자였다.

공포로 몸이 얼어붙다시피 했지만 에고모는 누더기가 된 그 몸뚱어리

쪽으로 다가갔다. 신선한 피와 불에 탄 살점에서 달콤한 냄새가 났지만 그는 거의 느끼지 못했다. 그는 여기저기 나뒹구는 시체 쪼가리들을 타고 넘으면서 간신히 의지력을 발휘해 토하지 않았다. 갑자기 저기 뭔가 움직이는 게 보였다. 노르스름한 머리에 동공이 수축된 허연 두 눈, 놀라울 정도로 새하얀 이빨이 보였다.

표범이었다. 피 묻은 주둥이에는 팔뚝이 걸려 있었는데 짧게 으르렁거리더니 유연하게 몸을 돌려 키 높은 풀 속으로 사라졌다. 에고모는 자신의 어리석음을 저주했다. 어떻게 그걸 깜빡할 수 있단 말인가? 시체 냄새는 조만간 주위의 모든 맹수들을 유혹하게 될 것이다. 훨씬 더 많은 동물이 이 공동의 성찬에 초대받지 않은 것이 신기할 정도였다. 그는 지금 최고의 위험에 처한 것이었다. 가급적 빨리 자리를 뜨지 않으면 안 되었다.

그 순간 뭔가 꿀꿀거리는 소리가 들렸다. 깊고 무딘, 풀을 억누르고 바닥을 뒤흔드는 소리였다. 핏줄이 얼어붙는 소리였다. 그것도 바로 뒤쪽에서 났다.

에고모는 목덜미에 뜨거운 입김이 닿은 느낌이 들었다. 그는 인생이 여기서 종을 치게 됐구나 하는 생각에 눈을 감았다. 곧이어 불행한 군인들의 시체 옆에 자신의 내장이 쏟아져 나와 있게 될 것이다.

그는 아주 천천히 일어서서 뒤를 돌아다보았다. 씩씩거리는 소리가 이제 아주 가까이 다가왔다. 그 거대한 동물의 콧구멍에서 나오는 바람이 머리칼을 스치고 지나갔다. 따뜻하고 짠물 냄새가 났다.

그는 머리를 들어 괴물 쪽으로 시선을 돌렸다. 놈은 뒤쪽에서 갑자기 나타나 접시만 한 눈으로 뚫어져라 그를 내려다보고 있었다.

13

2월 9일 화요일. 에어프랑스 896편.

"승객 여러분. 저는 기장입니다. 우리는 지금 일만일천 미터 고도를 날아 콩고공화국의 수도 브라자빌로 가고 있습니다. 예상 도착 시각은 15시 15분입니다. 현지 기상 조건은 화창하고 기온은 섭씨 32도입니다."

조종실에서 나는 콧소리에 나는 비몽사몽에서 깨어났다. 눈을 뜨고 손목시계를 들여다보았다. 실제로는 열 시간이나 잤다. 먹지도, 마시지도, 화장실에도 가지 않고. 출발이 어떻게 됐는지도 전혀 생각나지 않았다. 다만 세라가 나를 태우고 총알택시처럼 히드로 공항으로 달린 것은 생각이 났다. 글자 그대로 마지막 순간에 공항에 간신히 들어서서 작별의 키스를 나누고 허겁지겁 세관을 빠져나왔다. 아직도 그녀가 출입금지 푯말 뒤에서 눈물을 글썽이며 눈짓을 보내던 모습이 눈에 선하다. 그런 다음 나는 거대한 어둠 속으로 빠져들었다.

에어컨이 잘 들어오는 비행기 안에서 어제 낮과 밤에 있었던 일을 생각하니 기이할 정도로 비현실적이라는 느낌이 들었다. 기지개를 켜면서 비행의 재미를 모두 놓쳐버렸다는 생각이 들었다. 알프스 산맥도 잠자는 사이에 지났고 지중해와 사하라 사막, 적도를 넘을 때도 그랬다. 집에 가면 위도 육십 도를 오르내린 이번 여행이 얼마나 모험적이었는지, 사막은 색깔이 어떠하고 바다는 또 어떤 형상이었는지 등등 아무 얘기도 해줄 게 없다. 그러나 솔직히 그런 건 나에게는 전혀 중요하지 않았다.

나는 놀라서 아래를 내려다봤다. 공기를 불어넣게 돼 있는 작은 베개가 목에 달라붙었다. 어디서 온 건지 알 수 없었다. 나는 공기를 빼면서 창문으로 아래를 내다봤다. 숨 막히는 광경이 펼쳐져 있었다. 가느다란 하얀 줄이 한가운데로 이어져 있었다. 그 한쪽은 푸른 평면이, 반대편 쪽은 녹색 평면이 한없이 펼쳐졌다. 비행 고도가 너무 높아서 낱낱의 사물을 알아볼 수는 없었다. 그러나 한쪽은 바다고 다른 한쪽은 정글이라는 것은 분명했다. 끝없는, 숨 막힐 듯한 정글……

길도 들판도 주거지도 구분이 안 됐다. 그저 나무들뿐이었다. 수천 그루의 나무가 눈이 닿는 곳까지 멀리 뻗어 있었다.

"C'est formidable, n'est-ce pas?(어마어마하지요?)" 옆자리에 앉은 사람이 저음의 목소리로 말했다. 나는 깜짝 놀라 고개를 들어 옆을 쳐다봤다. 잘생긴 흑인이 목을 내밀고 녹색의 무한공간에 시선을 고정시키고 있었다.

"저기가 제 고향입니다." 그 남자는 말을 계속했다. "저 아래서 태어났지요." 그는 어떤 이름을 중얼거리더니 내게 손을 내밀었다. 나는 억지로 미소 지으며 인사에 답하고는 파리에서 비행기를 갈아탈 때 기억을 되살리려 했다. 그러나 허사였다. 건강한 사람에게 이런 기억상실이 올 수 있는 걸까? 아마 이런 건망증은 너무 기진맥진한 데다 투존을 과다 섭취한 일과 관계가 있을 것이다. 승객들 머리 너머로 기내를 한번 둘러보았다. 나 말고 백인이라곤 둘밖에 없었다. 곧 착륙한다는 기대감에 두런거리는 소리가 기내에 가득 찼다. 그리고 도처에 미적지근하고도 달짝지근한 땀 냄새가 풍겼다.

"파리엔 왜 가신 겁니까?" 내가 이야기의 실마리를 다시 붙잡았다. 옆 자리에 앉은 남자가 얘기를 계속했으면 하는 눈치였기 때문이다.

"사업 때문이지요." 기다렸다는 듯이 답변이 튀어나왔다. "전 공예품 거래상입니다." 이렇게 덧붙인 그는 팔을 들어 자기 말이 사실임을 납득 시키려 했다. 손목에 세밀하게 짠 팔찌를 숱하게 차고 있었다. 금으로 보 이는 금속편과 나뭇조각, 상아구슬 등이 앞 다투어 짤랑짤랑 소리를 냈 다. 한결같이 신비할 정도로 추상적인 장식이 새겨져 있었는데 유리창으 로 흘러드는 햇빛을 받는 순간 놀라운 생동감이 느껴졌다.

"정말 멋지군요." 나는 솔직히 인정했다. "아프리카 수공예품은 언제 봐도 놀랍습니다. 하지만 이건 정말 특이하군요. 어느 부족이 만든 건가 요?" 나는 완전히 문외한 축에 끼고 싶지 않은 마음에 이렇게 물었다.

그 남자는 내가 잘 모른다는 것이 오히려 반가운 모양이었다. 그는 음 험하게 웃으며 내 쪽으로 몸을 숙였다. "절대 모르실 겁니다. 피그미족이 지요. 그 부족이 이런 걸 만든 줄 안다고 생각할 수 있겠어요?"

나는 그의 말을 어떻게 받아들여야 할지 몰랐다. 오히려 입을 다물고 있는 게 낫겠다 싶었다. 내가 가진 정보로는 피그미족은 그 나라에서 어 떠한 권리도 갖지 못한다. 최하층 중에서도 가장 낮은 계층으로 취급된 다. 그러나 비행기 안에서 억압 어쩌고 하는 토론은 삼가는 것이 좋다는 점은 분명했다.

"아름답지 않아요? 게다가 값도 괜찮고." 옆에 앉은 흑인은 말을 계속했다. 처음 가졌던 나의 관심이 사라지기 시작했다는 것은 아랑곳하지 않았다. "파리에서는 지금 이게 아주 인기랍니다. 심지어 피그미족의 모티프를 기초로 한 새로운 예술사조가 나왔을 정도니까요. 그래서 돈벌이도 썩 괜찮지요."

나는 상아를 톡톡 쳐봤다. "상아 수출은 불법 아닌가요? 코끼리는 국제법에 따라 보호받은 동물로 아는데."

"이건 사육한 녀석들한테서 나온 겁니다." 그 남자가 우려를 안심시키려는 듯이 답했다. 내가 듣기에는 좀 성급한 얘기였다. 어디서 읽은 바로는 야생 코끼리 수는 최근 십 년간 거의 반으로 줄었다고 한다. 주범은 거리낌 없이 계속 밀렵을 하는 수단과 중앙아프리카공화국의 거래상들일 것이다. 이 공예품 거래상이 그런 음모에 연루돼 있는지 아닌지는 나로서는 알 길이 없는 노릇이었다.

"지금은 사육한 코끼리에서 나온 상아마다 증명서를 붙여줍니다." 그는 지칠 줄 모르고 열변을 토했다. "내 서류가방에는 그런 증명서가 꽉 차 있어요. 코끼리 사냥은 끝났어요." 그는 잠시 침묵하더니 손가락으로 비행기 유리창을 톡톡 두드렸다. "저 아래 해안을 얼마 전까지만 해도 뭐라고 불렸는지 아십니까? …… 황금해안, 상아해안, 노예해안이라고 했습니다." 그는 의미심장하게 고개를 끄덕였다. "저기가 노예무역의 중심지였어요. 코끼리 엄니는 노예들이 정글에서 이리로 옮겨 배에 실었지요. 그게 다 백인들의 복지를 위해서였습니다. 그러는 사이 부자들은 대저택에 앉아 순수하고 무구한 아프리카에 관한 꿈에 몰두할 수 있었지요. 이제 도착하는군요. 안 그래요? 보세요. 저 아래서 그런 일이 벌어졌던 겁니다. 그리 오래전 일도 아닙니다."

차츰 불편해졌다.

공예품 거래상은 기운 좀 내라는 듯이 내 어깨를 툭툭 쳤다. "뭐 괘념치 마세요. 그런 시대는 끝났으니까. 지금은 모든 게 달라졌어요." 그는 목소리를 높였다. 많은 승객들로 하여금 자기 말을 듣게 하려는 의도인 것 같았다. "이제 우리는 공화국이 됐습니다. 번듯하고 정의로운 마르크스주의의 나라 말입니다. 정부는 각 개인의 복지에 온 신경을 쓰고 있지요."

나는 이마를 찌푸렸다. 이렇게 큰 소리로 떠드는 것은 자기가 진심으로 옳은 말을 하고 있다고 확신하기 때문일까? 아니면 비행기 안에서 이상한 사람들이 엿듣고 있다가 나중에 관계당국에 신고할까 두려워서였을까?

그 순간 다시 조종실에서 기장의 목소리가 울렸다. "승객 여러분, 저는 기장입니다. 이 비행기는 십오 분 후에 브라자빌에 착륙합니다. 오른쪽에 보이는 것이 콩고 강입니다. 하류는 콩고민주공화국을 거쳐 대서양으로 흘러듭니다. 아프리카에서 수량이 가장 풍부한 강으로 대서양에 초당 오만 입방미터를 쏟아 붓지요."

나는 고개를 돌려 창밖을 내다봤다. 가슴이 쿵쿵 뛰었다. 저 아래 전설에 싸인 콩고 강이 있었다. 아프리카에서 가장 거대한 강이었다. 은빛으로 반짝이는 띠가 살찐 뱀처럼 원시림을 파고들면서 여러 갈래로 휘감고는 바다로 흘러든다. 인상적인 광경이었다. 이곳 고도 칠천 미터 상공에서도 경외심을 불러일으켰다. 반면 템스 강은 얼마나 볼품없는 개울 수준인가. 더구나 하류에서는 산업시설과 더러운 독들에 치여 근근이 바다로 흘러들어간다. 그에 비하면 콩고 강은 그야말로 원시의 힘 그 자체였다. 거칠 것 없는 야생 그대로였다. 저 아래 흐르는 강을 보면서 이제 고향의 안온한 보호막이 완전히 사라졌다는 느낌이 절실해졌다. 온 생애를 바꾸게 될지도 모르는 모험에 이제 막 들어선 것이었다.

"저기네요." 옆에서 말하는 남자의 눈이 반짝였다. "모든 강을 삼키는 강이지요. 백인의 무덤입니다. 발견 당시 그런 별명이 붙었지요. 이 지역 일대의 탐사가 늦어졌던 이유가 콩고 강이 배로 다닐 수 없기 때문이라는 걸 아십니까? 하류 전체는 약 삼백 킬로미터에 걸쳐 소용돌이와 크고 작은 폭포, 여울 같은 것으로 돼 있어서 당시에는 도저히 극복할 수 없는 장애물이었지요. 불굴의 선교사와 몇몇 탐험가만이 내부로 들어갔던 겁니다. 그것도 걸어서 갔지요. 그러나 무수한 위험이 도사리고 있었어요. 다치지 않고 돌아온 사람은 극소수였지요. 오늘날에도 콩고 강은 그 음험함으로 유명합니다. 그래도 우리는 이 강을 사랑하지요. 우리 대륙의 대동맥이고 유역 전체의 생명을 유지하게 해주니까요. 강이 없으면 아무것도 존재하지 못할 겁니다." 그는 호기심 어린 표정으로 나를 쳐다봤다. "선생은 아직 왜 우리나라에 오셨는지 얘기를 안 하셨네요. 관광객이라고 하신 것도 아니고. 하기야 콩고에 관광객은 없지요."

나는 벌써부터 이 질문이 나올 줄 알았던 터라 적당한 방어를 준비하고 있었다. "WCS, 야생동식물보호협회 일로 왔습니다." 거짓말이었다. "은도키 국립공원 생물학 연구탐사팀이지요."

그의 표정이 굳어졌다. "절 놀리시는 거지요?"

"아닙니다." 나는 대답하며 뒤로 편히 기댔다. "대형 프로젝트인데 숲코끼리의 개체수를 확인하려는 겁니다. 프랑스인도 참여하고 미국인과 우리도 참여합니다. 우린 정부의 전폭적인 지원을 받고 있습니다." 이렇게 덧붙였지만 사실 불필요한 얘기였다. 처음 얘기만으로도 이미 엄청 충격을 주었기 때문이다. 여행 마지막 몇 분 동안 공예품 거래상은 아주 과묵해졌다. 분명 뭔가 켕기는 게 있는 듯했다. 그렇지 않다면 거리낌 없이 반응했을 것이다. 두세 번 대화를 이어보려고 했지만 허사였다. 비행기가 승객들의 박수를 받으면서 부드럽게 착륙한 다음 활주로를 따라 사이비 미래파 스타일의 마야—마야 국제공항 본관 건물을 향해 미끄러져 갈 때에도 그는 시선을 마주치는 것조차 피했다. 장식품들은 아예 자취를 감췄다. 손을 조심스레 외투 속에 감춘 것이다. 솔직히 말해서 나는 이 사람한테 더는 관심이 없었다. 창밖으로 펼쳐진 새로운 광경을 살펴보느라 여념이 없었기 때문이다. 따지고 보면 볼거리는 별로 없었다. 그저 활주로 주변에 낮고 녹슨 골함석 건물이 몇 채 서 있고 시멘트 포장길 사이로 야채가 자라고 철조망 너머로 키 큰 나무들이 빽빽이 들어선 정도였다. 그래도 낯선 풍경이라 금세 빠져들었다.

비행기가 멈춰 서자 인파가 몰려나갔다. 나는 벽장에 가방을 넣어둔 것도 아닌 데다 자리가 맨 앞쪽이었기 때문에 탑승객 중 처음으로 비행기를 나섰다. 은빛 트랩을 밟는 순간 잠시 멈춰 섰다. 후끈한 열기가 장벽처럼 앞을 가로막았다. 삼십오 도는 될 것 같았다. 금세 땀범벅이 됐다. 습도는 거의 손에 물이 묻어날 정도였다. 공기는 곰팡이 핀 썩은 식물 냄새가 났다. 트랩을 내려 셔틀버스로 가는 동안 런던 열대병연구소에 들렀을 때 같다는 생각이 들었다. 이런 냄새와, 냄새에서 느껴지는 생기가 좋았다.

흔들거리는 셔틀버스가 순식간에 승객들로 꽉 차더니 본관 쪽으로 갔다. 무장 군인들이 도처에 우글거리는 게 보였다. 열여덟에서 스무 살쯤 돼 보이는 젊은이들이 칼라시니코프 소총을 든 채 무슨 일이 일어나기만을 기다리는 것 같았다. 청사에 들어선 다음에도 나을 게 없었다. 군인들은 곳곳에 깔려 있었다. 통로며 문이며 계단마다, 그리고 짐 찾는 곳에도 있었다. 그곳에는 아예 한 부대가 진을 치고 있었다. 그리고 그들이 나를 관찰하고 있는 듯한 느낌이 제일 기분이 나빴다. 사방팔방에서 그들의 시선이 나를 좇고 있는 느낌이었다. 아마 내가 유일한 백인이라서 그럴 수도 있겠지만, 내 행동이 너무 어색해서 그럴지도 몰랐다. 그들이 내가 불안해하고 있는 것을 잘 알고 있다는 생각이 불현듯 머리를 스쳤다. 나는 여행가방을 양손에 나눠 들고 세관 쪽으로 향하고 나서야 마음이 가벼워졌다.

거기서 처음으로 커다란 난관에 부딪혔다. 이 미터는 됨직한 거구의 보안요원이 다가오더니 위압감을 풍기며 자기와 농담할 생각은 말라는 듯한 표정을 지었다. 그는 팔을 올리고 다리를 벌리라는 신호를 보냈다. 나는 물론 바로 그렇게 했다. 그렇지만 몸수색을 당하는 동안 그 친구가 내가 여기 있다는 사실만으로도 기분이 몹시 나쁜 것 같은 인상을 받았다. 그는 알지 못할 말로 집요하게 캐물었다. 나는 물론 언어의 천재는 아니지만, 프랑스어와 이탈리아어 외에 탄자니아에 있던 시절 스와힐리어를 조금 배웠기 때문에 기본적인 지식은 있다. 그러나 그 어느 것도 도움이 되지 않았다. 아마 키콩고어나 링갈라어를 쓰는 모양이었다. 알아들을 수도 없었고 그저 불쾌하기만 했다. 그게 이 자의 의도라면 성공한 셈이다. 나중에는 셔츠 주머니를 뒤지더니 볼펜을 꺼내 내 코앞에 대고 휘둘렀다. 목소리가 점점 크고 공격적으로 변했다. 곧바로 작은 남자가 우리 쪽으로 오더니 그 장광설을 악센트 없는 프랑스어로 통역해주었다.

"이 사람은 어떻게 무기를 들여왔느냐고 묻는 겁니다."

"뭐라고요? 그건 내 볼펜입니다. 오래전부터 쓰던 거예요. 그걸 무기라고 생각하는 사람이 누가 있겠습니까?"

거인은 볼펜을 내 코앞에 들이대며 손가락으로 촉 부위를 톡톡 쳤다. 내 말을 다 알아듣는 눈치였다.

"우리나라에서는 이런 걸 가지고 세관을 통과하지 못했을 텐데요." 작은 사람이 설명했다.

"차라리 이쑤시개가 더 위험할 거요." 나는 항변했다. "어쨌든 통과했잖아요. 볼펜 때문에 추방하겠다는 거요?" 나는 말하는 동안 그게 실수였음을 알아챘다. 거인 경비대원은 표정이 굳어지더니 내 팔을 잡아 끌고 갔다. 다른 사람은 옆에서 따라오며 의식적으로 관료적인 표정을 지었다. "우린 일반적인 조사를 해야 합니다." 그가 말했다. "불안해할 것은 없고 그저 서류랑 예방접종 증명, 입국 비자 등을 조사하는 거지요. 다 챙겨두셨기를 바랍니다. 따라오시지요. 저항하지 마시고."

정말 골치 아프게 됐다. 고소해하는 공예품 중계상의 얼굴을 보니 창피한 나머지 땅속으로 꺼져버렸으면 싶었다. 경비대원들은 장식이라곤 별로 없는 사무실로 데려가더니 문을 닫았다. 거인이 바로 앞에 딱 버티고 서서 달아날 생각을 못하도록 했다. 그 사이 다른 사람은 담뱃진에 전 맞은편 탁자 쪽에 자리를 잡았다. 뒤에는 현 정부 수반인 데니 사수—은게소의 초상이 걸려 있었다. 그는 내게 손을 까딱하며 의자를 권했다. 갑자기 이자야말로 발언권을 가진 사람이라는 사실이 분명해졌다. 그는 말없이 내게 손을 내밀었다. 나는 그 의미를 바로 알아챘다. 서류란 서류는 몽땅 넘겨줬다. 관광객인 체하며 고집을 부릴 때가 아니라는 느낌이 들었기 때문이다.

그가 예방접종 서류를 펼쳐보는 순간, 뭔가 일이 꼬일 것을 예감했다. 그는 고개를 흔들면서 기록을 툭툭 쳤다. 마치 전염병의 근원지나 된다는 듯한 표정이었다.

"유감이지만 좋지 않군요." 그는 잠시 후 입을 열었다.

"선생의 접종 증명은 불완전합니다."

"그럴 리가 없어요." 나는 열을 내며 반박했다. "접종은 필요한 기준에 따라 정확히 했어요. 내가 목록을 직접 확인했다니까요.”

그는 다시 여러 장을 뒤적였다. “그러면 콜레라 증명은 어디 있나요? 안 보이는데.” 그는 별 관심 없다는 듯한 태도로 접종 기록을 내 쪽 탁자에 툭 던졌다.

“콜레라라니? 그런 접종은 세계보건기구(WHO) 규정에 따르면 전혀 불필요합니다. 콩고에는 콜레라 발병 사례가 없어요.”

“그건 선생 말이고. 우린 다른 정보를 갖고 있소. 선생은 우리나라에 입국할 수 없습니다. 본인의 건강을 위해서라는 걸 알아두시오. 유감이지만 런던으로 돌아가셔야겠네요.” 그는 안됐다는 듯한 제스처로 어깨를 으쓱해 보였다.

땅이 푹 꺼지는 느낌이었다. “하지만 방법이 있을 겁니다. 여기서 접종을 받는다든가. 그게 그렇게 중요하다면…….” 나는 이렇게 말하면서도 이런 말이 얼마나 딱하게 들릴지 잘 알고 있었다.

그런데 그는 바로 이런 말을 기다렸다는 듯한 표정을 지었다. 그는 “그러면…….” 하고 말을 꺼내면서 두 손으로 탁자를 문질렀다. 눈에 안 보이는 수건으로 바닥을 닦는 듯했다. “방법이 있지요. 하지만 합법적인 건 아닙니다, 아시겠지요? 몇 가지 좀 손을 써야 합니다. 선생의 편의를 봐드리려면. 제 목도 위험하니까. 하지만 말씀드린 것처럼 해볼 만할 겁니다.” 그는 나에게 썩은 미소를 보냈다. 이 대화가 결국 무슨 얘기인지 감이 잡혔다. 바로 편의를 봐주는 대가가 얼마냐고 물으려는데 전화가 울렸다. 수화기를 든 그의 얼굴 표정과 내게 보내는 어두운 눈빛을 통해 전화가 나랑 뭔가 관련이 있다는 것을 직감했다. 전화기에서 들리는 얘기가 그의 마음에 들지 않는 것 같았다. 그렇다면 나에게는 좋은 의미일 수밖에 없었다.

　그는 전화기를 내려놓더니 거구 동료에게 몇 마디 말을 했다. 그러자 거구는 방에서 나갔다. 그가 돌아섰을 때는 다시 얼굴에 미소가 가득했다. 그러나 이번에는 사뭇 친절한 표정이었다. 그는 담뱃불을 붙이더니 담뱃갑을 내게 건넸다.

　"태우시겠습니까?"

　나는 고개를 흔들었다.

　이 남자는 깊이 한 모금 빨더니 따뜻하고 친절한 목소리로 말하기 시작했다. "이럴 줄은 전혀 몰랐습니다. 제 이름은 조제프 마누입니다. 보안과장입니다." 그는 견장을 톡톡 쳤다. "애스트베리 씨, 불쾌하신 점이 있었다면 용서하십시오. 하지만 보안규정이란 게 우리 모두를 보호하기 위한 것이지요. 우리는 적도 아프리카에 있는 나라로 입국 규정이 엄격합니다. 물론 그만한 이유가 있지요." 그는 다시 한 모금 빨았다. "아시다시피 매년 수천 명이 바이러스 감염으로 사망합니다. 따라서 예방조치를 소홀히 해서도 안 되고 필요한 접종을 하지 않은 사람은 누구나 퇴거시키지 않을 수 없습니다." 그는 일어서서 방 안을 왔다 갔다 하기 시작했다. "그리고 그게 다는 아닌 것이 내부 보안 문제도 있습니다. 예전부터 여기는 국제 테러 조직들의 관심이 집중되는 곳입니다. 그런데 2001년 9·11 이후 상황이 더 악화됐지요. 경비요원들을 보셨을 겁니다." 그는 손으로 벽을 두드렸다. 유명한 테러리스트들의 사진이 붙어 있었다. "여기는 아주 민감한 지역이란 걸 확실히 이해하실 겁니다. 만데구가 좀 거칠게 굴었다면 용서하십시오. 자, 이제 선생 건은……." 그는 다시 앉더니 또 한 번 내 여권을 뒤적거렸다. 흥미로운 내용이 적힌 책이라도 되는 듯했다. "…… 선생한테 손님이 오셨군요." 그는 여권을 덮더니 나한테 밀었다.

그게 누구냐고 물어보고 싶었지만 바로 그때 문이 열리고 보안과장이 만데구라고 지칭한 남자가 들어왔다. 젊은 흑인 아가씨도 따라 들어왔다. 블루진에 록 가수 이기 팝의 황량한 얼굴을 찍은 티셔츠를 걸치고 있었다. 머리는 작은 매듭 모양으로 수없이 땋았다. 얼굴은 갸름하고 눈에 번쩍 띄는 미인이었다. 이 여자는 뭔가 위축되어 불안한 모습이었다. 그러나 그것은 잘못 본 것이었다. 그녀는 입을 열자 보안과장에게 불호령을 쏟아냈다. 과장은 시각과 청각이 마비될 지경이었다. 그녀는 과장에게 욕을 해대면서 그의 코앞에 서류를 들이대고 흔들었다. 사실 나는 한마디도 알아듣지 못했지만, 표정하며 제스처를 보아하니 나에 대한 대접에 극도로 기분이 상한 듯했다. 조제프 마누는 그게 아니라는 듯이 두 손을 들고 변명하려 했다. 그러나 이 단호한 여자 앞에서는 어쩔 도리가 없었다. 그는 그녀의 손에서 서류를 빼내더니 대강 훑어보고는 스탬프를 찍고 돌려주었다. 사본은 자기가 챙겼다.

"애스트베리 씨, 마드무아젤 은가롱을 소개하지요. 대학에서 나오셨는데 지금부터 선생을 모시게 될 겁니다." 그러면서 그는 내게 유쾌한 시선을 던졌다. "이제 나가셔도 됩니다. 이 멋진 나라에서 즐겁게 지내시기를 바랍니다." 그는 손을 내밀었다. "오 르부아, 무슈."

그게 전부였다. 설명도 없고, 사과도 없고, 아무것도 없었다. 그냥 또 만나자니……. 모든 일이 단번에 이렇게 신속히 처리되는 것을 보고 나는 당혹스러웠다. 도대체 콜레라 예방 접종이 뭐가 어떻다는 것인지 물어보지도 못했다. 그럴 시간도 없었다. 이 여자는 나를 보안 사무실에서 몰아내다시피 하더니 다시 무슨 실수를 할 겨를도 없이 최신형 르노 메간에 태우고 브라자빌로 향했다.

14

"멍청이들." 옆자리에 앉은 여자는 위태위태한 속도로 비포장도로를 타고 도심으로 질주하며 중얼거렸다. "골 빈 또라이들."

"누구를 말하는 건가요?"

그녀는 흘끗 나를 쳐다보고는 다시 혼잡한 도로로 눈길을 돌렸다. "저 빌어먹을 군바리들 말이에요." 그녀는 대꾸하면서 반대편 차량들이 달려오는데도 추월을 시작했다. "그자들은 멋대로예요. 언젠가 여기 가게를 몽땅 접수할 거예요. 교수님이 도착하는 걸 며칠 전부터 알고 있었는데도 그렇다니까요." 그녀는 손으로 핸들을 쿵쿵 쳤다. "제가 모든 자료를 개인적으로 미리 제출했지요. 여권 사진까지 포함해서. 그자들은 교수님 이름도, 어떻게 생겼는지도, 언제 도착하는지도 알고 있었지요. 그러니까 딱 교수님을 찍었다는 건 우연이 아니지요. 그들은 뭘 원한 걸까요?"

"그 사람들은 내 예방접종이 잘못됐다고 주장하던데. 콜레라 예방접종을 안 받았다는 거예요. 하기야 맞는 말이지. 하지만 내 생각엔……."

"콜레라요? 그걸로 걸었구나. 현재 콩고에는 콜레라 발병 사례가 전혀 없어요."

"나도 그렇게 말했지요. 하지만 요지부동이었습니다. 즉시 접종을 받지 않으면 추방할 수밖에 없다고 하더군요." 나는 고개를 저으며 말했다. "콜레라가 없는데 왜 그런 조치가 필요하지요?"

그녀는 마치 내가 다른 별에서 온 존재인 것처럼 쳐다봤다. "물론 돈 때문이지요. 우리가 비밀을 유지했는데도 당신이 탐사대의 일원이라는 사실을 알아낸 거예요. 우리 자금의 일부를 자기들 호주머니로 슬쩍할 수 있다고 생각했겠지요. 내가 현장에 가지 않았으면 아마 몽땅 벗겨먹었을 거예요. 셔츠까지 벗겨갔을 거라고요." 그녀는 내게 찡긋 눈짓을 했다. "그럼 꼴좋았을 거예요. 그건 그렇고 저는 엘리쉬예요. 브라자빌 대학교 자연과학부에서 일합니다." 그녀가 한 손을 내밀었다. 그러면서도 잠시도 난폭운전을 멈추지 않았다.

"데이비드입니다." 나는 불안한 시선으로 앞을 쳐다보았다. 그러면서 다시 한 번 마주 오는 자동차들 가운데 단 한 대라도 우리를 피해주지 않는다면 어떻게 될까 하는 걱정을 떨쳐버릴 수 없었다.

그러나 아드레날린이 솟아나면서 몽롱하던 정신이 갑자기 다시 맑아졌다. 난 정말 바보였다. "아, 몰라봐서 미안합니다." 나는 말했다. "우리를 북쪽으로 안내해주실 생물학자 아니세요?" 처음부터 그녀를 알아보지 못해 당혹해하고 있다는 사실을 제발 그녀가 알아채지 못했으면 했다.

"그래요, 마음에 드세요?"

"네 저야…… 뭐." 나는 뭔가 나쁜 짓을 하다가 들킨 기분이었다. "물론…… 네. 처음에는 그냥 연구소 직원이신 줄 알았지요."

아차, 이런 얘기가 어떻게 들리겠는가. 나는 십대처럼 더듬거렸다.

"썩 그럴듯하게 들리진 않네요." 그녀가 진지한 척하며 말했다.

"제가 뭐 마음에 안 드는 점이라도?" 그녀는 도발적인 표정으로 나를 쳐다보았다.

"아니요…… 네. 뭐라 그러셨지요?" 나는 얼굴이 화끈 달아오르는 것을 느꼈다. 그녀가 웃었다. 나를 당혹스럽게 하고 재미있어 하는 것이 분명했다. 나는 그에 맞춰 적당히 여유 있게 반응할 수가 없었다. 피곤해서일까 아니면 피부색이 검어서 표정을 잘 읽을 수 없거나 아니면 너무 외향적인 성격에 당혹스러움을 느낀 걸까?

"구조생물학 강의를 맡고 계시단 얘기 들었어요. 정확히 뭘 하는 거지요?" 그녀는 질문을 하면서 화물차 두 대 사이로 절묘하게 끼어들었다.

"세포 간 신호전달을 매개로 건강한 조직의 세포성장과 세포분화를 조절하는 단백질을 연구하는 겁니다. 이런 과정들이 암 발생에 어떻게 관여하는지도 연구하지요. 또 개별 단백질의 반응과정에 관심을 갖고 단백질 결정학 기술을 개발하고 있지요."

"처음 들어보는 분야네요."

"단백질의 원자 구조를 해명하려는 겁니다. 단백질을 결정화시켜서 싱크트론 방사광을 쪼이지요. 그 결과 나타나는 회절(回折) 문양으로 단백질 분자의 구조를 추정할 수 있습니다. 이는 복제 과정을 조절하는 데도 아주 중요합니다."

"흥미롭네요." 그녀는 아무런 감흥도 없이 말했다. 이어 붕 하면서 반대편 차선으로 훌쩍 건너뛰었다.

나는 기분을 바꿔보고 싶었다. 가장 좋은 방법은 함께 가는 여자를 은밀히 살펴보는 것이었다. 햇빛에서 보니까 훨씬 더 미인이었다. 코는 반

듯하고 갸름했다. 이 지역 사람들 중에서는 극히 드문 경우였다. 그러나 그녀는 외모를 중시하는 타입은 아닌 것 같았다. 우선 티셔츠가 그렇다. 이기 팝 사진이 있는 것이야 전혀 뭐랄 게 없다. 멋진 친구니까. 그러나 이런 동네에서 대학 직원이 이토록 헐렁하게 옷을 입고 다닐 수 있다는 것은 예상치 못했다. 그녀의 살갗은 땀으로 번들거렸다. 그 때문에 더욱 끌렸다는 것도 사실이다. 나는 세라와 함께 보낸 지난밤을 생각하며 한숨 지었다.

"멀로니랑 식스펜스는 벌써 도착했나요?" 나는 대화를 다른 쪽으로 몰고 갔다.

"네. 어젯밤 비행기로 왔어요. 정말 웃기는 아저씨들이더군요. 그 멀로니란 사람은 정말 날카로워요. 진짜배기 사냥꾼이죠. 사실 난 그런 타입들은 오래전에 멸종됐다고 생각했거든요. 두 사람은 차를 불러 바로 연구소로 가서 장비 전체를 체크하기 시작했어요. 세 마디도 못 나눠봤다니까요. 원래는 탐사팀을 꾸리게 된 경위라든가 뭐 그런 새로운 정보를 좀 얻었으면 했는데 연구소에 도착해보니까 벌써 둘 다 슬그머니 사라져 버렸더군요."

"네, 그렇게 말이 많은 사람들은 아니지요. 그럼 당신은 무슨 일을 하고 있나요?" 나는 다시 대화를 다른 방향으로 돌리고 싶었다. 엘리쉬가 탐사팀에 대해 별로 아는 게 없다는 건 정말 놀라웠다. 나는 그녀가 모든 사항을 속속들이 알고 있을 거라고 짐작했다. 그렇지 않다는 게 뭔가 불안했다. 그렇다고 그녀는 내게 상세한 브리핑을 기대하고 있는 것 같지도 않았다.

"제 전문 분야는 생물음향학이에요." 그녀는 잡동사니로 가득한 글러브 박스에 손을 넣고는 이리저리 뒤지지도 않고 바로 라일리스 껌 한 갑을 꺼냈다. "껌 드실래요?"

나는 고개를 가로저었다. "생물음향학이라고요? 고래 우는 소리 하고 관계가 있는 건가요?"

그녀는 껌을 입에 넣고 머리를 매만졌다. 그러자 땋은 부위에서 방울 소리가 났다. "특히 그렇지요. 오십 년대에 미국 해군이 수중 청음기 네트워크, 이른바 하이드로폰을 개발했지요. 그걸로 적 함정을 탐지한 겁니다. 냉전 때요, 아시죠?"

나는 고개를 끄덕였다.

"구십 년대에는 해군이 결국 민간 과학자들에게 I.U.S.S. 네트워크에 대한 접근을 허용했습니다. 통합수중감시시스템(Integrated Underwater Surveillance System)의 약자로 저주파 영역의 음향을 탐지하는 시스템이지요. 원래는 그걸로 적 잠수함을 잡아낼 수 있다고 생각한 겁니다. 그런데 고래가 내는 음향을 포착하는 데도 탁월한 성능을 발휘했지요. 그이후로 고래의 이동경로를 전 세계 규모로 포착해서 기록할 수 있게 됐답니다."

"그런 일하고는 무슨 관계가 있으신가요? 제 말씀은 여긴 고래가 없을 텐데, 아닌가요?"

그녀가 장난스럽게 웃었다. "없어요. 전 땅에 사는 놈들하고 놀아요. 제일 큰 녀석들이랑."

"코끼리?"

"정답이네요, 교수님." 그녀는 껌을 하나 더 입에 넣었다. 그 때문에 차가 울퉁불퉁한 길에서 덜컹거릴 때보다 더 말을 알아듣기 어려웠다. "학명은 록소돈타 키클로티스지요. 숲코끼리라고 합니다. 최근 몇 년간 WCS에서 포괄적인 연구 용역을 맡았어요. 최악의 멸종 위기에 처한 이

종의 개체수와 사회적 행태를 밝혀내는 게 과제지요. 코끼리는 고래와 똑같이 저주파 음향을 방출합니다. 그중 많은 경우가 초저주파 대역에 속합니다. 말하자면 인간이 들을 수 있는 주파수보다 낮아서 맨 귀로는 안 들리는 소리지요.”

애기를 들으니 비행기에서 옆자리에 탔던 사람 생각이 났다. WCS와 관계가 있다고 거짓말을 한 것이 우연찮게도 그다지 잘못된 애기가 아니었던 셈이다. 엘리쉬는 내가 어떤 생각을 하는지 눈치 채지 못했다. 그녀는 계속 열심히 떠들어댔다. “장비만 있으면 그런 소리를 귀로 들을 수 있고 기록을 하고 심지어 시각적으로 표현할 수도 있어요. 혁명적인 신기술이지요. 물론 전자 장비를 한 무더기 끌고 다녀야 돼요. 특히 자동측정장치 ARU(Auto Recording Units)의 배터리는 무겁지요. 그래도 한 달은 작동이 됩니다. 대충 아시겠지요, 교수님?”

“왜 계속 교수님이라고 하는 거지요?”

그녀는 대답하지 않았다. 나는 아무 생각 없이 차창 밖을 내다봤다. 밖에는 슬럼가가 처음 나타났다. 도시 초입이었다. 불안한 생각이 떠올랐다. 왜 엘리쉬를 고용했는지 차츰 이해가 갔다. 코끼리 소리를 기록하고 추적할 수 있다면 콩고 공룡이 내는 소리도 마찬가지로 가능할 것이다. 문제는 그녀가 우리가 뭘 찾는지, 어떤 위험을 무릅써야 하는지 아느냐였다.

“저기, 교수님, 무슨 고민 있으세요?” 그녀가 다시 나를 빤히 쳐다봤다.

“아니, 전혀 없습니다.”

“제가 이런 말씀드린다고 기분 나빠하지 마세요, 저기, 당신은 정말…… 정말 영국적인 것 같아요.”

“영국적?”

"네. 참 말씀이 없으세요. 꿀 먹은 벙어리라고 할까. 여자 친구는 있으세요?"

느닷없는 질문이어서 나는 다시 할 말을 잃었다. "그러니까…… 없어요. 아니…… 물론. 꼭 그렇다는 게 아니라."

"그럼 뭐지요? 있다 없다 둘 중 하나겠네요. 영국 사람한테 그렇게 어려운 질문은 아닐 것 같은데."

한숨이 나왔다. 이런 상황은 예상하지 못했다. 숨바꼭질은 내 취향에 안 맞았다. 게다가 끊임없이 나를 바보로 만드는 엘리쉬의 행동에 짜증이 났다.

"아니지요." 나는 말했다. "복잡한 이야기라서 지금은 그 얘기를 하고 싶지 않군요. 밤에 조금밖에 못 자고 비행기를 오래 탔거든요. 열 시간을 통조림 깡통만 한 자리에 앉아 있었어요. 그것도 썰렁한 목베개를 베고 말예요. 피곤해서 그냥 쉬었으면 좋겠네요."

"네, 네, 더 말 안 할게요." 그녀는 미안하다는 제스처로 핸들에서 손을 쳐들었다. 나는 다시 앞쪽에서 달려드는 화물차를 보고 움찔했다.

"제발 좀……." 나는 이마에서 땀을 닦았다. 엘리쉬는 벌써 좁은 간격으로 마주 오는 두 차 사이로 끼어들었다. "…… 천천히 갈 수 없을까요? 당신 운전 스타일에 익숙해지려면 시간이 걸리겠어요. 이러다 차에도 토하……." 나는 더는 말을 잇지 않았다.

"내 차 아니에요." 그녀가 간단히 대답했다. "정부 소유지요. 그 사람들도 더러운 차를 반납 받으면 좋아하지 않겠지요. 이것저것 해명서가 좀 많이 필요하겠지요."

다행히 엘리쉬는 속력을 줄였다.

이후 차를 타고 가는 동안 우리는 한 마디도 하지 않았다. 나는 뒤로 기댄 채 세라를 생각했다. 밖으로 슬럼의 바라크들이 지나갔다. 지난밤은 정말 환상적이었다. 부드러우면서도 정열적이었다. 오늘과는 정말 반대였다. 아쉬움을 떨치지 못한 채 나는 창밖을 내다봤다.

도심에 다가갈수록 볼품없는 콘크리트 블록들이 점점 더 많이 솟아 있었다. 육십 년대 초 잘나가던 시절의 잔해였다. 한창 건물을 짓다가 건축주들이 자금이 떨어지는 바람에 거의 모든 건물이 미완성으로 남은 것이다. 어떤 건물에는 심지어 유리창이 없었다. 그래도 장사꾼들은 거기에 자리를 잡았다. 이곳에는 안전규정은 없는 것 같았다. 흥정을 하다 드잡이하는 사람들이 있었는데 그 옆은 바로 이십 미터 아래 땅바닥이었다. 실제로 떨어지기라도 하면 목숨을 부지하기도 어려울 것이다. 거리는 보행자로 거의 초만원이어서 공간이 한 뼘도 안 됐다. 노점상, 보행자, 장사꾼, 거지 등이 자동차와 모페드, 자전거 사이에서 우글거렸고 교통은 완전히 정체 상태였다. 과일장수들은 망고, 파파야, 아나나스를 사라고 떠들어대고 있었다. 흔들리는 과일을 손수레에 피라미드처럼 잔뜩 쌓아놓은 품이 정말 위태위태했다.

"러시아워인가 보지요?" 나는 엘리쉬를 보며 물었다. 그녀는 자전거를 타고 다가와 신문을 내미는 장사꾼들을 밀쳐내느라 여념이 없었다. 상인들이 유별나게 우리 차를 목표로 삼는 것 같았다. 그도 그럴 것이 사방에 녹이 슬지 않은 번듯한 차는 우리 차가 유일했기 때문이다.

"러시아워 아니에요. 바보들이 오늘 아침 외곽도로를 막아서 그래요. 여기 외에는 다른 길이 없거든요." 그녀는 창문을 내리면서 자전거를 탄 사람들 뒤에 대고 고래고래 소리를 질렀다. 한 마디도 알아듣지 못했지만 극히 적대적인 느낌이 들었다. 효과가 없지 않아서 자전거들은 바로 흩어졌다. 그들 옆을 지나가는데 웃음소리와 협박하는 듯한 소리가 들렸다. 엘리쉬가 창밖으로 가운뎃손가락을 내밀어 보였다.

　그러자 차는 더 잘 빠져나갔다. 최악의 교통 혼잡을 벗어난 것이다. 십 분도 안 돼서 우리는 대학에 도착했다. 구내는 널찍하게 울타리가 쳐져 있었고 수위실에서 우리를 맞은 경비는 증명서를 보여달라고 했다. 엘리쉬와 경비가 서로 농담을 하며 시시덕거리는 모습을 보면 잘 아는 사이인 것 같았다. 내 신분에 문제가 있는 듯싶었다. 나는 얕잡아 보이지 않으려고 미소를 지었다. 그러자 그 남자가 차단기를 올리더니 들어가라는 눈짓을 했다. 기분 좋게 인사를 했다. 엘리쉬는 나를 삐딱하게 쳐다보더니 목조건물들이 늘어선 곳을 돌아 방문자 주차장에 차를 세웠다. 야자나무 그늘이 좋았다.

　"이제 다 왔네요. 브라자빌 대학에 오신 것을 환영합니다. 가방 가지고 따라오세요." 그녀는 뒷좌석에 있는 마분지 상자를 가지고 내렸다. 나는 트렁크 쪽으로 가서 가방 두 개를 꺼내 들고 황급히 그녀 뒤를 쫓아갔다. 그녀는 흰 칠을 한 목조바라크가 늘어선 곳으로 갔다. 바라크에는 창문마다 육중한 철제 격자가 달려 있었다. 그녀는 십이 호 문패가 달린 곳에 서서 상자를 턱으로 누른 채 바지주머니에서 큼지막한 열쇠꾸러미를 꺼내 문을 땄다. 안에서 뜨거운 열기가 확 몰려나왔다. 소독약과 좀약 냄새가 섞여 있었다. 가구라곤 긴 모기장이 걸린 침대와 흰개미가 파먹은 옷장, 엉망으로 망가져서 사는 데 염증이 난 사람이 아니면 전혀 앉고 싶지 않은 안락의자가 고작이었다. "이게 우리 영빈관이에요. 이 도시를 다 뒤져도 이보다 더 좋은 데는 없을 거예요. 편히 쉬세요." 그녀가 말했다. 그러나 진심으로 하는 말 같지 않았다. "원하시면 좀 주무시고 기운을 차리세요." 그녀는 시계를 봤다. "한 시간쯤 후 다섯 시 삼십 분에 바깥 주차장에서 만나 뭣 좀 먹으러 가요. 오케이?"

"그런데 다른 사람들은 어디 있나요?" 내가 물었다.

"저 아래 선착장에 있을 것 같네요. 저녁까지 장비를 전부 실어놓는다고 했으니까. 내일 아침 일찍 떠난대요."

나는 침대 끝에 가 앉았다. "뭐요, 내일 당장? 왜 이렇게 서두르지?"

"'타임 이즈 머니' 아니에요? 팜브리지 여사는 부자이긴 하지만, 부자가 아니기도 해요. 성질도 급하시지요. 게다가 딸을 구하는 문제잖아요."

나는 이맛살을 찌푸렸다. 어쩌면 엘리쉬는 내가 추측하는 것보다 더 많은 것을 알고 있을지 몰랐다. 그러나 그런 문제는 멀로니하고 식스펜스와 얘기를 해보기 전에는 묻지 않기로 했다. "네, 그렇지요. 필요한 물자는 벌써 다 꾸려놓았단 말인가요?"

"그건 제가 다 신경을 썼어요. 멀로니와 식스펜스가 가져온 건 뭔지 모르겠어요. 나한테는 상자에 든 내용물을 보여주지 않았어요. 적지는 않더라고요. 전 지난 삼 주간을 거의 짐 꾸리는 데 보냈어요. 텐트, 버너, 식량, 비상약품, 각종 장비 등등."

한숨이 나왔다. 엘리쉬는 필요하다면 짐 꾸리는 일은 아주 잘 할 것 같았다. 우리가 다급하게 출발해야 한다는 사실이 유감이었다. 그녀는 마분지 상자를 팔에 끼고 나가다가 모기장을 가리켰다. "저거 꼭 쓰세요. 브라자빌에서는 전체 인구의 육십 퍼센트가 말라리아에 걸려요."

"고마워요." 나는 중얼거렸다. "생각해보지요."

엘리쉬가 나가는 순간 또 뭔가가 생각났다. "저기, 하나 물어볼 게 있는데. 가이거계수기도 있나요?"

"그건 뭐에 쓰게요?"

"그냥 생각인데요. 여행 떠나기 전에 그 호수에 대해 좀 알아봤더니 뭔가 앞뒤가 안 맞는 게 있었어요. 그걸 좀 알아봤으면 싶어서. 어쨌든 구비해 두면 저한테는 도움이 될 것 같습니다.”

“가이거계수기요…….” 그녀는 이렇게 말하면서 생각에 골몰하느라 손가락으로 머리칼을 비비 꼬았다. “보장할 수는 없지만 구해보지요. 그럼 있다가 봬요.”

“그럼…….” 이렇게 말을 하려는데 벌써 문이 닫혔다.

15

깨어나니 얼굴에 달빛이 비치는 것 같았다. 주변은 호숫가였다. 호수는 거울처럼 펼쳐져 있었다. 물결은 아주 고요했다. 차가운 물속에 손을 담갔다. 꿈이 아니었다. 물은 기름처럼 끈적끈적한 느낌이었다. 손을 다시 빼자 동심원이 저 멀리까지 번져갔다. 슬피 우는 올빼미 소리가 물 위로 흩어진다. 황량했다. 황량하고 추웠다. 내쉰 숨이 공기 속에서 김으로 응축돼 달 밝은 밤에 나타나는 유령처럼 흩어졌다. 주위를 둘러보았다. 아는 얼굴이 있나 찾았다. 그러나 나 혼자였다. 어떤 이유에서인지 크게 소리쳐 볼 생각은 나지 않았다. 이 고요함 속에는 어떤 신성한 느낌이 있었다. 속물적인 고함으로 그것을 모독하고 싶지 않았다. 아래를 내려다보았다. 이상하게도 맨발이었다. 옷도 누더기였다. 게다가 몸은 온통 찰과상에 타박상투성이여서 깜짝 놀랐다. 어디서 이런 상처를 입었는지 알 수 없었다. 기억이 그림자에 가린 것 같아 아무런 생각이 나지 않았다.

고통이 심한 나머지 느릿느릿 일어나 풀이 무성한 호숫가를 따라 걸었다. 바닥은 푹신하고 편안했다. 오래지 않아 통증은 거의 느끼지 못하게 됐다. 천천히, 마치 몽유병환자처럼 호수 주변을 돌았다. 호수는 거대한 검은 눈으로 나를 응시하는 듯했다. 영 불쾌했다. 완전히 나 혼자였다. 그래서 호수를 벗어나야겠다고 결심하는 순간, 호수 한가운데서 기포가 솟아오르는 소리가 들렸다. 처음에는 간간이, 그러다가 나중에는 점점 많은 기포들이 부글부글 끓어오르더니 결국은 하나의 거품이 이는 분수로 변했다. 물줄기는 점점 더 높이 치솟았다. 물방울들이 달빛을 받아 허공에서 섬세한 무지개를 그렸다. 경이로운 광경이었다. 경이로운 동시에 섬뜩했다. 넋을 잃고 다채로운 빛의 굴절을 응시하는 동안 호수 깊은 곳에서 수면 위로 뭔가 시커먼 것이 솟아올랐다. 검은 빛을 내면서 떠오르더니 물 위로 솟아올라 가물거리는 무지개를 완전히 삼켜버렸다. 거대했다. 그런데 그것이 내게 다가왔다. 달아나고 싶었다. 그러나 발을 뗄 수가 없었다. 덩굴손이 발을 휘감는 바람에 일 센티미터도 움직일 수 없었다. 마비된 것처럼 멍하니 서서 그 시커먼 무언가가 점점 다가오는 것을 바라볼 수밖에 없었다. 한 팔 남짓한 거리가 됐을 때 놈은 전신을 완전히 드러내며 눈을 떴다. 번쩍이는 에메랄드 같은 두 눈이 나를 내려다보며 이렇게 말하려는 것 같았다. "넌 여기서 뭐하는 거냐? 어떻게 감히 나의 신성한 안식처를 더럽히려는 것이냐?" 그러나 실제로는 기다란 목을 타고 기름처럼 흘러내리는 물이 꾸르륵거리는 소리 외에는 아무 말도 들리지 않았다. 녹색 눈을 가진 괴물은 머리를 쳐들더니 주먹만 한 콧구멍으로 바람을 내뿜으며 목구멍 깊숙이에서 우르르르 하는 소리를 냈다. 그러고 나서는 정말 믿기지 않게도 말을 하기 시작했다. 천천히 더듬더듬, 최근 수백 년 동안 단 한 번도 입을 열지 않았던 것처럼. 처음에는 무슨 말을 하는지 알아듣지 못했다. 아주 느리게 인간의 귀로는 알아들을 수 없는 소리로 말했기 때문이다. 그러나 얼마 후 익숙한 단어가 들렸다. 그것도 우리나라 말이었다.

"일어나, 애스트베리. 배고파." 괴물은 이렇게 말하면서 거대한 아가리를 벌려 역겨운 허연 액체를 내게 뿜었다.

—

벌떡 일어나 보니 하얀 실이 몸을 휘감고 있었다. 괴물의 끈적끈적한 침이라고 생각했는데 알고 보니 모기장이었다.

"자, 애스트베리 씨, 나쁜 꿈을 꿨소?"

나는 움찔했다. 맞은편 안락의자에 스튜어트 멀로니가 앉아 있었다. "깜짝 놀랐잖아요." 나는 정신을 차리며 투덜거렸다. "그렇게 슬그머니 들어오면 어떻게 해요?" 나는 침대 밑에 던져둔 바지를 찾아 입었다.

"미친놈처럼 두드렸지. 그런데 너무 깊이 잠이 들어서 코끼리 떼가 와도 깨우지 못하겠더군." 멀로니는 즐겁다는 듯이 기지개를 켰다. "여기 멋지지 않소?" 그는 나의 타박 따위는 개의치 않고 말했다. "이 냄새, 이 놀라운 온도. 실험실에만 쭈그리고 앉아 있는 것과는 다르지 않소? 오늘 전혀 새로운 세상을 알게 될 거요. 대비해두시오. 좀 더 조심하고." 티셔츠를 다시 찾아 입는 동안 그가 말했다.

"뭘 조심하라는 겁니까?"

"모기장에 너무 가까이 누웠소." 그는 하얀 물체를 가리켰다. "피부가 모기장에 닿으면 그 성가신 새끼들이 모기장을 뚫고 찌른단 말이오. 말라리아 약도 준비해뒀겠지?"

"네, 라리암 갖고 왔어요. 그게 최고라고 하더군요."

그가 고개를 끄덕였다. "그런데 그걸 먹으면 곤봉에 맞은 것 같을 거요. 처음 며칠간은 기력이 없어지지. 정향기름을 몸에 문질러. 그럼 안 물리니까. 그건 나중에 해봅시다. 이제 먹으러 갈 때요. 배에서 쪼르륵 소리가 나니까."

지금에서야 발견한 건 그의 눈이 녹색이라는 사실이었다. 에메랄드빛 녹색. 내 꿈이 얼마나 깊은 의미가 있을까 하는 생각이 들었다. 그러나 멀로니는 그럴 생각을 할 틈을 주지 않았다. 그는 내 부츠를 발 앞에 던지면서 안락의자에서 힘겹게 일어났다. "밖에서 기다리겠소. 애스트베리 씨. 서두르시오."

나는 신발을 신고 셔츠 끝을 바지 틈에 밀어 넣은 뒤 화장실로 갔다. 최소한 머리는 빗고 이는 닦아야지. 블라인드가 좀 올려져 있어서 뿌연 유리창으로 밖을 내다볼 수 있었다. 멀로니는 바로 르노 메간 쪽으로 가고 있었다. 엘리쉬와 식스펜스는 벌써 나와 있었다. 둘은 이야기를 나누고 있었다. 지는 햇살이 하늘에 진홍색 띠를 드리우고 있었다. 적어도 저녁 여섯 시는 됐겠다. 잽싸게 물을 얼굴에 적시고 밖으로 나섰다. 주차장과 그 뒤 대학 본관 위로 벌써 별들이 모습을 드러냈다. 남십자성이 또렷했다. 창공에 뜬 신호등 같았다.

"아하, 저기 우리 잠꾸러기 나오시네." 식스펜스가 놀렸다. 내가 다가가자 그는 마주오더니 내 손을 잡고 흔들었다. "다시 만나 반가워요, 데이비드." 그는 장난스럽게 내 어깨를 툭 쳤다. 정말 반가운 모양이었다. "팜브리지 여사네서 대화를 나눈 뒤로 너무 빨리 헤어졌지요. 비행은 괜찮았나요? 우린 당신 걱정 많이 했어요. 악몽을 꿨나 봐요? 얘기 들었어요. 여기 남쪽에서는 계속 뭔가에게 잡아먹히는 꿈을 꾸게 돼요." 그는 따발총처럼 떠들어댔다. 그러나 나는 그의 수다가 유쾌했다. 그는 낯선 환경에서 사람의 마음을 안정시키는 재주가 있었다. 바로 그 순간 가로등이 켜졌고 나트륨등의 노란 불빛이 주차장을 비췄다.

우리는 문을 열고 차에 올랐다. 엘리쉬가 운전석에 앉고 그 옆에 멀로니, 식스펜스와 나는 뒤에 앉았다. 이 생물학자는 출발을 한 다음 대학생들이 지나가는 옆으로 차를 몰았다. 본관 강의실에서 나오는 학생들이었다. 엘리쉬와 대조적으로 하나같이 세련된 옷차림이었다. 흰 블라우스에 치마나 검은 양복에 넥타이를 하고 있었다. 우리와 동행하는 여자는 극히 예외적인 지위를 누리는 것 같았다.

정문을 나서 사거리로 접어드는 동안 지금 집에 있다면 얼마나 좋을까 하는 생각이 들었다. 우리 대학에, 이 땀나는 열기와 모기들이 없는 곳에 있다면……. 지금쯤 단골주점 에인절스에 앉아서 쓰디 쓴 화주를 마시며 노가리와 감자칩을 씹고 있으면 얼마나 좋을까. 폴라와 마틴까지 만난다면 분명 꽤 늦어질 것이다. 그러면서 혈관에 아드레날린이 쫙 번지는 듯한 느낌이 들었다. 우리의 과제 뒤에 어떤 비밀이 숨어 있을지 정말 궁금했다. 참으로 답답한 상황이었다.

엘리쉬는 다시 난폭운전으로 도심을 향해 달렸다. 그러나 이번에는 과속에 신경이 쓰이지 않았다. 다른 사람들은 불안했을지도 모른다. 나는 느긋한 마음으로 무슨 저녁이 준비돼 있을까 상상해보았다.

우리는 팔레 뒤 푀플, 마르셰 드 플라토와 유명하다는 브라자빌 성당을 지났다. 한결 나은 동네였다. 식민지풍으로 칠한 이 층짜리 집들이며 단철 발코니, 납작지붕에 잘 가꾼 정원들이 계속 이어졌다. 그러는 사이 우리는 다시 복잡한 도심으로 들어섰다. 아까 이른 오후 이후로 그다지 달라진 것은 없었다. 행상들은 여전히 큰 소리로 물건을 팔고 다녔고, 그중 한 명은 팔뚝만 한 마니옥 뿌리를 차 안으로 밀어넣기도 했다. 다행히 식스펜스가 침착하게 대응을 하고서 차창을 올렸다. 엘리쉬는 강변 산책로 쪽으로 차를 몰고 가다가 미국 대사관 맞은편에 정차시켰다. 경비원 두 명이 화를 내며 차를 쳐다보았다. 그녀는 경비원들한테 다가가 잠시 뭐라고 말하더니 팁을 주고 돌아왔다.

"자, 이제 차는 안전해요. 택시 타고 돌아다닐 거 아니면 이 도시에서 이보다 안전한 곳은 없어요. 레스토랑은 바로 저기 모퉁이에 있습니다. 따라오세요."

"저것 좀 봐." 식스펜스가 콩고 강을 가리켰다. 이 지점에서는 강폭이 너무 넓어서 맞은편 강변이 어디인지 구분할 수조차 없었다. "말레보 호수와 음바무 섬이에요. 저쪽이 예전의 자이르예요. 정말 배가 많지요. 장관 아닙니까?"

맞는 말이었다. 작은 어선 수백 척이 떠 있었다. 그리고 배마다 작은 기름램프를 밝히고 있었다. 별이 빛나는 밤하늘을 보는 것 같았다. 콩고 강이 양쪽으로 널찍하게 휘감아 도는 섬은 호수 한가운데에 검은 성처럼 솟아 있었다. 마지막 햇살이 그 날개 쪽으로 비스듬히 비쳤다. 세상의 그 어떤 카메라도 포착하지 못한 광경이었다. 세라도 이 광경을 보았으면 얼마나 좋을까 하는 생각이 들었다. 그녀는 마술적인 순간이라며 좋아했을 것이다. 호숫가를 따라 조금 더 걷다가 호안블록에 찰랑거리는 물속에 발이라도 담가봤으면 싶었다. 그러나 엘리쉬는 도심 쪽으로 우리를 안내했다. 잠시 후 세르팡트 도르라는 화려한 이름의 레스토랑이 나타났다.

"자, 다 왔습니다." 그녀가 문을 열었다. "이 도시에서 제일 좋은 베트남 레스토랑이에요. 정확히 말하면 북베트남식이지요."

"왜 전통식으로 안 하나요?" 내가 물었다. 그녀는 이맛살을 찌푸렸다.

"아프리카 요리 말씀하시는 거예요? 먹어본 적 있어요?"

"아니요." 나는 솔직히 말했다. "아버지랑 여행할 때는 늘 파키스탄 요리를 먹었지요. 그래서 더 호기심이 가네요." 내가 말하자 멀로니와 식스펜스가 서로 눈짓을 교환했다.

엘리쉬는 두 손으로 떡하니 허리를 짚었다. "첫째, 마니옥 뿌리에 삶은 바나나 곁들인 기름기 많은 염소고기를 좋아하실 것 같지 않았어요." 그녀는 웃으며 말했다. "그리고 둘째, 여행하면서 전통음식 먹을 기회는 충분해요. 정글에서 이런 좋은 아시아 음식을 먹기는 어렵죠. 그러니 이제 그만 들어가시지요." 그녀는 나를 툭 치며 들어갔고 뒤에서 문이 닫혔다.

레스토랑에는 손님이 많았다. 우아하게 장식된 식탁마다 등불이 가물거리는 가운데 두런두런 이야기를 나누는 소리가 들렸다. 까만 머리를 짧게 친 귀여운 베트남 여자가 우리를 식탁으로 안내하더니 촛불을 켰다. 다섯 명의 자리가 마련돼 있었다.

"또 누가 올 건가요?"

"과학기술부 관리가 잠시 들를 겁니다." 엘리쉬가 대답했다. "그 사람이 국경 안에서 필요한 여행증명서를 가져다 줄 거예요."

스튜어트 멀로니가 이맛살을 찌푸렸다. "짜증나게 굴지 않았으면 좋겠소. 곧 길을 떠날 텐데……."

엘리쉬가 어깨를 으쓱했다. "정확히 알 수는 없지요. 그저 잠깐 들러서 행운을 빌어줄 수도 있고, 국외로 추방시키려 들지도 모르지요. 어떻게 되는지 한번 기다려보자고요." 자기 나라와 정부에 대해 거리낌 없이 말하는 엘리쉬가 놀라웠다. 그녀는 거침이 없었다. 여러 가지 면에서 아주 독특한 인물인 것 같았다.

"아, 좋아." 멀로니가 말했다. "이제 술이나 한잔해야겠군. 위스키 있소?" 그는 끈기 있게 기다리고 있던 여종업원을 보며 물었다.

"탈리스커 싱글 몰트가 있는데 좋아하실지 모르겠네요." 여종업원이 말했다. 그녀의 얼굴에 미소가 번졌다. 멀로니는 좋다는 듯이 고개를 끄덕였다. "탈리스커란 말이지? 아주 좋소." 그는 두 손을 비볐다. "아일 오브 스카이 싱글 몰트 위스키를 여러분들께 추천하겠소."

엘리쉬와 식스펜스는 그쪽에 끼었고 나는 시원한 맥주가 낫겠다고 말했다. 여종업원은 사라졌다가 잠시 후 위스키 잔 세 개와 프리무스 한 병을 들고 나타났다. 나는 깜짝 놀라 "이건 어디 상표인가요?" 하고 물으면서 맥주를 따랐다. "벨기에산인가?"

"어디요?" 엘리쉬가 화가 난 척했다. "진짜 콩고 맥주예요. 여기서 만든 거라고요." 그녀는 잔을 들었다. "성공적인 탐사와 무사귀환을 위해." 멀로니는 매력적인 미소를 지으며 그녀를 바라보았다. "나도. 건배."

우리는 귀여운 아시아 여자의 추천에 따라 어패류를 곁들인 밥 레이스타펠을 주문하고 환담을 계속했다. 엘리쉬는 고개를 흔들며 웃었다. "록소돈타 아프리카나 푸밀리오. 솔직히 말씀드려서 이렇게 탐사를 떠나게 될 줄은 몰랐어요. 여러분이 저를 선택해 주어서 정말 저로서는 행운입니다."

나는 놀라서 머리를 쳐들었다. "지금 뭐라고 한 거죠?"

"록소돈타 푸밀리오라고 그랬는데요. 난쟁이코끼리 말이에요. 에밀리 팜브리지 씨도 찾아 헤매던 동물이지요. 에밀리가 어떻게 됐는지는 모르겠어요. 어쨌든 전 아주 오랫동안 그 동물을 카메라로 잡아보고 싶었어요. 하지만 독자적으로 탐사여행을 떠날 경비를 마련할 길이 없었지요. 재미없는 주제여서 연구도 거의 되지 않았어요. 중요한 문제를 그냥 무시하는 거지요. 그러면서 '그런 게 있을 리 없다, 상상의 동물이다' 라며 바보 같은 소리만 했거든요. 전 난쟁이코끼리가 살아 있다고 확신해요. 저 바깥 어디엔가 말이지요. 우리가 녀석을 찾을는 거지요." 그러면서 그녀는 잔을 들고 단숨에 비웠다. 나는 슬쩍 멀로니를 쳐다봤다. 그는 입을 다물고 있으라는 눈짓을 보냈다.

무슨 말인지 알 것 같았다. 엘리쉬는 이번 여행의 진짜 목적이 뭔지 전혀 몰랐다. 곧이곧대로 말하는 방식이 난 정말 싫다. 그렇지만 이 여자한테는 왜 비밀을 말해주지 않았을까? 다른 쪽으로 튈까봐 염려해서였을까? 그런 건 아닐 거다. 모켈레 음벰베 같은 전설의 동물을 찾는다고 하면 그녀는 난쟁이코끼리를 찾는 것보다 아마 훨씬 더 열을 올릴 것이다. 그렇다면 진짜 이유는?

여전히 당황한 채 잔을 들여다보는 동안 생물학자는 흥에 겨워서 다가올 탐사에 대해 계속 이야기했다. "지금까지 숲코끼리를 연구하면서 곁다리로 난쟁이코끼리에 관한 파일을 만들어두었다는 거 아세요? 아무도 모르지요. 그랬다면 그들이 프로젝트 전체를 취소해버렸을지 몰라요. 난쟁이코끼리의 발자국을 찾아서 사진을 찍고 발표회를 할 때는 남의 눈에 띄지 않게 그 사진들을 다른 사진 아래 섞어놓았답니다. 어떤 반응을 보이는지 한번 알아볼 요량이었지요."

멀로니가 몸을 숙였다. "그래서 어떤 반응을 보이던가요?"

"아무 반응도 없었어요!" 엘리쉬는 손으로 탁자를 쳤다. "전혀 아무 반응도 없었어요. 학자들은 사진을 보고 어린 숲코끼리의 발자국이라고 단정했어요. 바로 그 옆에 진짜 새끼 숲코끼리 발자국 사진이 있었어요. 그 둘은 정말 달라요. 그런 일이 있었기 때문에 제 연구를 은밀히 계속해야겠다는 결심을 굳혔어요. 지금까지 작성해둔 파일이 이만큼은 돼요." 그녀는 십 센티미터 간격을 두고 두 손을 들어보였다. "이제 우리한테 도움이 될 거예요."

 "그래서 우리가 당신을 찾은 거요." 멀로니가 말했다. "당신은 생물음
향학의 전문가일 뿐 아니라 우리의 목적도 제일 잘 알고 있소. 이만 한
조합은 세상에 없지요. 게다가 이런 말씀을 해도 될지 모르지만 정말 미
인이시오." 그가 다정스러운 제스처로 그녀의 손을 만졌다. 그녀는 미소
지었다. 나는 경련이 이는 기분이었다. 엘리쉬에게 우리의 진짜 목적을
알려주지 않은 것도 좋지 않은 일인데 멀로니는 이제 그녀와 시시덕거리
기 시작했다. 레스토랑 문이 열리더니 두 남자가 들어왔다. 맞춤양복을
입고 있었지만 장사꾼 같지는 않았다. 그 반대였다. 둘은 어깨가 딱 벌어
진 다부진 체격이었다. 사냥용 배낭에는 총기가 들어 있는 것 같았다. 보
디가드란 생각이 문득 떠올랐다. 다음 순간 다시 문이 휙 열리더니 턱수
염을 기른 홀쭉한 중년 남자가 들어왔다. 그는 잠시 둘러보더니 두 경비
원에게 저쪽으로 가 있으라는 눈짓을 하고 우리 쪽으로 다가왔다. 서류
가방을 들고 있었는데 손님 중 하나가 달려들어 채갈지 모른다고 생각하
는지 몸에 딱 붙이고 있었다. 약간 구부정한 자세로 그는 일 미터 정도
앞에서 멈춰 섰다. 약간 당황한 듯 잔기침을 하며 우리가 합석해달라고
하기를 기다리는 것 같았다. 엘리쉬가 일어나서 인사를 했다. "시간 내주
셔서 감사합니다, 차관님. 여러분, 과학기술부 장 폴 아씨 차관님이십니
다." 그녀는 지금까지와는 다른 공식적인 어투로 말했다. 마음먹으면 다
른 식으로도 하는구나 싶어서 웃음이 나왔다.

 "여기는 멀로니 씨, 식스펜스 씨, 어제 도착했습니다. 그리고 애스트베
리 씨는 오늘 저희와 합류했지요."

 관리는 가볍게 목례를 하며 헛기침을 했다. "아하, 애스트베리 씨. 듣
자니 입국하실 때 문제가 있었다더군요."

“네, 뭐…….”

“그런 일은 정말 용서할 수 없습니다. 대통령을 대신해 공식적으로 사과드립니다. 다시는 그런 일이 없을 것이라고 약속드리겠습니다.”

스튜어트 멀로니가 세련된 사교적인 어투로 손님에게 인사를 했다. “감사합니다, 차관님. 더 나쁜 일은 없었습니다. 마드무아젤 은가룽이 상황을 잘 처리했다고 애스트베리 씨가 얘기하더군요.” 그는 미소까지 덧붙였다. “함께 앉으시지요. 그럼 영광이겠습니다.”

“네, 그러지요.” 아씨가 고개를 끄덕였다. 엘리쉬는 탁자 끝에 있던 의자를 안쪽으로 밀어넣었다. 관리는 고급 양복에 상당히 신경을 쓰면서 조심스럽게 자리에 앉았다. “오래 번거롭게 해드리고 싶지는 않습니다. 식사가 나오기 전에 사업적인 일을 끝내고 싶군요.”

“뭘 드시겠어요?” 엘리쉬가 자리에 앉으면서 물었다. “저희와 대화를 나눠주시면 정말 기쁠 거 같습니다.”

“아니, 그건 됐습니다. 오늘 저녁 미국 대사님과 매력적인 대사 부인의 초대를 받았거든요. 게다가 강렬한 베트남 음식은 잘 안 받아서요. 초대는 감사합니다.” 그는 서류가방을 탁자에 놓고 쬠쇠를 땄다. 손톱은 깔끔하게 다듬은 상태였다. “제가 온 까닭은…….” 그의 말소리가 너무 작았기 때문에 우리는 좀 더 가까이 다가앉았다. “…… 팜브리지 여사가 오늘 아침 제게 전화를 걸어 상당한 액수를 추가로 약속했습니다. 여러분의 성공적인 탐사와 무사귀환을 위해서 제 권한이 허락하는 한 모든 지원을 한다는 조건이었습니다.”

나는 안도의 한숨을 내쉬었다. 어쨌든 우리를 도와주려는 것으로 보였다. 솔직히 식스펜스와 멀로니와 함께 덜렁 그 괴물에 맞설 생각을 하면 께름칙했다. 이렇게 되면 무장대원의 호위를 받을 수 있겠다는 희망이 싹텄다.

아씨가 말을 이었다. "팜브리지 여사는 연구대상이 다치지 않도록 최대한 주의를 기울여달라고 부탁했습니다. 그분이 뭘 원하는지는 아주 분명합니다. 그런데 그런 건 보장할 수 없습니다. 잘 아시겠지만. 특히 멀로니 씨는 충분히 이해하실 겁니다. 그러나 팜브리지 여사의 말씀은 아주 설득력이 있어서 그 청을 거절할 수는 없었습니다." 그가 교활한 미소를 짓자 금니가 번쩍거렸다. "지금 우리나라 북쪽은 아주 불안정합니다. 거의 통제가 안 돼요. 우리 국민들과 수단, 옛 자이르의 산적들 사이에 충돌이 계속 이어지고 있습니다. 우리는 거기서 벌어지는 학살과는 아무 관계도 없습니다. 하지만 그자들이 우리 땅에서 충돌을 일으켜 우리를 끌어들였지요……." 그는 고개를 가로저었다. "끔찍합니다. 끔찍해요. 그래서 오늘 제가 찾아온 이유는……." 그는 가방에서 서류를 한 무더기 꺼냈다. 온갖 도장이 찍히고 서명이 돼 있었다. "이 서류는 우리의 모든 구역에서 자유통행을 보장해주는 겁니다. 군 정찰대는우리 영토를 돌아다니는 사람이면 누구나 검문해서 즉시 체포할 권한을 갖고 있지요. 이 서류는 말하자면 군 정찰대에게 보여줄 백지수표인 셈입니다. 절대로 잃어버리시면 안 됩니다."

그러면서 그는 서류다발을 내밀고 가방을 닫았다. 그는 기대감이 가득 찬 눈초리로 우리를 쳐다보았다.

웃어야 할지 울어야 할지 어이가 없었다. 무장 경호대는 없었다. 그는 이 별 볼일 없는 서류더미가 우리가 여행 중 맞게 될 위험을 제거해줄 거라고 믿는단 말인가? 콩고 공룡을 코앞에 두고 이걸로 뭘 하라는 건가? 이걸 공룡의 코앞에 들이대든지 놈의 아가리 속에 던져 넣어서 질식사라도 시키란 말인가? 악랄한 민병대들이 이런 것에 눈이나 꿈쩍할 거라고 믿는 건가? 사무실에서 한 발짝도 나가보지 않은 관리만이 이런 게 쓸모 있다고 믿을 것이다. 그러나 우리는 점잖게 미소 지으며 서류철을 받았다. 차관은 기쁜 듯이 두 손을 비볐다. 짐스러운 의무를 끝마쳐서 흡족하다는 표정이었다. 아마 속으로는 현명하게 곤경을 벗어나서 참 다행이라며 이제 응분의 대가를 즐길 생각만 하고 있을 것이다. 그는 여종업원에게 눈짓을 하더니 그녀의 귀에 대고 뭔가 소곤거렸다. 그러고는 다시 우리 쪽으로 고개를 돌렸다. "자, 이제 일 처리가 끝났으니 샴페인 한 잔씩 하시지요." 그가 나를 쳐다봤다. "질문이 있는데요, 애스트베리 씨. 선생은 이 팀에서 어떤 역할을 하시나요? 저는 선생에 대해서는 거의 정보가 없습니다. 사실 제가 엄청 호기심이 많은 스타일이라서요."

나는 속으로 진짜 그렇겠다고 생각했다. 그러나 내색은 하지 않았다. 모두의 눈이 나에게 쏠렸다.

"모든 게 이토록 빨리 진행되니 저도 놀랐습니다." 나는 맥주잔을 움켜쥐며 말했다. "제 생각에는 제가 참여하게 된 가장 중요한 이유는 전에 에밀리 팜브리지와 가까운 친구 사이였기 때문이라고 생각합니다. 팜브리지 여사는 아마 저를 연구자라기보다는 구조원으로 생각하고 있을 겁니다. 얼마나 그 역할을 해낼지는 저도 잘 모르겠습니다만."

차관은 당혹스러운 표정을 지었다. "알겠습니다. 에밀리 팜브리지 씨는 놀라운 여성입니다. 개인적으로도 잘 알지요. 성취욕과 정열이 대단해요. 진짜 과학자입니다. 연구실에 처박혀 있는 과학자들과는 전혀 다르지요." 멀로니가 비아냥거리는 눈길을 보내는 걸 느꼈다. "우리 남자들이 그 비극의 원인을 밝혀내지도 못하고, 에밀리 씨가 어디 있는지도 알아내지 못한 건 정말 수치스런 일입니다." 그는 정치인처럼 말을 계속했다. "솔직히 말씀드려서 비디오카메라를 찾아낸 이후로 대원들에 대해서도 들은 바가 없습니다. 아마 어떤 용병부대의 공격을 당했겠지요." 그는 일그러진 미소를 지었다. "우리가 군을 더 동원할 수 없다는 걸 이해하시겠지요. 지금은 다들 국경 수비에 동원됐답니다. 그래서 대규모 수색대를 꾸릴 자원이 없는 거지요."

"그래서 우리가 온 겁니다." 멀로니가 말했다. "기분 상하게 해드릴 마음은 없지만, 저는 우리가 군인들보다 이 과제를 해결하는 데 더 적합하다고 생각합니다. 우린 은밀하고도 극도로 세심하게 일합니다. 무슨 말씀인지 아시겠지요?" 그는 이렇게 말하면서 아씨에게 눈짓했다. 나는 그게 영 마음에 안 들었다. 둘 사이에 어떤 비밀이 있는 것처럼 보였다. 나는 카메라를 찾는 동안 무슨 일이 있었는지 묻지 않기로 했다. 그러나 분명히 서로 비밀을 지키기로 한 것 같은 느낌이 들었다. 세라의 경고가 떠올랐다.

그 순간 샴페인이 나왔다. 그래서 우리는 성공적인 여행을 위해 모두 건배를 했다. 장 폴 아씨가 비외교적인 속도로 잔을 비우고는 냅킨으로 입을 닦았다. 그는 보디가드들을 눈짓으로 부르고 가방을 들었다. "자, 이제 시간이 됐군요. 무례하다고 생각지 말아주시기 바랍니다. 이제 가봐야겠네요. 좀 더 말씀을 나누고 싶습니다만, 아시다시피 시간이 돼서요. 딱 한 가지 흥미로운 게 있던데……." 그는 손으로 짧은 흰머리를 쓰다듬으며 말했다. "어째서 미국인들은 갑자기 난쟁이코끼리 문제에 관심을 보이는 겁니까?"

나는 깜짝 놀라 머리를 번쩍 쳐들었다.

그는 아무것도 몰랐다. 그와 멀로니 사이에 존재하는 비밀은 분명 우리의 과제와는 아무 관계가 없었다. 더구나 차관은, 나아가서 콩고공화국 정부 전체는 우리 작전의 진짜 목적이 뭔지를 전혀 모르는 것이다. 난쟁이코끼리라는 거짓말은 에밀리가 처음 이 나라에 발을 들여놓은 후부터 계속됐다.

아씨의 질문에 멀로니는 놀라지 않았다. 그 반대였다. 그는 그러지 않아도 그런 질문을 기다리고 있었다는 듯한 표정이었다. "아, 그건 쉽게 설명할 수 있습니다." 그는 교활한 웃음을 흘렸다. "마법의 주문은 유전자 연구입니다. 아시는 대로 팜브리지 여사는 이 분야 대표 기업의 감사 위원장이십니다."

"네, 그건 저도 잘 압니다."

"많은 사람들이 멸종됐다고 생각하는, 게다가 난쟁이코끼리처럼 귀여운 생명체를 복제하면 유전자 연구에 예기치 않은 활력을 주게 될 겁니다. 돈도 벌겠지요. 그런 동물들을 사육해서 동물원에 팔 수 있으니까. 라이선스로 얻는 경제적 이득은 이 나라 재정을 몇 년간 감당할 수 있을 정도가 될 겁니다."

"산 채로 국외로 반출할 계획은 없나요?"

"그런 건 우리 계획에 들어 있지 않습니다. 우리가 원하는 건 DNA 시료 약간이면 됩니다. 그걸 가지고 복제해서 사육하는 겁니다." 아씨는 당황해서 잔기침을 했다. "멋진 꿈입니다. 특히 현지에서 활동하는 자연보호기구 관계자들은 그쪽 탐사팀을 애초부터 눈엣가시로 보고 있다는 점을 알려드려야겠군요. 그 꿈에는 한 가지 난점이 있습니다. 난쟁이코끼리는 없습니다. 모두 전설에 불과합니다. 모켈레 음벰베 이야기와 마찬가지입니다." 그는 싱겁게 웃으며 말했다. "상상이 만들어낸 거지요."

우리는 작별 인사 대신 일어서서 차례로 악수를 나누었다. "두고 보십시오, 아씨 차관님." 멀로니가 말했다. "두고 보시면 압니다."

16

2월 10일 수요일.

방문을 둔탁하게 두드리는 소리가 들렸다.

"준비 다 됐어요?" 밖에서 식스펜스의 목소리가 들려왔다. "거의 다 됐어요." 나는 얼굴에 남은 면도거품을 닦았다. "잠시만 기다려요."

적당한 흥분과 초조함으로 하루가 시작됐다. 마침내 오늘 떠나게 되는 것이다. 그런 생각을 하는 것만으로도 마음이 들떴다. 어제 질식할 것 같았던 회의와 불안은 슬그머니 의식의 저 뒤편으로 숨어들었다. 앞으로 맛보게 될 모험에 대한 설렘만이 남았다. 나는 완전히 흥분에 사로잡혔다.

재빨리 양치질을 한 다음 거울을 들여다보며 미소 지었다. 그러고는 모든 것을 세면도구 주머니에 담은 다음 배낭에 넣고 마지막으로 빼놓은 것이 없는지 방을 살펴보고 방갈로를 나섰다. 식스펜스는 맨 위층 층계참에서 나를 기다리고 있었다. "장날이라고 멀끔해지셨구먼." 그가 웃으며 어깨를 쳤다. 오늘따라 샌들을 신은 그의 발이 눈에 띄었다. "웬 거예요?" 나는 장난스럽게 물었다. "오늘따라 맨발이 아니시네?"

"여행할 땐 맨발이 아니지. 하지만 일단 도착하면 다시 맨발로 땅바닥을 느껴야지……." 그는 신발을 멀리 던져버리는 시늉을 했다.

"뱀이나 뭐 그런 게 무섭진 않나요?"

그는 아니라는 눈짓을 했다. "아무 문제 없어요. 호주는 그런 놈들투성이지. 난 어려서부터 놈들을 다루는 법을 배웠지. 그냥 평화롭게 놔두면 놈들도 날 안 건드려요. 아주 간단하지. 일이 생기는 이유는……." 그는 팔에 주사를 놓는 시늉을 했다. 식스펜스는 손으로 이야기한다는 생각이 들었다. 두 손을 계속 움직이면서 말하는 내용을 보충하거나 강조하거나 아니면 따로 나름의 이야기를 했다. "아니, 다른 사람들은 어디 갔어요? 우리 차는 또 어디 있어요?"

"벌써 저 아래 강가에 갔지. 스튜어트는 엘리쉬가 마지막 장비를 싣는 걸 도와주러 갔고요. 그 여자가 다 힘들여 가져온 거지요." 그는 고개를 흔들며 말했다. "가이거계수기랑 다른 장비들은 정말 조작이 어려워 보이던데. 그게 뭐에 쓰는 건지 알아요? 특이하데. 저기 정문 앞에서 택시가 기다리고 있어요." 그는 장난기 어린 표정으로 눈짓을 하며 물었다. "그 여잔 어때요?"

"엘리쉬요? 글쎄……."

"싫지 않나요?"

"그래 보이나요?" 나는 의혹을 없애려고 손을 내저었다. "오케이, 오케이. 솔직히 말하지요. 우린 서로 특별히 좋아하지는 않아요. 하지만 그건 상대적이지요. 그 여자는 너무 공격적인 것 같아요."

"상당히 자유분방하지. 그건 나도 인정해요." 대학 구내를 벗어나 택시가 기다리는 쪽으로 걸어가면서 식스펜스가 말했다. "게다가 스튜어트에게 관심이 있다는 느낌이 들어요.” 택시 운전사가 내 가방을 받아들고 문을 열어주었다. “부두 18번 독으로 갑시다.” 식스펜스는 운전사에게 지폐를 쥐어주었다.

“내가 보기에는 오히려 멀로니가 그 여자한테 관심이 있는 것 같던데요.” 나는 소형 닛산 미크라 뒷좌석에 간신히 올라탔다. 식스펜스는 단호히 고개를 저었다.

“잘못 안 거예요.”

“어떻게 그렇게 자신하지요?”

“그 친구를 잘 아니까. 마드무아젤 은가롱은 그 사람한테는 통하지 않을 거예요.”

“어째서죠? 나야 엘리쉬를 별로 좋아하지 않지만, 어쨌든 매력 있는 여잔데……. 그리고 여자가 남자를 붙잡겠다고 마음을 먹으면 대개 그렇게 되지요.”

“그럴 수도 있겠지. 하지만 스튜어트는 달라요.”

“혹시 호모……?”

식스펜스는 나를 빤히 쳐다봤다. 무슨 얘기인지 알아듣지 못하는 것 같았다. 그러다가 고개를 저었다. “아니요. 무슨 일이 있었어요. 아주 오래전 일이에요. 나쁜 일이에요. 당시 그 친구는 결코 다시는 여자를 사귀지 않겠다고 맹세했지요. 그리고 그 맹세는 그 친구에게 아주 신성한 겁니다.”

갑자기 짚이는 게 있어서 물었다. “팔에 난 흉터와 관계가 있는 건가요? 무슨 의식으로 상처를 낸 것 같던데.”

그가 내 시선을 피했다.

“얘기해줄 수 없나요?”

"그럴 수 없어요." 그는 고개를 흔들었다. "하지만 스튜어트가 언젠가 직접 얘기해줄 거예요. 그 친구는 당신을 좋아하는 모양이던데."

나는 놀라서 그를 쳐다보았다. "난 지금까지 그런 인상은 못 받았어요. 오히려 나를 안 좋아하는 것 같았어요."

"난 그 친구를 잘 알아요." 식스펜스가 반박했다. "그 친구는 천성적으로 붙임성이 없어요. 스튜어트는 자기감정을 드러내지 않아. 하지만 내 말이 맞아요. 그 친구는 당신을 존중해요. 안락한 고향을 떠나 모험을 선택했으니까. 당신은 이번 일을 충분히 거절할 수도 있었어요. 하지만 결단을 내렸지요. 그 친구는 그런 점을 높이 평가합니다."

—

십 분쯤 지나서 우리는 뒤쪽 독에 도착했다. 나는 생각에 잠겨 있다가 이제 비로소 부두 이쪽에는 배가 거의 없다는 걸 알게 됐다. 어선 몇 척만이 눈에 띄었다. 밤에 잡은 고기를 뭍으로 나르기 위해 이곳에 정박 중인 배들이었다. 초소형 조정 경기용 보트 몇 척을 제외하고 부두는 썰렁했다.

"우리 배는 어디 있어? 이 작은 콩깍지 같은 걸 타고 콩고 강을 갈 생각은 아니겠지."

식스펜스는 놀랐는지 눈썹을 찌푸렸다. "배라니? 무슨 소리야? 얘기 못 들었어요?"

"누가 무슨 얘기를?"

식스펜스는 우습다는 표정을 억지로 감추었지만, 대답은 하지 않았다. 나는 당황해서 주변을 둘러보았다. 당연히 배를 타고 콩고 강을 거슬러 올라갈 거라고 생각했던 것이다. 택시가 모퉁이의 보세창고를 도는 순간 그가 왜 그렇게 우스워했는지 알게 됐다. 비행기였다. 비행기가 물 위에 플로트 두 개를 드리운 채 부드럽게 흔들리고 있었다. 몸체는 오렌지색에 흰 줄이 가 있고 주날개와 프로펠러가 달려 있었다.

그다지 커 보이지는 않았다. 길이는 딱 십 미터로 날개폭은 십오 미터 정도였다. 게다가 조금 낡아 보였다.

"한 방 먹었군." 이런 말이 튀어나왔다. "이 고물상자는 어디서 찾아낸 거죠?"

"이게 드 하빌랜드 사의 DHC—2 비버예요. 지금까지 나온 수상비행기 중에서 성능이 가장 뛰어는 것 중 하나지. 나온 지 오십 년이 지났는데도 지금도 계속 쓰고 있으니까. 임대할 수도 있고요."

"비싼가요?"

"가격은 천문학적이에요. 하지만 팜브리지 부인은 우리를 맞던 날 저녁 이번 일에서 돈은 중요한 역할을 하지 못한다고 말했어요. 적확한 지적이지요. 원래 이 비행기는 부유한 사업가들을 이리저리 실어 나르는 데 사용됐으니까요. 캐나다제인데 진짜 구식이지. 하지만 신뢰성 면에서는 타의 추종을 불허해요. 더 비싼 다른 비행기들보다 결정적인 장점이 하나 있어요……." 그가 눈짓을 했다. "아주 좁은 수면 위에도 착륙할 수 있다는 거지. 무슨 말인지 알겠지요……."

택시가 멈춰 서자 식스펜스가 운전사에게 다시 지폐를 쥐어주었다. 운전사는 신이 나서 짐 내리는 일을 도왔다. 차는 먼지 속에 우리를 남긴 채 가버렸다. 우리 두 사람하고 멀로니와 엘리쉬가 이 비행기에 탈 텐데 다른 사람은 안 보였다. "조종사는 없나요?"

"필요 없어요." 식스펜스가 말했다.

그때 멀로니가 나무 발판을 타고 이쪽으로 다가왔다. 기름투성이 손을 헝겊으로 닦으며 밝은 표정을 지었다. "마침내들 오셨구면. 서서히 짜증이 나던 참인데." 그는 내 어깨를 툭 쳤다. "어제 아주 잘 놀아줘서 고맙단 얘기를 하고 싶소." 그는 잠시 비행기를 바라보았다. 엘리쉬가 그 안에 타고 있었다. "무슨 말인지 아시겠지."

기분이 영 좋지 않았다. "더 얘기해봐야 할 문제로군요." 그는 나를 이리저리 뜯어보더니 고개를 끄덕였다. "좋소. 그러시오. 하지만 그러려면 우린 할 일이 많아. 방금 윤활유 양을 다시 한 번 점검했소." 그가 말했다. "괜찮아 보이는걸."

"조종사와 엔지니어라, 두 분은 만능천재인 것 같군요." 내가 말했다. 멀로니의 입가에 엷은 미소가 번졌다. "천재는 아닐지 몰라도 탈것 중에 우리가 몰지 못하는 건 거의 없지. 문명사회에서 수백 킬로미터 떨어진 야생에서 살아남으려면 반드시 필요하니까. 호주 사막 아웃백에서 타이어가 펑크 나면 어쩌시겠소? 교통경찰을 부르나?"

두 호주인이 웃었다.

"그래도 비행기까지? 정말 대단하시네요."

"또 놀랄 일이 많으니까 일단 타시오. 몇 분 후면 출발할 거니까." 그는 다정하게 내 어깨를 두드렸다. 그러고는 식스펜스와 따로 무슨 얘기를 나눴다. 들어보니 최적 중량 배분이니 하는 전문용어들이 오가고 있었다. 나는 배낭을 손에 들고 흔들리는 나무 발판을 따라 주날개 아래로 해서 플로트를 밟고 금속 계단 두 개를 올라 동체 안으로 들어갔다. 엘리쉬는 구부정한 자세로 동체 뒤쪽에서 짐을 살펴보고 있다가 내가 온 것을 보고는 갈 수 있게 도와주었다.

"안녕하세요, 교수님." 그녀가 기분 좋은 목소리로 말했다. "멋지지 않아요? 어때요?”

“네, 전 잘…….” 나는 의심쩍은 눈으로 주변을 둘러봤다. 비행기는 밖에서 볼 때도 작아 보였다. 안에 들어와 보니 정말 작았다. 구석구석마다 상자와 가방과 배낭이 가득 차 있어서 몸을 돌리기도 힘들었다. 게다가 자세를 굽혀야 했기 때문에 등까지 아팠다.

“아하, 아직도 입이 부어 있으시네.” 생물학자가 웃으며 말했다. “아주 좁지요. 그래서 가져갈 물건을 세밀하게 따졌어요. 짐 싣는 데 한계가 있거든요. 하지만 비행기라서. 세 시간이면 목적지에 도착해요. 배를 타고 강을 거슬러 올라간다는 게 어떤지 아세요?” 그녀는 고개를 강하게 가로저었다. “저는 열 번이나 그래봤는데 정말 다시는 못할 노릇이에요! 지옥이죠. 아 참, 가이거계수기도 가져왔어요. 작고 평범한 장치더군요. 시계만 해요. 제 짐 여기 뒤쪽에 있어요.”

“정말 잘됐군요.” 나는 멍하니 답했다. 아직도 비행기에 대한 이런저런 생각에 잠겨 있었던 것이다. “하지만 배도 장점이 있겠지요.” 내가 중얼거렸다. “적어도 하늘에서 추락할 일은 없을 테니까.”

그녀는 고개를 흔들었다. “당신은 날 미치게 하는 구석이 있네요. 누구도 당신 얘기에 수긍하지 않을 거예요. 참 내, 영국에서는 다 그런 식인가요?”

식스펜스가 문틈으로 머리를 들이밀었다.

“부부싸움 하시나?”

“천만의 말씀.” 엘리쉬가 나를 흘겨보며 응수했다. “우린 지금 비행의 장점에 대해 얘기하는 중이에요.”

“그럼 이제 출발해도 되겠군요. 유감이지만 앞쪽 문들은 부식 때문에 작동이 안 돼요. 그러니까.” 그는 내 옆을 간신히 빠져나가 조종석 쪽으로 갔다. 곧바로 멀로니가 뒤따랐다. 거구여서 중간 문을 통과하기도 어려웠다. "앞좌석으로 좀 가주겠소, 애스트베리 씨? 전망도 훨씬 좋으니까."

나는 어쩔 줄 몰라 식스펜스를 보았다. 그러나 그는 유쾌한 눈짓을 보냈다. "됐네. 좋은 생각이야, 스튜어트. 그럼 우리 젊은 동료가 어떻게 나는지 바로 배울 수도 있지." 그는 이렇게 말하며 능글맞게 웃었다. "혹시 나한테 무슨 일이 생기면 믿을 만한 부조종사가 필요하잖아. 이리 와요, 애스트베리 씨. 내 옆에 앉아요."

부식이라는 말이 아직도 귀에서 가물거리는 사이 나는 벌써 부조종사 자리에 앉게 됐다. 코앞에 바나나 모양으로 굽은 핸들이 있었다. 조종사석에 있는 똑같은 핸들과 Y자 형태의 부품으로 연결돼 있다.

"비행해본 경험 있어요?"

나는 완강히 부인했다.

"한번 돌려봐요." 식스펜스가 재촉했다. "그런 다음 조종간을 앞으로 당겨." 그가 시키는 대로 하자 조종석에 있는 핸들도 유령의 손이 돌리는 것처럼 움직였다. "동시 조종이라는 거요." 그는 미소 지으며 말했다. "내가 잠이 들면 당신이 맡아. 자, 밖을 한 번 내다봐요." 그가 핸들을 돌리자 주날개에 붙은 보조날개가 올라갔다 내려갔다 하는 게 보였다. "보조날개야." 그가 설명했다. "이걸로 커브 비행을 하는 거요. 조종간을 당겼다 밀었다 하면 후미에 있는 승강타가 움직여요. 그리고 여기 아래 있는 두 페달은 방향타야. 마찬가지로 후미에 있지요. 커브 비행을 하고 싶으면 먼저 보조날개를 움직인 다음 이 페달을 원하는 방향으로 밟고 조종간을 약간 당겨요. 그럼 갑자기 고도가 떨어지는 일은 없어요. 알겠죠? 그럼 한번 해봅시다. 스튜어트, 다 됐지?" 멀로니는 플로트 위에서 균형을 잡으면서 동체를 부두에 묶어 놓은 밧줄을 풀었다. 그러고 나서 다시 안으로 기어 들어와 문을 닫고 안전띠를 맸다. "와, 여기 뒷좌석은 정말 쪼인다." 투덜대는 소리가 들렸다. "애스트베리 씨, 나한테 빚진 거요."

"좌석을 좀 뒤로 밀면 안 되나요?"

"어디로? 뒤는 짐으로 꽉 찼어. 오백 킬로그램이라니까! 그것만으로 벌써 허용 중량 초과요. 단 일 센티미터도 움직일 수 없을 것 같소. 하지만 상관없어. 이렇게 가는 거지. 세 시간만 참으면 되니까. 자, 이제 마음 놓고 출발합시다." 그는 드림캐처에 입을 맞추더니 셔츠 속으로 집어넣었다.

나는 식스펜스가 스위치를 켜고 단추를 누른 다음 '보조날개'라고 쓰인 레버를 잡아당기는 모습을 보았다. 이어 빨간 단추를 누르자 엔진이 부릉부릉하면서 시동이 걸렸다. 배기가스가 우리를 감쌌다.

"소리 정말 크네요." 나는 식스펜스에게 소리쳤다.

"훨씬 더 커질 거야." 식스펜스는 이렇게 응답하고 레버를 앞으로 당겼다. 처음에는 수동 브레이크인 줄 알았다. 그러나 다음 순간 엔진 회전수가 올라가고 프로펠러가 투명한 앞 유리에 안 보일 정도로 돌아갔다. 비행기 전체가 부르르 떨리면서 움직였다. 우리는 강 앞쪽으로 미끄러져 나아갔다. 이 지역은 물살이 거의 없었다.

진동은 비행기가 속도를 높이면서 물 위를 달리자 반동으로, 다시 강한 충격으로 바뀌었다. 뒤쪽으로 물거품이 길게 꼬리를 이었다. 우리는 음바무 섬 쪽으로 방향을 잡았다.

아직 하늘에 뜬 게 아니라는 생각이 퍼뜩 들었다. "문제가 있나요?" 내가 물었다.

"깡통이 고래처럼 무거워." 식스펜스가 거칠게 숨을 쉬며 말했다. "정말 들어올리기 힘드네. 제기랄, 너무 짐을 많이 실었어. 내가 그랬잖아, 스튜어트."

"비버가 견뎌낼 거라고 네가 말했어. 그렇게 말한 건 너야. 이륙이나 잘해. 앞에 어선들이 있어."

"맙소사! 잠깐 조종간 잡고 있어. 연료비율을 좀 바꿔야 돼." 식스펜스는 아래로 몸을 숙여 두 발 사이에 있는 조속기(調速機)로 손을 뻗었다. 손이 거의 닿을 무렵 비행기는 도약을 시작했고, 물에서 약간 위로 솟아올랐다. 식스펜스는 번개처럼 다시 자리에 앉았다. 어선들이 아주 가까이 다가왔다. 그는 조종간을 앞으로 홱 잡아당겼다. 아슬아슬하게 위로 날아올랐다.

우리는 천천히 푸른 아침 하늘 위로 올라섰다. 붉은 구름이 점점이 눈에 띄었다.

"천만다행이네." 우리의 조종사가 한숨을 내쉬었다. 눈에는 안도의 빛이 역력했다. "이번엔 잘됐어. 텔레 호에서도 이런 곡예가 성공할지가 문제지."

창공에 오르자 엔진은 놀라울 정도로 잠잠해졌다. 나는 긴장이 좀 풀려 아래를 내려다보았다. 한 삼백 미터 아래로 증기선이 부두 쪽으로 가고 있었다. 이 배는 사람을 잔뜩 태운 거룻배 몇 척을 끌고 가는 중이었다. 엘리쉬가 아래를 가리키며 소리쳤다. "저기 아래 우리 나룻배가 있어요. 임폰도에서 돌아오는 거예요. 그래도 배로 바꿔 타고 싶어요?"

나는 바글바글하는 사람들을 보고 고개를 저었다. "아니. 당신 말이 딱 맞았어요. 확실히 비행이 장점이 있네요."

그녀는 웃으며 내 팔을 툭 쳤다. "말 잘 듣네."

아래에는 도시의 마지막 자락이 펼쳐지다가 들판과 대규모 농장으로 접어들었다. 우리는 북쪽으로 코스를 잡았다. 잠시 후 굴곡이 심한 언덕을 넘어섰다. 언덕이 산으로 바뀌면서 주거지는 점점 줄어들었다.

"저 아래 지역을 뭐라고 하오?" 멀로니가 얼굴을 창에 딱 붙인 채 물었다.

"레기옹 드 플라토예요." 엘리쉬가 답했다. "우린 레피니 자연보호구역 위에 있는 거예요. 저 너머 북위 2도 이북을 제외하면 사람이 전혀 안 사는 지역이지요." 그녀는 창밖을 가리켰다. "자세히 보면 보여요. 레기옹 드 플라토는 콩고서 꽤 큰 교통의 요지이지요. 남쪽 브라자빌에서 북쪽에 있는 우에소로 이어집니다. 유감스럽게도 우리가 가려는 지역과는 연결돼 있지 않아요. 그렇지 않다면 차를 타고 가도 될 텐데……." 그녀가 웃으며 덧붙였다.

"휴전." 나는 웃으며 두 손을 들었다. "항복이오. 그사이 작은 상자에 익숙해져서 이제 배로 바꿔 타고 싶은 생각이 싹 가셨어요. 그런데 비행은 언제 배웠어요, 식스펜스?"

"그것 참 가물가물한 얘기인걸." 호주 원주민이 답했다. "비행은 자전거 타기나 마찬가지지. 일단 배우면 언제 배웠는지 까먹어요. 고물 파이퍼 경비행기로 배웠는데. 하지만 비행기는 다 똑같아. 하나를 배우면 다 알게 되지. 항공역학의 기초는 똑같으니까. 게다가 다행히 비행기마다 교본이 있어. 한번 해볼까요?"

나는 갑자기 목이 콱 막히는 듯했다. "뭐 그럴 것까지야……."

"해봐. 쉬워. 정말이야. 그리고 무슨 일이 일어나도 최소한 죄 없는 사람들 잡을 위험은 없어요. 들었잖아요, 여긴 사람이 전혀 안 사는 지역이라고."

"정말 안심이 되네. 좋아, 어떻게 하면 되지요?"

“기본은 벌써 안 거고. 이제 비행 감각만 좀 익히면 돼. 해보슈.” 그러더니 식스펜스가 조종간을 놓았다.

비행기는 즉시 반응을 보였다. 코를 아래로 처박고 급강하했다. 나는 조종간을 잡아당겨 수평을 잡았다. 너무 심하게 잡아당기는 바람에 잠시 후에는 수직에 가깝게 급상승하기 시작했다. 그러다가 엔진이 작동을 멈췄다. 기체가 다시 추락했다. “너무 갔어요.” 식스펜스가 고소하다는 듯이 웃으며 소리쳤다. “좀 더 부드럽게 해봐.”

나는 땀에 젖은 손으로 조종간을 돌려 비스듬히 하강했다. 추락을 막으려고 안간힘을 썼다.

“정말 이럴 거야, 식스?” 멀로니가 뒤에서 투덜거리는 소리가 들렸다. “한가하게 비행 교육이나 시킬 때냐고……”

“조금만 참아.” 식스펜스가 대꾸했다. “오래 안 걸려. 재주가 있는 친구야.”

실제로 끔찍이도 길게 느껴진 삼 분이 지나자 나는 비행기를 통제할 수 있게 됐다. 기체는 멋대로 날뛰거나 곤두박질치는 대신 이제 내 의도대로 잘 따라주었다.

나는 심호흡을 했다. 손이 떨렸고 관자놀이에서 땀이 뚝뚝 떨어졌다. 조종간을 꽉 붙잡고 매 순간 비행기가 다시 요동치는 것에 대비했다. 그러나 아무 일도 없었다. 긴장이 풀리고 비행이 즐거워지기 시작했다. 식스펜스는 선회 비행을 해보라고 격려했다. 성공을 하자 왕이 된 듯한 기분이었다. 의자에 앉아 구름 위를 붕붕 떠다니는 기분이었다.

“축하해요, 애스트베리 씨.” 식스펜스가 말했다. “아주 성공적이야. 선물로 이젠 조종간을 완전히 넘길게. 그 사이 난 아침이나 편히 먹어야지. 또 배고픈 사람 없어요?”

"잠깐, 이러면 안 돼요. 난 어디로 가는지 모른단 말이에요."

식스펜스가 손가락으로 여러 장치 가운데 하나를 톡톡 쳤다. "고도계 보이죠? 지금 우리 고도는 사천 미터. 정상이지. 이대로 유지해요." 그는 계기들 가운데 하나를 톡톡 쳤다. "여기 이게 수평 표시. 정중앙이 되도록 잘 유지해요. 그럼 북북동 방향으로 가는 거지. 됐지요? 나머지는 지금 당장은 신경 쓸 것 없고."

"분부 거행하겠습니다." 나는 씩씩하게 거수경례를 했다. 다른 사람들은 이제 밥을 먹을 생각을 하고 있겠지만, 나는 이제 책임을 떠맡은 것이다. 나는 기장이다. 그리고 나의 사명은 이들을 안전하게 목적지까지 모셔가는 것이다. 예스, 써!

손가락 아래 조종간이 떨리면서 우리는 점점 훤해지는 아침 하늘 위로 날아올랐다. 몇 분 지나지 않아 우리는 인간 문명의 변두리를 완전히 벗어났다. 주위에는 이제 나무밖에 없었다. 저 멀리 한 줄기 은빛 띠가 펼쳐졌다. 인간의 손이 전혀 타지 않은 야생의 콩고 강, 백인의 무덤이었다.

17

에고모는 실신상태에서 깨어났다. 얼굴은 입을 반쯤 벌린 채 축축한 진흙바닥에 처박혀 있었다. 흙냄새가 났다. 간신히 눈을 떴다. 얼굴, 손, 팔, 온몸이 진흙투성이였다. 괴상한 나무껍질처럼 보였다. 간신히 고통을 무릅쓰고 일어섰다. 흙냄새에 피 냄새가 섞였다. 입술을 닦았다.

몇 시간 동안 엄청난 일이 닥쳤다. 끔찍한 참사와 괴물의 출현, 그리고 필사의 탈출……. 그는 완전히 제정신이 아니었다. 그저 달리고 또 달렸다. 그러다 결국은 힘이 다하고 절망에 빠져 정신을 잃고 쓰러졌다. 그러면서도 다시 호수 쪽으로 갔던 모양이다. 그는 원래 출발했던, 거의 그 지점에 엎어져 있었던 것이다.

그는 아래를 훑어보았다. 온통 찰과상투성이였다. 그중 일부는 상처가 너무 깊어서 진흙 사이로 뻘건 살이 보일 정도였다. 게다가 어깨는 시퍼런 칼로 베인 듯이 욱신거렸다. 떨리는 손가락으로 상처 부위를 더듬다가 움찔했다. 안에서 뭔가 서걱거렸다. 의식을 잃지 않으려고 안간힘을 쓰면서 성한 쪽으로 몸을 돌려 가지고 다니던 물건들을 찾기 시작했다. 아무것도 안 보였다. 배낭도, 무기도 없었다. 그제야 초원에 남겨두고 왔다는 생각이 들었다.

원시림을 갉아먹는 영혼 없는 기계들처럼 그는 기계적으로 온힘을 다해 일어섰다. 오늘 아침 봤던 백인 여자의 캠프가 몇 미터 옆 왼쪽에 있었고, 밤을 보낸 나무는 오른쪽 어디쯤 있었다. 그는 천천히 발을 질질 끌며 풀 사이를 뚫고 몇 미터 앞 서늘한 물가로 들어갔다. 가급적 어디에 부딪히지 않으려고 온 신경을 기울였다. 조심조심 이를 악물고 몸에서 진흙을 떼어냈다. 고통스러웠다. 시간이 갈수록 상처의 정도가 분명해졌다. 베이고 긁힌 상처가 너무 깊어서 약초를 제대로 써도 일주일 안에는 완치가 어려웠다. 더 큰 문제는 쇄골이 부러졌다는 것이다. 그 때문에 왼쪽 팔은 쓸모없는 장식물처럼 건들건들 매달려 있었다. 팔을 들려는 순간 불로 쑤시는 듯한 통증이 밀려왔다. 쇠뇌를 잃어버린 것도 이제는 큰 문제가 아니었다. 어차피 화살을 메길 수도 없게 됐으니 말이다. 그는 한숨을 쉬며 성한 팔로 물을 떠서 얼굴에 묻혔다. 좀 나았다.

노련한 사냥꾼의 냉철함으로 별 탈 없이 집에 돌아갈 수 있는 가능성을 계산해봤다. 마을까지 가는 데 필요한 시간을 어림하고, 몸 상태와 견주어보았다. 식량이 든 배낭과 무기를 초원에서 잃어버렸다는 사실까지 고려할 때 결론은 분명했다. 안 된다는 것이었다.

에고모는 너무도 명백한 결론에 정신이 번쩍 들어 그 자리에 주저앉고 말았다. 더 따질 것도 없고 결정을 내리고 자시고 할 것도 없었다. 죽게 되는 것이다. 간단한 얘기였다.

이러한 인식은 내면의 안식으로 이어져 어깨의 통증을 마비시키고 전신을 편안하게 해주었다. 사냥꾼과 마주한 동물이 느끼는 평안함이었다. 모든 두려움과 근심이 싹 가신 것 같았다. 노인들이 늘 말하던 그런 감정과 같았다. 죽음은 또 다른 의식상태, 즉 다른 차원에서 삶을 계속하는 것에 불과했다. 아무것도 두려워할 필요는 없었다. 정반대였다. 기다리면 보상 받는 그 어떤 것이었다. 그는 바로 그렇게 하려는 것이다. 여기 그저 앉아서 기다리면 된다.

그는 얼굴을 쳐들었다. 따스한 햇살이 살을 간질였다. 가벼운 바람이 머리칼에 걸리면서 물 냄새를 실어왔다. 아니, 그렇게 상상했다.

그 순간 저세상에 대한 상상과는 전혀 어울리지 않는 소리가 들렸다. 화가 난 거대한 말벌이 붕붕거리는 소리처럼 들렸다. 에고모는 눈을 떴다. 그러나 그 소리는 약해지기는커녕 점점 더 가까이 다가오는 것 같았다. 이제는 그게 엔진 소리라는 게 분명했다. 그러나 그는 숲을 갉아먹는 그 거대한 기계를 쫓아낸 적이 없었다. 그러기에는 너무 작았다.

도대체 저게 뭘까? 에고모는 한숨을 쉬었다. 다시 현실이 다가왔다. 죽음은 조금 더 기다려야만 했다.

에고모는 일어서서 붕붕 소리가 들리는 남쪽을 살펴보았다. 아주아주 오래전에 들은 소리가 생각났다. 당시 그는 꼬마였다. 그런데 아버지가 사냥에 데리고 나섰다. 비행물체가 굉음을 울리며 머리 위로 날아갔을 때 아버지 눈에 비친 그 경악과 공포를 결코 잊을 수 없었다. 은빛 비행물체는 허공에서 갑자기 튀어나왔다가 다시 사라졌다. 그 이후로 그는 금속 새의 모습을 다시는 보지 못했다. 그리고 그 모든 것은 다 상상에 불과하다고 치부했다. 그런데 지금 이 거창한 웅웅 소리는 그것이 사실이었음을 입증했다. 검은 그림자가 차츰 이쪽으로 다가왔지만, 아직 수풀에 몸을 숨길 시간은 있었다. 잠시 후 비행물체가 보였다. 진짜 비행기였다. 이상한 것은 몸체 아래 두 개의 두꺼운 장식물이 달려 있다는 점이었다. 오렌지색 바탕에 흰 줄이 쳐진 색깔도 이상하리만큼 화려했다. 비행기는 크게 원을 그리면서 호수를 돌았다. 에고모는 저 위에서 이 세상을 보면 어떻게 보일까 하는 의문이 들었다. 갑자기 비행기 코가 아래로 향했다. 어쩌려는가 싶었다. 착륙을 하려는 것이었다.

그런데 어디에 내린다는 거지? 아무리 사방을 둘러봐도 여긴 나무랑 덤불밖에 없는데. 땅을 밟기도 전에 산산조각 날 테고 그 결과는 끔찍한 불행일 것이다.

에고모는 가지를 꼭 붙들고 신들에게 간절히 기도했다. 오늘은 제발 더 참사가 없기를…….

비행기는 그사이 훨씬 아래로 내려왔다. 에고모는 엉뚱한 생각이 들었다. 어쩌면 불행한 일이 일어나지 않을지 모른다. 아래 달린 두 발은 필시 배이고 물 위에 내려앉을 것 같다. 에고모는 벌떡 일어나서 눈을 크게 뜨고 이 볼거리를 따라갔다.

그의 예감은 틀리지 않았다. 비행기는 하늘에서 점점 아래로 내려와 물 위에 착륙하더니 우웅 하면서 물거품을 내뿜으며 미끄러져 나아갔다. 그러더니 점점 느려지면서 에고모의 오른편에 있는 얕은 연안을 따라 카누처럼 헤엄쳐갔다. 채 백 미터도 떨어지지 않은 곳에서 벌어진 일이었다. 맨 앞에서 좔좔 소리 내며 돌아가는 이파리들은 차츰 느려지더니 마지막으로 잔기침 소리를 내고는 완전히 멈췄다. 사방이 고요해졌다. 이어 문이 열리고 챙이 넓은 모자를 쓴 거구의 백인 남자가 모습을 드러냈다. 그는 사방을 둘러보고는 가볍게 춤을 추듯이 플로트를 건너 땅으로 풀쩍 뛰어나가서 비행물체를 밧줄로 호숫가에 묶었다. 이제 모든 게 분명해졌다. 이 인공 새는 다른 기계나 마찬가지로 인간이 조작하는 것이었다. 대충 살펴보니 안에는 최소 서너 명이 타고 있었다. 비행기 안에서는 등을 구부리고 나오는 여자도 보였다. 꽁지머리에 요란한 셔츠 속의 불룩한 가슴을 보니 여자가 분명했다. 흑인도 있었다. 비록 자기 부족과는 달랐지만. 이들은 눈에 띄지 않으려고 했다. 이 이방인들은 여기서 뭘 하려는 걸까, 그리고 왜 하필 호수에 내린 걸까? 이 물이 얼마나 위험한지 전혀 모르는 걸까? 어쩌면 뭘 어떻게 해야 하는지 모를 수도 있다. 에고모 자신은 오랫동안 모켈레 음벰베 이야기를 동화로 치부해왔다.

에고모는 아픈 어깨를 잡고 일어섰다. 죽음은 좀 기다려야 했다. 우선 이 사람들이 하는 짓을 보고 여기서 뭘 하려는지 알아야 했다. 그들의 행동을 살펴보고 호수에 관한 비밀을 알려주면서 경고를 해줄 요량이었다.

충분히 그럴 수 있는 시간이 있다는 전제하에.

18

"이것 좀 도와주시오." 멀로니가 비행기에서 나에게 소리쳤다. "혼자선 도저히 안 되겠어."

"잠깐만요. 금방 갈게요." 나는 냄비가 기울어지지 않게 캠핑용 버너 받침대 위에 올려놓으면서 말했다. 겨우 균형이 잡혔다. 멀로니에게 급히 갔다. 나는 호숫가에서 플로트로 아주 쉽게 뛰어올랐다. 이 일 말고 다른 일은 전혀 해본 적이 없는 사람 같았다. 비행기는 벌써 내게 진정 소중한 존재가 됐다. 녹슨 고물 상자는 결함도 많고 예민하지만 뭔가 인간적인 냄새를 풍겼다. 생명이 없는 물체에 대해 그런 감정을 느낀다는 것이 좀 묘했다.

"여기, 이거 좀 잡아요." 도착하자마자 멀로니가 명령하듯이 말했다. 헐떡거리며 땀을 뻘뻘 흘리면서 그는 플로트에서 균형을 잡으려고 애썼다.

"야, 이거 참 무겁네." 내가 말했다. "도대체 안에 뭐가 든 거예요? 납

덩어린가?”

“장비.”

“그런 말 안 했는데.”

멀로니의 발이 좁은 철제계단에서 내려와 거의 플로트에 닿았다. 비행기가 흔들리면서 멀어질 듯하자 그가 상소리를 했다. 우리는 간신히 균형을 잡고 엄청 무겁고 큰 공구박스 같은 것을 조심조심 안전하게 육지로 날랐다. 나는 가쁜 숨을 몰아쉬며 다시 커피 물 끓는 곳으로 가 앉았다. 물이 설설 끓고 있었다. 식스펜스와 엘리쉬는 나무 뒤에다 텐트를 치고 있었다. 두 사람은 뭐가 그렇게 재미있는지 쉬지도 않고 낄낄거렸다. 나는 손수건으로 냄비를 들어 내려놓고 커피를 탔다. 생기를 돋우는 향기가 번졌다. 멀로니에게 한 잔을 권했다. “아직도 난 왜 우리가 목숨까지 걸어야 하는지 잘 모르겠어요.”

이 거인은 커피를 한 모금 마셨다. 그러고는 잔을 내려놓고 궤짝의 자물쇠를 땄다. 나는 뚜껑이 열리는 것을 물끄러미 바라보았다.

“만족하시오?” 그가 나를 보며 히죽 웃었다. 내가 응시하는 것이 오히려 즐겁다는 투였다. 무기였다. 이 상자에는 지금까지 인간을 죽일 목적으로 고안된 거의 모든 것이 담겨 있다는 것을 단번에 알 수 있었다. 각종 총기와 칼, 유리섬유로 강화한 쇠뇌와 화살, 조준망원경, 다량의 탄약 등등. 실린더 모양의 플라스틱 통이 여러 줄 있고 케이블 다발과 일종의 감지센서도 들어 있었다. 의아해하는 시선에 답이라도 하듯이 멀로니는 “C4요”라고 말했다.

“뭐요?”

“플라스틱폭탄 말이오. 좀 준비했지. 다른 게 다 안 통할 경우에 대비해서.” 그는 몸을 뒤로 기대면서 잔을 들었다. “끝내주네. 이 커피.”

"과장이 심하시군요."

"난 준비가 다 됐소. 동물마다 특별한 무기가 필요하거든. 수작업의 종류에 따라 특별한 공구가 필요한 것과 마찬가지지." 그는 쌍발엽총을 집어 들고 손가락으로 총신을 쓸어보았다. "난 이걸 저승사자라고 부르지. 아시오?"

"솔직히 말해서 모르겠는데요." 내가 답했다. "오해가 없었으면 좋겠군요. 우리 임무는 그 동물을 죽이는 게 아니에요. 시료를 채취하고 바로 떠나기로 돼 있습니다."

"물론이지. 하지만 제일 중요한 걸 빠뜨리고 있소."

"무슨?"

"난 당신의 임무를 말하는 거요. 구조작업을 마치고 살아남아야 한다는 기독교적인 의무." 그는 엷은 미소를 띠며 내 옆에 쪼그리고 앉아 커피를 한 모금씩 마셨다. "에밀리 팜브리지와 그 탐사대가 겪은 일이 우리한테도 일어날 수 있소." 그는 말을 이었다. "그 여자는 이 목가적인 동네에서 편히 쉬려고 온 건 분명 아니었소. 뭔가 준비되지 못한 일이 생긴 거지. 그리고 나는 그 여자처럼 될 생각이 전혀 없소." 그러면서 멀로니는 무기를 장전하고 원래 있던 곳에 갖다 넣은 다음 궤짝 뚜껑을 닫았다. "우린 에밀리가 진짜 죽었는지 죽지 않았는지도 모르잖아요." 내가 중얼거렸다. "빌어먹을……." 주머니칼을 접다가 날 부위를 만지는 바람에 손가락을 베었다. 굵은 핏방울이 상처에서 솟아났다. 엄지를 입속에 넣고 피를 빨아봤지만 상처가 깊어서 피가 멈추지 않았다. 덜컥 겁이 났다. "제기랄!"

"왜 그래?" 멀로니는 내가 격한 반응을 보이자 깜짝 놀란 모양이다.

"소독할 것 좀 있어요? 여긴 병원균이 득실거리는데."

"진정해." 그는 허리색 하나를 열더니 작은 팩을 꺼냈다. "좀 더 피를 내면 상처 소독은 충분해. 그런 다음 이걸 붙여." 그는 일회용 반창고를 내밀었다. "여기는 우리 몸보다 병원균이 많을지는 모르지만 그리 나쁘지 않소."

"잘 모르시는군요. 에볼라 같은 바이러스가 인간한테 어떤 끔찍한 짓을 하는지." 나는 황급히 상처에 반창고를 붙이면서 대꾸했다. "아직 못 봐서 그래요. 입이며 코며 눈의 점막이 어떻게 떨어져나가면서 피가 나는지. 근육과 조직이 곤죽처럼 되고 희생자는 말할 수 없는 고통 속에 죽어가지요."

"선생은 보셨소?" 그는 약간 재미있다는 듯한 표정을 지으며 물었다.

"지금까지는 화면으로만 봤지요. 병리학 세미나 때 말예요. 하지만 그 정도로도 족해요."

멀로니는 턱을 쓰다듬었다. "기분 나쁘게 할 생각은 없지만 당신은 진짜 천생 과학자로군."

"그게 무슨 말이죠?"

그는 녹색 눈으로 나를 빤히 바라봤다. "모든 걸 너무 많이 생각한다는 거요. 생명은 단순해요. 물론 안온한 실험실 안에서 들여다보면 그렇지 않지. 밖에 나가서 한번 붙어봐야 돼. 예를 들어 그런 상처로는……." 그는 내게 다정한 미소를 보냈다. "…… 안 죽어. 난 많은 상처를 응급 처치 해봤소. 당신 같으면 냄새만 맡아도 기절할 중상이었지. 그런데 그 사람들 지금 아주 건강해. 사람은 그렇게 빨리 죽지 않소. 그리고 일을 피할 요량으로 꾀병을 부리는 거라면 나한텐 통하지 않을 거요." 그는 두 손으로 허벅지를 툭 치더니 일어났다. "자, 다시 일합시다. 치료가 끝났으니 나머지 상자 옮기는 것 좀 도와줘야지."

“잠깐만요.”

멀로니가 눈살을 찌푸렸다.

“얘기하고 싶은 게 있어요. 우리끼리만.”

“무슨 얘기?”

“같이 온 여자 말입니다.”

“귀엽지 않소?”

어처구니가 없어 웃음이 나왔다. “귀엽다는 말이 맞는 단어인지 모르겠네요. 우리 둘은 시작이 좋지 않아서…….”

“그건 몰랐는걸.”

“…… 그래도 사실을 알 권리는 있어요. 왜 속인 겁니까?”

“아, 그거.” 그는 소매에 보풀이 있는 양 털어내며 그 문제는 세상에서 가장 사소한 일이라는 것처럼 행동했다. “쉽게 말씀드리지. 보안상 그런 거요.”

“무슨 말인지 모르겠는데요.”

“그건, 선생이 경험이 없어서 그런 거요. 이런 나라에서 일을 겪어본 경험 말이야. 예를 들어 그 차관이란 사람을 봅시다. 우리가 난쟁이코끼리를 추적하는 동안은 다들 만족하지. 이 동물은 작고 별로 눈길을 끌 만한 게 아니기 때문에 관계당국에서 중요치 않다고 보는 거지. 그러나 모켈레 음벰베가 되면 다들 정신이 번쩍 날 거요. 관심을 가질 만한 사안이니까. 돈과 명예가 굴러들어올 수 있으니 말이오. 지금 당장은 접근할 수 없기 때문에 일단은 전설의 나라에 처박아놓고 마냥 졸고 있도록 놓아둔 거란 말이오. 그러면서 누군가 외부에서 들어와 자기들이 해야 할 수고를 덜어주기를 기다리고 있는 거란 말이지. 그러나 난 그렇겐 못해. 정말이오. 엘리쉬는 불가피한 시점이 되면 왜 말을 해주지 않았는지 알게 될 거요. 그렇게 해서 내일 당장 중무장한 감시대가 들이닥치는 위험을 최소화하자는 거지."

"그녀를 믿을 수 없다고 보나요?" 그는 녹색 눈으로 나를 살폈다. 목소리는 아주 진지했다. "우리 일에 믿음이란 건 없소. 그건 기도할 때나 쓰는 거야."

—

늦은 오후였다. 짐을 다 내리고 마지막 상자도 호숫가 베이스캠프로 옮겼을 때였다. 다들 힘을 모아 비행기를 좀 더 평탄한 연안으로 옮긴 뒤 밧줄에 묶어 고정시켰다. 수평선에는 벌써 커다란 먹구름이 피어나기 시작했다. 멀리서 천둥 치는 소리가 들렸다. 저녁때쯤 비가 쏟아질 가능성이 높았다. 식스펜스는 냄새나는 빨부리에 불을 붙이고 시간을 내서 캠프 설치하는 법을 아주 자세하게 설명해주었다. 그는 기계광이었기 때문에 설명에는 시간이 좀 걸렸다. 우선 디지털 비디오카메라를 설치해둔 호숫가로 나를 데려갔다. 카메라는 정확히 수면 한가운데를 향하고 있었다.

"감시용이요." 그가 기분 좋은 목소리로 말했다. "이십사 시간 가동되죠. 호수에서 일어나는 모든 움직임을 낱낱이 포착하는 겁니다. 외부는 방수 처리가 돼 있고 잔광증폭기가 달린 고감도 렌즈가 들어 있어서 밤에도 아주 선명한 영상을 제공하지요." 그는 잠시 접안렌즈를 들여다보았다. "우리 친구 분이 어두울 때만 나타날 생각이라도 소용없지요. 하지만 엘리쉬한테는 이게 왜 필요한지 말하지 말아요. 그러지 않아도 아주 이상하다는 듯이 살펴보더라고. 그래서 악어나 하마를 감시하는 거라고 둘러댔어요." 그는 마지막으로 카메라 파인더를 들여다보더니 캠프로 가자고 재촉했다. 여섯 개의 텐트 중 네 개는 순전히 잠자리용이었다. 캠프파이어와 견고한 접이식 탁자를 중심으로 반원형으로 쳐 놓았다. 탁자 위에는 이상한 장비가 놓여 있었는데 접었다 폈다 할 수 있는 접시안테나가 꽃받침을 하늘로 뻗은 커다란 꽃처럼 보였다.

"외부와 연결하는 우리의 유일한 통로지요." 그가 말했다.

"위성수신기 아닌가요?"

그가 고개를 끄덕였다. "인말새트 M4예요. 가볍고 빠르지. 이십 킬로나 되는 장비를 들고 세계를 돌아다니던 시대는 완전히 끝난 거지요. 핸드폰 있어요? 이리 줘봐요." 나는 그에게 핸드폰을 내줬다. 사실 순진하게 덜렁 가져온 게 좀 창피했다. "이건 소용없어요." 그가 웃으며 말했다. "이런 작은 물건들에 익숙해지면 통화범위라는 게 얼마나 제한돼 있는지는 까맣게 잊게 되지요." 그는 수신기에서 선을 하나 뽑더니 핸드폰에 꽂고 번호를 두드려보더니 만족스러운 듯 고개를 끄덕였다. "아주 좋아. M4에 햇빛만 충분히 공급해주면 아무 때고 전화를 걸 수 있군."

"그렇게 간단해요?"

"그럼요. 축전지는 십오 분이면 충전이 돼요. 그럼 바로 전화가 가능하지요. 하지만 가급적 전화는 안 하는 게 좋아요. 누가 엿들을지 모르니까. 이번 소풍 자체도 비밀이거든. 자, 이제 캠프가 어떻게 꾸며졌는지 보여줄게요. 저 안에는 식량이 있어요." 그는 사람 키만 한 텐트로 들어갔다. 벽 틈으로 뿌연 빛이 들어왔다. 안의 공기는 숨이 막힐 지경이었다. 그래도 모든 물건이 잘 정돈됐다는 걸 한눈에 알 수 있었다. 멀로니와 함께 끌고 온 많은 상자들은 바로 여기에 있었다. "곡물, 통조림, 커피와 홍차, 분말우유, 설탕, 소금, 양념, 고형 수프, 훈제고기랑 상당량의 위스키와 붉은 포도주. 여기 위쪽에는 약품과 구급함. 물고기와 물은 가져올 필요가 없지요. 둘 다 지천으로 널려 있으니까.”

“물은 소독을 해야 할 텐데.”

“당연하죠. 이 펌프로 하는 거예요. 세라믹필터가 내장돼 있어서 미세한 병원균도 걸러주지. 그러고 나서는 안전을 위해서 마이크로푸어 정수용 알약을 플라스틱 물통마다 넣으면 바깥 날씨가 아무리 나빠도 이 안에서는 먹을 수 있지요. 연구용 텐트로 가봅시다.”

다음 텐트에는 깜짝 놀랄 만한 일이 기다리고 있었다. 은밀한 미소를 지으며 식스펜스가 알루미늄 상자 하나를 열었다.

“잠수복이네요?” 나는 놀라서 소리쳤다. “잠수할 계획은 없잖아요.”

“물론. 하지만 당신도 그사이 우리가 얼마나 일에 철저한지 알았을 거예요. 모켈레 음벰베가 우리한테 오지 않으면 우리가 놈한테 가야지.”

“완전히 미쳤군요” 내가 대꾸했다. 차마 웃음이 나오지는 않았다. 진심이 느껴졌기 때문이다. “엘리쉬도 이걸 봤나요?”

그는 고개를 가로저었다. “물론 못 봤지. 그랬다간 코끼리 사냥을 가는데 웬 잠수복이냐고 깜짝 놀랄 거예요.”

“난 이런 숨바꼭질 싫어요.” 나는 솔직히 털어놓았다. 그러나 그는 어깨만 으쓱할 뿐이었다. 내 말에는 신경도 쓰지 않고 다음 상자 쪽으로 갔다. “여기는 레이저로 작동되는 조기경보시스템이 있어요. 일종의 광전자센서지. 뭔가가 다가오면 바로 경보를 울리는 거예요. 이게 필요할 것 같지는 않아요. 우리 친구 분은 너무 커서 소리로 금방 알 수 있거든. 여기 위쪽은 고무보트하고 외부 장착용 모터랑 연료통들이야. 이건 수 년 전에 나온 제품인데 정말 튼튼해. 확실해. 자, 이제 남은 건 여기 당신의 유전공학 소연구실이 들어 있는 상자들이랑 엘리쉬의 장비예요. 이걸로 특정한 동물의 소리가 나는 지점을 백 킬로미터 떨어진 곳에서도 포착할 수 있다네요. 이 장비를 투입하는 걸 보면 정말 흥미진진할 거예요. 이 텐트가 제일 큰 이유는 당신과 엘리쉬가 이 탁자에서 장비들을 조립할 거니까요. 공간은 충분하지요?" 나는 책상과 의자와 걸이식 등을 살펴보고 고개를 끄덕였다. "어쨌든. 난, 솔직히 말해서, 이렇게 편의시설이 완벽할 줄은 몰랐어요."

"여긴 안락해야지요. 밖에선 긴장된 시간의 연속이 될 테니까." 텐트를 나서자 마침 멀로니가 엘리쉬를 디지털카메라로 찍어주는 모습이 보였다. 그가 미소 짓는 모습을 보면서 식스펜스가 브라자빌에서 떠날 때 내게 한 말이 생각났다. 이런 의심이 드는 게 처음이 아니었다. 멀로니가 진짜 다시는 여자와 관련을 맺지 않겠다고 맹세했다면 이렇게 시시덕거리는 이유는 뭘까? 옆에서 살그머니 살펴봐도 뭔가가 진행되고 있다는 걸 식스펜스도 아는 게 분명했다. 그는 미소를 짓고 있지만 그 미소는 이상하게 굳어 있었다. 그는 불을 피우는 데 열중하고 있었다. 곧 타닥타닥 타는 소리가 나고 커다란 냄비에서 물이 끓었다. 냄비는 삼발이에 매달려 있었다. 모두 오늘 저녁은 거창한 찌개를 끓이기로 의견의 일치를 보았다. 다음 날에는 낚시를 해서 고기를 구워먹기로 했다. 멀로니와 엘리쉬가 우리 쪽으로 건너왔다. 아무 일 없다는 듯이.

"여기 참 좋지 않소, 애스트베리 씨." 사냥꾼은 기분 좋게 말했다. "이게 내가 좋아하는 아프리카요. 거칠 것 없는 야생 그 자체지. 이 공기를 한번 마셔보시오. 이런 생동하는 냄새는 세상 어디에서도 찾을 수 없을 거요." 그는 챙 넓은 모자를 뒤로 밀고는 하늘을 올려다보았다. "한 삼십 분 후면 비가 올 것 같소. 하지만 불안해할 필요는 없소. 매혹적인 열대성 소나기일 뿐이니까. 게다가 우린 캠프도 있고 비행기는 이미 안전하게 조치해놓았단 말이지."

“그래도 손상이 되면 어떻게 하지요?” 엘리쉬가 물었다. “비상계획이라도 있나요?”

“물론이지. 수리할 수 없으면 브라자빌에 전화만 하면 되지. 그럼 대타를 보낼 거야. 그러나 그렇게 되면 우리가 비행기를 가져올 조종사를 임폰도로 보내야 돼. 그럼 꼬박 하루는 잡아먹지. 그러니까 그런 일은 안 생기기를 바랄 수밖에.”

“위성장비가 고장 나면요?”

“그럼 정말 문제가 심각해지지.” 멀로니는 셔츠에서 담뱃갑을 꺼내며 말했다. 엘리쉬와 식스펜스도 한 대 달라고 했지만 나는 사양했다. “그렇게 되면 자체적으로 해결하는 수밖에. 한 달까지는 분명 이리로 지나가는 사람이 아무도 없을 거요. 우리 힘으로 헤쳐 나가야지.” 그는 차례로 담뱃불을 붙여줬다. “하지만 그게 간단치는 않을 거요. 북쪽과 동쪽으로는 늪지 숲밖에 없어서 뚫고나갈 수가 없거든. 남쪽에 우리가 상공에서 보았던 초원이 있지만 노련한 사냥꾼들과 함께 간다고 해도 나는 감히 들어갈 엄두가 안 나. 예측불허인 곳인데다 맹수가 너무 많아. 이제 서쪽만 남았소. 거긴 강이 마구 엉켜 있는데 이 작은 강들을 통해 텔레 호가 리코우알라 오제르베 강으로 흘러들지. 고무보트로 거기까지는 가야겠지. 운이 좋으면 하루, 이틀 안에 키나미 마을에 도착할 수도 있고.”

나는 깜짝 놀랐다. “키나미요?” 그 이름은 친숙하게 들렸다. “그게 에밀리가 찍은 필름이 떠내려 왔다는 마을 아닌가요?”

“맞소.” 멀로니가 재를 떨면서 말했다. “하지만 그쪽은 정말 가고 싶지 않은 길이지. 현지 사람들이 팔 벌리고 맞아줄 가능성은 별로야.”

“거기서 무슨 일이 있었던 겁니까?” 내가 물었다. 뜻밖에도 뭔가 설명을 들을 수 있는 기회라고 생각했기 때문이다. “내가 보기엔 멀로니 씨가 뭔가 알고 있는 것 같은데요."

그의 입가에 상어처럼 야릇한 미소가 반짝였다. "그 일에 대해 자세한 정보를 얻고 싶으면 팜브리지 여사한테 알아보시오. 내가 아는 건 마을 사람들이 비디오를 넘겨주는 대신 너무 많은 금액을 요구했다는 것뿐이오. 그들은 정부가 보낸 군인들과 충돌이 있었소."

"그래서 당신과 아씨 차관이 레스토랑에서 남모래 눈짓을 주고받은 건가요?"

"정부는 이 일이 알려지지 않기를 원하고 있소."

"거기서 무슨 일이 있었는데요?"

멀로니는 어깨를 으쓱할 뿐이었다. 그러나 나는 그의 눈빛이 흔들리는 걸 보았다.

나는 목소리를 낮췄다. "대형 참사가 있었던 것 아닌가요? 하지만 그 얘긴 하지 않으시겠지요. 아씨 차관하고 비밀을 지키기로 합의한 것도 바로 그거겠지요."

그는 대답이 없었다. 하지만 그의 침묵은 천 마디 말보다 분명했다. 떠나기 전날 밤이 갑자기 생각났다. 세라와 함께 보낸 밤. 그런 동네에서는 일이 전혀 다를 수 있다는 세라의 말은 정말 구구절절 옳았다. 처음부터 세라 말이 맞은 것이다.

"맙소사, 불쌍한 사람들." 나는 손으로 입을 쓸었다. "이제 어떻게 되는 거지? 팜브리지 여사가 꿈을 이루기 위해 얼마나 쓸 생각인지, 얼마나 쏟아 부을지야 내가 걱정할 필요 없겠지만……." 엘리쉬는 오가는 대화가 무슨 말인지 감을 잡지 못해 이쪽저쪽 우리를 번갈아 바라보았다.

"뭐가 뭔지 모르겠네요." 그녀가 못 믿겠다는 말투로 말했다. "그 필름이 왜 그렇게 중요하지요? 보아하니 난쟁이코끼리 얘기만은 아닌 것 같군요.”

“엘리쉬한테도 얘기해요.”

멀로니는 담배를 버리고 발로 비벼 껐다. 그가 고개를 들어 눈빛이 마주쳤을 때는 간담이 서늘해질 정도였다. 갑자기 다른 멀로니가 나타난 것이다. 그런 멀로니의 모습은 팜브리지 장원에서 아주 잠깐 본 적이 있지만, 그 후로는 교묘하게 우호적인 겉모습 뒤에 숨어 있었다. 그러나 두렵지는 않았다.

“이 사람도 알 권리가 있어요.” 나는 입장을 굽히지 않았다.

“뭘 알아요? 무슨 얘기하는 거예요?” 엘리쉬의 목소리에서 초조함이 묻어났다. 그녀는 이쪽저쪽을 채근하듯이 바라봤다. “무슨 얘기를 하겠다는 거예요? 난 모든 진실을 알아야겠어요. 지금 당장.”

“모켈레 음벰베지.” 식스펜스는 잉걸불을 뒤적이면서 미소 지으며 말했다. “우리가 찾는 게 그거야.” 잠시 적막이 흘렀다.

“아하, 이제 알겠네.” 엘리쉬가 킬킬거렸다. “왜, 네스 호의 괴물을 찾지 그래요. 날 바보로 만들 생각이라면 좀 그럴듯한 얘기를 하셔야지.” 그녀는 머리매듭을 만지작거렸다. “언제 그런 생각을 해냈어요? 브라자빌에 있을 때? 베트남 레스토랑에 갔다 온 다음에? 여러분을 실망시켜드리고 싶지는 않지만 속임수에는 안 넘어가요. 댁 같은 분들은 아주 오래전부터 겪어봤어요. 시도는 좋았는데 유감스럽게도 빗나갔군요. 나중에 나한테 술 한 잔 사야 되겠어요.”

우리는 아무도 웃지 않았다. 누구도 입을 열지 않았다.

엘리쉬의 눈빛이 불안해졌다. 뭔가 초조한 기색이었다. 그 순간 그녀가 왜 내게 말을 시켰는지 모르겠다. 아마도 여기 있는 사람들 가운데서 내가 가장 덜 연루된 듯한 느낌이 든 모양이다. “데이비드, 말해봐요. 모켈레 음벰베는 말도 안 되는 소리죠?" 나는 답을 할 수 없었다. 무언가가 목을 꽉 막고 있는 것 같았다. 그저 그녀의 눈길을 피해 황망히 땅바닥만 내려다보았다.

엘리쉬의 미소가 사라졌다. "그런 건 없어요. 겨우 망상이 빚어낸 동물을 찾으러 나를 정글 사백 킬로미터 속으로 끌고 왔단 말예요?"

"상상의 동물이 아니오." 멀로니가 말했다. "우린 다 봤어. 일을 맡긴 여사의 딸을 포함해서. 그 여자가 그 때문에 목숨을 잃었을지도 모르오." 그는 잠시 호수 쪽을 바라보았다. "놈은 살아 있어. 그것도 튼튼하게. 우린 당신이 돕든 말든 놈을 잡을 거요."

꽤 긴 침묵이 흘렀다. 엘리쉬는 그제야 사태가 좀 이해되는 모양이었다. 마침내 어떤 판단이 선 것 같았다. 그녀가 고개를 들었을 때 눈빛에는 분노가 서려 있었다. "난 돌아가겠어요." 그녀가 말했다. "바로 내일." 그녀는 일어서더니 땅에 침을 퉤 뱉고는 천천히 호숫가로 걸어갔다.

그녀가 사람 키만 한 코끼리풀 뒤로 사라지자 멀로니가 내 쪽으로 몸을 돌렸다. 천천히, 슬로비디오처럼. 그의 눈빛에는 선의라고는 털끝만큼도 보이지 않았다.

19

저녁이 되면서 비가 점점 더 세차게 연구용 텐트 차양을 두드렸다. 도착한 지 사흘이 지났다. 이삼 일 동안 아무 일도 일어나지 않았다. 다만 우리가 주변을 탐색하는 동안 놀란 동물들이 달아나는 정도였다. 우리는 고치 같은 둥지에 있는 피리새도 보았고, 회색앵무와 악어새도 보았다. 심지어 왕관독수리가 가지에 앉아 있는 콜로부스원숭이를 채서 제 둥지로 가져가는 것도 보았다. 모켈레 음벰베만이 아무런 흔적이 없었다. 그 괴수가 존재한다는 것을 시사하는 최소한의 발자국조차 없었다. 나는 엘리쉬의 의심에 공감이 가기 시작했다. 우리는 사기에 넘어간 것이 아닐까? 우리가 팜브리지 여사 집에서 본 장면들은 세련된 환영에 불과한 것이 아닐까? 필름에 나오는 실험실 시뮬레이션 같은 게 아닐까? 생물학자의 말이 맞을지도 모른다. 그렇다면 모켈레 음벰베는 실제로는 신화에 불과할 것이다. 그런데 팜브리지 여사는 왜 우리를 사람이라곤 눈 씻고 찾아보려야 볼 수 없는 이 오지에 보내야 했을까? 이런 짓거리들이 모두 무슨 의미가 있는 것일까? 꼬집어 설명할 수는 없지만 의구심이 다시 고개를 쳐들었다. 기적도 없고 설명이 안 되는 것도 없었다. 신비하고 비밀로 가득 찬 것처럼 보이는 모든 것은 종국적으로는 타인들을 제어하거나 자신의 목적을 이루기 위해 인간이 조작해낸 것에 불과했다.

엘리쉬의 텐트 안에서 이리저리 움직이는 손전등 불빛이 보였다. 멀로니가 그녀를 떠나지 않도록 설득을 해서 천만다행이었다. 나는 그가 어떤 설득전술을 썼는지는 알지 못했다. 그러나 그런 건 상관없었다. 어쨌든 그녀가 남게 돼 한결 마음이 편했다. 나는 그녀가 뭔가 느낌이 통하는 인물이라는 생각이 들었다. 그녀는 남한테 바보 취급당하는 걸 아주 싫어했다. 그러면서도 뻣뻣한 남자들만 있는 곳에 신선한 바람을 불어넣는 역할을 했다.

온도계를 봤다. 계속 비가 내리는데도 기온은 전혀 떨어지지 않았다. 아직 지면은 후덥지근했다. 셔츠가 몸에 쩍 달라붙어 홀가분하게 잠이 들 것 같지 않았다. 타닥타닥 빗물 들이치는 소리가 계속 나는 바람에 일에 집중하기가 어려웠다. 두 시간 전부터 나는 그날의 기록을 정리하고 팜브리지 여사가 보내준 장비들을 정돈하고 있었다. 많지는 않았지만 꼭 필요한 것들이었다. 매우 좋은 현미경에 살균 포장한 시험관과 현대 유전자 연구에 꼭 필요한 최첨단 기재가 든 가방이 있었다. 이런 장비를 사용해보고 싶은 마음은 굴뚝같지만 모켈레 음벰베의 조직시료를 확보할 때까지는 기다려야 했다. 가이거계수기로 시선이 쏠렸다. 엘리쉬가 가져온 것이다. 호수에서 처음 측정했을 때 물의 방사선 수치가 높게 나타났다. 그러나 그것만으로는 내 가설을 정당화할 만큼 충분치 못했다. 지금은 물속 깊은 곳을 측정해보아야 할 것 같았다.

가는 빗방울이 여러 겹으로 된 텐트 천을 뚫고 스며들어 머리 위로 떨어졌다. 빗물과 땀과 범벅이 됐다.

눈을 돌려 주변 캠프를 살펴보았다. 밤은 한 치 앞이 안 보이는 칠흑이어서 꼭 어떤 물질처럼 느껴졌다. 이따금 시커먼 밤하늘에 섬광이 번쩍하면서 호수 수면 위에서 춤을 추었다. 나는 마음이 심란해져 엘리쉬의 텐트를 바라보다가 깜짝 놀랐다. 손전등 불이 꺼졌다. 그러나 생물학자는 잠을 자려고 누운 것이 아니었다. 결코 아니었다. 그녀는 입구 앞에 꼼짝 않고 서서 떨어지는 빗방울을 맞으며 어둠 속을 응시하고 있었다. 그녀의 시선을 따라가 보았지만 아무것도 보이지 않았다. 다시 한 번 번갯불이 어둠을 밝혔을 때 비로소 그것이 보였다. 여기에는 우리만 있는 것이 아니었다. 빛이 번쩍하는 찰나에 자그마한 인간 형상이 보였다. 그 형상은 꼼짝 않고 캠프 주변에 서서 우리를 관찰하고 있었다.

피그미족이라는 생각이 퍼뜩 머리를 스쳤다.

“엘리쉬?” 내가 속삭였지만 그녀는 조용히 있으라고 했다. 나는 앉은 채로 그녀가 살금살금 침입자 앞으로 가는 것을 보고 있었다. 그 원주민은 달아날 기미가 없었다. 공격하려는 생각도 없는 것 같았다. 그냥 거기서서 우리 쪽을 건너다보고 있었다. 나는 이것을 우리와 접촉을 원한다는 표시로 느꼈다. 엘리쉬는 삼 미터 앞까지 다가가 가까이 오라는 시늉을 했다. 그는 초대를 기다렸다는 듯이 어둠 속에서 나와 우리 캠프 쪽으로 들어섰다. 그는 첫인상보다도 훨씬 작았다. 빨간 천을 허리에 둘러 앞을 가렸고 키는 기껏해야 일 미터 오십 정도였다. 나이는 영 감이 안 잡혔다. 생김새나 표정이 유럽인들과는 전혀 달랐기 때문이다. 그래도 비교적 젊다는 느낌이 들었다. 아마 스물이나 스물다섯 정도일 것이다. 그런데 싸움이나 사고로 상처를 입은 것 같았다. 다리를 절뚝거렸고 오른

팔은 축 늘어진 채 몸에 붙어 있었다. 비참한 몰골이었다. "살펴봐요." 내가 속삭였다. 그만큼 상처가 심했다. "바로 응급처치를 해야겠어요. 나 좀 도와줘요. 식량 텐트로 옮겨야겠어요. 빨리!"

"다가가도 되는지 한 번 보고요." 그녀는 대답하고 후두음이 두드러진 언어로 그에게 말을 걸었다. 말이 통하는 모양이었다. 그 남자는 상처를 가리키며 고개를 끄덕였다. 엘리쉬는 그에게 물자를 쌓아둔 텐트로 가자고 했다. 나는 먼저 서둘러 가서 천정 받침대에 걸려 있는 가스등을 켰다. 멀로니와 식스펜스도 무슨 일이 생겼는지 알았다. 두 사람의 텐트 안에서 손전등이 어른거리는 게 보였다.

바로 몇 분 후에 팀 전체가 검은 피부의 남자 주위로 모여들었다. 그는 눈을 둥그렇게 뜨고 우리를 응시했다.

"우리한테 뭘 원하는 거지?" 내가 엘리쉬에게 물었다.

"그가 우리한테 경고를 해줄 게 있다네요." 그녀가 답했다. "그런데 뭔지 모르겠어." 엘리쉬는 원주민 앞에 무릎을 꿇고 앉아 상처를 닦아내고 소독을 하기 시작했다. "마지막으로 피그미족 마을에 다녀온 이후 피그미어 실력이 녹슬었어. 이 사람은 이상한 방언을 하는데 이름이 에고모이고 바야카 부족이라는 건 알겠어요. 여기서 한 나흘 걸으면 닿을 곳에 산다네요."

나는 고통스러울 치료 과정을 태연하게 견뎌내는 피그미를 보고 깜짝 놀랐다.

"상처는 어쩌다 생긴 거래요?" 엘리쉬가 상처 부위를 만지는 걸 보고 궁금해서 물었다. 에고모는 통증 탓에 움찔했다.

"쇄골이 부러졌어." 그녀가 진단을 내렸다. "팔을 고정시켜야겠어. 붕대 좀 갖다줘요." 나는 구급함을 찾아 반창고, 붕대, 삼각수건을 꺼냈다.

엘리쉬는 그의 상처를 치료하고 팔을 몸에 고정시켜주었다. 그리고 식은 국물과 빵 한 조각을 내밀었다. 피그미는 의심스러운 듯 킁킁 냄새를 맡더니 조금 먹어보고는 접시에 던 음식을 게걸스럽게 먹어치웠다. 숟갈은 마다하고 손가락만 사용했다. 엘리쉬가 접시를 내밀자 붕대 감은 팔도 아랑곳하지 않았다. 아무것도 못 먹은 지 꽤 된 것 같았다. 접시를 비우고 난 그는 고개를 끄덕여 감사를 표하고 거창하게 트림을 했다. 엘리쉬는 접시에 다시 국물을 덜어주었다. 그녀는 계속 질문을 했다. 에고모는 아까보다 느긋하게 먹으면서 답하는 데 더 많은 시간을 들였다. 그러면서 그는 내내 나를 관찰했다. 그의 커다란 갈색 눈이 줄곧 나를 보고 있었다.

"간단히 말하면," 잠시 후 엘리쉬가 설명을 했다. "이 사람 하는 얘기를 다 알아듣지는 못했어요. 하지만 뭔가 끔찍이 무서워하고 있는 건 분명해요. 초원에서 무시무시한 것과 만났다는 얘기를 해요. 아마 남쪽 숲이 없는 지역을 말하는 것 같은데. 거기서 뭐가 그렇게 무서웠는지는 말을 안 해요. 어쨌거나 달아났고 그때 상처를 입었대요. 이 사람 말이 다시 한 번 그리로 가보고 싶다는군요. 무기랑 식량을 거기서 잃어버렸대요. 그리고 우리가 같이 가면 초토화된 캠프를 보여주겠대요."

"초토화된 캠프?" 나는 호기심이 발동했다. 처음으로 거기서도 뭔가 일이 제대로 되지 않았다는 구체적인 증거가 나온 것이다. "정확히 어디래요? 에밀리의 캠프일지도 몰라요. 물어봐요. 거기서 금발 머리 여자를 보지 못했느냐고." 에고모는 에밀리의 이름을 듣자 표정이 달라졌다. 그는 내가 무슨 얘기를 하는지 아는 것 같았다. 그러나 그의 답을 듣는 순간 바로 뭔가 끔찍한 일이 생겼음을 직감했다.

"이 사람 말이 금발 머리 여자는 못 봤대요." 엘리쉬가 통역했다. "하지만 거기에 많은 사람들이 엎어져 있대요. 다들 죽었대요. 그런데 이건 알아야 돼요. 피그미족의 '죽다'에는 많은 개념이 있어요. 그들에게 죽음은 의식의 변화를 뜻하지요. 공기와 땅도, 심지어 돌도 나름의 생명이 있다고 믿거든요. 이 사람은 아주 드문 경우에만 쓰는 표현을 썼어요. 뭔가가 진짜로 죽었다, 그래서 그 영혼이 완전히 사라졌다는 의미지요."

"에밀리가 거기 없었다는 게 진짜 확실해요? 시체를 다 정확히 조사해 봤대요? 이 사람은 공포에 질려 달아났던 것 같은데. 어쩌면 일부는 부상만 심했을지도 몰라요." 나는 더 말을 이을 수 없었다. 에밀리가 지금 이 순간도 거기 어디쯤에 누워 도움을 기다릴 거라고 생각하니 견딜 수가 없었다. 엘리쉬는 안심을 시켜주느라고 내 팔에 손을 얹었다.

"아마 이 사람이 잘못 알았을 거예요." 내가 중얼거렸다. "지금 당장 떠나면 구할 수 있을 거야."

식스펜스가 고개를 가로저었다. "불가능해. 날이 밝을 때까지 기다려야 해요. 더구나 우리를 안내해줄 사람을 봐. 한 발짝도 더 못 걸어요. 뭘 하든 내일 일찍 하는 수밖에 없어."

"경고란 건 무슨 소리야?" 멀로니가 물었다. 그는 그때까지 잠자코 서서 듣고만 있었다. "이 사람을 공격한 건 뭐지? 특히 사람들을 죽인 게 뭐라고 생각하는 거요?"

엘리쉬는 이 질문을 흑인 사냥꾼에게 그대로 전했다. 우리가 받은 답변은 통역할 필요가 없었다. 그것은 간단하고 익히 들어서 아는 이름이었다. 그리고 엘리쉬도 우리의 계획에 대해 의구심을 품었다면 그의 말한 마디로 그런 의구심은 말끔히 없어졌다. 그녀는 흑인의 입에서 그의 이름이 나오자 풀썩 주저앉아서 혼란과 원망이 섞인 표정으로 우리를 노려보았다.

잠자기는 다 글렀다. 우리 넷은 말없이 생각에 잠겨 캠프파이어 옆에서 포도주 잔을 돌리며 멍하니 불꽃을 바라보았다. 에고모는 각종 물품을 보관해둔 텐트에서 세 접시째 국물을 비운 다음 바닥에 쓰러져 잠이 들었다. 에밀리를 개인적으로 아는지 물어보고 싶었지만 할 수 없었다. 그러나 그 원주민이 잠에 곯아떨어진 것은 당연했다. 부상이 너무 심했다.

"저 사람이 어디서 왔고, 무슨 일을 겪었는지 궁금해요." 내가 말했다. 그가 말을 하지 않았기 때문에 더더욱 답답했다. "우리한테 왜 경고를 하는 건지도요."

"사실 이상해요." 엘리쉬는 잔에 뜨거운 물을 붓고 인스턴트커피 몇 숟갈을 타서 저었다. 내 기호로 보면 정말 최악이었다. 하기야 그녀는 나와 다른 점이 한두 가지가 아니다.

"남 일에 끼어드는 건 보통 피그미족 방식이 아니에요." 그녀가 설명했다. "그들이 살아가는 세계는 우리와 겹치는 부분이 거의 없지요. 우리가 조롱조로 '꼬마종족'이라고 부르는 이 사람들하고 몇 번 관계한 적이 있었는데 더 가까이 다가갈 수 없는 어떤 선이 있어요. 정신적인 차원에서 말이지요. 일단 그들을 떠나면 그들 입장에서는 더 이상 존재하지 않는 사람이 돼요. 보이지 않게 됐다는 것뿐만 아니라 의미 차원에서도 그래요. 그런 관점에서 보면 에고모가 우리한테 경고를 하려고 애를 쓴다는 것 자체가 아주 놀라운 일이에요. 하지만 뭔가 좀 다른 게 있어요."

나는 그녀가 무슨 말을 하려는지 알 것 같았다. "그 사람이 계속 나를 쳐다보았단 얘기지요? 왜 그런지 설명 좀 해봐요."

"직접적으로는 아니지만," 그녀는 고개를 가로저었다. "계속 당신을 형제라고 했어요."

"형제?"

“어쨌든 그렇게 들렸어요.”

“그게 무슨 말인지 알아요?” 하고 내가 물었다.

“‘형제’란 말도 피그미 언어에서는 명확치 않아요. 그러나 그 사람이 그런 말을 쓰는 방식은 당신과 영적인 유대감이 있다는 걸 보여주려는 것 같아요. 이 종족의 삶은 일부만 현재에 걸쳐 있다는 걸 이해해야 돼요. 다른 일부는 영혼과 신들과 조상들의 영역에서, 우리가 전혀 모르는 세계에서 살고 있지요. 우리의 상상력을 훨씬 뛰어넘는 이야기지요. 에고모에게 당신은 정신의 형제라는 뜻일 거예요. 당신이 좋아하든 싫어하든.”

“나보다 더 그런 표현에 어울리지 않을 사람은 없을 것 같은데.” 내가 언짢게 말했다. “하지만 그게 누가 됐든 지금 그 문제로 골머리를 싸매고 논쟁하는 건 의미가 없어요. 일단 파괴된 캠프에 대해 더 알아내야지요. 에밀리가 저기 어디엔가 누워서 우리의 도움을 기다리고 있다는 생각을 하면 정말 마음이 아파요.”

“기분 나쁘게 듣지는 마시오.” 스튜어트 멀로니가 부드러운 목소리로 말했다. “그런 생각은 현실적이지 않소. 그녀의 운명에 가슴이 아프다는 건 알아. 하지만 아직도 살아 있다는 생각은 일단 버려야 돼.” 그는 손으로 내 어깨를 짚으며 말했다. “한번 생각해보시오. 당신이 여러 달 전에 똑같은 일을 겪었다고 칩시다. 그렇게 큰 부상을 입지 않고 참사를 면했다고 치자고. 당신이 그 여자 입장이라면 어떻게 했겠소?”

나는 고개를 흔들었다. “모르겠어요.”

“내 말은 이런 거요. 당신은 아마 외부세계와 접촉하려고 시도했을 거야. 그리고 그게 가능하지 않다면 거기서 벗어나서 제일 가까운 마을로 가려고 했겠지. 어떤 경우에도 거기 그냥 있지는 않을 거요. 멍하니 앉아서 종말을 기다리고 있지는 않을 거라고.” 그는 내게 미소 지었다. “기운

내, 이 친구야. 에고모란 남자가 그 여자가 거기 없었다고 하면 믿어야 해. 그 사람은 굉장히 치밀하게 관찰하는 것 같았소. 그리고 금발 여자는 이 동네에서는 눈에 번쩍 띄는 존재지. 봤다면 절대 잊을 수 없지.”

나는 이런저런 생각을 하면서 고개를 끄덕였다. “그 사람이 에밀리를 알고 있는 것 같았어요. 그녀 이름이 나왔을 때 신기하다는 반응을 보였거든요. 아마 둘이 어디선가 만난 적이 있을 거야.”

“모든 게 가능하지.” 멀로니는 어깨를 으쓱하며 말했다. “하지만 그럴수록 거기 시체들이 에밀리와는 무관하다는 내 주장이 맞는 거요. 아마 실종된 수색대원들이거나 느닷없이 공격을 당한 밀렵꾼들일 거야.”

“난 아직도 어디선가 그녀를 찾을 수 있을 것 같아요.”

멀로니는 일어서면서 말했다. “팜브리지 여사가 정말 제대로 짚었어.” 나는 갸웃하며 그를 쳐다봤다. “그게 무슨 말이죠?”

“당신이 아직도 자기 딸을 못 잊고 있다고. 그녀한테 무슨 일이 일어났는지 확실히 알 때까지는 포기 안 할 거라고. 부인이 당신을 고용한 건 탁월한 선택이야. 물론 전문가로서의 자질도 고려했겠지만.” 마지막 말은 전혀 진심으로 한 게 아니라는 느낌이 들었다.

“잠시 실례해야겠소.” 그는 허벅지를 치고 일어섰다. “나무에 물 좀 줘야지.”

나는 그가 코끼리풀 너머로 사라지는 걸 보면서 고개를 흔들었다. “멀로니는 정말 알 수 없는 인물이에요. 친절하다가도 거칠게 밀어붙이는가 하면 권위적이었다가 바로 다음 순간에는 아주 좋은 친구 같아요.”

식스펜스가 웃었다. “그게 바로 스튜어트야. 내가 아는 바로도 그래요. 우린 안 지가 엄청 오래됐지요.”

엘리쉬는 말이 없었다. 그러나 호주 사냥꾼의 뒷모습을 바라보는 시선은 모든 걸 말해주었다. 그녀는 멀로니에게 끌렸다. 그건 아주 분명했다. 그런데 나는 왠지 화가 났다.

"이제 어떻게 되는 거요?" 나는 엘리쉬에게 고개를 돌렸다. "에고모가 또 뭐라고 했어요?"

엘리쉬는 백일몽을 꾸다가 깨어난 사람 같았다. "음? 아, 그래…… 에고모." 그녀는 생각을 가다듬느라 애쓰는 것 같았다. "내일 해 뜨자마자 그 캠프로 우릴 안내해주겠다고 했어요." 그녀는 나를 쳐다봤다. 피곤한 미소가 얼굴에 번지고 있었다.

"당신이 그래도 진실을 말해줬어요." 그녀는 구슬 달린 머리를 만지작거리며 중얼거렸다. "정말 모켈레 음벰베가 전설에 나오는 동물이 아니라고 확신해요?"

"우린 놈을 봤어요." 식스펜스가 말했다. "놈은 여기 있어. 그리고 우린 놈을 찾을 거야."

엘리쉬는 짧게 고개를 끄덕였다. "오케이. 아저씨들. 내 생각엔 이제 진실을 알아야 할 때가 됐어요. 데이비드, 당신이 말해줘요."

"내가?"

"그럼요. 기분 나쁘게 듣지 말아요, 식스펜스. 데이비드가 당신들 중에서 가장 고민이 많은 사람 같아요. 그리고 내 의구심도 완전히 가시진 않았고요. 또 앞으로 헤쳐 나가야 할 함정이나 장애가 있다면 그것도 알고 싶어요."

호주 원주민은 전혀 이견이 없었다. 그래서 나는 그녀에게 모든 걸 이야기했다. 팜브리지 장원에 도착해서부터 공룡 유전체에 관한 정신 나간 가설을 세우기까지. 그런데 놀랍게도 엘리쉬는 그런 얘기들을 편안하게 받아들였다. 그녀는 몇 차례 도중에 끼어들어서 이런저런 것은 더 자세히 설명해달라고도 했다. 그러면서 그게 말이 되느냐고 흥분했다가 어머 어쩜 그러냐면서 감탄하기도 했다. 마지막에 가서는 폭소를 터뜨리기까지 했다. "대담한 이론이군요. 그 면역체계 강화 얘기 말이에요. 그렇게 정신 나간 것 같으니까 뒤집어보면 진실일 수도 있어요. 모켈레 음벰베라…‥. 마지막 공룡……. 그 이름이 어떤 느낌을 불러일으키는지 모르는 것 같군요. 난 그런 동물을 맨눈으로 마주하고 싶어하지 않을 꼬맹이는 이 나라에 없을 거라고 생각해요. 여러 지역에서 모켈레 음벰베는 신적인 지위를 누리고 있어요. 그 이름에서는 공포와 황홀감을 동시에 느끼게 돼요. 잘 상상이 안 되지요. 그것도 수백 년 전부터 전해온 얘기라는 것!" 그녀는 포도주를 잔에 따랐다. "네스 호의 괴물에 관한 전설이 언제 생겨났는지는 모르겠어요. 하지만 모켈레 음벰베는 훨씬 오래됐어요. 그건 분명히 말할 수 있어요. 그런데 지금 당신들은 그걸 봤다고 주장하는 거예요." 그녀는 고개를 가로저었다.

"에밀리도 봤어요. 심지어 촬영까지 했어요." 내가 말했다. "비디오가 팜브리지 여사한테 왜 그렇게 큰 가치가 있다고 생각해요? 그것 때문에 여사는 진짜 말 그대로 시체를 타고 넘을 생각까지도 했으니까요. 아마 키나미 마을 주민들이 그 비디오를 볼 수 있었다면 훨씬 더 큰 불행에 빠지게 됐을 거예요. 그 사람들에게는 불행 중 다행이지. 플레이 기능이 망가졌거든. 마을 주민들이 우리가 본 걸 봤다면……." 나는 고개를 가로저었다.

"당신은 진심으로 마을 사람들 운명을 걱정하는 것 같군요. 놀라워요. 당신네 백인들은 보통 우리 종족의 안위에는 별 관심이 없잖아요?"

"처음부터 공명정대하게 일을 처리했으면 아무도 죽을 필요가 없었을 거예요. 내가 정말 화가 나는 건……." 나는 더 이을 할 수 없었다. 그 순간 멀로니가 우리 옆으로 다가왔기 때문이다. 순간 그의 태도에서 나는 우리가 극도의 위험에 처했음을 알았다.

—

땀범벅이 된 에고모가 벌떡 일어났다. 온몸을 떨었다. 새삼 비수 같은 이빨이 살을 파고드는 강렬한 통증을 느꼈기 때문이다. 그는 몸 곳곳을 살펴보면서 더듬었다. 붕대에 감긴 상태지만 팔다리가 다 제자리에 붙어 있다는 걸 확인했다. 그 통증은 짧은 악몽에 불과했다. 그러나 위협을 당하고 있다는 공포심은 그대로였다. 온 신경이 극도로 예민해져 있었다. 어깨에 찌르는 듯한 통증이 올 때마다 찔끔찔끔 눈물이 나왔다. 통증의 물결이 밀려드는 바람에 하마터면 쓰러질 뻔했다. 그는 식량상자를 꽉 붙들고 눈을 감았다. 졸도할 것 같은 상태가 지나갈 때까지 기다렸다. 세 번 심호흡을 하고 나서야 다시 정신을 차릴 수 있었다. 그러고는 다시 어떤 느낌을 받았다. 저 밖에 뭔가가 있었다.

아주 큰 것이었다.

주위를 둘러봤다. 무기를 잃어버리지 않았더라면 좋았으련만. 남은 것이라곤 오래전에 사냥에서 잡은 두이커영양 두 마리랑 맞바꾼 제초용 칼뿐이었다. 우스꽝스러운 무기였다. 꽤 넙적했다. 그는 꿈속에서 자기를 내려다보던 그 눈을 떠올렸다. 접시만 한 풀빛 눈이었다. 그는 무딘 무기로는 게임이 안 된다는 걸 직감했다.

그런데 열려 있는 상자를 들여다보니 온갖 무기가 다 들어 있었다. 팔뚝 길이만 한 단도가 눈에 띄었다. 빌려가도 될까? 그는 칼을 빼내 엄지로 조심스럽게 날을 쓰다듬어 보았다. 날카롭다. 만족스러웠다. 좋은 칼이었다. 다른 사람들이 허락하지 않더라도 지금은 그냥 가져가는 수밖에 없었다. 상황이 그랬다. 그는 이를 악물고 텐트를 나섰다.

—

"불 꺼, 빨리!"

무슨 일이 어떻게 돌아가는지 영문도 모르는데 식스펜스가 물 한 동이를 모닥불에 뿌렸다. 주위는 바로 칠흑 같은 어둠에 휩싸였다.

나는 화석처럼 등받이 없는 의자에 꼼짝없이 앉아 있었다. 말을 하거나 움직일 수가 없었다. 차츰 주변 사물들이 하나씩 눈에 들어왔다. 깜짝 놀랐다. 피그미 전사가 깨어난 것이다. 십 미터쯤 떨어진 물가에 서서 손에는 빵 써는 칼을 들고 호수를 응시하고 있었다.

그가 다가오는 소리를 듣거나 텐트를 나서는 걸 본 사람은 아무도 없었다. 그는 그림자처럼 왔다 갔다 했다. 그리고 멀로니와 마찬가지로 저쪽 호수에 있는 무언가에 온 신경을 집중하고 있었다. 나는 뭐가 더 보일까 해서 고개를 들어봤지만 희미한 형상밖에 보이지 않았다. 그 형상의 정체가 무엇일지는 가능성이 무궁무진했다. 나무나 수풀 또는 자욱한 안개일 수도 있었다. 이런 암흑 속에서는 그 어떤 형상도 무시무시해 보였다. 그러나 극도의 공포에 빠지지는 않았다. 십이 년 동안 학문적인 훈련을 집중적으로 받았기 때문에 기이한 상황에서도 이성적으로 사태를 분석하는 사고의 메커니즘이 형성돼 있었다. 하늘이 갈라지면서 은색 달빛이 수면 위로 쏟아졌다. 가슴이 두근거리고 숨이 멎었다. 빛은 이 세상을 초월한 것 같은 밝기로 호수 전체를 비췄다. 이 차가운 빛에서 벗어날 수 있는 것은 아무것도 없다. 그러나 아무리 뭐가 있는지 알아보려고 해도 저 바깥에는 아무것도 없었다. 기포 몇 개가 호수 한가운데서 솟아오르면서 수면 위로 동심원을 그렸다. 나는 심호흡을 했다. 잘못된 경보다. 두 사냥꾼이 뭘 봤는지는 몰라도 착각을 한 것이 틀림없다. 다시 긴장을 풀고 등을 기대려는데 멀로니가 보였다. 위험이 아직 완전히 사라진 것이 아니었다. 그는 눈에 쌍안경을 대고 저쪽 어둠 속을 살펴봤다.

"뭐가 있대요?" 엘리쉬가 속삭였다.

"몰라요." 내가 대꾸했다. "하지만 뭐가 있어도 벌써 가버렸을 거예요."

"조용히 해." 식스펜스가 우리에게 쉿 하며 말했다. "아직 있어요. 스튜어트는 실수 안 해, 절대로."

"하지만 저긴 아무것도 없어요." 내가 속삭였다. "기포 몇 개밖에 없다고. 그게 다른 물체일 수도 있겠지만."

"그건 아니에요."

그 순간 멀로니가 쌍안경을 내렸다. "식스, 그만 떠들고 카메라 쪽으로 가 봐."

"알았어, 카메라. 내 정신 좀 봐!" 식스펜스는 펄떡 뛰어 감시장치 쪽으로 달려갔다. 녹화용 DVD를 원위치로 돌리자 전자모터가 윙윙거렸다. 잠시 뭔가를 살펴보더니 찾는 장면을 발견한 모양이다. 찰칵하는 소리로 보아 재생 스위치를 누른 것 같았다. 그러고는 한참 동안 아무 소리도 들리지 않았다.

"식스, 어떻게 됐어?"

"아, 이것 참." 중얼거리는 소리가 들렸다. "없어졌네. 다들 와서 한번 들여다봐." 우리는 급히 식스펜스 쪽으로 갔다. 차례로 접안렌즈를 들여다보았다. 멀로니가 먼저 보고, 그다음에 엘리쉬, 마지막으로 내가 들여다봤다. 접안렌즈의 고무 링에 눈을 바짝 붙이게 될 때까지는 정말 오랜 시간이 흐른 기분이었다. 처음에는 살랑거리며 움직이는 녹색 점들밖에 보이지 않았다. 야간장비의 잔광증폭장치 때문에 생기는 현상이었다. 그러다 어떤 형상이 드러났다. 느낌은 썩 좋지 않았지만 친숙한 형상이었다. 윤이 나는 거대한 등으로 곳곳에 별 모양의 반점이 박혀 있었다. 놈은 번쩍하고 나타나는가 싶더니 곧바로 다시 수면 아래로 사라졌다. "세상에." 내 입에서 절로 말이 나왔다. 이 장면을 몇 번이나 되돌려보고 다시 관찰하고 나서야 허상에 속은 것이 아님을 확신했다. 속은 게 아니었다. 이제 그 어떤 오해도 있을 수 없다. 그 존재는 거기에 있었다. 바로 내 눈앞에. 그것도 너무나 가까이 있었다. 최악의 상황은 거의 초감각적인 능력을 가진 것처럼 보이는 멀로니와 에고모가 놈을 알아봤을 때는 이미 사라져버렸다는 점이다. 그 괴물은 어떻게 전혀 들키지 않고 가까이 다가왔을까? 나는 고개를 들고 공포에 질린 동료들의 얼굴을 쳐다봤다. "이제 어떻게 하지?" 내가 중얼거렸다.

제일 먼저 정신을 차린 사람은 멀로니였다. 평정심을 회복한 그의 목소리는 나직했다.

"우린 이제부터 밤새 보초를 서야 하오." 그가 단언했다. "두 그룹으로 나눠서 세 시간 단위로 서는 거야. 그 전에 광전자센서와 자동발사장치를 설치해야 돼. 바로 그렇게 했어야 되는데 정말 바보 같았어. 안방까지 쳐들어온 거나 마찬가지잖소. 그렇게 큰 놈이 어떻게 그토록 조용할 수가 있지? 데이비드, 오른쪽으로 가서 식스펜스 좀 도와줘. 나하고 엘리쉬는 왼쪽으로 갈 테니까. 높이는 일 미터 오십. 둘레는 최소한 백 미터야. 뭔가가 다가오면 바로 경고가 울리는 거지." 그가 주먹을 꽉 쥐자 뿌드득하는 소리가 났다. "제기랄! 우리가 너무 경솔했어. 다시 한 번 실수하면 우린 다 죽어."

20

아침 햇살은 텐트 안을 뿌연 빛으로 물들이며 스며들었다. 보초를 서고 나서 잠시 눈을 붙이자 거대한 뱀과 도마뱀이 나타나는 꿈에 시달렸다. 어젯밤 나타난 형상의 잔영이었다. 밤새 우리가 겪었던 일은 이상하게도 비현실적으로 느껴졌다. 강물 전체를 막을 수 있다고 하는 저 전설의 생명체를 내가 실제로 본 것인가? 흐트러진 달빛이 물에 젖은 잎사귀에 굴절됐거나 하마의 등을 잘못 본 건 아닐까? 그것이 무엇이었든지 간에 우리 팀은 정신을 바짝 차렸다.

나는 텐트 지퍼를 내리고 뿌윰한 바깥을 내다보았다. 밤새 꽤나 서늘해졌다. 호수 위의 축축한 공기는 짙은 안개로 응축됐다. 덕분에 우글거리던 흡혈동물들은 사라졌지만 예기치 않은 문제가 발생했다. 우리는 사실상 앞을 못 볼 지경이었다. 이제 우리가 찾는 대상을 어떻게 물 위에서 알아볼 수 있을까? 모켈레 음벰베가 바로 이 순간 모험을 해보고 싶은 욕망을 느끼지 않는다고 누가 말할 수 있겠는가? 자동발사장치가 붙은 전기울타리가 다시 생각났다. 그러나 그게 거대한 파충류를 저지하기는 커녕 우리에게 제때 경고나 해줄 수 있을까? 의문이 꼬리를 물었지만 피곤한 나머지 머릿속에서는 아무런 답도 생각나지 않았다.

우선 일어나야 했다. 그래서 허벅지까지 오는 트레킹 양말에 샌들을 신고 흔들거리는 다리로 모닥불 앞으로 다가갔다. 누가 진한 커피라도 끓여놓았으면 좋겠다는 생각을 하면서. 그런데 정말 놀랍게도 다들 벌써 나와 있었다. 그들은 자동차 배터리와 샘소나이트 가방을 합쳐놓은 것 같은 장비를 둘러싸고 있었다.

"아, 애스트베리 씨가 일어나셨구먼." 놀라울 정도로 기분이 좋아진 멀로니가 인사를 했다. "일어나셨소. 간밤에 좀 주무셨나? 우린 선생을 좀 쉬게 놓아두었어. 오늘 할 일이 많으니까. 이리 와. 이걸 좀 보시오."

나는 재빨리 커피와 빵 한 조각을 먹고 그들에게 합류했다. 피그미는 보이지 않았다. 엘리쉬가 땅바닥에 무릎을 꿇고 앉아 자동차 배터리로 추정되는 장비에 전선을 몇 개 꼽고는 곤봉 모양의 플라스틱 상자에 연결했다. 멀로니가 내 어깨에 손을 얹었다. "안심하고 가까이 가봐." 그가 권유했다. "끝내주는 장비야." 그는 하얀 곤봉 모양 플라스틱을 가리켰다. "이 안에 마이크가 있어. 코끼리들이 내는 초저주파도 잡을 수 있지. 증폭기랑 주파수필터하고 연결돼 있어서 소리를 노트북으로 전송하고 이걸 다시 시각화할 수 있는 거지."

"초저주파?"

"모르세요, 교수님?" 엘리쉬가 눈짓을 했다. "이젠 날 실망시키면 안 돼요. 난 상식이라고 생각했는데. 코끼리는 다른 큰 포유류와 마찬가지로 아주 먼 거리에서는 초저주파로 의사소통을 해요. 그런 음파는 인간의 청력 한계 아래에 있지요. 그래서 코끼리들의 언어는 1984년에야 겨우 찾아냈어요. 이런 장비들에 대한 첫 실험이 1999년 나미비아에서 있었지요. 그 이후로 코끼리 소리 듣기 프로젝트(Elephant Listening Project), 약칭 ELP는 멸종위기종 보호 프로그램의 중요한 요소가 됐어요."

"어쨌든" 멀로니가 다시 말을 이었다. "이 장치가 초저주파를 잡을 수 있다면 우리 작업에는 아주 적합한 거지. 모켈레 음벰베가 낸다는 소리에 관한 보고들을 생각해보시오."

나는 고개를 끄덕였다. "연속되는 아주 낮은 소리를 멀리서 들을 수 있겠군."

"바로 그거야. 실제로 나는 소리 중 작은 일부일 가능성이 높지. 이 기계를 어제 가동했다면 아마 엄청난 경고음을 들을 수 있었을 텐데. 하지만 지금부터라도 하면 되지." 그는 설명을 계속했다. "어쨌거나 우리 여성 동지가 이 장치를 준비하고 있으니까. 아마 우리가 다시 돌아와보면 벌써 뭔가 기록돼 있을 거요."

"그럼 정말 초원으로 갈 건가요?"

"놀라운 질문이네." 멀로니가 대꾸했다. "난 거기 갈 생각조차 안 하고 있을 줄 알았는데."

"맞아요." 나는 솔직히 말했다. "그럼 제대로 복장을 갖춰야겠네." 이렇게 말하는 순간 덤불 속에서 뭔가 움직이는 게 보였다. 에고모가 다시 나타났다. 그는 물가에 서서 따라오라는 신호를 보냈다.

"빨리 준비하시오." 멀로니가 말했다. "오 분 줄게. 우선 장화부터 신어. 방금 가봉살무사를 봤거든. 바로 요 앞, 코끼리풀 뒤에서."

한 시간쯤 후 우리는 깊은 정글에 들어섰다. 에고모가 앞에서 가고 나와 식스펜스가 뒤를 따랐다. 엘리쉬와 멀로니는 맨 뒤에 섰다. 에메랄드 빛 공간은 무수한 생물들의 소리로 가득했다. 삑삑 짹짹 꿀꿀거리는 소리가 갑자기 터졌다가 점점 커져서 참을 수 없는 지경이 되는가 싶더니 뚝 끊겼다가 다시 시작됐다. 그런 소리들 자체가 독자적인 생명체 같았다.

삑삑한 우듬지가 지붕처럼 드리워져 있었지만, 가끔 그 사이로 빛이 흘러들어 아래쪽 원시림의 어스름을 깼다. 빛이 스치고 가면 이파리며 꽃, 화려한 기생식물들이 선명한 자태를 또렷이 드러냈다. 유감스럽게도 오래 관찰할 시간은 없었다. 우리의 안내인이 상처를 입었는데도 숨이 찰 정도로 빠른 속도로 수풀을 헤치고 나아갔기 때문이다. 그의 발은 너무 빨라서 눈앞에서 사라질 것 같았다. 나는 안간힘을 써서 뒤를 따랐다. 그런데도 여러 차례 그의 모습은 희미한 빛 속으로 사라지곤 했다. 그를 놓치면 진짜 낭패다. 나는 아버지의 나침반을 지니고 있었다. 유품이었다. 나는 항상 그걸 가지고 다녔다. 그러나 지금 우리에게는 그다지 큰 도움이 될 것 같지 않았다. 여기 숲은 어디나 똑같아 보였다. 알아볼 수 있는 큰 길이나 오솔길도 없었다. 방향을 잡을 만한 지점도 없었다. 태양도 우리에게는 전혀 도움이 되지 않았다. 다행히 에고모는 이따금 우리를 기다려주었다. 우리가 늦어서 짜증이 났을 텐데도 그랬다. 그는 멈춰서서 고개를 흔들며 혼자서 투덜거렸다. 나는 그의 피부색과 몸매가 원시림에 어쩌면 그토록 완벽하게 어울리는지 놀랐다. 상처를 입었지만 움직임은 민첩했다. 발은 그 어떤 장애물도 훨씬 먼저 알아보고 피하는 듯했다. 그는 때로 멈춰 서서 앞에 펼쳐진 어스름을 향해 귀를 기울였다. 그럴 때면 그의 몸은 절대적인 부동자세를 유지했다. 인간이라기보다는 한 조각 나무 같았다.

“이 정글은 정말 끔찍하군.” 우리가 다시 잠시 쉬는 동안 식스펜스가 옆에서 욕을 해대는 소리가 들렸다. “온통 사기야.”

“그게 무슨 말이에요?”

“보아뱀 못 봤어요? 방금 목에 스칠 뻔했잖아.”

“그건 그냥 덩굴식물이에요.”

식스펜스는 고개를 흔들었다. “봐, 이게 바로 내가 말한 거예요. 여긴 그냥 보이는 대로가 없어. 여기 이 가지를 살펴봐요.” 그는 마른 나뭇가지를 가리켰다. 녹색 덤불 한가운데서 약하게 떨고 있었다. 이 작은 가지가 갑자기 움직이는 걸 보고 놀라는 사이 뭐가 아래로 늘어져 내려오더니 앞쪽으로 쭉 뻗어나갔다. 다른 발도 움직이는 걸 보고서야 완벽하게 위장한 곤충이라는 사실을 알게 됐다.

“대벌레네.” 내가 중얼거렸다.

“내가 그랬잖아. 다 사기라고.”

나는 그 흔들리는 가지를 응시했다. “하지만 그건 자연의 지배원리요. 만인의 만인에 대한 투쟁. 그리고 가장 세련된 속임수를 쓰는 자가 이기는 거요.”

식스펜스는 웃으면서 고개를 가로저었다. “평생을 도서관에서 보낸 사람이니까 그렇게 말하지.”

“난 아니네요.” 내가 대꾸했다. “난 다섯 살 때 어머니가 돌아가셔서 바로 아버지를 따라 여행을 다녔어요. 그분도 생물학자였죠. 우린 거의 이 년을 탄자니아 킬리만자로산 발치에서 보냈다고요.”

“그럼 아프리카가 처음이 아니로군?”

나는 고개를 가로저었다. “하지만 아주 오래전 일이지요. 어머니가 갑자기 돌아가셨고, 누군가 내 인생을 훔쳐간 것 같은 기분이었어요. 오늘

날의 관점에서 보면 순진한 소리로 들릴지 모르지만, 난 그때 창조주에 대한 순종 같은 걸 배웠어요.”

“전적으로 동감이야.” 식스펜스가 말했다. “스튜어트하고 나만 봐도 그래. 우리 둘은 느낌이 비슷하지요. 나는 우리 조상님들 전통 속에서 자랐고, 스튜어트는 골수 개신교 집안에서 컸는데도 그래요.” 나는 이맛살을 찌푸렸다. “그런데 멀로니는 왜 지상의 경이로운 피조물들을 죽이려고 하는 거지요?”

“그건 다른 반쪽하고 관계가 있어. 형제가 일곱이나 됐고, 엄격하고 독재적인 아버지 밑에서 컸기 때문에 내면의 강인함을 키우지 않을 수 없었던 거지요. 이런 점에서는 아주 단순하게 적응을 한 거지. 강자가 승리한다, 이게 그 사람의 모토예요. ‘땅을 정복하라’가 철학이지. 사냥은 그 친구의 후천적 신앙이에요. 그 친구가 사냥감을 예의 주시할 때는 가로막지 않는 게 잘하는 거야.”

“아하, 그래, 저승사자지요. 그 얘긴 나한테 벌써 해줬어요. 하지만 그런 철학은 당신한테 안 어울리는데요. 어째서 같이 다니지요?”

식스펜스는 나를 뚫어져라 쳐다봤다. 자기의 답변을 이해할 수 있을까 따져보는 것 같았다. “나는 살인죄 때문에 그 친구한테 빚을 졌어요.” 그는 머뭇거리며 대답했다. “그 친구가 여러 번 내 목숨을 구해줬지요. 나는 빚을 갚을 때까지 그 친구 곁에 있어야 돼.”

“멀로니 팔에 난 흉터가 그것과 관련이 있나요?” 식스펜스는 미소 지으며 고개를 흔들었다. “데이비드, 당신은 참 좋은 친구예요. 하지만 가끔 호기심이 너무 많아. 내가 그랬지요. 스튜어트가 얘기하려고 하지 않으면 그건 그의 당연한 권리라고. 다만 그 흉터들은 죽은 친구들의 영혼과 관계되는 문제라는 것만 말해두죠. 평생 동안 잃어버린 친구들 말이에요. 그 정도면 설명이 됐을 거야. 그리고 충고 하나 하겠는데, 제발 그 얘기는 더 묻지 말아줘요."

그 순간 에고모가 다시 움직였다. 휴식은 끝났다. 나는 딴생각을 하다가 벌떡 일어서서 도무지 헤치고 들어갈 수 있을 것 같지 않은 밀림 속으로 피그미를 따라 들어갔다.

오래지 않아 숲이 툭 트이는 게 보였다. 저 높은 우듬지에 점점 공백이 생겼고 그 사이로 햇살이 스며들었다. 수백 미터를 가자 숲이 끝나는 지점이 나왔다.

"다 온 것 같군요." 식스펜스가 헐떡거리며 말했다. "여기가 바로 그 초원이에요. 여기서 보니까 하늘에서 볼 때보다 훨씬 더 인상적이군그래. 싹둑 오려낸 것 같아. 드넓은 숲을 완전히 벌목해버린 모양인데."

엘리쉬가 고개를 흔들었다. "아니, 이건 자연현상이에요. 여기에 늘 원시림이 있었던 건 아니에요."

"정말이야?"

"그렇게 오래전도 아니에요. 아마 이삼천 년 전에는 여기도 바로 지금과 같은 모습이었어요." 그녀는 지평선을 가리켰다. "건조하고 서늘한 기후가 초원을 만들었고 가끔 나무들이 섬처럼 서 있었어요. 여기에 코끼리, 코뿔소, 기린 등이 살고 있었지요. 그러다 기후가 습하고 따뜻해졌지요. 원시림이 번지기 시작했고 초원을 잠식했어요. 일부 동물들은 숲에 완전히 갇혀서 빠져나가지 못했다는 이론도 있어요. 애매한 상태에서 사는 데 익숙해졌다는 얘기지요. 예를 들면 오카피가 그래요."

멀로니가 모자를 뒤로 젖혔다. "늘 궁금했던 게 바로 그거야. 초원에 사는 동물이 울창한 정글에 들어가면 뭐가 문제가 될까. 정말 궁금해. 하지만 우린 기후변화에 대해 논하는 것 말고 당장 할 일이 있어. 그만 하시고 에고모한테 얼마나 남았는지 물어봐.”

피그미의 답변은 짧고 간단했다.

“멀지 않대요.” 엘리쉬가 말했다. “벌써 냄새가 난다네요.”

우리는 코를 들고 공기 냄새를 맡아봤다. 사실이었다. 뭔가가 있었다.

“살이 탄 냄새군.” 멀로니가 말했다. “분명해. 빨리 가자!”

21

십오 분 후 우리는 그 캠프에 도착했다. 상상했던 것과는 전혀 달랐다. 이리로 온 것이 좋은 생각일까 하는 의문이 들었다. 여기 펼쳐진 끔찍함을 보여주는 데는 그다지 상세한 묘사가 필요치 않을 것이다. 나는 손수건을 입에 대고 머뭇머뭇하는 발걸음으로 초토화된 캠프 사이를 지났다. 도저히 알아볼 수 없을 만큼 훼손된 시체가 여러 구 보였다. 여기저기 꺾이고 내장이 쏟아져 나와 있는가 하면 사지는 떨어져나가서 희생자 수를 파악하기가 어려웠다. 여섯 구쯤 되겠다는 생각이 들었다. 그러나 한둘 더 있을지도 모를 일이다. 수많은 일상용품들이 흩어져 있었다. 찌그러지고 떨어져나가고 누더기가 된 채. 도요타 랜드크루저가 전복돼 있어서 그 뒤에 펼쳐져 있을 끔찍한 광경을 가려주었다. 갈가리 찢긴 텐트에서는 뱀들이 죽은 자들의 손가락처럼 삐져나왔다. 그 옆에는 찌그러진 식량상자에서 쏟아져 나온 내용물이 아무렇게나 흩어져 있었다. 의자, 냄비, 통조림, 무기 들이 재와 그을음을 한 무더기 뒤집어 쓴 채 널려 있었다. 그러나 최악은 불에 탄 시체들이었다. 시신이 부풀어서 썩는 냄새가 진동했다. 일부는 이미 맹수들이 입을 댄 모양이었다.

나는 캠프 주변에서 인간의 것이라고는 도저히 생각하기 어려운 시신 하나를 찾았다. 남자의 얼굴은 눈을 포함해서 완전히 찢겨나간 상태였다. 뻘건 해골만이 히죽 웃고 있는 것 같았다. 너무 심했다. 속이 울렁거리는 바람에 풀 있는 쪽으로 몇 발짝 가서 토를 하고 말았다. 이런 모습을 다른 사람들에게 보여주고 싶지 않았다.

"하느님 맙소사!" 나는 위를 다 비우고 나서 입가에 묻은 것을 닦아냈다. 다리가 후들거렸다.

"하느님은 이런 것하고는 상관없소." 멀로니는 어느새 내 뒤로 다가와 말했다. "하느님은 일이 일어날 때 여기 없었어. 이 불쌍한 영혼들을 도와줄 수 있는 사람은 아무도 없었어. 그들은 홀로였소." 그는 땅에 침을 뱉었다. "이제 좀 괜찮소?"

나는 일어섰다. "가요. 이 악취만 아니면."

"여기, 이거 받아." 그는 가시처럼 보이는 식물을 꺾어 두 손가락으로 으깼다. "이걸 손수건에 넣어. 냄새를 못 맡게 하는 데 도움이 될 거요."

진짜였다. 신선한 박하향이 코로 들어오면서 속을 진정시키는 데 도움이 됐다.

"좀 낫지?"

나는 고개를 끄덕였다.

"좋아, 갑시다. 여기서 무슨 일이 있었는지 알아낼 수 있을 거요." 그는 디지털카메라를 꺼내서 초토화된 현장을 하나하나 기록하기 시작했다.

식스펜스도 나와 마찬가지로 몰골이 말이 아니었다. "이건 모켈레 짓이야." 그가 웅얼거렸다. "다른 동물이라면 중무장한 군인들을 이렇게 찢어놓을 수는 없어. 표범도, 하마도, 성난 코끼리도 이럴 수는 없어."

찢어놓는다는 말이 이런 상황에서는 너무 거슬렸다. 다시 위에서 경련이 일었다. 그러나 그의 말을 인정하지 않을 수 없었다. 진짜 군인들이었다. 에밀리의 실종을 조사하던 대원들이었을 것이다.

"콩고 정부군이에요." 엘리쉬는 희생자 한 명의 제복을 살펴보고 말했다. "여기 이 위에 있는 사람이 지휘자였던 것 같아요."

"불행은 에고모가 처음 여기에 도착하기 직전에 일어난 것이 분명해." 멀로니가 말했다. "그 친구 말을 믿는다면 악천후였을 거야."

"스튜어트의 말이 맞는 것 같아." 식스펜스가 중얼거렸다. "우리가 그 괴물을 처치하면 세상에 호의를 베푸는 셈이지."

"제라르 마투보 하사." 나는 피로 물든 아플리케를 해독해냈다. "제 3 보병연대 잠발라. 이제 최소한 이름 하나는 알았네. 사라진 병사들의 명단과 비교하면 확실해지겠지."

"그럴 필요 없어. 명령서하고 일일보고서를 찾았으니까." 멀로니는 소리치면서 우리 쪽을 향해 눈짓을 했다. 그는 트럭에 깔린 것처럼 심하게 우그러진 금속상자 위로 몸을 숙였다. "여기 다 들어 있어. 그들이 비디오카메라랑 필름 전체를 키나미 마을에 안전하게 보관해뒀다가 연락병한테 맡겨서 브라자빌로 보낸 순간부터……." 그는 위를 올려다봤다. "…… 에밀리 팜브리지가 사라진 호숫가 캠프를 발견한 것까지. 여기 에밀리 팜브리지라고 써 있네. 정말 구체적인 단서야. 이제 실마리를 잡은 거야. 잠깐, 에고모가 두 번째 캠프 얘기도 하지 않았던가?"

"네, 그런 얘기 했어요." 엘리쉬가 말했다. "바로 호숫가에 있다고 했어요. 우리 캠프에서 한 사 킬로미터 떨어져 있을 거예요."

"가급적 빨리 찾아야 돼." 멀로니는 서류들을 면밀히 검토했다. "겉보기에는 군인들이 그 캠프를 조사하다가 괴물을 만난 것 같소. 그래서 후방으로 달아나다가 무전기가 파괴된 걸 거야. 모켈레가 파괴했을지도 모르고. 이쪽 타버린 부분은 정확히 해독이 안 되네. 여기는 계속 옹브르메나상트란 말만 나와."

"위협하는 그림자." 엘리쉬가 속삭였다.

"…… 그 그림자가 호수에서 여기까지 그들을 쫓아온 거야. 그게 무슨 의미인지는 다들 아실 테고. 마투보 하사는 대원들에게 여기서 진을 치라고 명령했어. 반면 최고의 병사 두 명은 초원을 거쳐 오제케 마을로 가서 도움을 청하도록 했군. 그게 그러니까……." 그는 시계에 표시된 날짜를 들여다봤다. "…… 거의 삼 주 전이군." 멀로니는 고개를 흔들며 그 노트와 그다지 손상이 가지 않은 일부 서류를 어깨에 메는 가방에 챙겨 넣었다. "지원을 청하려는 시도는 실패했고 둘 다 여기를 벗어나지 못했을 거야. 아마 두 병사의 시신도 저 바깥 어딘가에 널브러져 맹수들의 먹이가 됐겠지. 그러는 사이 나머지 대원들은 여기서 참호를 파고 두 주 이상 지원을 기다린 거야." "지원은 오지 않았지요. 대신 죽음이 찾아온 거지요." 내 생각을 덧붙였다. 속이 메스꺼워 다시 저쪽으로 갔다. 예전 캠프의 경계가 아직도 또렷했다. 군인들은 높이 일 미터 반에 직경 십 미터쯤 되는 장벽을 쌓았다. 장벽은 거의 남아 있지 않았다. 북쪽 단 한 지점을 제외하고는 완전히 파괴됐다. 놀라운 것은 시신들이 거의 다 장벽 바깥에 놓여 있다는 점이었다. 맹수들이 은신처인 무성한 풀숲으로 끌고 간 것으로 추정됐다.

"이 시체들을 어떻게 하지요?" 엘리쉬가 묻는 소리가 들렸다.

"휘발유 뿌려서 태우는 게 좋겠어요." 식스펜스가 말했다. "좀 불경스럽기는 하지만 표범 먹이로 내주는 것보다야 한결 나아.”

“놈들이 곧 들이닥칠 거요.” 멀로니가 말했다. “아직도 나타나지 않았
다는 게 기적이지. 이런 군침 도는 냄새가 퍼져 있는데. 아마 우리가 있
으니까 먹이다툼을 꺼리고 있는 모양인데 그게 얼마나 가겠어? 빨리 여
길 빠져나가야 돼.”

나는 오가는 대화를 건성으로 듣고 있었다. 방금 전부터 머릿속을 어
지럽히는 의문에 너무 몰두한 탓이었다. 캠프 현장은 뭔가 이상했다. 전
체적으로 깨끗하게 설명되지 않는 것이 몇 가지 있었다.

“내가 휘발유 가져오지. 애스트베리 씨, 식스펜스가 시체 옮기는 것 좀
도와주시오.”

“뭐요?”

멀로니는 마음이 급한 듯 발로 땅을 긁어댔다. “죽은 사람들 말이야.
한군데에 쌓아놓으라고.”

“잠깐만요.” 나의 의구심은 점점 커졌다. 캠프 한가운데로 가서 땅을
만져보았다. 주변 지역에 비해 분명히 우묵했다. 여기서 시작돼 바깥을
향하고 있는 방사형 흔적들이 확연한 것 같았다. 원과 같은 전체 형상은
마치…… 분화구처럼 보였다.

“애스트베리 씨, 빨리!”

“모켈레 음벰베가 이 참사와는 무관할지 모른다는 생각이 들어요.”

“뭐라고?”

갑자기 시선이 한꺼번에 내게로 쏠렸다.

나는 일어서서 장벽 가장자리로 갔다. 그것이 암시하는 바는 분명했다.

“여기 이 흔적들을 잘 살펴보면 뭔가 전혀 다른 일이 일어났다고 봅니
다.” 나는 천천히 이야기를 시작했다. “방향을 정확히 보세요. 군인들이

쌓은 장벽은 바깥쪽으로 눌려 있어요. 외부에서 공격을 받은 것으로 추정할 경우에는 안쪽으로 눌려 있어야 하는데."

식스펜스가 내 쪽으로 오더니 고개를 흔들었다. "다른 얘기도 될 수 있지. 아마 그 괴물이 한가운데로 뛰어들어 싸우는 과정에서 흙을 바깥으로 밀어냈을 거야."

"그럼 발자국이 왜 안 남았을까요? 모켈레 같은 전설적인 동물이라도 발자국은 안 남길 수가 없을 텐데." 나는 죽은 사람들 쪽으로 갔다. "이 시체들이 누워 있는 곳을 잘 보세요. 다들 원 바깥에 있어요. 바깥쪽으로 내던져진 것처럼 말이지. 내 생각에는 여기서 폭발이 있었던 것 같아요. 그것도 상당히 강력한 폭발이. 어쩌면 보관해뒀던 TNT가 완전히 날아가 버렸을지도 모르지요. 아마 폭발물 상자 옆에 있던 군인 하나가 담배를 피웠는지 누가 알겠어요? 시체들을 한번 자세히 보세요. 대부분 등과 머리 뒤쪽이 탔어요. 유감스럽게도 지금은 폭발물의 흔적을 찾을 시간도 수단도 없지만 분명히 그런 거 같아요."

멀로니가 전복된 도요타 자동차에 눈길을 돌렸다. "그럼 저건 어떻게 설명이 되나?" 그는 거대한 앞발의 흔적이 새겨진 문짝을 가리켰다. "선생 친구 분이 여기 나타나지 않았다면 이 자국은 누가 남긴 거지요?"

이 부분은 설명이 안 된다는 점을 인정하지 않을 수 없었다. 내가 가진 것이라곤 몇 가지 단서와 직감뿐이었다. "모르겠어요." 나는 솔직히 인정했다. "하지만 한 가지는 분명해요. 너무 성급하게 판단하면 안 된다는 거예요. 더 많은 사실을 알 때까지는요."

멀로니가 흥분해서 말했다. "난 생각이 달라. 내가 볼 때 사안은 분명해. 지금은 화장에 신경 쓸 때야. 그런 다음에 돌아가서 두 번째 캠프를 살펴보자고."

정오 무렵에 우리는 호숫가 캠프의 비참한 잔해들과 마주쳤다. 처음에는 어린 시절 첫사랑의 소재를 파악할 단서를 찾을 수 있겠다는 희망에 들떴지만 현장을 보는 순간 허탈해졌다. 뭘 더 찾을 만한 게 없었다. 흔적은 거의 없었다. 군인들이 이미 이 일대를 이 잡듯이 뒤져서 중요해 보이는 건 다 가져갔다.

실망이 점점 커져갔다. 맥없이 땅바닥을 여기저기 쑤셔보았다. 뭔가를 찾을 수 있다는 기대는 별로 없었다. 생각이 오락가락하면서 멀로니와 한 대화가 줄곧 떠올랐다.

그 사람은 어떻게 그토록 고루한 걸까? 그는 모켈레가 참사의 주범이라고 철석같이 믿고 있었다. 줄곧 변함이 없다. 사람은 보고 싶은 것만을 본다. 멀로니처럼 노련한 사람들도 예외가 아니었다. 그는 왜 내가 찾아낸 실마리가 중요할 수 있다는 걸 이해하지 못할까? 그건 우리가 찾는 동물의 정체는 물론 여기서 진짜로 발생한 사건에 대해서 새로운 단서를 제공해 주는 실마리였다. 나는 긴장을 떨치고 머리를 맑게 할 생각으로 다른 사람들한테서 좀 떨어진 곳으로 갔다. 기분이 좋지는 않았지만 호숫가에 자란 풀들을 헤치고 가면서 동물들이 놀라 달아나지 않도록 신경을 썼다. 고요함은 그렇게라도 해서 얻을 만한 가치가 있었다. 지금까지 일어난 일들을 곰곰 생각하고 있는데, 갑자기 말소리가 귓전을 때렸다. 자세히 들어보니 멀로니와 식스펜스였다. 이야기하는 분위기가 사뭇 진지했다. 나는 호기심이 발동해서 살그머니 다가갔다. 식스펜스의 목소리가 분명하게 들렸다. "…… 그 여자한테서 손을 떼."

"네가 왜 상관이야? 여기 날 감시하러 왔어?"

"물론 아니지. 하지만 난 네 친구야. 믿고 얘기할 수 있는 유일한 친구라고. 그래서 묻는 거야. 진심이야, 아니면 그냥 재미 좀 보고 말자는 거야?"

"네가 무슨 상관이 있는지 모르겠다."

"상관이 있지. 난 네 아내와 꼬맹이 아들이 숲에 불이 나 목숨을 잃을 때 거기 있었어. 네가 다시는 여자를 사랑하지 않겠다고 맹세할 때도 있었어. 너도 알지? 내가 늘 그런 맹세는 쓸데없는 짓이고 새로운 사람을 만났으면 정말 좋겠다고 한 거 기억나? 하지만 엘리쉬는 안 돼."

"왜 안 돼?" 멀로니가 이의를 제기했다.

"걘 너한테 너무 어려. 솜털도 안 가신 애라고. 네 딸뻘이야. 사랑하는 것도 아니잖아. 그건 우리 모두를 위험에 빠뜨릴 뿐이야."

"헛소리."

"헛소리가 아니야. 젊은 애스트베리가 걔한테 관심이 있다는 거 몰라?"

전혀 예기치 못한 언급이었다. 나는 땅바닥 위로 몸을 바짝 낮췄다. 엘리쉬하고 내가? 정말 우스운 얘기였다. 식스펜스가 우리 사이의 움직임을 나보다 더 잘 안다는 얘기였다. 그래도 그 생각은 재미있었다. 그사이 나는 높이 자란 풀 틈으로 두 사람의 모습이 보일 정도로 바짝 다가갔다. 멀로니가 풀썩 주저앉더니 모자를 뒤로 젖혔다. 햇빛에 얼굴을 고스란히 내밀고 있었다.

"두 사람이? 서로 어울리지 않는다는 건 장님도 알 텐데. 애스트베리는 우리 사이가 어떻게 되든 전혀 상관 안 해. 너하곤 정반대야. 내가 보기엔."

식스펜스는 화가 나서 툴툴거렸다. "너는 사람을 몰라도 너무 몰라. 지금까지도 그랬고 앞으로도 그럴 거야. 둘 사이에 그렇게 불화가 계속된다는 건 일종의 호감 표시라는 걸 알아야 해. 하나만 더 얘기해두지. 우린 지금 이런 사랑싸움이나 할 겨를이 없어. 지금 이런 상황에선."

나는 잠시 심호흡을 했다. 정말 웃기는 얘기였다. 나는 그 변덕스러운 생물학자에게 조금도 관심이 없었다. 게다가 그녀는 멀로니에게 끌리고 있었다. 그 헷갈리는 주장에 대해 곰곰이 생각하는 동안 호주 사냥꾼이 화를 내며 벌떡 일어섰다. "뭐가 문젠지 얘기해주지." 그는 꽥 소리를 쳤다. "넌 질투가 난 거야. 그래서 이러는 거라고. 그 애를 차지하고 싶은 거야, 내 말 맞지?" 그는 날카로운 소리로 웃었다. "해보셔. 재미있을 거야. 난 도전은 절대 마다하지 않는 사람이야. 인간을 그토록 잘 아시는 분이니 잘 알 테지."

"그래, 그래. 너야 재미있지. 다른 사람들이 어떻게 생각하느냐는 전혀 신경 안 쓰지."

멀로니의 목소리가 점점 굳어졌다. "여기가 싫으면 가. 나 혼자서도 얼마든지 할 수 있어."

"안 돼. 그건 너도 잘 알잖아."

"제발 이제 그 피의 맹세 얘기는 그만 좀 해. 우리 사이에 불화가 생길 때마다 그 케케묵은 얘기를 들어야 하냐고? 그러면 나도 책임을 느껴야겠지. 하지만 이젠 그러고 싶지 않아, 알겠어? 너의 그 도덕 운운하는 잡소리는 지긋지긋해. 꺼져. 네 서약의 의무를 이제 면제해줄게."

"넌 그럴 수 없어." 식스펜스가 웅얼거렸다. "나도 그럴 수 없고."

한동안 침묵이 흐르더니 멀로니가 말했다. "좋아, 그만해." 그러고는 잠시 후에 이렇게 덧붙였다. "사실 그 애는 나한테 아무 의미도 없어."

"내 말이 그 말이야. 그러니까 손을 떼란 말이야." 식스펜스가 중얼거렸다.

"안 돼. 난 사냥꾼이야. 어떤 상황에서도 그렇지. 그리고 사람들이 흑인 여자들에 대해 어떻게 이야기하는지는 너도 알지?"

"몰라. 나한테 설명해주겠다는 거야?"

“아하, 그거야 누구나 아는 얘기지. 동물 같다는 거야. 걔네들은 덤벼들어주기만 기다린다는 거야. 그럴 때까지 가만 놓아두질 않아. 맛만 좀 보여주고 그만둘 거야. 별거 아닌 사소한 일이야. 시작만큼이나 빨리 끝날 거야.” 나는 귀가 의심스러웠다. 너무 심한 말이었다. 식스펜스도 충격을 받은 것 같았다.

“아하, 그랬군.” 그가 말했다. “엘리쉬와 내가 피부색이 같다는 걸 알고 있을 텐데?”

“너야 전혀 다르지. 넌 내 형제나 마찬가지야.”

“그 애 피부색이 하얗다면 어쩔래? 얘기가 전혀 달라지겠지. 도대체 내가 그런 인종차별적인 얘기를 받아들일 거라고 생각하는 거야?”

“조용히 해! 저기 뭐가 있다.”

멀로니는 풀쩍 뛰어오더니 내가 있는 쪽을 응시했다. 항상 갖고 다니는 무기를 조준했다. 나는 최대한 빨리 소리를 내지 않고 땅바닥으로 몸을 낮췄다. 제기랄, 날 봤어! 내가 엿듣는 걸 알았다고 해도 멀리서 보면 작은 나뭇가지로 보일 수도 있다. 선택은 하나였다. 달아나야 한다. 최대한 소리를 내지 않고. 그러나 말이 쉽지…….

“헬로, 거기 누구야?” 멀로니가 이쪽에 대고 소리쳤다. 그는 내가 있는 쪽으로 몇 발짝 더 다가왔다. 가죽장화 삐걱거리는 소리가 똑똑히 들렸다. 점점 더 가까워졌다. 그가 기척을 들었다는 건 분명했다. 다만 어떤 행동을 취할지 결정을 하지 못하고 있는 것 같았다. 최악의 경우에는 총을 내 쪽에 대고 발사할 수도 있다. 이마에 땀이 흘렀다. 이제 어떻게 한다? 정체를 드러내는 편이 낫겠다. 아니, 배에 총알이 박혀 텔레 호에 빠져 뒈지느니 흠씬 두들겨 맞는 편이 낫겠다. 막 일어서려는 순간 누가 내 어깨에 손을 얹었다.

뒤에 서 있는 사람은 피그미였다.

아무 소리도 내지 않고 다가온 것이었다. 그는 나를 내려다보면서 입가에 미소를 띠었다. 나는 손가락을 입술에 갖다 댔다. 그러자 그의 미소 짓는 입이 더 벌어졌다. 내가 진퇴양난에 빠졌다는 걸 아는 눈치였다. 그런데 피가 얼어붙는 듯한 일이 벌어졌다. 그는 손을 들고 소리를 질렀다.

두 사람은 바로 그를 발견했다.

"아, 꼬마 친구로구먼." 멀로니가 무기를 내렸다. "에고모, 너 아직 살아 있는 거 운 좋은 줄 알아. 한 순간만 더 있었으면 쐈을 거야. 그렇게 살금살금 다니면 안 돼."

식스펜스가 중얼거렸다. "말해도 못 알아들어."

"또 맞는 말씀이시군. 그래그래, 상관없어. 쇠뇌를 다시 찾은 모양이지? 에고모, 이제 다시 훌륭한 사냥꾼이 됐구나, 내 말 맞지? 나도 그런 무기 있어. 좀 크지만. 기회 있으면 보여줄게." 그는 손으로 옆자리를 톡톡 치며 말했다. "이리와 친구, 이리 와서 앉아. 훌륭한 사냥꾼님들한테어서 오라고."

멀로니가 폭소를 터뜨리는 틈을 타 나는 뒤로 달아났다.

22

이만 한 위도에서는 흔히 그렇듯이 밤은 너무도 빨리 다가왔다. 순식간에 어두워지는 바람에 마치 누가 거대한 차일을 던진 것 같았다. 별들이 선명하게 모습을 드러냈다. 그와 함께 밤의 소리들이 다가왔다. 개구리가 꽉꽉 꽉꽉 하는 소리, 부엉이 울음소리, 호숫가 진창에 뒹구는 하마들이 둔탁하게 꿀꿀거리는 소리…….

우리는 꼬치에 낀 거대한 검은 메기가 지글지글 익고 있는 모닥불 주변에 둘러앉았다. 멀로니와 에고모가 놈을 잡았다. 둘이 늦은 오후에 배를 타고 나간 동안 식스펜스와 나는 엘리쉬가 초저주파를 기록하는 일을 도왔다. 멀로니는 조용히 혼자 있을 필요가 있었다. 그래서 에고모와 함께 호수로 나갔다. 피그미는 사실 처음에는 반신반의했다. 배를 탄다는 것은 그 종족에게는 사뭇 낯선 일이었기 때문이다. 그러나 옆에서 작업하는 사냥꾼을 보고는 안심이 된 모양이다. 에고모의 날카로운 눈과 멀로니의 노련한 창 솜씨는 환상의 콤비를 이뤘다. 얼마 후 그들은 메기를 잡아왔다. 일 미터 이십은 족히 될 만한 큰 놈이었다.

우리가 포만감에 가득 차 등을 기대고 있는 동안 흑인 손님은 좀 떨어진 곳에서 메기의 가시를 발라내고 살코기만 떼어낸 다음 리젠프리늄 잎사귀에 말았다. 내일의 식량이었다.

멀로니는 입에 침이 마르도록 에고모를 칭찬했다. "이 피그미는 눈이 정말 환상적이야." 그는 열광하며 말했다. "이 친구는 사냥감이 우릴 보기 전에 먼저 봐. 식스, 우리 팀에는 정말 이런 사람이 필요해. 도와줘서 고맙다는 표시로 빵 써는 칼을 선물했어. 아주 좋아하는 것 같더군. 우리랑 좀 더 있으면 좋겠어."

"내가 들은 바로는 이 사람도 그런 생각을 하고 있어요." 엘리쉬가 말했다. "어젯밤 얘기할 때 기꺼이 그러겠다고 했어요. 최소한 상처가 다 나을 때까지는. 그러고 나서 마을로 돌아가겠대요." 그녀는 손으로 허벅지를 툭툭 쳤다. "이리로 앉아요. 에고모. 같이 있어야 우리도 좋지." 피그미는 우리가 자기 얘기를 하는 걸 정확히 알고 있었다. 그는 미소 지으며 우리와 자리를 함께했다. 그가 엘리쉬와 몇 마디 나누다가 경천동지할 일이 벌어졌다. 에고모는 아무런 사전 경고 없이 엘리쉬의 가슴을 잡았다. 아주 당연한 일이라는 듯이 아무 거리낌이 없었다. 나는 입이 떡 벌어졌다. 그는 그녀의 가슴을 몇 초 동안 주무르더니 다시 자리에 앉아 아무 일도 없었던 것처럼 행동했다. 더더욱 놀라운 것은 엘리쉬가 전혀 거부하지 않았다는 사실이다.

"무슨 짓이야?" 내가 물었다.

"이거? 아, 별것 아니에요." 엘리쉬는 얼굴에 흘러내린 머리칼을 훅 불어 날렸다. "피그미족한테는 흔한 일이에요. 내 가슴이 예쁘다는 뜻이에

요. 피그미족이 여자한테 할 수 있는 최대의 찬사예요.” 그녀는 천연덕스
러운 표정으로 덧붙였다. “하지만 당신들이 이러면 안 돼요. 그랬다간 손
을 대기도 전에 박살내버릴 거야.”

나는 쪼그린 자세로 살금살금 엘리쉬에게 다가갔다. 그녀는 웃으면서
주먹을 쳐들었다. “잘해보셔.”

멀로니는 폭소를 터뜨렸다. “에고모가 점점 마음에 들어. 같이 있어 주
면 좋겠어.”

“저도 그래요.” 나도 동의를 표하고 다시 자리로 돌아와 앉았다. “그런
데 이 사람이 자칫 잘못해서 우리한테 독을 주면 안 되는데. 고기를 싼
잎사귀는 어째 몸에 나쁠 것 같아 보여서요.” 내가 반은 농담조로 말했
다. “우리 주위에 있는 모든 식물의 절반은 독성이 강해요.”

“염려 마세요. 교수님. 리젠프리늄은 고릴라가 아주 좋아하는 식물이
고 피그미족도 모든 음식의 기본재료로 써요. 소화가 잘되고 몸에 좋다
는 것도 오래전부터 입증됐어요.”

“우리가 고릴라의 위를 갖고 있다면야.” 나는 눈을 깜짝거리면서 말했
다. 그녀가 줄곧 교수님이라고 부르는 것을 나쁘게 받아들이고 싶은 생
각은 없었다. 이제는 그 호칭이 어쩐지 우리끼리 하는 놀이 같았다. 나는
사실 왜 그렇게 됐는지, 놀이의 규칙은 뭔지 알지 못했다. 그러나 그런
건 상관없었다. 나는 이미 그걸 즐기고 있었다. 게다가 오늘 낮에 멀로니
의 입에서 흘러나온 얘기를 듣고부터는 이상하게도 나 스스로 뭔가 양심
에 찔리는 느낌이 들었다. 나는 엘리쉬와 피부색이 다르다는 사실이 죄
스러웠다. 그런 감정을 떨쳐버릴 수가 없었다.

나는 엘리쉬가 나머지 고기를 뜯어먹으면서 멀로니와 흥에 겨워 이야
기하는 모습을 관찰했다. 그의 모욕적인 언사가 다시 머리에 떠올랐다.

어쩐지 그녀가 불쌍하게 여겨졌다. 처음에 그녀는 난쟁이코끼리라는 거짓말에 속아 넘어갔다. 그리고 이제는 자기를 그냥 가벼운 사냥감으로 생각하는 남자에게 마음을 주려 하고 있었다.

"주목!" 멀로니가 그녀와의 대화를 중단하고 칼로 포도주 잔을 톡톡 치며 말했다. 자리에 전혀 어울리지 않는 제스처였다. 우리는 마치 주인의 거창한 연설을 기다리는 손님들 같았다. "난 이제 우리가 전략을 개발해야 할 때라고 생각해." 그는 선언하듯 말했다. "간단히 정리를 해봅시다. 한편으로 우리는 에고모의 증언을 들었소. 아주 신빙성 있는. 우리 눈으로 파괴된 캠프 두 곳을 봤다고 해서만은 아니오. 우리 모두는 호수에서 뭔가 거대한 것이 떠올라 우리를 관찰하고 갔다는 사실을 잘 알고 있소. 비디오 데이터는 화질이 나쁘지만 오늘 엘리쉬가 남긴 기록을 함께 고려하면 분명한 그림이 나오지. 우리가 찾는 동물은 실존해. 놈은 여기 있소. 살아서 숨쉬고 흔적을 남기고 있다 이 말이지. 놈의 존재를 의심하는 사람이 있다면 오늘부로 그런 의구심은 말끔히 사라졌을 거라 믿소. 그래서 두 번째 논점을 바로 이야기하겠소. 모든 증거를 보건대 우리가 잡으려는 대상이 매우 공격적이고, 따라서 우리는 앞으로 더욱 조심해야 한다는 거요."

"어떻게 그런 결론이 가능하지요?" 내가 말을 끊었다. 나는 이 시점에서 우리의 의견이 일치하는 건 아니라는 점을 그가 인정해야 한다고 생각했다. "우리가 지금까지 본 것은 달리 해설할 수도 있어요."

"애스트베리 씨, 에밀리 팜브리지의 화면 자료는 물론 우리가 여기서 발견한 흔적들도 모켈레 음벰베가 영역 보호 활동을 하며 자기 요구는 서슴없이 관철시킨다는 것을 분명히 보여주고 있소. 놈은 교활하고 은밀하며 잔인하게 움직이지. 그리고 한 가지 덧붙인다면 아주 효율적으로 움직이고 있소. 우리는 적어도 우리 못지않은 적을 상대하고 있는 거요. 파괴된 캠프 두 곳과 어제의 만남은 이런 판단을 내릴 만한 증거야.” 그는 내게 이미 끝난 문제라는 투의 눈길을 보냈다. “그래서 세 번째 논점에 도달한 거요. 나는 비밀을 함부로 떠들고 있는 게 아니란 말이오. 내 말은 우린 여기서 큰 위험에 처해 있다, 이거요. 지금까지 우리가 겪은 모든 일로 볼 때 다음 공격은 시간문제라는 게 결론이오. 콩고 공룡의 행동양식은 덮치기 전에 우선 적을 연구한다는 걸 알려주고 있소. 후방으로 퇴각하는 것도 별로 도움이 되지 않는다는 건 군인들이 있던 캠프를 보면 알지. 호수에서 삼 킬로미터도 더 떨어진 지점이었으니까. 우린 말하자면 한 가지 선택밖에 없는 거요. 놈보다 빨라야 해. 놈이 우릴 잡기 전에 우리가 놈을 먼저 잡아야 해. 다만 한 가지 난점이 있소.”

“우린 놈이 어디 있는지 몰라요.” 나는 내 생각을 끝까지 밀고나갔다.

“옳으신 말씀, 애스트베리 씨. 바로 그게 요점이지. 우린 놈이 어디 있는지 전혀 몰랐소. 지금까지는. 엘리쉬, 자, 이제……?”

“물론이지요.” 여성 생물학자는 이렇게 말하며 일어서더니 탁자에 노트북을 올려놓고 열었다. 모니터가 갑자기 환해졌다. 화면에 복잡한 도표 같은 그래픽이 떴다. 사방에 선과 점이 가득했다. 선과 점들은 일부는 평행으로 달리다가 교차하더니 다시 서로 멀어졌다. “지금 기술적인 문제는 상세히 말하지 않겠어요.” 그녀는 설명하기 시작했다. “제 작업 내용을 간단히 말씀드리지요. 우선 스튜어트의 요구에 따라서 우리 주변 환경을 초저주파로 샅샅이 조사해봤어요. 간단히 말씀드리면 결과는 매우 충격적이었습니다. 작은 무리의 숲코끼리 외에는 아무것도 없었습니다. 녀석들은 남쪽으로 약 삼십 킬로미터 거리에 머물고 있어요. 여러 가지 필터를 사용해봤지만 다 꽝이었어요. 모켈레는 물고기처럼 아무 소리를 내지 않았어요. 영역 측정도 전혀 특별한 게 없었어요. 그래서 호수 속에, 깊이 약 일 미터쯤 되는 곳에 장비를 설치하고 새로 측정을 해봤지요. 역시 결과는 부정적이었습니다. 그래서 아이디어를 짜 냈지요. 생물 음향학의 근원과 이 장비가 처음 측정하고자 의도했던 동물을 생각해봤어요. 아시다시피 우리가 들을 수 없는 주파수 대역에서 의사소통을 하는 대형 포유류가 또 있습니다."

나는 고개를 쳐들었다. "고래 말이군요."

"맞아요. 처음 만났을 때 말씀드렸듯이 생물음향학이라는 분야는 애초 고래 소리 연구로 시작됐거든요."

"그 얘기 좀 해……?"

"기다리세요." 그녀는 나를 보며 빙긋 웃었다. "그래서 새로 측정을 했어요. 이번에는 가청 범위 위쪽에 있는 주파수 대역에서 해봤어요. 초음파 영역에서요. 그래서 어떻게 됐냐고요? 빙고! 음향과 신호음의 폭죽놀이가 모니터에 나타났어요. 올라갔다 내려갔다 하는 연속된 소리들이 마구 분출하는데 상상력을 조금 가미하면 노래라고 할 수 있을 정도예요. 내 생각에는 모켈레가 이런 식으로 동료들과 의사소통을 하거나 호수의 캄캄한 심연에서 방향을 잡는 것 같아요. 일종의 소나를 갖고 있는 것 같아요. 동물계 전체를 통틀어 최고로 발달된 지각능력의 하나지요."

"동료들이라고?" 지금까지 아무 말 없이 파이프를 물고 있던 식스펜스가 중얼거렸다.

"맞아요. 첫째로 딱 한 개체가 그렇게 오랜 세월 혼자 살아남았다는 건 생각하기 어렵고, 둘째로 나한테 새끼 얘기하셨지요. 따라서 저 아래 한 무리가 있다고 가정해야 해요."

나는 몸을 뒤로 기댔다. 엘리쉬의 말이 절대적으로 옳았다.

나는 은밀히 그녀를 살펴봤다. 그러자 갑자기 그녀의 이미지가 전혀 다른 차원에서 다가왔다. 그녀가 자유분방한 데다 여성이라는 이유로 그녀를 낮게 평가하는 사람들은 많이 있다. 나도 마찬가지였다. 그러나 그건 잘못이었다. 엘리쉬의 머리에는 날카로운 이성이 재깍재깍 돌아가고 있었다.

"그래서 어떻게 했나요?" 내가 물었다.

"음, 나머지는 간단했어요. 여러 방향에서 측정을 하고 그걸 호수 전체의 구도와 조합을 했지요. 그랬더니……."

"…… 기본구도가 완성됐다?" 그녀가 할 말을 내가 먼저 거들었다.

"그런데 유감이지만, 내가 보기에는 아직도 모니터에는 개미 떼가 발발거리며 돌아다니는 것밖에 안 보이네요."

그녀는 짐짓 화난 표정을 지으며 팔짱을 꼈다. "자, 화면에 정말 아무것도 안 보이죠? 여기가 호수 경계선이에요." 그녀는 손가락으로 가는 선을 그어 보였다. "여기가 우리 캠프고. 저 위쪽이 군인들 캠프지요. 여긴 에밀리 팜브리지의 캠프고. 그럼 이제 보일 거예요. 호수의 이 지점에 신호들이 집중돼 있지요."

화면을 오래 들여다볼수록 윤곽이 점점 더 선명하게 드러났다. 나는 문득 그녀의 의도가 무엇인지 감을 잡았다. 음파들은 하나의 망을 이루고 있었는데, 이 망은 서서히 하나의 시커먼 점으로 수렴됐다. 주변의 그 어떤 빛도 집어삼키는 블랙홀 같았다. 나는 등골이 서늘해지는 것을 느끼면서 멀로니가 다음에 무슨 제안을 할지 떠올렸다. 나는 주저하면서 그에게 시선을 던졌다. "여기로 잠수를 하려는 건가요?"

그가 씩 웃었다. "물론이지. 내일 아침 일찍. 당신도 함께 가야 하오."

한밤중에 잠에서 깼다. 열대성 호우가 귀를 마비시킬 정도로 텐트를 두드려댔기 때문이었다. 시커먼 텐트 천장을 쳐다보면서 언제 다시 편히 자보나 하는 푸념이 나왔다. 불안한 마음에 이리 뒤척 저리 뒤척 해봤지만 편히 자기는 글렀다. 손전등을 켜고 시계를 봤다. 세 시 십오 분 전. 멀로니와 식스펜스와 내가 무모한 시도를 시작하기까지는 아직 다섯 시간 정도가 남아 있었다. 이런 행동은 예측할 수 없는 무수한 위험을 안고 있었다. 그러니 잠을 설친다 해도 놀라운 일이 아니다. 나는 마투보 하사의 그을린 일기장을 들고 해독하려고 노력했다. 프랑스어를 배운 지는 몇 년 지났다. 나는 꽤 괜찮은 학생이었지만, 기억은 아주 천천히 되살아났다. 언어는 도구나 마찬가지다. 가끔 사용하지 않으면 녹이 슨다.

후반부 삼분의 일 지점에 적힌 기록들은 비교적 손상이 적고 그런 대로 읽을 수가 있었다.

레르브 메 세끄레 쁠랑. 제롬 아피름 아부아르 트루베 껠뀌에 삐에르 제트랑쥐. 일 나파르띠엔 파 지시 르왕(L'herbe met secrets pleins. Gérome affirme avoir trouvé quelques pierres étranges. Ils n' appartiennent pas ici loin.). 이상했다. 내 프랑스어 실력이 형편없는 것일까 아니면 마투보 하사가 이상하게 표현하는 습관이 있는 것일까? 초원은 많은 비밀을 안고 있다고 적혀 있었다. 제롬은 돌들을 찾아냈다. 원래는 거기 없는 것들이다. 이 하사관이 무슨 얘기를 하는지 이해하기는 어렵지만 읽는 재미가 있어서 잠은 싹 달아났다. 조각조각 내 모든 언어지식을 짜 맞춰서 텍스트 해독을 계속했다. 읽어갈수록 호기심이 커졌다. 뤼 미스테리외제(Ruines mystérieuses). 기이한 폐허. 나는 이 개념에 특히 혹했는데 손으로 쓴 행마다 여러 차례 다시 언급됐다. 이 구절이 더더욱 놀라운 것은 텔레 호에 관한 어떤 보고서에서 초원은 아주 오래

된 경작지라는 얘기를 읽은 기억이 떠올랐기 때문이다. 여기에 사람이 정착하면서 농사를 지은 것은 원시림이 생기기 오래전 일이고 인구는 대략 이만오천 명 정도였다는 얘기였다. 군인들이 그 많은 고고학자들이 평생 찾아내지 못한 뭔가를 발견했단 말인가? 그렇다면 진지를 포기하지 않으려 애쓴 것은 전혀 우연이 아니었을 가능성이 높다. 브라자빌에서 지원이 올 때까지 자신들이 발견한 것을 보호하려고 했던 게 아닐까? 이야기에 빠져서 나는 계속 읽어나갔다. 그러는 동안 조각들이 하나의 거대한 전체로 짜맞혀지기 시작했다. 한 시간 넘게 암호를 풀고 번역을 하고 나서야 일기장을 덮었다. 눈은 멍하니 뜨고 있었지만 생각은 거기 적힌 내용들로 복잡했다. 군인들이 그 폐허를 발견한 게 아니었다. 아니다. 그것은 에밀리 팜브리지였다. 군인들은 다만 그녀의 흔적을 좇다가 폐허와 마주쳤을 뿐이다. 그녀는 일종의 사원을 발견한 것 같았다. 군인들은 규정과 의무에 따라 꼭 필요한 만큼만 조사를 했다. 고고학적 관점에서 볼 때 당연하고도 올바른 결정이었다. 너무도 열성적인 나머지 모든 흔적을 짓밟아버리는 군바리들보다 더 나쁜 건 없다. 물론 나도 그 발견에 대해 정확한 것은 거의 알아내지 못했다. 그러나 뭔가 중요했던 것만은 분명했다. 그렇지 않다면 마투보 하사가 그 즉시 구조팀을 보내지는 않았을 것이다.

퍼즐의 한 작은 부분 때문에 수수께끼 자체를 풀지 못하고 있다는 느낌이 들었다. 그 수수께끼는 폐허와 에밀리와 모켈레 음벰베를 서로 연결해주는 것이었다. 그렇다고 다른 사람들한테 이 얘기를 하기는 곤란했다.

나는 불을 끄고 다시 잠자리에 들었다.

생각은 여전히 꿈으로 가득한 들판을 달리고 있었다. 그때 이상한 소리가 들렸다. 작은 비명이었다. 울리는가 싶더니 바로 다시 잠잠해졌다.

귀를 쫑긋 세웠다.

다시 그 소리가 들렸다. 이번에는 엘리쉬의 목소리라는 걸 똑똑히 알 수 있었다. 저 불쌍한 여자가 끔찍한 악몽을 꾸는 게 분명했다. 내가 잠 못 이루는 걸 생각해보면 놀랄 일도 아니었다. 문제는 가서 깨워야 하는가였다. '그냥 꿈을 꾸는 건데 뭐' 하고 넘어가려고 했다. 그러나 계속 비명이 들렸다.

나는 한숨을 쉬고 텐트 지퍼를 열었다. 빗발은 더 세졌다. 마치 나랑 상관없는 일에 끼어들지 못하도록 하려는 것 같았다. 고개를 움츠리고 텐트를 벗어나 엘리쉬의 텐트로 뚜벅뚜벅 걸어갔다. 밖으로 몇 초간 나온 것만으로도 옷 속까지 젖기에 충분했다. 비는 바가지로 쏟아졌다.

텐트 안은 완전히 깜깜했다. 그러나 엷은 천 뒤로 느껴지는 움직임으로 보아 그녀는 심하게 몸을 뒤척이고 있었다. 나는 가까이 다가가서 텐트 지붕에서 내려온 기둥을 흔들려고 했다. 그때 뭔가 이 상황과 맞지 않는 소리가 들렸다. 남자가 거친 숨을 쉬면 잇따라 가는 신음 소리가 났다.

나는 한동안 돌덩이처럼 빗속에 서 있었다. 그러고는 발걸음을 돌렸다. 텐트로 들어와 등 뒤로 지퍼를 내리고 나서야 지금 내가 무엇을 본 것인지 또렷이 파악이 됐다. 내가 들은 목소리는 둘이었다. 남자와 여자. 엘리쉬와 멀로니였다.

23

2월 15일 월요일.

"기상! 눈 떠, 젊은이. 시간 됐어."

꿈결에 어떤 목소리가 내게 소리쳤다. 이젠 친숙한 목소리였다. 그 목소리는 내가 잘 때도 깨 있을 때도 따라다녔다. "기상, 게으름뱅이. 좀 도와줘."

눈을 떠 보니 멀로니가 텐트 앞에 서 있었다. 발을 쩍 벌린 채 잠수복을 입고 뭔가 바로 행동을 개시하지 못해 안달하는 표정이었다.

"이렇게 잔인하게 깨워야겠어요?" 나는 신음했다. "아직 시간이……." 시계를 들여다봤다. "…… 아홉 시 반? 진짜야?"

"그럼. 우린 두 시간 전부터 자네를 기다렸어. 밤새 뭘 하느라고 아침에 그렇게 못 일어나시나?"

몇 시간 전에 보고 들은 것이 갑자기 떠올랐다. 나는 당황한 나머지 아무 말도 하지 않았다. 멀로니는 내가 뭘 불편해하는지 알아채지 못했다.

그는 기분이 썩 좋아 보였다. 다른 사람들과는 딴판이었다. 나는 아직 피곤했지만 뭔가 달라졌다는 걸 알 만큼은 정신이 말짱했다. 식스펜스와 엘리쉬가 분주하게 움직인다고 해서 모종의 불화가 있다는 사실을 덮을 수는 없었다. 두 사람은 캠프 끝과 끝에서 작업을 하고 있었다. 그러면서 단 한 번도 눈을 마주치지 않았다.

내 눈빛이 어두워졌다. 엘리쉬와 멀로니 사이의 은밀한 관계가 어떤 결과를 가져올까? 나는 그녀의 경솔한 행동에 화가 났다. 이런 행동은 조직의 단결에 예기치 못한 위험을 초래할 수 있기 때문이다. 물론 나는 엘리쉬가 지난밤 일이 있은 후로 저 호주인에게 거리를 두는 걸 보고 놀랐다. 식스펜스의 입장을 배려해서 애인한테 거리를 두는 것일까, 아니면 그 애인의 감정이란 게 속임수에 불과했음을 알아챘기 때문일까? 그랬으면 하고 바랐던 이유는 그래야 누가 중간에 끼어들어 문제를 해소할 수 있기 때문이다. 그러나 솔직히 이런 감정의 변덕은 나에게는 아주 헷갈리는 일이라는 것을 고백하지 않을 수 없다. 캠프파이어 근처에 쪼그리고 앉아 어제 저녁에 먹다 남은 음식을 씹고 있는 에고모와 마찬가지로 나는 아무것도 몰랐다.

"거의 다 됐어요." 나는 중얼거리면서 신발을 신고 화장지를 가지고 작은 나무 밑으로 갔다. 다시 돌아왔을 때는 그런대로 피곤이 가신 상태였다. 나는 맞설 각오를 했다. 그리고 그렇게 되리라는 걸 조금도 의심치 않았다.

"잠시 제 말씀 좀 들어주시겠습니까?" 나는 사람들에게 큰 소리로 말했다. "알려드릴 게 있어요."

멀로니가 이맛살을 찌푸렸다. "애스트베리 씨, 이제 또 뭘 어쩌려고? 또 잡담시간이오?"

"정말 중요한 일입니다." 나는 아랑곳하지 않고 계속했다. 다른 사람들이 관심을 갖고 다가섰다. "마투보 하사 일기장 얘기입니다. 우리가 모르고 잘못하기 전에 꼭 알아야 할 흥미로운 몇 가지를 읽었습니다. 가장 중요한 건 에밀리 팜브리지의 새 흔적을 찾았다는 겁니다. 그녀는 괴물한테서 도망치고 난 다음 초원에서 고대 도시의 유적을 찾은 것이 분명합니다. 보고서에는 몇 평방킬로미터에 걸쳐 있는 주거지에 관한 얘기가 나옵니다."

"말도 안 되는 소리야." 멀로니가 말했다. "나는 이 지역에 관한 보고서를 샅샅이 연구했어. 그런데 하나같이 기껏해야 오래된 경작지가 좀 있다는 얘기였어. 그게 아니라면 비행기에서 뭔가가 보였을 거야. 이 지역을 앞서 측량하고 지도까지 만든 다른 팀들은 말할 것도 없고."

나는 손을 들었다. "잠깐. 이 도시는, 아니 뭐든 간에, 아주 오래전에 파괴된 후에 진흙과 땅에 묻혀 알아볼 수 없었던 게 분명해요. 그중에서 오늘날에도 알아볼 수 있는 유일한 것은 초원에 이상하리만치 규칙적으로 나 있는 어떤 구조들이에요. 그건 멀로니 씨 말이 맞아요. 우리도 실제로 비행기에서 본 것이지요. 그런 구조들의 존재는 기록에도 여러 차례 나왔어요. 이 지역은 한때 경작이 활발했기 때문에 사람들이 그걸 마을 간의 경계라고 오해한 거예요. 오래된 경작지의 바깥쪽 끝이라는 거죠. 한 도시 외곽을 보여주는 선일 수 있다는 생각은 하지 못했던 거지요. 그러나 군인들은 유적의 의미를 바로 알았어요. 일기장의 기록들을 보면 어렵지 않게 알 수 있습니다." 나는 일기장을 들고 심호흡을 했다. 이제부터가 가장 어려운 부분이었기 때문이다. "전 이렇게 제안합니다. 모켈레 음벰베 사냥은 일단 중단하고 경작지 유적에서 에밀리를 찾읍시다. 그녀는 우리가 맡은 과제의 열쇠입니다. 그리고 그녀가 아직 살아 있다면 아마 나머지 수고는 하지 않아도 될 겁니다.”

“그 여잔 죽었어, 이 친구야.” 멀로니가 사뭇 위협적인 목소리로 말했다. “재는 재로, 먼지는 먼지로 화했단 말이야. 어디까지 가야 그걸 이해하겠어?” 그는 내 앞으로 몸을 숙였다. 그의 얼굴이 코앞에 다가왔다. “과거에서 벗어나야 돼. 그리고 현재에 집중하란 말이야. 알아듣겠소? 우리 세 사람은 계획대로 호수 한가운데로 잠수할 거야. 토론 끝.”

“큰 실수 하는 겁니다.” 나는 다시 물고 늘어졌다. “당신은 늘 보고 싶은 것만 봐요. 군인들 캠프에서도 그랬고. 지금도 똑같은 실수를 하고 있는 거예요. 그렇게 오기 부리다가는 목숨이 위태로울 걸요.”

그는 차갑게 미소 지었다. “지금까지 난 잘해왔어. 언제나 내 직감에 의존했지. 앞으로도 그럴 거야. 나이가 들어 백발이 돼도 말이야. 자네 때문에 달라질 건 없어. 여기 누구도 그렇겐 못해.” 그가 식스펜스에게 던진 시선은 분명했다. “자, 난 계집애 같은 말싸움엔 흥미 없어. 일하러 가자고!”

멀로니는 거리낌 없이 고무보트로 성큼성큼 걸어갔다.

“저러면 안 될 텐데.” 내가 중얼거렸다. “그렇게 중요한 발견을 무시하면 안 되는데.”

“저 친구는 원래 그래.” 식스펜스가 곤혹스러운 미소를 지으며 대꾸했다. “계속 저럴 거야. 그렇다고 당신이 발견한 것의 의미를 폄하하는 건 아니야. 기분 나쁘게 들릴지 모르지만 저 친구한테는 일의 우선순위가 문제야. 알겠지요? 저 친구는 지금 사냥에 나서려는 거야. 그러면 아무것도 그를 막을 수 없어. 하지만 당신은…….” 그는 손을 내 어깨에 얹고 말했다. “…… 당신은 같이 할 필요 없어요. 원하지 않는다면. 이건 위험한 시도야. 아무도 같이 가자고 강요할 수는 없어요. 멀로니조차.” 그는 멀로니를 향해 고개를 끄덕이며 말했다.

나는 고개를 가로저었다. "나도 하고 싶어요. 겁쟁이처럼 멍하니 있고 싶지는 않아요. 그리고 내 인생에서 처음으로 뭔가 중요한 것을 추적하고 있다는 느낌이 들어요. 뭔가 설명할 수 없는, 수수께끼 같은 것 말이에요."

"모험가가 또 한 분 나오셨군. 우리가 안 지 며칠 안 됐지만 당신 정말 많이 달라졌어요. 이건 아주 긍정적인 뜻에서 하는 얘기라고요." 그는 나를 바라보며 미소 지었다. "자, 그럼 이제 자네 잠수복을 챙겨보자고요."

나는 아무 말 없이 잠수복을 입었다. 그가 공기통 메는 것을 도와줬다.

"아마 이 옷은 전혀 필요 없을 거예요." 그가 말했다. "수면 온도가 26도거든. 하지만 더 깊이 내려가야 할지도 모르지. 이 잠수복은 상처나 기생충을 막는 데는 그만이거든요. 여긴 무시무시한 게 있는 데야. 그런데 공기통 메고 잠수해봤어요?"

"아버지 따라 해봤어요. 그리고 몇 년 전에 잠수학교에서 다시 익혔지요. 기초는 아직 살아 있을 거예요."

"그럼 최고네. 먼저 압축공기를 넣어줄게요. 문제가 생기면 알려만 줘요. 후드에 마이크로폰이 달려 있어. 계속 무선 통신이 돼요."

"깊이 잠수하면 어떨까요?" 내가 물었다.

"가능하지. 일부 보고에 따르면 수심이 고작 이 미터로 돼 있지만 난 그렇게 생각지 않아요. 그렇다면 물이 훨씬 더 따뜻해야 돼요. 엘리쉬의 주장대로 여기에 정말 그 괴물들의 무리가 살고 있다면 지금까지 추정했던 것보다는 훨씬 더 깊어야겠지요. 하지만 실제로 얼마나 깊을지는……." 그는 어깨를 으쓱했다. "어쨌든 천천히 내려갈 거예요. 그래야 당신이 수압을 조절할 수 있어. 준비됐어요?"

나는 고개를 끄덕였다. 그러자 식스펜스가 내 머리에 잠수헬멧을 얹었다. 삐걱삐걱 소리가 나더니 조용해졌다. 내 숨소리만이 들렸다. 쏴아 쏴아 틱 틱 하는 소리가 나더니 식스펜스의 목소리가 들렸다. "내 헤드폰 스위치 넣었어요. 내 말 들려요?"

"아주 잘 들려요. 그쪽은 어때요?"

"아주 좋아요. 헬멧램프를 시험해봅시다. 스위치는 턱 쪽에 있어."

"당신 건 아주 훤해요."

"당신 것도. 하지만 꼭 필요할 때만 켜. 전구가 전기를 많이 잡아먹거든. 전기는 무선 연락에 긴요한 거니까." 그는 몸을 돌려 앞으로 걸어갔다. 나는 재빨리 손목에 가이거계수기를 부착하고 그의 뒤를 따랐다.

엘리쉬는 에고모와 함께 호숫가로 우리를 따라왔다. 긴장된 얼굴표정에서 그녀가 이 모든 사태를 어떻게 생각하고 있는지 알 것 같았다. 스튜어트 멀로니는 이미 보트를 띄우고 허리까지 물속에 들어가 있었다. 드림캐처를 잠시 입에 댔다가 잠수복 속으로 집어넣는 것이 보였다. 식스펜스와 나는 수련과 수초 더미를 헤치고 나아가 멀로니와 합류했다.

"아, 이제 오셨군, 애스트베리 씨." 그가 내게 인사했다. "그럼 별실로 들어가 보실까?" 그는 나를 툭 치며 보트로 올라가라는 시늉을 했지만 오히려 내가 그와 식스펜스가 올라가는 걸 도와주었다. 멀로니는 외부 장착용 모터를 가동했다. 남은 사람들한테 눈인사를 할 시간조차 없었다. 보트는 출발했고, 우리는 호수 저 멀리로 나아갔다.

연안이 서서히 멀어졌다. 그와 함께 마지막 남은 안온한 느낌조차 사라졌다. 이상하게 들릴지는 모르지만 나는 뭍을 떠나면서 눈에 보이지 않는 어떤 경계를 넘어선 것 같다는 느낌이 들었다. 우리의 세계와 콩고 공룡의 세계를 가르는 경계였다. 지금부터 우리는 적의 영토에 들어선 셈이다.

멀로니가 가져온 무기에 눈길이 갔다. 속사총 한 자루, 쇠뇌 하나, 그리고 작살이 두 개였다. 그중 하나는 아주 특이했다.

"저건 뭐예요?" 나는 끝이 불룩한 화살을 가리켰다. 멀로니는 나를 바라봤다. 헬멧 유리 뒤로 미소가 보이는 듯했다. "내가 전에 한 말 생각나? 사냥마다 특별한 무기가 필요하다고 한 거지? 이 작살은 특수 화살이 장착돼 있지. PGE에서 특별 제작한 거요."

"무슨 화살인데요?"

"마음에 들 거야. 파충류의 외피를 뚫고 들어가지. 작은 상처만 남지만 촉 안에는 조직이 꽉 차지. 그런 다음 자동으로 촉이 닫히는데 내용물만 꺼내면 돼. 모켈레는 작살에 맞았는지도 못 느낄 거야."

"그럼 다른 무기는?"

"식스는 독화살이 달린 작살을 가져갈 거야. 효과 만점인 신경독인데 모켈레 같은 덩치도 몇 초 안에 마비돼. 하지만 이건 방어용으로만 쓰는 거야. 그 괴수가 버릇없이 굴 때만. 하지만 염려할 건 없소. 놈이 무슨 일이 일어났는지 알아채기도 전에 우린 바로 뜰 테니까. 어때, 마음에 들지?"

나는 말없이 그를 쳐다봤다. 그의 시선은 저 바깥 수면 위를 향하고 있었다. "나는 모켈레를 죽이겠다고 주장한 적 없소, 애스트베리 씨." 그가 말을 이었다. "다만 그러고 싶다고 했지. 하지만 중요한 건 정해진 계약을 이행하는 거라는 점을 난 늘 명심하고 있소. 유전자 시료를 뽑고, 에밀리를 찾아서, 여기를 뜨는 거지. 그게 전부요." 그는 녹색 눈으로 나를 뚫어지도록 쏘아봤다. "물론 내가 언젠가 다시 이곳으로 돌아오지 말란 법은 없겠지."

우리는 한동안 앞으로 나아갔다. 잠시 후 멀로니는 속도를 늦추더니 장비가방에서 막대기 모양의 물건을 꺼냈다. "걱정할 것 없소." 그는 나의 근심 어린 표정을 알아채고 말했다. "거리측정기일 뿐이니까." 그는 작은 접안렌즈로 위치를 잡더니 연안의 여러 지점을 조준했다.

"이쪽으로 백 미터쯤 더 가야 돼." 그는 북서쪽을 가리켰다. 식스펜스가 키를 잡고 지정한 방향으로 나아갔다. 태양은 그사이 중천에 떠올라 우리를 태울 듯이 내리쬐고 있었다. 그 열기가 헬멧과 검은 잠수복을 뚫고 들어와 불고기가 되는 것 같았다.

멀로니는 식스펜스에게 보트를 멈추게 하고 다시 몇 차례 위치를 측정하고 엔진을 껐다.

"됐어. 다 왔어. 여기야." 그는 큰 작살을 잡고 식스펜스는 작은 작살을 챙겨 들었다.

"난 뭘 쓰지요?" 내가 물었다. "무기는 잘 모르는데."

"자넨 우리가 사냥하는 걸 기록해. 이걸 써." 그는 방수 처리된 디지털 카메라를 넘겨주었다. "좀 거리를 두고 따라와. 하지만 이걸 꼭 잡고 있어야 모든 걸 화면에 담을 수 있어. 나중에 촬영 잘했나 검사할 거야."

"저 아래는 아주 깜깜하지 않을까요?"

"카메라는 극도로 빛에 민감해. 그게 아니더라도 빛이 약해지면 플래시가 자동으로 터져. 다 됐나? 좋아, 들어간다."

—

에고모는 엘리쉬 옆에 서서 저 멀리 호수를 바라보았다. 그는 아직도 왜 데이비드가 다른 사람들이랑 호수로 갔는지 이해할 수 없었다. 저 바깥에 도사리고 있는 위험을 모른단 말인가? 아직도 모켈레의 파괴력에 대한 증거가 충분치 않단 말인가? 저들은 놈의 본거지를 공격해 놈에게 도발을 할 작정인가? 그것도 저런 우스꽝스러운 작업복을 입고 무거운 철기둥을 등에 멘 채 머리에는 솥까지 뒤집어쓰고……. 그건 다 무엇에 쓰는 것이며 도대체 그 옷들은 무슨 재료로 만들었을까? 그들은 그걸 고무라고 했다. 하지만 물뱀 가죽 같았다. 그는 생각에 잠겼다. 물뱀이다! 저들이 계획하는 게 아마……? 아니, 세상에 그런 바보는 없다. 그는 엘리쉬를 톡 쳤다. 그녀는 생각이 완전히 다른 데 가 있는 것 같았다. 그녀가 커다란 백인 남자와 간밤을 보낸 것을 생각하니까 웃음이 절로 나왔다. 그자를 사랑하는 걸까? 에고모는 다시 한 번 그녀를 쳤다. 그제야 그녀가 관심을 보였다.

"왜 그래, 에고모?"

그녀의 말투는 우스꽝스러웠지만 그래도 자기네 말을 했다. 보기 힘든 일이었다. 정확히 말하면 몸을 낮춰 피그미어를 배우는 사람은 극소수였다. 그는 물 쪽을 가리키며 저 남자들이 뭘 할 계획이냐고 물었다.

"아, 뭐라고 생각해?" 그녀가 되물었다. 목소리에는 깊은 시름이 묻어 있었다. "모켈레한테로 내려가려는 거야. 그게 바로 저 사람들 계획이야."

에고모는 숨이 가빠지면서 어깨에 다시 통증이 오는 것을 느꼈다.

—

오리발을 세게 차면서 아래로 내려가자 물이 녹색으로 부옇게 변했다. 가이거계수기를 들여다보니 내 추측이 맞았다. 방사선 수치는 천천히 올라갔다. 그러나 우리에게 위협이 될 정도로 치솟지는 않았다. 아마 저 아래로 가면 좀 더 오를 것이다. 수압 때문에 키가 점점 먹먹해졌다.

"잠시 쉽시다." 나는 다른 사람들한테 부탁했다. "잠깐 압력 조절을 해야겠어요."

나는 머리에 역압을 만들려고 애썼지만 그리 간단한 일이 아니었다. 코를 쥘 수가 없었기 때문이다. 그러나 간신히 헬멧 앞 유리에 코를 밀착시키자 잠시 후 뻑 하는 소리가 나며 귀가 뚫렸다. 다행이었다. 나는 두 사람에게 계속 가도 된다는 신호를 보냈다.

수중에는 식물섬유가 지천이었다. 가시거리는 십 미터도 채 안 됐다. 시간이 흐르자 나는 등에 느끼는 무게와 어색한 고무옷에 익숙해졌다. 심지어 숨소리도 얼마 후부터는 들리지 않았다. 침묵만이 부담스러웠다. 나는 더 참을 수 없었다. "이 미터 얘기는 끝난 거고. 얼마나 더 아래로 내려가야겠어요?"

"필요한 만큼." 멀로니가 대꾸했다. "하지만 천천히 갈 거요. 이따금 잠깐 쉬기도 하고. 그래야 압력에 적응이 되거든. 그냥 눈만 뜨고 있어. 그리고 가끔 우리 모습 찍는 거 잊지 마." 그의 웃음소리가 들렸다. 그는 영웅 같은 포즈를 취하며 엄청나게 큰 쇠뇌를 머리 위로 들어올려 보였다. 나는 파인더로 그를 추적했다. 그리고 식스펜스까지 그리로 합류하자 셔터를 눌렀다. 플래시가 어둠을 가르며 이 장면을 마이크로 칩에 담았다.

그 순간 나는 한 십 미터쯤에 뭔가 움직이는 것을 감지했다.

다시 한 번 경고를 발하려 했지만 목이 조여드는 것 같았다. 하기야 경고를 했어도 이미 늦었을 터였다. 거대한 지느러미가 치고 지나가는 바람에 거센 물살이 우리를 덮쳐서 날려버렸다. 마이크로폰에 비명이 들렸다. 나는 방향을 잡으려고 죽을힘을 다했다. 순간 부글부글 하는 기포 외에는 아무것도 보이지 않았다. 내가 휙 나동그라지는 바람에 하마터면 카메라를 놓칠 뻔했다.

"식스펜스, 그놈 봤어? 어디 간 거야?" 멀로니의 목소리였다.

"몰라. 방금 거기 있었는데. 우리 아래로 내려간 모양이야."

"상관없어. 다시 모여야 돼. 애스트베리, 어디 있어?"

그 괴물이 회오리를 일으키는 바람에 수초와 미세한 식물섬유들이 떠올라 시계가 더욱 나빠졌다.

"모르겠어요. 그쪽은 어디에요?"

"카메라 작동시켜."

나는 녹화 버튼을 눌렀다.

"됐어. 보여. 거기 그대로 있어."

몇 초가 지나자 왼쪽에서 다가오는 두 잠수부의 희미한 형상이 보였다.

"천만다행이야." 멀로니는 식스와 함께 내 옆으로 오면서 말했다. "하마터면 충돌할 뻔했어."

"맞아요." 내가 대꾸했다. "튈 때에요."

"말도 안 돼. 거의 다 왔어. 내가 놈을 먼저 봤다면 멋지게 날려줬을 거야. 기 죽으면 안 돼."

"하지만……." 나는 거세게 항의했다. "…… 놈은 우리가 여기 있다는 걸 알아요. 게다가 시계는 거의 제로예요. 계속하는 건 미친 짓이라고요."

그 순간 물이 캄캄해졌다. 거대한 몸뚱어리가 우리 위로 미끄러져 가면서 수초를 뚫고 들어오는 희미한 빛마저 덮어버렸다. 기다란 목이 흔들리는 게 보였다. 목은 거대한 몸통으로 이어졌고 몸통에는 억센 발 네개가 튀어나와 있었다. 발가락 사이에는 물갈퀴가 선명하게 보였다. 꼬리를 포함해서 이 파충류의 크기는 다 자란 혹등고래만 했다.

순간 공황상태에 빠졌다. 간신히 숨을 쉬면서 단 한 가지 생각에 사로잡혔다. 여기서 어서 빨리 벗어나야 한다는 것.

나는 미친 듯이 발버둥을 쳤다. 가급적 빨리 그 괴물과 거리를 두고자 했다. 놈은 우리 머리 위에서 맹금류처럼 맴을 돌고 있었다. 나는 그저 달아나고 싶었다. 그러나 유일한 탈출구는 아래로, 저 심연 속으로 가는 것뿐이었다.

"애스트베리, 거기 그냥 있어!" 멀로니가 나를 향해 소리쳤다. "우린 뭉쳐야 돼. 안 그러면 끝장이야." 그는 있는 힘을 다해 고함을 쳤다. "애스트베리!"

그러나 그의 외침은 당혹 그 자체인 내게 아무런 효과도 없었다.

"기다리라니까, 이 바보."

그게 마지막으로 들린 말이었다. 그러고 나서 무선 통신이 끊겼다. 이따금 분명치 않은 말들이 귀에 들어왔지만 통신이 두절된 무전기에서 나는 쇠솨 하는 무시무시한 잡음에 파묻혔다.

나는 허우적거리며 아래로 아래로 내려갔다.

그곳은 암흑이 지배하고 있었다.

24

한참을 내려가다가 발아래 딱딱한 바닥이 느껴졌다. 호수 바닥에 도달한 것이다.

암흑이 나를 에워쌌다. 도저히 꿰뚫어볼 수 없는 절대적인 암흑이었다. 위에 쌓인 물의 무게가 나를 으깨버릴 듯했다. 귀에는 찌르는 듯이 삑삑 하는 소리가 들렸다. 갑자기 세라가 준 『암흑의 핵심』이 생각났다. 난 지금 바로 그곳에 들어와 있는 것이다. 조지프 콘래드가 묘사한 것과는 다른 암흑이지만. 난 지금 어떤 상황에 빠져든 것일까? 검은 대륙 한가운데 호수 바닥에 있는 것이다. 그것도 홀로 길을 잃고서.

아니다. 혼자는 아니었다. 저 위 어딘가에서 무시무시한 사냥꾼이 분명 나를 찾고 있을 것이다. 놈은 당연히 내가 하지 못하는 걸 할 줄 알았다. 놈은 음파로 암흑 속에서도 볼 수 있었다.

암흑 속에서 보기. 나도 그럴 수 있겠다는 생각이 들었다. 물론 제한적이긴 하지만. 헬멧 램프를 켰다. 빛이 어둠을 비췄다. 물은 흐릿했고 내가 움직이면서 일으킨 수많은 부유물들로 뿌옇게 변했다. 죽은 식물섬유며 진흙, 미세한 작은 생명체들이 나를 에워쌌다. 기포와 생명이 없는 것처럼 보이는 게들이 땅바닥에 우글거렸다. 발은 진창에 빠졌다. 한 걸음 움직이자 진창은 작은 구름처럼 뿌옇게 일어났다. 어쩌다 보니 시선이 가이거계수기 눈금에 쏠렸다. 숨을 멈췄다. 방사선 수준이 위보다 훨씬 높았다. 아직 생명을 위협할 정도는 아니지만 여기 더 오래 머무르는 것은 바람직하지 않았다.

당연히 아니었다. 나는 그걸 예감했다. 터무니없는 생각이 머리를 스쳤다. 이번 탐험에 관한 보고서를 쓸 기회가 있다면 방사선과 운석 충돌의 연관성 문제를 제기할 수 있을 것이다. 분명 전문가들의 관심을 끌 것이다.

그러나 우선 무사히 수면으로 돌아가야 했다. 사냥꾼은 머리 위 어디에선가 유영하고 있을 것이다. 그러니 다른 곳을 통해 수면 쪽으로 가야 한다. 나는 힘껏 물장구를 치면서 호수 바닥 위를 미끄러져 나아갔다. 어느 쪽으로 움직이는지는 알 수 없었다. 백 미터쯤 가고 나니 바닥이 달라지기 시작했다. 진흙 바닥이 우툴두툴한 돌로 바뀌었다. 돌조각들은 앞으로 나아갈수록 점점 커졌다.

전혀 예기치 않은 순간 내 앞에 거대한 암석의 틈새가 툭 벌어진 것이 보였다. 틈새는 끝을 헤아릴 수 없는 심연으로 이어졌다. 탐조등 불빛으로 그 전모를 파악할 수는 없었다. 바닥은 거대한 힘을 받고 뜯겨나간 것 같았다. 결코 완전히 낫지 않을 상처의 흉터 같았다. 모양으로 보아 운석 때문에 생긴 것이 확실했다. 가이거계수기가 투둑투둑 하더니 한계치까지 올라갔다.

전에 느끼지 못했던 공포가 엄습했다. 드디어 찾았다. 모켈레의 지하 제국 입구였다.

갑자기 이상한 느낌이 들었다. 머리에 내가 전혀 알지 못하는 언어로 말하는 목소리가 들렸다. 그건 소리라기보다는 이미지에 가까웠다. 속삭이며 중얼거리고 휘파람을 불며 재잘대면서 상상할 수 있는 모든 소리를 냈다. 거의 음악 같았다. 그 순간 스피커에서 쿵 하는 소리가 들리더니 다시 꺼졌다.

"여기야, 식스. 놈이 저 위에 있어."

뒤를 돌아보니 멀리서 불빛 두 개가 깜박이면서 천천히 다가오고 있었다.

"멀로니, 식스펜스, 여기 위쪽이에요." 나는 환호성을 질렀다. 조금만 가면 이제는 혼자가 아니라는 생각에 안도가 됐다.

"제때들 오셨어오. 내가 찾아낸 걸 봐요."

"우린 온 호수를 다 뒤지다시피 했어, 애스트베리." 멀로니가 거친 숨을 몰아쉬며 말했다. "자네를 못 찾을까봐 절망했어. 그런데 무슨……?"

그는 말을 더 잇지 못했다. 그 순간 내가 발견한 걸 보았기 때문이다.

"저런, 저게 뭐야?" 그가 중얼거렸다. "식스, 저, 저것 좀 봐!"

잠시 침묵이 흘렀다. 두 잠수부는 잠자는 거인의 입가를 알짱거리는 파리처럼 심연 위에서 유영했다.

"애스트베리, 지금까지 자네가 한 바보짓은 모두 용서하지. 이걸로 다 만회가 됐어. 이 호수에 대한 보고는 많이 읽어봤지만 하나도 맞은 게 없었군." 멀로니가 말했다. 그를 안 이후 처음으로 그의 목소리에서 외경심 같은 것이 느껴졌다. "지옥문 같아 보이는군. 처음부터 알고 있었나?"

"순전히 감이었지요." 나는 두 사람에게 운석 충돌에 관한 세라의 이론을 얘기해줬다. 방사선 얘기는 하지 않았다. 이 정도를 가지고 결론을 이끌어내기에는 너무 이르다고 생각했기 때문이다.

"저 아래 둥지가 있을 거야." 멀로니가 잠시 후 입을 열었다. "어때, 식스, 내려가볼까?"

그 순간 물이 심하게 요동쳤다. 말이 씨가 된 걸까. 우린 말은 하지 않았지만 그게 무엇인지 알고 있었다.

모켈레가 나타났다.

—

호주인의 반응은 빨랐다. "애스트베리, 자넨 우리 틈에 끼어 있어. 내가 한 방 먹일 테니까. 그게 성공하면 다시 올라가는 거야. 알겠지?"

우리는 등을 마주대고 호수 바닥에 서서 기다렸다. 동료들이 숨쉬는 소리와 호흡기의 헐떡이는 소음만이 들렸다. 시간은 고통스러우리만치 느리게 갔다. 아무도 움직이지 않았다. 다들 바닥 위에 선 채로 극도의 긴장 상태를 유지했다. 헬멧 램프만이 어둠 속을 허연 손가락처럼 더듬고 있었다. 시간은 하나의 순간으로 응축됐다. 다시 공황 상태에 빠질 것 같은 기분이 들었다.

갑자기 비명이 들렸다.

"저 위다."

나는 갑자기 몸을 돌리다 숨이 멎었다. 피가 얼어붙는 듯한 광경이었다. 십 미터 거리, 불빛이 충분히 닿을 만한 지점에 거대한 머리가 있었다. 머리는 전혀 움직임이지 않았다. 그러나 몸체는 어둠에 가려 보이지 않았다. 나는 놈을 스냅사진처럼 연속으로 촬영했다. 눈꺼풀은 없었고 길쭉하게 째진 동공에 콧구멍이 넓었다. 쩍 벌어진 입에서 날카로운 이빨들이 빛나고 있었다.

"이 아래서 다 죽을 거야." 나는 더듬거리며 말했다.

"헛소리." 멀로니가 투덜댔다. "그럴 마음이 있었으면 놈은 벌써 공격했어."

"생각이 달라진 모양이지요."

"아닐 거야. 우리가 놈의 둥지에 너무 가까이 있어서 그럴 거야."

"그게 무슨 소리예요?" 내가 물었다.

"많은 동물의 경우 사냥 본능은 자기 둥지에서 어느 정도 거리가 있을 때 나타나지. 새끼들을 우선 보호하려는 모성의 안전조치야." 그의 목소리에서 긴장감이 느껴졌다. "입구를 발견한 건 불행 중 다행이야. 애스트베리. 그렇지 않았다면 놈은 우리를 벌써 작살냈을 거야." 그는 작살을 들어 어깨에 대고 목표물을 조준했다. "성공을 빌어줘." 그는 손가락을 구부리더니 방아쇠를 당겼다.

화살이 퓽 하고 날아가면서 탄소섬유 밧줄이 꼬리를 이었다. 놈의 대가리는 번개처럼 어둠 속으로 사라졌다.

작살이 빗나간 것을 알고 멀로니는 욕을 해댔다. 확 잡아당기자 밧줄이 팽팽해졌다. 화살은 맥없이 바닥에 꽂혔다. 멀로니는 어쩔 줄 몰랐다. "이런 적은 처음이네." 그는 밧줄을 다시 거둬들여 작살에 새로 연결하면서 투덜거렸다. "놈은 나를 정확히 보고 있었어. 발사하는 순간을 기다리고 있었던 것 같아. 다시 그렇게 조준이 잘될지 모르겠군."

"될 거야." 식스펜스가 말했다. "저 위에 놈이 다시 나타났어."

우리는 뒤를 돌아보았다. 실제로 그 대가리가 다시 나타났다. 아까와 똑같은 거리에 똑같은 표정이었다. 놈은 우리를 놀리고 있는 것 같았다.

“그래, 한번 놀아봐라.” 멀로니가 격분해서 씩씩거렸다. “하지만 이번에는 안 될 걸. 애스트베리, 저놈의 주의를 좀 끌어봐. 우리한테 옆구리를 보이게 말이야. 해봐.” 그는 말하면서 카메라를 가리켰다.

나는 처음에 무슨 말인지 몰랐다가 조금 뒤에야 깨달았다. 조심스럽게 움직이면서 카메라를 높이 쳐들었다. “됐어요?”

“됐어.”

셔터를 눌렀다.

플래시가 암흑을 갈랐다.

이어서 벌어진 일은 내 예상을 완전히 뛰어넘었다. 모켈레는 빛으로 눈이 부신 나머지 깊은 비명을 지르더니 천둥처럼 우리 옆을 지나쳐 끝모를 심연 속으로 내려갔다. 순간 놈은 옆구리를 드러냈다. 멀로니가 작살을 발사하기에 충분한 순간이었다. 날아가는 화살이 보이는가 싶더니 거센 물살이 우리를 덮었다. 우리는 다시 한 번 소용돌이에 휘말려 날아갔다. 그러나 이번에는 호수 바닥이 재빨리 방향을 잡는 데 도움이 됐다.

“빨리 가자.” 멀로니의 목소리가 스피커를 통해 울렸다. “작살도 회수했어. 이젠 뜨는 거야.”

—

에고모는 불안한 마음에 물가에서 왔다 갔다 하고 있었다. 그러다 멈춰 서서 저 먼 곳을 쳐다보다가 다시 제자리로 돌아왔다. 물속으로 들어간 지 얼마가 지난 거야? 그가 생각하기에는 너무도 긴 시간이었다. 모켈레의 제국을 그렇게 오래 얼쩡거리고도 벌을 받지 않을 사람은 아무도 없었다. 뭔가가 잘못된 것이 분명했다.

그는 급히 엘리쉬에게로 갔다. 엘리쉬는 돌 위에 앉아서 담배를 피우고 있었다. 그녀는 멍하니 물 쪽을 응시하고 있었다. 그는 앞으로 다가가서 어떻게 그리도 태평하냐, 도대체 저 세 사냥꾼이 어떤 위험에 처해 있는지 모른단 말이냐 하고 물었다.

"물론 알지." 그녀가 답했다. "그리고 그 사람들도 알아. 자, 앉아." 그녀는 작고 이상한 하얀 막대기를 하나 권했다. 그는 고마운 마음으로 받았다. 에고모는 가끔 파이프를 피우는 게 좋았다. 하지만 이 담배는 지금까지 말로만 듣던 것이었다. 그녀가 불을 권했다. 향긋한 연기가 폐에 가득 차자 그는 고맙다는 표시로 고개를 끄덕였다.

"알지, 에고모?" 여자가 얘기를 시작했다. "사실은 나도 너처럼 불안해. 하지만 저 사람들은 뭘 해야 할지 알고 있어. 멀로니랑 식스펜스는 이런 일이 처음이 아니야. 정확히 말하면, 이번 일은 처음이지만 오랜 경험이 있어." 엘리쉬는 스스로를 위로하려고 애썼다. 에고모도 그걸 느꼈다. 사실 그녀는 에고모와 마찬가지로 불안하기 짝이 없었다. 안절부절 못했다. 따지고 보면 에고모는 네 사람 다 느낌이 좋았다. 사냥꾼은 거칠지만 마음이 따뜻했고, 동료인 식스펜스는 기분을 좋게 하는 사람이었다. 그리고 자기와 마찬가지로 맨발로 돌아다녔다. 엘리쉬만 해도 가슴이 크고 자기와 자기 부족에 대한 이해가 깊었다. 이런 사람은 정말 드물었다. 그러나 창백하고 수줍은 데이비드라는 남자는 아주 특별한 느낌이었다. 그는 이 무리에는 전혀 어울리지 않았다. 소심하고 과단성이 없어 보였다. 그런데도 나머지 사람들보다는 훨씬 더 이곳에 있어야 할 분명한 이유가 있는 것 같았다. 이틀 밤 전에 처음 그를 만났을 때 어떤 강한 유대감이 느껴졌다. 우정을 훨씬 뛰어넘는 유대감이었다. 그는 영혼의 형제였다. 에고모는 전생에 이미 서로 만났다고 확신했다. 게다가 그는 데이비드가 특별한 과제를 떠맡고 있다고 느꼈다. 그게 뭔지는 몰랐지만, 자신과 호수와 모켈레와 백인 학자와 어떤 관계가 있는 일이었다. 백인 학자의 운명이 어떻게 됐는지는 아직 밝혀지지 않았다. 에고모는 데이비드가 이 모든 고리를 연결해서 그 이야기에 어떤 의미를 부여하게 될 것이라고 확신했다.

갑자기 엘리쉬가 벌떡 일어났다.

저쪽 호수 표면에 뭔가가 용솟음쳤다. 세 잠수부의 머리가 표면에 떠올랐다. 에고모는 담배를 던지고 신들에게 감사의 기도를 올렸다.

—

나는 다시 태어난 기분이었다. 우리 모두는 무사히 보트에 도착했다. 나는 귀한 시료를 담은 화살을 냉동상자에 안전하게 집어넣었다. 그러고 나서 아직도 흥분에 떨면서 잠수복을 벗었다. 식스펜스가 헬멧 벗는 걸 도와주었다. 곧바로 뜨뜻한 공기가 피부에 느껴졌다. 나는 환한 햇살과 물 위를 스치며 벌레를 채는 세네갈제비의 유쾌한 노랫소리에 마지막 남아 있던 한 가닥 불안마저 떨쳐버렸다.

우리는 해냈다. 발치에 놓인 작살에 달린 유리통은 끝까지 다 찼다. 결사대는 운이 좋았다. 나는 뒤로 몸을 기댔다. 다시 뭍으로 돌아가면 이 조직 샘플을 분석하고 귀향에 대비해 냉동시키고 에밀리만 찾으면 된다. 팜브리지 여사는 마음만 먹는다면 내 덕분에 인류를 구할 수 있게 된 것이다. 행복하고 만족스럽게 고향으로 돌아가서 가급적 빨리 모든 것을 다 잊고 싶었다.

"베어울프 전설 알아요?" 내가 장난스럽게 웃음 지으며 두 사람에게 물었다. 둘 다 막 헬멧을 벗은 상태였다. 식스펜스가 이맛살을 찌푸렸다.
"베어울프? 몰라. 못 들어봤어. 스튜어트, 넌?"

"옛날 영국 영웅전설의 하나지?"

"하나가 아니라 제일 오래된 영국 전설이에요. 최소한 기록으로 남은
걸로 따지면 그래요. 영웅 베어울프에 관한 이야기인데 부하들을 데리고
가서 끔찍한 괴물을 해치우고 동맹국을 해방시킨다는 내용이지요. 괴물
그렌델은 어미와 함께 호수 바닥에 웅크리고 있다가 매일 밤 뭍으로 올
라가서 사람들을 잡아먹어요. 베어울프는 그 괴물에 맞서 맨주먹으로 싸
우는데 괴물은 팔을 하나 잃게 돼요. 치명적인 상처를 입고 소굴로 돌아
갔다가 호수 바닥에서 죽는다는 이야기예요."

"그러고 나서 다들 끝까지 행복하게 산다는 거겠지." 식스펜스가 히죽
웃었다.

"틀렸습니다." 내가 말했다. "다음 날 밤 어미가 나타나요. 이건 훨씬
더 끔찍한 괴물인데 죽은 아들의 복수를 하는 거지요. 어미는 베어울프
의 가장 가까운 친구를 죽인 다음 끌고 가지요. 영웅은 이 만행에 격분해
서 호수로 잠수해 들어갔다가 거대한 궁전을 발견하게 돼요. 거기에는
금은보화와 온갖 무기가 쌓여 있었지요. 그는 특히 거기서 마법의 칼을
발견하지요. 결정적인 싸움이 벌어지지만 두 맞수는 힘이 비등했어요.
베어울프의 칼이 괴물의 가죽을 뚫지 못하자 그는 그 마법의 칼을 떠올
려요. 그는 다시 돌아가 그걸 가지고 와서 괴물을 찔러 죽이지요."

"그러고 나서 마침내 모두들 죽을 때까지 행복하게 살았다?"

"맞아요. 그런데 그게 상당히 오래갔어요. 베어울프는 아주 오래 살았
거든요."

식스펜스가 진저리가 난다는 표정을 지으며 고개를 흔들었다. "끔찍한

이야기야. 내 생각에는……."

강력한 충격에 우리 배가 흔들렸다.

처음에는 좌초한 것이라고 생각했다. 그러나 멀로니의 태도에서 나는 뭔가 다른 일이 일어났다는 것을 눈치 챘다. 그는 호수를 가리켰다. 그의 눈에 당혹스러운 빛이 스쳤다. 등지느러미가 오른쪽에서 물살을 가르다가 왼쪽으로 크게 맴을 돌더니 다시 우리 쪽으로 내달렸다.

"꽉 잡아!" 멀로니가 소리쳤다.

다시 한 번 고무보트에 충격이 왔다. 보트는 빙글 돌면서 거의 전복될 뻔했다. 거대한 파도가 쏟아졌다. 엔진은 털털거리며 꺼졌다. 물이 공기 흡입구에 들어찬 것이다. 나는 고정용 밧줄을 한 팔에 감고 어쩔 줄 모른 채 수면을 지켜보았다. 반쯤 잠수한 공격자가 거대한 물살을 끌며 방향을 틀어 호수 한가운데로 가고 있었다.

연안까지 거리는 백 미터쯤 됐다. 헤엄쳐 가기에는 너무 멀었지만 희망을 버리기에는 너무 가까웠다. 제기랄…….

"어쩌지요?" 나는 당황해서 소리쳤다. "다시 올 것 같아요?"

"물론이지." 멀로니가 씩씩거리며 독화살을 장착한 작살을 집어 들었다. "식스, 엔진 좀 가봐. 놈을 멀리 쫓아볼 테니까. 오기만 해봐라. 놀이 상대를 잘못 골랐다는 걸 보여주마!"

그가 마지막 단어를 내뱉기도 전에 등지느러미가 방향을 틀더니 다시 우리 쪽으로 다가왔다.

25

에고모는 심장이 얼음 같이 차가운 주먹에 짓눌리고 있는 듯한 기분이었다. 녹색 반점이 찍힌 등이 고무보트 뒤에서 치솟아 오르는 것이 보였다. 이어 엘리쉬의 날카로운 비명이 들렸다. 고무보트 주변의 물은 파도가 용솟음치는 것 같았다. 물거품이 끓어올랐다. 그는 망연자실해서 심연에서 올라온 괴물이 보트에 탄 세 남자를 덮치는 광경을 바라보고 있을 수밖에 없었다. 식스펜스가 엔진을 다시 가동시키려는 사이 데이비드가 몸을 던졌다. 멀로니만이 아직 두 발로 제대로 서 있었다. 그의 손에는 이상한 모양의 무기가 들려 있었다. 백인들은 그걸 작살이라고 불렀다. 에고모는 이런 장비에 대해 많이 알지는 못하지만, 사수가 아무리 뛰어나다 해도 저렇게 거대한 괴물을 그런 초라한 무기로 방어할 수 있을지 의문이었다. 그러나 혼자서 원시의 도마뱀과 싸우는 저 남자의 용기는 경이로웠다. 그는 침착 그 자체였다. 모켈레를 명중시킬 기회가 올 때까지 참고 기다렸다. 그리고 기회가 왔다.

콩고 공룡은 보트를 전복시키기 어렵다는 것을 알고 전술을 바꿨다. 놈은 물 위로 치솟더니 공중에서 보트를 공격했다.

에고모는 거대한 머리가 사람들에게 달려드는 것을 보고 쇠뇌를 꽉 붙들었다.

—

멀로니는 옆에서 발을 쩍 벌리고 서 있었다. 모켈레가 우리 바로 옆 수면 위로 솟아올랐다. 보트와 놈과의 거리는 오륙 미터쯤 되는 것 같았다. 놈에게서 나는 생선 비린내가 너무 심해서 숨이 탁 막혔다. 녹색 반점이 찍힌 피부는 온통 수초가 덮여 있어서 이끼 낀 바위 표면 같았다. 차이가 있다면 강력한 근육이 두드러져 보인다는 점이다. 흐느적거리는 기다란 목은 최소 사 미터는 됐고, 끝에 달린 머리는 억지로 봐줘야 공룡과 비슷하다고 할 만했다. 사실 이 머리는 에밀리가 찍은 비디오와 잠수를 했을 때 본 것이었다. 그러나 두 경우 모두 시계가 좋지 않았다. 지금 한낮의 햇빛 속에서 보니 놈의 얼굴은 물고기와 비슷했다. 눈은 양 옆으로 박힌 것이 아니라 기름한 주둥이를 따라 앞쪽을 보고 있었다. 그래서 매우 똑똑한 인상을 주었다. 에밀리의 비디오에서 봤던 뿔은 고대 로마 병정의 투구처럼 뒷머리에서 솟아 있었다. 어디가 귀인지는 정확하지 않지만, 머리통에 부채꼴 모양의 돌기가 솟아 있었다. 제일 무시무시한 것은 아가리였다. 상어 주둥이와 매우 흡사했다. 뾰족하면서도 아래는 널찍했다. 동물 세계에서도 가장 끔찍한 무기를 장착하고 있었다. 치열이 여럿인 것이 또렷이 보였다. 이빨이 떨어져나가거나 부러지면 뒤에서 앞으로 밀려나가면서 바로 대체할 수 있도록 된 것이다.

이건 공룡일 수가 없었다. 책이나 컴퓨터 애니메이션으로 만든 다큐멘터리 영화에서 본 공룡은 아니었다. 학자들이 하나같이 착각을 했거나 아니면 그들이 본 것과 전혀 다른 동물이었다. 따질 시간은 없었다. 그 순간 대가리가 앞으로 쑥 다가왔다. 무시무시한 아가리가 우리 머리 쪽으로 들이닥쳤다. 쩍 하는 끔찍한 소리가 울렸다. 콘크리트 블록을 가루로 만들어버리는 불도저의 삽날 같았다. 바로 멀로니가 고대하던 기회의 순간이었다. 그는 놈의 목에 작살을 쏘고 재장전한 다음 다시 쏘았다. 번개처럼 일어난 일인지라 세 번째 화살을 시위에 메겼을 때쯤 이미 놈은 씩씩거리며 호수 아래로 사라졌다. 모든 것이 불과 수 초 사이에 벌어졌다.

"됐다, 이 괴물아." 멀로니가 의기양양해서 소리를 쳤다. "경고했지?"

"작살이 좀 효과가 있을 거라고 확신해요?" 나는 온몸이 떨렸다. 손은 여전히 고정용 밧줄을 꽉 붙잡고 있었다.

"이 화살에 뭘 넣었는지 알지, 애스트베리?"

나는 고개를 흔들었다.

"쿠라레야. 세상에서 가장 치명적인 신경독이지. 화살 하나 분량이면 코끼리 떼도 죽일 수 있어. 신경 전달 속도보다 작용이 빠르지. 말하자면 두뇌가 맞았다는 걸 알아채기도 전에 죽어버린다는 거야. 여기서 우리가 얘기를 하는 동안 모켈레는 벌써 호수 바닥에 죽어 누워 있을 걸." 그는 교활한 미소를 지었다. "저렇게 거대한 파충류한테 총알은 안 통해. 이런 일이 있을 줄 알고 미리 준비를 좀 해뒀지."

"이번엔 안 된 것 같네요." 나는 깜짝 놀라 수면을 가리켰다. 그 아래 생물체의 움직임이 어른거렸다.

멀로니는 눈이 튀어나올 것 같았다.

"이럴 수가." 그는 말을 더듬었다. 함께 여행을 시작한 이후 그의 눈에서 이런 공포의 빛을 보기는 처음이었다. "그럴 리 없어. 그런 독을 맞고도 살 수 있는 동물은 이 세상에 없단 말이야. 고래도 안 돼. 다른 놈인 게 분명해."

그러나 그 순간 물속에서 치솟은 모켈레의 머리는 그의 말이 거짓임을 입증했다. 거리는 꽤 됐지만 누가 봐도 두 개의 화살이 목에 박혀 있었다.

"아니, 저런. 시동 걸어, 식스. 빨리."

"잠깐만, 잠깐만."

호주 원주민은 나사를 풀어 모터 뚜껑을 열고 기화기를 다시 말리느라 정신이 없었다. "시간 없어." 멀로니는 고래고래 소리치며 가죽 주머니에서 무기를 꺼냈다. "애스트베리, 노를 저어, 빨리. 일 미터라도 떨어져야 돼. 몇 분 안에 연안에 도착하지 못하면 우린 다 죽어!" 그는 총을 조준한 다음 발사했다. 무기의 반동으로 보트가 일 미터쯤 앞으로 밀려나갔다. 나는 기다렸다는 듯이 노를 들어 손잡이 고리에 끼워 넣고 젓기 시작했다.

다시 한 번 총성이 울렸고 저편 연안에 메아리가 울려 퍼졌다. 모켈레는 다친 기색이 전혀 없었다. 총알이 살가죽에 아무 피해도 주지 못하고 튕겨나갔거나 상처가 별 볼일 없는 정도였을 뿐이다.

그 순간 침 뱉는 소리 같은 소음이 들렸다. 그러더니 불완전하게 연소한 연료 때문에 생긴 매연이 보트를 덮었다. 식스펜스는 다시 한 번 젖먹던 힘을 다해 시동줄을 당겼다. 그러자 엔진에 시동이 걸렸다.

"잘했어. 식스." 멀로니가 소리쳤다. "이제 가급적 빨리 호숫가로 가야 돼. 저 괴물을 좀 더 저지해볼게." 그는 말을 하자마자 다시 괴물을 향해 두 번 총을 발사했다. 그러나 그럴듯한 성과는 없었다. 모켈레는 상처를 입지 않았다.

나는 근심 어린 눈으로 엔진을 쳐다봤다. 일정한 템포로 통통 소리를 내기는 했지만 힘을 내지는 못했다. 아마 기화기가 아직 완전히 마르지 않은 모양이었다. 작은 보트가 세 남자를 싣기에는 너무 무리였나 보다. 모켈레가 점점 더 가까이 다가왔다. 첫 번째 공격이 우리를 몰아낼 목적이었다면 이제는 우리를 죽이려고 하는 게 느껴졌다. 놈이 이빨을 드러내자 끈적끈적한 침이 아가리에서 흘러내렸다.

연안으로 다가가는 속도는 고통스러울 만큼 느렸다. 에고모와 엘리쉬가 보였다. 두 사람은 안절부절못하고 다급하게 손을 흔들었다. 멀로니가 더 뒤로 달아나라고 신호를 보냈다. 그러나 알아듣지 못하는 것 같았다. "제기랄." 그가 욕을 했다. "아직 멀었어. 애 보고 있을 시간 없어, 식스. 바로 캠프로 가야 돼. 그래야 빨리 폭탄을 쓸 수가 있어. 그게 저 괴물을 막을 수 있는 유일한 방법이야."

그러나 우리가 호숫가에 도달하기 전에 괴물이 먼저 우리를 낚아챌 것이 분명했다.

그 순간 나는 결단을 내렸다. 목숨을 잃을 수도 있다는 건 알고 있었다.

나는 깊이 숨을 들이마신 뒤 뱃전 너머로 뛰어들었다.

"안 돼." 식스펜스의 고함이 들렸다. 그러더니 물살이 사방에서 쏟아져 들었다. 잠수복에 물이 꽉 차는 바람에 나는 돌덩이처럼 아래로 가라앉았다. 점점 더 아래로 내려가는 동안 모터보트가 속력이 높아지면서 앞으로 나아가는 게 보였다. 내 계획이 제대로 먹힌 것 같았다.

몇 초 후에 콩고 공룡이 내 위로 헤엄쳐 지나갔다. 거대한 몸집 탓에 아래까지 거대한 그림자가 드리워졌다. 순간 놈은 속도를 늦추더니 내 쪽을 들여다보았다. 공포가 엄습했다. 놈의 머리가 물속으로 들어오더니 날카로운 눈으로 아래를 뒤졌다. 그러다가 놈이 다시 헤엄을 쳤다. 나를 알아보지 못했거나 아무래도 상관없었기 때문일 것이다.

입에서 공기방울이 나오기 시작했다. 나는 괴물이 시야에서 완전히 사라질 때까지 기다렸다. 그런 다음 위로 떠올랐다. 켁켁거리면서 겨우 숨을 들이쉬고 주위를 둘러봤다. 엘리쉬와 에고모는 보이지 않았다.

모켈레는 계속 보트를 추적했지만 내 행동이 두 사람한테 잠깐이나마 시간 여유를 준 것으로 보였다. 그들은 이미 수초가 우거진 지역에 도달해서 물이 허리쯤 차는 곳에 뛰어내렸다. 그러나 모켈레가 바짝 뒤쫓아 가고 있었다.

온힘을 다해서 나는 뭍으로 헤엄치기 시작했다. 그러나 예상보다 거리가 멀었다. 한참 시간이 지난 뒤에야 호숫가에 도착할 수 있었다. 몇 걸음 나아가 맨땅에 올라섰다. 나는 재빨리 오리발과 거추장스러운 잠수복을 벗어버렸다.

그사이 호숫가에서는 피 튀기는 전투가 벌어졌다. 비명과 욕설이 내가 있는 쪽까지 울려왔다. 그러다 멀로니가 쏘는 총소리에 소리가 파묻히곤 했다. 엘리쉬와 에고모의 모습이 보였다. 그들의 손에 든 무기에서 불꽃이 작열했다. 모켈레가 공격을 멈췄다. 이 작은 생명체들이 격렬하게 저항하는 데 놀랐는지 아니면 편안한 물속이 그리웠는지도 모른다. 어찌 됐든 덕분에 한숨 돌렸다. 나는 최대한 빨리 현장으로 달려갔다. 그러나 다시 뒤돌아가지 않을 수 없었다. 앞에 펼쳐진 이백 미터쯤 되는 갯벌이 너무 푹푹 빠져서 통과할 수가 없었기 때문이다. 무슨 일이 벌어지는지 보이질 않으니 답답하기 그지없었다. 그저 싸우는 소리만이 들렸다. 그것만으로도 무시무시했다. 갑자기 천둥 치는 소리가 들리고 땅이 흔들렸다.

폭탄이었다.

멀로니의 말은 단순한 협박이 아니었다. 가지와 가시덤불이 발에 찔렸다. 나는 이를 악물고 고통을 참으면서 최대한 빨리 달렸다.

마침내 캠프에 도착했다. 가쁜 숨을 몰아쉬며 덤불 속에서 튀어나와 사방을 둘러봤다. 깜짝 놀랐다.

모켈레가 사라졌다.

우리 팀은 호숫가에 모여 물 쪽을 바라보고 있었다. 나를 맨 처음 알아본 것은 멀로니였다. 손에는 아직도 하얀 폭약통을 들고 있었다. "우리 영웅이 오셨구먼." 그는 씩씩거리며 나한테로 달려와 반갑게 손을 잡았다. "애스트베리 씨, 내가 지금까지 본 중에서 가장 용감한 행동이었소. 당신이 우리 모두의 목숨을 구했어."

"멀로니 말이 또 맞았군." 식스펜스가 공을 높이 평가한다는 듯이 내 어깨를 두드렸다. "당신의 희생적인 행동이 없었다면 우린 저 괴물한테 다 당했을 거야. 뻔하지. 진심으로 고마워요."

"희생 같은 거랑은 상관없어요." 나는 솔직히 말했다. "오히려 너무 무서워서 그랬어요. 생각할 시간이 더 있었다면 물속에 뛰어들지 않았을 거예요. 정말이에요." 너무 칭찬을 받는 것은 옛날부터 몹시 쑥스러웠기 때문에 나는 재빨리 주제를 바꿨다. "놈은 어디로 간 거예요?"

"호수로 되돌아갔어." 멀로니가 말했다. 그의 얼굴에서 미소가 사라졌다. "우린 운이 엄청 좋았어. 아직 살아 있으니 말이야. 폭약도 놈에게 별 타격을 주지 못했어. 하지만 공포심은 심어줬지." 그는 고개를 흔들었다. "저놈을 겪고 나니까 이제 문제를 알겠어. 신경독은 효과가 없어. 총알도 별 힘을 쓰지 못하는 것 같고. 폭탄이 터져도 기껏 놀라게 하는 정도야. 도대체 뭐 이런 놈이 다 있어?"

"유전자 분석을 해보면 알 거예요." 나는 어느 정도 냉정을 되찾으며 말했다. "하지만 한 가지는 알려드려야겠네요. 놈은 공룡이 아니에요."

호랑이도 제 말 하면 온다더니 모켈레가 연안에서 조금 떨어진 곳에서 다시 떠올랐다. 놈의 눈을 보니 사냥은 아직 끝나지 않았다. 이 파충류는 우리를 감시하고 있었다. 돌아가서 편히 쉬는 대신 우리를 끝까지 사냥할 마음이었던 것이다.

"여기를 떠야 돼요." 내가 말했다. "에밀리가 어디로 갔든 짐 꾸려서 뜨자고요."

"그럴 기회가 있을까." 멀로니가 말했다. "저거 보이지?"

처음에는 무슨 말인지 몰랐다. 모켈레는 지금 우리가 서 있는 곳에서 멀리 떨어져 있었고 왼쪽을 향해 갔기 때문이다. 그러다 곧 덤불 속에서 삐죽 솟아나온 꼬리날개에 눈길이 갔다.

"세상에. 비행기야!"

엘리쉬의 눈빛이 공포로 떨리고 있었다. "저걸 파괴하면 우린 함정에 갇힌 꼴이 돼. 그럼 누가 이리로 우릴 데리러 와주기를 기다리는 수밖에 없어."

"그건 알다시피 군인들도 실패했지." 멀로니가 덧붙였다. "식스. 빨리 보트로 가서 좀 떨어진 곳에 숨어서 놈을 지키고 있어. 놈이 우릴 공격하면 물 쪽에서 엄호사격을 해줘. 애스트베리하고 나는 비행기를 지킬 테니까. 무슨 일이 있어도 말이야."

내가 최대한 빠른 속도로 셔츠와 바지와 장화를 걸치는 동안 멀로니는 우리가 쓸 무기를 꺼냈다. 그는 내게 M6 속사소총을 쥐어주면서 작동법을 간단히 설명해주었다. 자신은 고성능 포탄을 장착한 쇠뇌를 들었다. "어물거릴 시간 없어." 그는 내가 회의적인 표정을 짓자 명령하듯이 말했다. "놈을 막을 수 없다면 우리가 여기 눈에 잘 띄는 곳에 앉아 기다리는 거야." 그러고는 희미한 미소를 지으며 덧붙였다. "이제부터는 놈이 죽느냐 우리가 죽느냐야. 준비됐지?"

나는 고개를 끄덕였다.

"자, 그럼 가자."

움직이니 기분이 좋았다. 마음 한구석에 남아 있던 두려움도 가셨다. 비버 비행기가 밧줄에 묶인 채 물가에 서 있었다. 여기 어딘가에 모켈레가 있을 것 같은 징표는 찾을 수 없었다. 아무것도. 오십 미터쯤 되는 거리에서 기포가 솟아올랐다.

"저기 있다." 멀로니가 소곤거렸다. "이제 위험을 무릅쓸 필요 없어. 내가 줄을 풀 테니까 당신은 조종실로 들어가서 시동 걸어."

"뭘 하라고요?"

"말 그대로야. 엔진 시동을 걸고 비행기를 위험지역에서 빼내는 거야."

"놈이 뒤따라오면?"

그는 차가운 미소를 지었다. "그럼 속도를 높여서 이륙해야지. 어떻게 하는지 알잖아. 열쇠 받아." 그는 열린 문틈으로 내게 열쇠를 던져 주었다. "문제될 거 없어. 비행기도 이젠 한결 가벼워졌으니까."

"완전히 미쳤군요." 내가 말했다. 그러나 나는 불안을 삼키면서 조종간 앞에 자리를 잡았다. 멀로니가 문이 열린 상태에서 바깥 플로트에 발을 딛고 서서 모켈레를 찾는 동안 나는 식스펜스가 엔진 시동을 어떻게 걸었는지 기억해냈다. 연료를 조절하고, 시동 단추를 누르고, 열쇠를 꽂은 다음 돌린다. 철컥 하는 소리가 나더니 부릉부릉 하면서 시동이 걸리는 바람에 나는 깜짝 놀랐다. 아주 간단했다. 추진력을 낮추고 밖을 내다보았다. 천천히, 아주 천천히 우리는 움직이기 시작했다. 그러나 몇 미터쯤 나아갔을 때 갑자기 모켈레의 목이 물에서 솟구치더니 거대한 몸이 가로

막고 나섰다. 마치 우리 계획을 미리 알고 있는 것 같았다.

"제기랄." 욕을 했다. "이런 식으로 놈을 지나쳐갈 방법은 없어요. 어쩌지요?"

멀로니는 잠시 생각하더니 고개를 흔들었다. 입을 일자로 꽉 다물었다. "이 짐승은 진짜 교활하군. 우리 진로를 끊겠다는 거야. 다시 시동 꺼."

나는 그가 시키는 대로 했다. 그러자 놈은 곧바로 다시 수면 아래로 사라졌다. 멀로니는 도저히 믿을 수 없다는 표정이었다. "이런 놈 본 적 있소, 애스트베리 씨? 놈은 우리의 일거수일투족을 예측하고 즉시 반응하는군. 놈의 정체를 모르는 상태였다면 사람이라고 믿었을 거야. 놈의 지능이 정말 놀랍군. 다른 수를 내야겠어." 그는 내게 조종실에서 나오라는 눈짓을 했다. "당신이 무기를 들어. 가급적 조용히 오른쪽 플로트로 가. 내가 왼쪽을 맡을게. 모켈레가 물속에서 머리를 내미는 순간 목을 노려. 거기가 가장 취약한 부분인 것 같아. 이제 놈을 처치하는 수밖에 없어. 그게 마지막 탈출구야."

속이 좋지 않은 상태로 조종실을 나서자 육중한 무기가 내 가슴에 턱 떨어졌다. 조심스럽게 이쪽으로 다가오는 식스펜스가 보였다. 그의 얼굴에는 깊은 근심이 서려 있었다. 그는 다가오는 기포가 얼마나 위험한 것인지 잘 알고 있었고 그것을 피해 멀리 돌았다. 그는 무기를 겨누고 있었다.

몇 분이 흘렀다.

왜 모켈레가 공격하지 않을까? 어쩔 생각일까? 우리가 가버릴 때까지 기다릴 작정인가? 도무지 모를 일이었다. 놈은 보통 동물들한테 기대할 수 있는 것과는 전혀 다른 태도를 취했다. 멀로니 말이 딱 맞았다. 놈은 너무 영민했다.

긴장한 탓에 신경이 타들어가는 것 같았다. 나는 무기의 안전장치를 만지작거렸다. 손가락으로 차가운 금속 표면을 쓸어보고 손톱으로 홈이 파인 곳을 긁어보기도 했다. 이런 식으로 마냥 기다리자니 미칠 것만 같았다.

전혀 예기치 않게 갑자기 내 총이 발사됐다. 탄환이 발 앞에 있는 물속으로 파고들었다.

순간 손에서 총을 놓쳐 물속에 빠뜨릴 뻔했다. 다행히 어깨띠에 총을 묶어둔 상태였다. 나는 너무나 놀라 하마터면 미끄러져 물속으로 넘어질 뻔했다.

그 순간 모켈레의 매끈한 등짝이 수면을 뚫고 나왔다. 오늘 이 짐승을 몇 차례 직접 보았지만 여전히 가슴이 덜컥 내려앉았다. 어금니들은 그야말로 끔찍했다. 놈은 화가 머리끝까지 올라 푸우 하는 소리를 내면서 달려들었다. 피가 얼어붙는 듯했다. 총을 잘못 다룬 것이 놈의 화를 돋우는 빌미가 됐다. 천천히 뒤로 물러나면서 놈의 목을 겨누는 동안 군인들 캠프에서 생각났던 것과 똑같은 말도 안 되는 아이디어가 떠올랐다. 모켈레가 무기에 대해 알레르기적인 반응을 보이는 건 왜일까? 그건 물론 나의 엉뚱한 생각일 수도 있었다. 놈이 무기들을 잘 안다는 전제를 깐 것이다. 그런데도 그런 생각을 떨쳐버릴 수 없었다. 놈의 영민한 눈을 들여다보는 순간 진실은 손에 잡힐 듯이 가까이 다가와 있다는 느낌이 들었다.

"왜 안 쏴?" 멀로니가 동체 반대편에서 조급하게 소리쳤다. "사정거리에 딱 들어왔잖아."

"안 되겠어요." 나는 어물거렸다. "이건 옳지 않아요."

"지금 무슨 소리야. 옳지 않다니. 빌어먹을! 내가 건너갈 테니까 기다려." 그가 얼마나 화가 났는지 알 만했다. 그러나 그에게 우리 목숨이 오락가락할 수 있다는 내 의구심을 곧이곧대로 설명해주지 않을 수 없었다.

그러나 멀로니는 나의 우려에는 아무런 관심이 없었다. 씩씩거리면서 땀을 흘리며 모난 곳을 조심스럽게 잡고 내 쪽으로 건너왔다. 동체가 심하게 흔들렸다.

"뭘 제대로 하려면 직접 하는 수밖에 없지." 그는 내 쪽 플로트를 안전하게 밟은 상태에서 헐떡거리며 말했다. 그는 잠시 우습지도 않다는 듯한 시선을 보내고는 총을 조준한 상태에서 그 파충류를 추적했다.

"안 돼요." 내가 소리쳤다. "그러지 마요. 쇠뇌를 내려요. 놈은 무기에 예민하게 반응했다고요." 그의 팔을 막았지만 너무 늦었다.

"헛소리." 그는 소리치면서 방아쇠를 당겼다.

26

화살이 빨랫줄처럼 놈의 목을 향해 날아갔다. 모켈레는 우리를 정확히 관찰하고 있다가 바로 반응했다. 놈은 순식간에 옆으로 몸을 숙였고 화살은 반 미터 차이로 빗나갔다. 나는 그토록 거대한 동물이 이렇게 빨리 움직이는 것을 보지 못했다. 멀로니가 욕설을 퍼부으며 다음 화살을 잡는 모습을 보니 그도 마찬가지인 것 같았다. 그러나 화살을 발사하지는 못했다. 그 순간 앞의 화살이 놈의 뒤편 이삼십 미터 되는 곳에 떨어지면서 귀가 멍멍해질 정도로 거대한 폭발을 일으켰기 때문이다. 폭발의 위력이 너무나 커서 내 얼굴까지 열기가 뿌려졌다. 현장에 훨씬 가까이 있던 식스펜스는 보트에서 내동댕이쳐졌다.

콩고 공룡은 분노한 나머지 울부짖었다. 그러더니 우리 쪽으로 달려왔다. 호수에서 대치하던 때 같은 느낌이 들었다. 그러나 결정적인 차이가 있었다. 이번에는 놈이 죽기 살기로 작심한 듯했다. 이번 공격에 비하면 고무보트에서 했던 공격은 마지못해 내쫓으려는 정도에 불과했다.

꼬리로 한 번 치자 비버의 왼쪽 주날개가 너덜너덜해졌다. 멀로니가 내 쪽으로 기어오지 않았더라면 아마 살아남지 못했을 것이다. 모켈레는 목을 쑥 내밀고 엔진을 감싼 함석 부위를 거대한 이빨로 물어뜯었다. 무시무시한 이빨로 콱 물더니 전선과 철사와 절연물질 등을 확 뜯어냈다. 머리를 흔들자 부품 같은 것들이 좌우로 수 미터씩 날아갔다. 다음은 오른쪽 주날개 차례였다. 우리 쪽이었다. 놈이 꼬리를 휘두르는 순간 나는 바짝 엎드렸다. 동체가 강력한 타격을 받았다. 유리가 산산조각 났다. 출입문은 알루미늄 호일처럼 찌그러졌다. 신음 같은 소리가 나면서 동체가 옆으로 넘어졌다. 타격이 그만큼 강했기 때문에 나는 플로트에서 멀리 날아가 사 미터쯤 떨어진 호숫가 진창에 쿵 하고 박혔다. 간신히 숨을 쉬었지만 그나마 불행 중 다행이었다. 이리로 떨어지는 바람에 직접적인 위험 지역에서 벗어나게 된 것이다. 반면에 멀로니는 아직 위태로운 상황에 놓여 있었다. 그는 받침대를 꽉 붙잡고 있었다. 그러나 쇠뇌는 손에서 떨어져 나가 진창에 처박혔다. 모켈레가 다시 공격을 하기 전에 그리로 가기는 불가능했다. 모켈레는 물에서 거대한 몸뚱어리를 끌어냈다. 이제는 바로 멀로니 위로 솟아올라온 형국이었다. 그에 비하면 호주 사냥꾼은 난쟁이 같아 보였다. 나는 괴물이 멀로니에게 달려드는 모습을 멍하니 바라볼 수밖에 없었다. 그 순간 물 위로 총성이 울려 퍼졌다.

식스펜스였다.

그 호주 원주민이 어떻게 했는지 다시 보트에 올라가 멀로니의 거대한 코끼리 사냥용 엽총으로 그 원시의 생명체를 향해 발사했다. 둔중하게 쩌억 하는 소리가 났다. 놈의 어깨에 깊은 상처가 생기면서 피가 솟구치고 비명이 울렸다. 모켈레도 상처를 입지 않는 것은 아니었던 셈이다. 살

가죽에 빽빽이 뒤덮인 수초 때문에 보이지 않았던 상처가 보였다.

모켈레는 뒤를 돌아보더니 주춤거렸다. 그는 식스펜스를 알아봤지만 누구를 먼저 해치울까 결심이 서지 않는 것 같았다. 놈은 푸우 하는 소리를 내면서 다시 멀로니를 향해 고개를 돌렸다. 그는 아직 무기를 잡지 못하고 있었다. 그때 다시 총성이 울렸다.

"안 돼!" 하고 멀로니가 소리쳤다. "멈춰. 식스! 시동 켜고 달아나. 빨리!"

그러나 너무 늦었다. 마지막 총성이 울리자 모켈레는 전략을 바꿨다. 놈은 잠수를 하더니 고무보트를 향해 나아갔다. 보트를 향해 가는 물살의 움직임이 또렷했다. 식스펜스는 공포에 질려 우왕좌왕하며 다시 엔진을 가동시키려 했다. 그사이 모켈레는 무고한 보행자에게 달려드는 육톤 트럭처럼 미친 듯이 식스펜스에게 들이닥쳤다. 식스펜스는 보트를 몰고 달아나기에는 너무 늦었다는 것을 인식했다. 그는 무기를 내던지고 물속으로 뛰어들었다. 아마 저 공룡이 어쩌면 보트만 공격할 거라는 희망에서였을 것이다. 그러나 그건 완전한 착각이었다.

모켈레가 턱을 벌렸다가 닫는 모습이 보였다. 강철이 철컥하는 것 같은 소리에 이어 끔찍한 비명이 들렸다. 식스펜스가 사라졌다. 물이 뻘겋게 번졌다.

모켈레는 주변을 두 번 선회하더니 핏빛 붉은 물거품을 일으키며 심연 속으로 들어가버렸다.

"아, 안 돼." 멀로니가 당혹한 표정으로 외쳤다. 위험도 아랑곳하지 않고 그는 물속으로 뛰어들어 친구를 향해 헤엄쳐 갔다. 친구는 연안에서 약 오십 미터 떨어진 지점에서 꼼짝하지 않고 그저 물에 떠밀려가고 있었다.

잠시 후 멀로니가 짐을 질질 끌고 돌아왔다. 한때는 인간이었던 물체였다. 멀리서 볼 때부터 우려했던 최악의 상황이 사실로 드러났다. 그가 식스펜스의 생기 없는 몸을 뭍으로 끌어올리자 나는 절로 두 손으로 입을 가렸다.

다리 하나는 완전히 없어졌다. 다른 쪽은 너덜너덜해진 핏줄과 힘줄에 간신히 붙어 있었다. 속이 벌겋게 드러난 상처가 하반신 전체에 낭자했다. 내장도 대부분 밖으로 쏟아져 나온 상태였다. 눈은 크게 벌어져 있었고 공포에 질려 멍한 상태였다. 피부는 회색빛이다. 멀로니가 그를 내 발 앞에 누였을 때 가슴에서 그르렁거리는 소리가 새 나왔다.

식스펜스는 아직 숨이 붙어 있었다.

멀로니는 식스 옆에 무릎을 꿇었다. 우는 것 같았다. 확실히 말할 수는 없지만 그랬다. 어쩌면 뺨에 흐르는 물기는 호수 물일지도 모른다. 그는 벌건 눈으로 나를 쳐다보았다. 목소리는 쉬어 있었다. "저기, 애스트베리 씨, 이 친구 구하게 나 좀 도와주시오."

나는 식스 옆에 무릎을 꿇고 앉아 머리를 들고 얼굴에 흘러내린 젖은 머리카락을 뒤로 넘겨주었다. 나를 알아보지 못하는 것 같았다. "소용없어요." 내가 말했다. "아직 살아 있다는 것만 해도 기적이에요. 하지만 식스는 맹세를 지켰어요."

이 말을 하는 순간 식스가 고개를 들더니 자기 친구를 바라봤다. 누구인지 알아보는 듯했다. 그는 "제기랄, 스튜어트" 하고 소곤거렸다. "당했어."

"이겨내야 돼." 멀로니가 속삭였다. 그 목소리에서 지옥에 있는 것 같은 고통스러운 심정이 전해졌다. "다시 괜찮아진다니까." 호주 원주민은 고개를 흔들며 쿨럭거리다가 피를 토했다. "잘 지내." 식스펜스가 숨을 헐떡이며 그르렁거렸다. "부탁 하나 들어줘."

"그래, 뭐든지, 뭐든지."

식스펜스는 애써 웃음 지으려 했다. "엘리쉬한테서 손을 떼. 좋은 사람이야. 막 대하면 안 돼." 미소가 멈췄다. 그는 마지막 숨을 몰아쉬고 고개를 떨궜다.

나는 눈을 감았다.

—

다시 눈을 떴을 때 엘리쉬와 에고모가 우리 옆에 서 있었다. 누구도 입을 열지 않았다. 모두들 멍하니 스튜어트 멀로니를 쳐다보고 있었다. 그는 죽은 친구를 부둥켜안고 어깨를 들썩이며 흐느끼고 있었다. 사냥꾼의 얼굴빛은 회색이었다. 눈에는 불꽃이 타올랐다. 엘리쉬가 위로의 표시로 그의 어깨에 손을 얹었다. 그러나 그는 말을 걸지도, 만지지도 말라는 눈짓을 했다.

"묻어야 해요." 내가 말했다. "어두워지기 시작해요. 해질녘이면 맹수들이 물가로 올 텐데."

그는 고개를 끄덕이더니 소매로 더러워진 얼굴을 닦았다. 그리고 잠시 파괴된 비행기를 쳐다봤다. 저기는 더 구조할 것이 없다는 사실을 확인하는 것 같았다. 그는 일어나서 친구를 다시 캠프 쪽으로 메고 갔다. 우리는 아무 말 없이 뒤를 따랐다.

캠프에 도착했을 때 모두들 눈에 눈물이 그렁그렁했다. 멀로니는 케이폭나무 발치에 적당한 곳을 찾아내 야전삽으로 무덤을 파기 시작했다. 성인 남자의 무덤자리치고는 너무 작아 보였다. 그러나 다리가 잘려나간 시신을 보면 이해할 수 있었다. 멀로니는 친구를 땅속에 누이더니 드림캐처 부적을 풀어 그의 가슴 위에 올려놓았다. 이어 알아들을 수 없는 소리로 몇 마디 하더니 인디언 주술사들 같은 제스처를 했다. 그는 우리 말은 기다리지도 않은 채 시신을 흙으로 덮고 보위 나이프를 꺼내 나무껍질에 뭔가 흠집을 냈다. 흠집이 연결되면서 그 안에 있던 붉은 형성층이 드러났다. 거기에는 단 한 마디가 적혀 있었다.

닌가라(Nyngarra)!

글자는 피로 쓴 것처럼 보였다. 무슨 뜻인지는 알 수 없었지만, 뭔가 재앙을 예고하는 것 같았다. 나는 엘리쉬를 바라보며 도움을 청했다. 그러나 그녀 역시 감을 못 잡는 것 같았다. 멀로니가 설명을 해줄 것 같지도 않아 나도 물어보지 않았다. 그는 시퍼런 칼날을 바지에 문질러 닦았다. 다시 칼집에 꽂아 넣으려니 생각했는데 그는 충격적인 장면을 연출했다. 그는 태연하게 소매를 걷어 팔뚝을 드러내고 날카로운 날을 피부에 그었다. 상처에서 피가 스며 나왔다. 그는 땅에서 흙을 줍더니 베인 자리에 놓고 비볐다. 몹시 고통스러웠겠건만, 멀로니는 눈 하나 꿈쩍하지 않았다.

문득 식스펜스가 정글에서 해준 말이 다시 떠올랐다. 그는 멀로니의 팔뚝에 난 흉터가 세상을 떠난 친구들의 영혼이라고 했다. 그의 팔이 흉터투성이라는 것을 생각하자 몸서리가 쳐졌다.

그런데 이제 하나가 더 추가된 것이다.

엘리쉬는 멀로니에게 걸어갔다. 위로하는 마음으로 그의 어깨에 손을 얹었지만 그는 귀찮은 파리라도 되는 양 툭 내쳤다. 그는 우리에게 눈길조차 주지 않고 자기 텐트로 들어가더니 입구를 닫고 저녁 내내 나오지 않았다.

우리는 어쩔 줄 몰라 한동안 무덤 옆에 서 있다가 답답한 심정을 안고 모닥불 앞으로 다가갔다. 호수 쪽에서 위험이 닥칠 가능성은 여전했지만 우리는 놀라울 정도로 침착했다. 우리는 모켈레의 분노가 지금 당장은 사그라진 것을 느꼈다. 식스펜스의 희생이 우리에게 시간을 벌어준 것이다. 그러나 이 상황이 얼마나 오래 갈 것이며 그다음에는 어떻게 될까?

오늘 벌어진 일들이 내 의식의 외피를 뚫고 들어와 점점 더 큰 장벽으로 화했다. 의문과 공포로 된 장벽. 불안한 탓인지 손이 떨리기 시작했다. 손을 바지주머니에 찔러 넣었지만 그런 감정은 사그라지기는커녕 오히려 발까지 번져갔다. 발도 떨리기 시작했다. 그 자리에 주저앉지 않았다면 바로 졸도하고 말았을 것이다.

"저런, 얼굴이 새파래졌네요." 옆에 서 있던 엘리쉬가 말했다. "순환기 이상이야. 몇 번 깊이 심호흡을 해요. 그사이 혈당치 높이는 걸 좀 가져올게요." 그녀가 식량텐트로 사라졌다가 금방 단 음식을 한 줌 들고 나타났다.

나는 뮈슬리 바 하나와 초코땅콩 한 봉지를 집었다. 수통에서 물을 꿀꺽꿀꺽 마시고 나니 한결 나았다. 생물학자는 내 옆에 앉더니 재빨리 화려하게 포장된 초코땅콩 몇 개를 집어 들었다. "아까 멀로니가 한 의식이 뭔지 알아요?" 그녀가 물었다. "솔직히 좀 섬뜩하던데."

나는 고개를 끄덕였다. "그 사람이 드림캐처를 벗어버렸다는 게 더 문제예요."

"드림 뭐요?"

"그 행운의 부적 말이에요. 그 사람은 늘 그걸 지니고 다녔어요. 어딜 가든지. 심지어 잠수를 할 때도 걸고 들어갔지. 그걸 벗어던졌다는 건 좋은 징조가 아니에요. 조심해야 돼요." 나는 고개를 가로저었다.

"대체 호수 바닥에서 무슨 일이 있었던 거예요?" 엘리쉬가 물었다. "얘기 좀 해봐요. 차근차근."

모든 것을 다 얘기해주는 데는 시간이 제법 걸렸다.

"그러니까 정말로 지옥 입구를 발견했군요." 그녀는 초코땅콩을 하나 더 깨물면서 중얼거렸다. "내 초저주파 기록에 잡힌 신호가 아주 커진 것도 놀라운 일이 아니네." 그녀는 이렇게 말하고 깊은 생각에 잠겼다. "음향을 좀 더 분리해봐야겠어요. 아마 어떤 모델을 만들어낼 수 있을 거예요. 그건 아주 중요한 역할을 할 거고."

"놈의 언어를 익힐 수 있단 말이요?"

"대충 그래요. 우린 놈이 공격할 때 녹음한 테이프 전체와 비디오카메라를 돌려봤어요. 이 둘을 분석하면 아마 소리와 그에 따르는 행동에서 어떤 개성 있는 프로필을 만들어낼 수 있을 거예요. 그러면 무엇이 놈을 불안하게 하고 화나게 하고 꼭지를 돌게 하는지 알 수 있을 거예요. 그럼 공격을 하기 전에 어떤 소리를 내는지도 알 수 있지요." 나는 고개를 끄덕였다. 이 계획이 진짜 먹힌다면 우리는 모켈레를 좀 더 잘 이해할 수 있게 된다.

"좋은 아이디어네요. 그래야겠어." 나는 엘리쉬를 칭찬해주었다. "그럼 당신이 모켈레 말을 배우는 동안 나는 우리 친구 분의 속살을 좀 봐야겠네요. 이놈한테 참 이상한 점이 몇 가지 있다는 얘기를 안 할 수 없군요. 더는 기다릴 수가 없어요. 놈의 DNA를 얼른 들여다봐야지." 나는 그녀에게 손을 내밀었다. 엘리쉬는 미소 지으며 일어섰다. 그래도 충격이 완전히 가신 것 같지는 않았다. 그러나 이제 우리는 적어도 할 일을 찾았다.

우리는 장비를 보관해둔 텐트로 가서 발전기를 가동하고 각자 자리에 가 앉았다. 생물학자는 녹음테이프에 몰두하더니 바로 자기만의 세계로 빠져들었다. 나는 화살을 넣어둔 냉동상자를 꺼내 탁자 위에 올려놓았다. 이 화살은 간단하면서도 독창적인 물건이었다. 안에는 앰풀이 다섯 개 들어 있었다. 모켈레의 피부에 박히면서 동시에 앰풀에는 체액과 조직이 들어찼다. 따로따로 열어서 각각에 담긴 시료를 분석할 수 있었다. 다른 앰풀에 든 시료가 오염될 염려도 없었다. 이렇게만 되면 괜찮겠다. 나는 일단 화살을 옆으로 밀어놓고 팜브리지 여사가 보내준 분석 장비가 든 알루미늄 가방을 살펴봤다. 그때 저녁을 먹고 나서 여사가 개인적으로 보여준 유전자 염기서열 분석기의 핵심 부분은 마이크로프로세서로 구성돼 있었다. 서로 다른 유전자 가닥을 비교해서 목표에 따라 특정한 정보를 찾을 수 있도록 된 것이었다.

나는 가방 자물쇠를 따고 뚜껑을 열었다. 이렇게 작을 줄은 몰랐다. 예전 같으면 실험실 하나를 가득 채울 만한 시설이 이제 이 은빛 금속상 자 안에 다 들어 있었다. 조심스럽게 장비를 꺼냈다. 그 대부분은 액체 로 가득 찬 탱크로 구성돼 있었다. 탱크 안에 담긴 제한효소는 이중나선 DNA의 특정 부위를 절단하는 역할을 한다. 완전한 유전자 가닥을 분석 하는 데는 시간이 너무 많이 걸릴 것이다. 더구나 내가 찾는 것은 오로 지 면역체계에 관한 정보가 들어 있는 부분이었다. 잘라낸 부분들을 이 장비로 길이에 따라 분류하고 방사성 동위원소 표지를 붙여 눈으로 볼 수 있게 만든다. 그렇게 하면 각 생명체마다 단 하나뿐인 특정한 패턴이 드러난다.

이 소형 분석기는 그 모든 작업을 자동으로 수행했다. 전에는 개별 시 료를 서너 번 투입해야 하고 시간도 여러 날 걸렸지만, 지금은 단 한 번 의 작업으로 가능하다.

나는 기대감에 차 장비를 바라봤다. 이 난쟁이 같은 첨단제품은 가까 운 미래에 범죄수사에 혁명을 가져올 것이다. 작지만 가벼워서 어디서나 가동해 유전자 지문을 만들어낼 수 있는 물건이었다. 일거리가 밀린 유전자 실험실에서 하염없이 결과를 기다리며 시간을 허비하는 일은 이제 없을 것이다. 극소량의 시료만 있으면 된다. 결과는 늦어도 반시간 후면 책상 위에 올라와 있게 된다.

"자, 그럼." 나는 나직이 속삭이면서 스위치를 눌렀다. 부웅 하고 작동 준비 상태를 알리는 신호음이 울렸다. 모니터에 불이 들어오면서 일련의 시험 가동 표시가 떴다. 삼십 초 후 녹색 글자들이 나타났다.

'정상, 가동 준비 완료.'

나는 화살을 열고 한 방에 든 내용물을 살균 처리한 시험관에 넣고서 냉동상자 아래로 들이밀었다. 그런 다음 분석기에서 DNA 시료 투입용 관을 열고 유리관을 투입했다. 전자 신호가 삑삑 울리면서 시료를 접수했음을 알렸다. 뚜껑은 자동으로 닫혔다. 모니터가 활발히 움직였다.

나는 두 가지 분석방법을 선택했다. DNA 조각을 섞어서 목표로 했던 특정한 염기서열을 조사하려는 것이다. 나는 물론 모켈레의 DNA가 인간 유전자와 호환이 가능한지에 관심이 있었다. 팜브리지 여사는 풍부한 참고 자료가 담긴 CD를 함께 보내주었다.

입력과정은 이렇게 해서 끝이 났다. 최종 결과가 나올 때까지 약 반 시간쯤 걸릴 것이다.

나는 기지개를 켜고 여전히 일에 열중하고 있는 엘리쉬를 흘끗 바라보다가 텐트 밖으로 나갔다. 결과가 나올 때까지 어떻게 시간을 때운다? 좋은 생각이 떠올랐다. 세라에게 전화를 걸기로 했다. 식스펜스가 위성 수신기 사용법을 가르쳐줬다. 그 장비는 여전히 스탠바이 상태였다. 나는 핸드폰 선을 플러그에 꽂아 넣고 신호가 가기를 기다렸다가 번호를 눌렀다. 잠시 후 짤깍 하는 소리가 들렸다.

"여보세요?" 그녀의 목소리가 아주 멀리서 들렸다. 나는 수화기를 귀에 바짝 붙였다. 그 순간 가슴속에서 뭔가 울컥 하는 게 느껴졌다.

"세라! 나야, 데이비드."

"데이비드!" 거의 비명에 가까운 소리였다. "어디 있어? 잘 지내? 내내 자기 전화만 기다렸단 말이야." 잠시 연결이 끊겼다가 다시 그녀의 목소리가 들렸다. "왜 전화 안 했어? 걱정 돼서 죽을 뻔했단 말이야."

"미안해." 내가 대꾸했다. "어쩔 수 없었어. 일이 많았거든. 며칠 동안 자기가 상상할 수 없는 많은 일이 벌어졌어. 하지만 난 괜찮아. 그리고 정말 보고 싶어." 나는 그녀를 안심시킬 생각으로 덧붙였다. 하지만 늦었다. "괜찮다니?" 세라가 다그치는 목소리로 말했다. "얘기 좀 해봐."

주위를 둘러보았다. "마침 지금은 아무도 없어."

"그럼 빨랑 말해."

나는 폭포수처럼 말을 쏟아냈다. 거의 이십 분 동안 그간 벌어진 일을 다 얘기했다. 그러나 식스펜스의 죽음에 이르러서는 더듬거렸다. 몇 마디 우물거리다가 다시 침묵하는 식이었다.

"그래서?" 그녀가 물었다.

"식스펜스가 죽었어. 오늘 내 눈앞에서 죽었어."

"맙소사." 그녀의 숨소리가 들렸다. "어떻게 된 거야?"

나는 오늘 잠수를 했다가 달아났다가 다시 비행기 쪽에서 모켈레와 싸운 얘기를 다 해주었다. 유혈이 낭자한 세부사항은 말하지 않았다. 그녀도 어떤 상황인지 짐작할 만큼 경험이 있었다. 세라는 잠시 말을 멈췄다. 내가 한 얘기를 곰곰이 생각하는 눈치였다. 잠시 후 그녀는 다시 말을 시작했다. 놀랍게도 극적인 스토리보다 그 이전의 잠수 과정에 관심을 보였다. "우리가 맞았네. 운석 충돌 얘기 말이야." 그녀가 소곤거렸다. "모켈레와 그 사건 사이에는 어떤 연관이 있어. 방사선 수치가 위보다 호수 바닥이 높았다 그랬지?"

"어느 정도."

"자기가 들은 소리들은 어때?"

"그건 별로 얘깃거리가 안 돼. 상상해서 들은 것일 테니까. 저 아래는 너무 깜깜했어. 죽을지 모른다는 공포 때문에."

"그럴지도 몰라. 안 그럴지도 모르고. 내 감으로는 어떤 연관관계가 있어. 난 그 모든 것 뒤에 어떤 위험한 비밀이 숨어 있다고 생각해. 그리고 자기가 그걸 풀겠다고 다시 잠수할까봐 걱정이 돼. 도움을 청해서 가급적 빨리 그곳을 떠났으면 좋겠어."

"자기 말을 들으면 항상 단순명쾌해져. 정말 어째야 할지 모르겠어." 내가 말했다. "자기는 여기 없고. 정말 자기가 옆에 있으면 좋겠어."

그 순간 엘리쉬가 텐트에서 나왔다.

"빨리 와요, 교수님. 프로그램이 가동됐어요. 난 장비를 잘 몰라요. 그런데 뭔가 이상해 보여요. 자세히 들여다봐야겠어요." 그녀는 이상한 표정을 지으며 소리쳤다.

"끊어야겠어, 세라. 금방 또 전화할게."

"조심해." 그녀가 수화기에 대고 입을 맞췄다. "사랑해."

'나도' 라고 말하고 싶었지만 통화는 이미 끊겼다.

27

모니터에 뜬 내용은 '실험 방식 부적절'이었다. 맥이 쭉 빠졌다. 오류 통보 목록이 한참 이어졌다. 하나같이 분석기가 DNA 시료를 전혀 인식하지 못했음을 알리는 내용이었다.

"제기랄." 나는 중얼거리면서 아무런 결과도 내지 못한 입력 자료들을 검사했다.

"기계 결함이 아닐까요?" 엘리쉬가 어깨 너머로 들여다보면서 물었다.

나는 고개를 저었다. "시스템 가동은 정상적으로 됐어요. 정말 모르겠어. 뭐가 문젠지." 나는 포장에서 다른 시험관을 꺼내 엘리쉬의 손에 쥐어주었다. "이거, 잠깐만 들고 있어요." 그러고는 주머니를 뒤져 주머니칼을 꺼내 왼쪽 엄지손가락 끝을 베었다. 핏방울이 송골송골 솟자 엘리쉬가 유리관에 묻혔다. 나는 분석기에 시료를 바꿔 넣고 엔터 키를 누른 다음 손가락을 입에 대고 빨았다. 이 분도 지나지 않아 결과가 모니터에 들어왔다.

실험 대상자 남성, 백인. 원하는 실험 방식은? "다 정상인 것 같은데." 엘리쉬가 미소 지었다. "분석기가 나한테 자기 개인 프로필도 만들어줄 수 있나요? 특히 좋아하는 것, 아주 싫어하는 것, 성적인 취향, 뭐 그런 종류 말이에요." 그녀가 내게 눈짓했다.

"유머를 되찾아서 다행이군요." 나는 웃으면서 자판을 눌러 분석프로그램을 초기화시켰다. "그럼 좋은 게임 소재가 되겠네요. 제목은 '너 자신을 알라!' 장난감 가게에 최신 인기상품으로 등장할 거예요. 유감스럽게도 지금은 그럴 시간이 없지만. 우리한테 당장 필요한 건 왜 이 기계가 모켈레의 시료를 인식하지 못했느냐는 질문에 대한 답이에요."

"DNA가 없기 때문일 거예요."

"말도 안 되는 소리. 지구상의 모든 생명체는 DNA가 있어요. 예외라는 건……." 있을 수 없다고 말하고 싶었다. 그러나 그 순간 세라와 나눈 토론이 떠올랐다.

"맙소사." 나는 속삭이면서 두 시험관을 다시 바꿔놓았다.

"왜 그래요?" 엘리쉬는 내 쪽으로 머리를 숙였다. 그녀의 호흡이 귓가에 느껴졌다.

"검사를 처음부터 다시 시작해야 할 것 같아요. 특히 화학적 구조 부분을."

나는 DNA의 구조와 구성에 관한 정보를 제공하는 내용으로 분석 조건 설정을 분석기에 새로 입력했다. 그러고는 느긋하게 몸을 뒤로 기댔다.

"됐다. 이제 세라의 추측이 맞는지 알게 될 거야."

엘리쉬는 이마를 찌푸렸다. "설명해봐요, 데이비드. 난 아직도 모르겠어요. 어쩌려는 건지."

기계가 결과를 내놓을 때까지 몇 분 동안 시간이 있었다. 나는 그녀에게 내가 의심하고 있는 부분에 대해 이야기해주었다.

"그러니까……" 하고 나는 이야기를 시작했다. "우리 행성의 모든 생명체는 네 종류의 염기로 규정돼요. 아데닌, 티민, 구아닌, 시토신. 이런 게 삼중조합으로 결합되는 거예요. 네 가지 서로 다른 염기에 이 염기들을 배열하는 세 가지 서로 다른 가능성이 있기 때문에 이런 작은 단위에서는 예순네 가지 경우의 수가 가능해요. 염기 하나를 철자로 보고, 삼중조합 하나를 단어로 본다면 진화에 관한 지식 전체는 하나의 분자 가닥에 서술돼 있는 셈이지요. 알파벳 스물여섯 자를 가지고 인류의 지식 전체를 기록할 수 있는 것과 비슷해요."

"알고 있어요." 엘리쉬가 눈을 흘겼다. "난 생물학자예요. 그걸 잊으셨나 보군요."

내 얼굴에 환한 미소가 번졌다. "얘기를 처음부터 하려다 보니까 그랬어요. 처음 우리의 문제를 푸는 열쇠가 유전자 코드에 들어 있지 않을까 하는 의심이 들었을 때 여자친구 세라가 나한테 텔레 호는 충돌로 생긴 것, 즉 운석이 떨어져 생긴 구멍일 거라고 했어요."

"그럼 그게 여자친구였구나."

"아니란 말 한 적 없어요." 나는 당황한 기색을 감추며 대꾸했다. "지구에서 발견되는 운석들은 대부분 방사능 수치가 아주 높아요. 그래서 가이거계수기가 중요했던 거예요. 확인을 해보니까 저 아래 호수 바닥은 방사선 수치가 인간에게 치명적인 수준 직전까지 가 있었어요. 생물학자분한테 방사능이 고도로 발달된 생명체에 어떤 영향을 미치는지 설명해드릴 필요는 없겠지요."

"돌연변이가 일어나잖아요."

"그래요. 유전체에 급작스런 변화가 일어나지요. 그것도 생명체가 진화의 사다리에서 높은 자리를 차지하고 있을수록 변이의 정도가 심하지요. 이 운석은 공룡이 활동하던 시기에 떨어졌는데 공룡처럼 고도로 진화된 생명체는 방사선을 쪼이면 멸망하든지……."

"아니면 살아남아서 적응을 했겠지요." 엘리쉬가 문장을 끝맺었다. "하지만 난 그럴 가능성은 거의 없다고 봐요. 대부분의 경우 방사선은 유전체에 돌이킬 수 없는 손상을 주거든요. 정보의 모든 부분이 온통 뒤죽박죽이 됐다가 다시 조합이 되는 거예요. 물론 그 결과는 99퍼센트 파국이지만."

"손상된 부분이 다시 기능을 하게 만들어주는 치유 유전자가 충분하지 않다면 그렇겠지요."

그녀는 이마를 찌푸렸다. "그거 참 야심적인 이론이네요. 그런 치유 유전자가 도대체 어디서 온단 말이에요?"

"아마 우리는 서서히 운석의 비밀을 추적하게 될 거예요. 그게 바로 팜브리지 여사가 비밀유지에 그렇게 목을 매는 이유겠지요."

"그러니까 그 여자가 이 모든 걸 알고 있다고요?" 엘리쉬가 손가락으로 원을 그려 보이면서 물었다.

나는 고개를 끄덕였다. "운석이 떨어진 사실, 떨어진 시기, 방사능 등 그 모든 사실에 대해서 다 알고 있었고, 충분히 고려한 건 틀림없어요. 그렇지 않다면 이 프로젝트를 밀어붙인 이유를 달리 설명할 수가 없어요. 에밀리가 찍은 모켈레 필름을 입수하고 나서 그 모든 게 분명해진 거지요."

"하지만 한 가지 이해가 안 가요." 엘리쉬가 말했다. "모켈레의 유전체가 아무리 공룡 DNA의 변이형이라도 분석기가 인식은 해야 하잖아요?"

나는 고개를 끄덕였다. "변이가 극심하지 않아서 분석기의 측정 범위를 벗어나지 않는다고 전제하면 그렇지요."

그 순간 모니터가 다시 작동되면서 화학분석의 결과를 보여주었다. 뭔가 범상치 않은 일이 있을 것이라고 예상은 했지만, 모니터를 보고 나는 입이 쩍 벌어졌다. 화면에 나타난 것은 자연법칙의 토대 위에 굳건히 서 있는 사람이라면 누구도 믿기 어려운 일이었다.

"염기가 다섯?" 엘리쉬가 숨을 헐떡거렸다. "이것 좀 봐요. 화학분석에 따르면 우라실이 있어요. 그게 여기서 대체 뭘 한단 말이지요?"

"몰라요." 나는 말이 안 나왔다. "내가 아는 건 그게 있으면 훨씬 많은 수의 조합이 가능하다는 것뿐이에요……." 이 발견이 갖는 의미에 생각이 미치자 속이 불편해졌다. "정보전달자의 수가 점점 배가되는 거예요. 지금까지는 예순네 가지였는데 이제는 백스물다섯 가지의 조합 가능성이 생기는 셈이지요."

"더 많을 수도 있어요." 엘리쉬는 새로 나타난 DNA 가닥 일람표가 뜬 컴퓨터 화면을 톡톡 치면서 말했다. "이것 좀 봐요." 그녀가 소곤거렸다. "염기들이 삼중조합이 아니라 사중조합으로 정렬하고 있어요. 그런 게 있다고 한다면 사중조합체가 되는 거지요."

"하지만 그건……." 나는 머릿속으로 수치를 대략 계산해봤다. "백스물다섯이 아니라 육백스물다섯 가지 조합이 가능하다는 얘긴데, 도저히 믿을 수 없는 숫자예요. 생명체가 그렇게 엄청난 데이터를 뭐에다 쓰지?"

"아마 특정한 능력과 관계있겠지요?" 엘리쉬가 추측했다. "우리가 전혀 모르는 능력 말이에요."

나는 멍한 상태에서 끊임없이 새로운 DNA 가닥 일람표를 보여주는 모니터를 응시했다. 나는 등받이를 밀면서 뒤로 기댔다. "아무리 따져보

아도 달라질 건 없어요." 나는 더듬더듬 말했다. "모켈레는 진짜 슈퍼공
룡이야."

"그 이상이죠." 엘리쉬가 말했다. "놈은 진화 과정의 비약이에요. 진화
사적으로 볼 때 엄청 더 나간 진화지요. 지금까지 이런 일은 없었어요.
그런 진화는 이 행성의 생명을 영원히 변화시킬지도 몰라요."

28

에고모는 언짢은 표정으로 하늘을 응시하고 있었다. 초원에는 이른 아침부터 부슬비가 내렸다. 하늘은 빈틈없이 구름에 가렸다. 하늘에서 줄곧 가는 비가 떨어진 지 수 시간이 지났다. 비는 계속 살갗을 때리면서 피부를 파고들 것만 같았다. 게다가 뭐가 아직도 모자라서인지 어깨는 점점 더 나빠졌다. 엘리쉬가 통증은 정상이고 자연스러운 회복 과정의 일부라고 설명해줬지만, 본인이 더 잘 알았다. 멀로니 일행의 길을 막고 고대도시의 비밀을 파헤치지 못하게 하는 것은 바람과 날씨의 신이었다. 오래된 도시가 있다는 것을 의심하는 사람은 이제 아무도 없었다. 그런 징표는 너무도 분명했다. 그 도시 주변 곳곳에는 토기 파편, 이끼 낀 성벽의 잔해, 오래전에 파괴돼서 사라진 건물의 주춧돌 들이 널려 있었다. 길이 있던 흔적까지도 조금만 상상력을 발휘하면 충분히 알아볼 수 있었다. 이 지역은 오래된 기억들로 가득 차 있었다.

에고모는 눈앞에 펼쳐진 지역을 아주 꼼꼼히 살펴보았다. 그러면서도 표범이나 사나운 혹멧돼지 무리를 마주치게 되지 않을까 내내 신경을 썼다. 비는 성가시기는 했어도, 모든 동물을 빽빽한 잎사귀들이 지붕 역할을 해주는 근처 밀림으로 내쫓아주었다. 근심은 한 발짝 한 발짝 나아가면서 사라지기 시작했다. 그래도 에고모는 스튜어트 멀로니가 같이 있어주었더라면 얼마나 좋을까 싶었다. 이처럼 위험한 모험을 할 때 그가 도와준다면 정말 금상첨화겠는데……. 그러나 그 사냥꾼은 완전히 슬픔에 잠겨 먹지도, 어울리지도 않았다. 그의 심신은 피폐해져 있었다. 에고모는 그를 지금까지 본 사냥꾼 중에서 가장 용감하다고 생각했기 때문에 더더욱 아쉬워했다. 무기도 없이, 희망도 없이 살아남기 위해 홀로 모켈레에 맞서면서도 한 치도 두려움 없던 모습은 영원히 기억에 남을 것이다. 그러나 친구가 죽고 나서 모든 것이 완전히 달라졌다. 그와는 대조적으로 엘리쉬와 데이비드는 비극을 잘 넘겼다. 두 사람은 끊임없이 재잘거리면서 진화니 방사능이니 외계 생명체니 하면서 에고모가 알아듣지 못하는 얘기들을 했다. 그들은 또 모켈레가 얼마나 특이한지에 대해서도 말했다. 위험하긴 하지만 정말 대단하며 지능도 아주 높다는 것이었다. 그런 걸 이제야 비로소 확실히 안 모양이었다. 그러면서도 저 너머 반대편까지 다 들릴 정도로 큰 소리로 떠들었다. 그나마 빗소리가 다른 소음을 다 잡아먹어서 다행이었다. 도시인들 하는 짓이 늘 그렇지……. 어쨌거나 데이비드가 살해당한 군인의 일기장을 가져온 건 참 잘한 일이었다. 거기에는 빼곡히 적은 기록들 말고도 몇몇 특별한 건물의 위치를 기입한 이 일대의 지도도 들어 있었다. 에고모는 지도에 대해서는 아는 바가 없었다. 다만 하늘을 나는 새의 눈으로 본 지형을 그린 것이라는 점은 알고 있었다. 에고모네 부족은 공간적인 환경을 다른 방식으로 기억했다. 오솔길과 물이 있는 곳, 사냥구역 등을 이야기 속에 삽입해두는 것이다. 그래도 일단 이런 습관에 익숙해지면 원하는 지점을 찾기가 쉬웠다. 지도상의 특정 지점에 눈에 띄게 메모가 많이 붙어 있으면 그 지점이 중요하다는 분명한 표시였다. 에고모는 주위를 둘러봤다. 심히 헷갈린 게 아니라면 이제 원하는 지점에 정확히 도착했다.

—

"그런데 엥겔과 마코의 연구 성과(미국의 지질화학자인 오클라호마대 교수 마이클 엥겔과 버지니아대 교수 스티븐 마코는 1969년 호주에 떨어진 머치슨 운석에서 지구 생명체의 것과 유사한 아미노산을 다량 검출해냈다. 두 사람은 40여억 년 전에 생성된 운석에서 생명의 기초가 되는 아미노산을 발견함으로써 지구 생명체의 기원이 외계에서 영향을 받았을 가능성을 보여주었다. 관련 내용은 세계적인 과학전문지 「네이처」 1997년 9월 18일자에 발표됐다—옮긴이)를 잘 모른다는 얘기는 안 하네요?" 내가 재빨리 물었다. "외계 아미노산 말이에요." 에고모는 쉴 새 없이 뛰었다. 이런 상태로는 말하기가 어려웠다. "그 얘기 못 들어봤어요? 생명의 구성요소가 이미 삼십여 년 전에 떨어진 운석에서 발견됐다는 거 말이에요."

엘리쉬는 모른다고 했다. 나는 그녀보다 정보 면에서 훨씬 앞서 있다는 게 얼마나 고소한지 모른다는 얘기를 솔직히 털어놓았다. 캠프를 떠난 이후 우리는 전문가들끼리만 할 수 있는 논쟁을 주고받았다. 그런데 마침내 내가 더 구체적인 주제를 찾아낸 것이다. "1969년 멕시코의 아옌데 마을에서 발견된 아옌데 운석. 센세이셔널한 발견이었지요. 거기서 아미노산이 발견된 거예요. 생명의 구성요소가 전 우주에 흩어져 있어서 적당한 전제만 충족되면 실제로 어떤 행성에도 생명의 씨앗을 뿌릴 수 있다는 걸 입증한 거지요. 실제로 지금은 종자란 말을 써요. 내가 유전과학과 분자과학에 관심을 갖게 된 것도 그런 발견 때문이지요."

"모켈레가 변이를 일으킨 데에는 방사능 말고 또 다른 이유가 있다는 뜻인가요?"

"단언하긴 어려워요. 좀 자세히 연구해봐야 입증할 수 있어요. 하지만 연구 결과가 어찌 되든 지금도 대단한 발견인 것만은 분명해요. 노벨상에 근접하지 않았다면 오히려 이상한 일이겠지요."

그녀가 웃었다. "당신은 몽상가예요, 데이비드. 귀여운 몽상가. 전부터 이 말 해주려고 했어요."

"그렇게 생각해요?" 얼굴이 붉어지는 것이 느껴졌다. "나를 안 좋아하는 줄 알았는데."

"처음엔 그랬지요. 하지만 그동안 당신을 더 잘 알게 됐어요. 당신은 아직 인생 경험이 적은 청년이라 불안해하는 거예요. 멀로니랑은 정말 다르지요." 그녀가 갑자기 입을 다물었다.

"엘리쉬?"

"네?"

"개인적인 질문 좀 해도 돼요?"

"그럼요."

"아주 사적인 건데⋯⋯."

"뜸들이지 말고. 확 해버려요. 나 얼굴 두꺼운 거 벌써 잊었어요?" 그녀는 미소 지으며 장난스럽게 나를 쳐다봤다.

"멀로니랑 말이에요. 심각한 사이에요?"

"알고 있었어요?"

나는 다시 얼굴이 달아오르는 것을 느꼈다. "그게⋯⋯ 난⋯⋯." 그녀가 손을 마구 내저었다. "말도 안 돼. 그냥 섹스였어요. 그 이상은 아니에요. 내 쪽에서 더 나갈 수도 있었겠지만, 멀로니는 이쯤 해두자는 암시를 분명히 밝혔어요. 어제 무덤 옆에서 그 사람이 보인 반응도 그걸 분명히 한 거예요." 그녀는 어깨를 으쓱했다. 서글픈 눈빛이었다. "그 사람 참 고독한 남자예요."

나는 은밀한 얘기를 그렇게 솔직하게 떠들 수 있다는 게 당혹스러웠다. "맞는 말일 거예요." 나는 식스펜스와 멀로니의 대화를 엿들은 생각이 나서 중얼거렸다. 그 사냥꾼은 분명 가족을 잃은 충격에서 전혀 헤어나지 못했다. 그러나 자세한 얘기는 하지 않았다. 그런 정보를 그녀가 어떻게 받아들일지 알 수 없었기 때문이다. 더더구나 비겁하게 주워들은 내용이어서 말하기도 곤란했다.

"그런데 아직도 대답 안 한 게 하나 있어요." 그녀가 교활한 미소를 지으며 말했다.

"무슨 말이지요?"

"여자친구 얘기해줘요. 에밀리 팜브리지 얘기도. 둘이 어떻게 어울리지요? 중요한 부분만 빼놓을 생각은 하지 마. 바로 아니까." 그녀의 미소가 웃음으로 번졌다.

"그럼. 서로 공평하게 해야죠. 하지만 이건 알아둬요. 얘기가 길어요."

"난 긴 얘기가 좋더라. 특히 오래 행군할 때는 그런 얘기가 심심풀이 땅콩이잖아요? 그럼 시작해요."

엘리쉬의 바람대로 나는 이번 여행과 관계되는 모든 일을 이전서부터 상세히 이야기했다. 어린 시절부터 시작해서 세라와 한 토론에 이르기까지. 나는 아무것도 빼놓지 않고, 아무것도 덧붙이지 않고 그저 곧이곧대로 이야기했다. 그런데 피그미가 갑자기 아무 이유 없이 멈춰서는 바람에 그와 부딪히고 말았다.

순간 그는 타박하는 눈초리로 날 쳐다봤다. 그는 손짓, 발짓을 해가며 처음에는 일기장을 가리키더니 이어 내 발 앞 땅바닥을 가리켰다.

"다 온 모양이네." 사실 그의 제스처에 대한 이런 해석은 불필요했다. "언제 다 왔지? 내가 그렇게 오래 떠들었나?"

"한 반 시간 됐어요."

"맙소사. 왜 중단시키지 않았어요?"

"얘기가 너무 재미있어서." 그녀가 장난스럽게 미소 지었다. "솔직히 말해줘서 고마워요. 이제 당신이 왜 그러는지 더 잘 알 것 같아요. 여기 서 답을 찾을 수 있으면 좋겠네요."

나는 두건을 뒤로 젖히고 이슬에 젖은 풀을 둘러봤다. "여긴 다른 데나 별반 다를 게 없어 보이네요. 목표지점에 왔다고 확신할 수 있는 게 전혀 안 보여요. 에고모가 헷갈린 것 같은데."

"아니에요." 엘리쉬가 대꾸했다. 그녀는 나와는 대조적으로 비가 오는 걸 전혀 개의치 않는 듯했다. "에고모가 확신한다면 맞아요. 피그미족은 내가 아는 한 추적에는 도사거든요. 좀 둘러봐요."

"알았어요."

우리는 따로 떨어져서 반대방향을 샅샅이 뒤졌다. 오 분도 안 돼서 그 녀의 목소리가 들렸다. "교수님! 찾았어요. 여기에요." 나는 황급히 그리 로 뛰어갔다. 에고모도 달려왔다.

거기서 찾은 것은 비가 내리고 있다는 사실도 잊을 만큼 충격적인 것 이었다. 바닥에 구멍이 있었다. 저 아래로 이어지는 것 같았다. 그 옆에 는 무덤이 네 개 있었다. 흙을 쌓아올린 지 얼마 되지 않았다. 그중 하나 에는 단순한 나무 십자가가 꽂혀 있었다. 무덤들의 상태로 보아 만든 지

며칠 되지 않았다. '맙소사, 콩고 공룡을 추적하다 보니 여기까지 유혈의 흔적이 이어지는구나' 하는 생각이 들었다. 나는 이맛살을 찌푸리면서 십자가를 자세히 살펴봤다. 십자가에는 뭔가가 새겨져 있었다. 글씨는 해독이 어려웠다. 그걸 새긴 사람이 쓸 때 별다른 노력을 들이지 않았거나 더 잘 할 수 있는 상황이 아니었기 때문일 것이다. 좀 더 가까이 다가가서 손가락으로 홈을 짚어봤다.

앙투안 베르제르

우리의 죄를 용서하소서

"이 이름 알아요?" 엘리쉬가 물었다.

나는 고개를 가로저으며 땅바닥의 구멍을 내려다봤다. 아주 작아서 비행기에서는 보이지 않았던 것이다. 사실 이 일대에는 가공을 한 돌은 널려 있었지만 폐허는 없었다. 그리고 구멍 아래 뭐가 있는지 짐작할 만한 것도 보이지 않았다. 군인들이 도대체 어떻게 이 장소를 발견했을까 하는 의문이 들기 시작하면서 갑자기 뭔가가 떠올랐다. 십자가에 새긴 글은 영어로 쓴 것이었다. 이는 아주 중요한 의미를 갖는 것이어서 나는 갑자기 주저앉고 말았다.

"왜 그래?" 엘리쉬는 근심스러운 표정으로 나를 들여다보면서 물었다. 답을 하고 싶었지만 그럴 수가 없었다. 머릿속이 온통 뒤죽박죽이었다.

엘리쉬는 불안해하는 기색이 역력했다. "이제 말해봐요. 이 무덤들하고 무슨 관계가 있어요? 아는 게 있냐고요? 콩고 수색대원들이겠지요?" 그녀가 물었다. 내가 전혀 대답을 안 하자 그녀는 고개를 저으며 다시 무덤 쪽으로 갔다. "아마 일부는 이 지역을 조사하다가 변을 당했을 거야."

그녀는 혼잣말로 중얼거렸다. "그런데 왜 죽었지? 그리고 왜 여기다 묻었을까? 그렇다고 해도 군인들이라면 묘비명은 틀림없이 프랑스어나 링갈라어로 썼을 텐데 영어로 썼단 말이지. 이상해, 아주 이상해."

"넷." 내가 속삭였다. "넷이야."

"아, 이제 말을 하네. 그래, 넷이에요. 그래서요?"

"넷이라고 하면 생각나는 거 없어요?" 내가 물었다. "에밀리랑 탐사대 얘기해준 거 생각 안 나요? 에밀리는 동행 넷을 데리고 다녔단 말이에요."

엘리쉬가 이맛살을 찌푸렸다. "무슨 얘기를 하려고 그래요? 이게 에밀리 탐사대원들이라고?" 그녀는 두 손을 허리춤에 대고 말했다. "난 상상이 잘 안 되네요. 이게 정말 에밀리의 대원들이라면 누가 묻었을까요? 누가 묘비명을 십자가에 새겼을까요? 스스로 묻히진 않았을 테지요."

나는 대답 대신 최면술에 걸린 사람처럼 십자가를 멍하니 바라봤다. 이상한 공포가 밀려왔다. 알고 싶지 않은 뭔가를 알게 되는 것에 대한 공포였다. "진실을 알 수 있는 방법은 딱 하나예요." 엘리쉬가 말했다. "저기 들어가서 좀 살펴보는 수밖에요." 그녀는 손전등을 켜고 구멍 속으로 들어갔다.

"기다려!"

나는 벌떡 일어섰다. 에고모가 그녀 뒤를 따라 구멍 속으로 들어갔다.

"무엇인지는 모르겠지만요." 나는 더듬더듬 말했다. "저 아래서는 습기를 조심해야 돼요." 나도 머리를 들이밀고 아래로 기어들어갔다.

한 이 미터쯤 내려가자 길이 시작됐다. 벽은 순수한 화강암이었고 이끼 같은 것들이 잔뜩 끼어 있었다. 길을 따라 곧바로 내려가자 편평한 지역이 나타났다. 공기는 끈적끈적하면서도 습했다. 바닥이 미끄러워서 두어 번 주춤거렸다. 백 미터쯤 가자 길이 끝나면서 넓게 트인 육각형 공간이 나타났다. 벽은 거친 화강암을 잘라내 갖다 붙인 것이었다. 나도 고고학을 좀 알지만, 육각형 공간을 건설한 문화가 있다는 얘기는 읽은 적이 없다. 점점 알 수 없는 상황이 됐다. 손전등은 희미하게나마 홀 전체를 비출 수 있었다. 한가운데에 돌로 된 제단이 있었다. 공간 자체와 마찬가지로 육각형이었다. 윗면에는 돌로 된 납작한 접시를 끼워놓았는데, 세월이 흐르면서 검게 변색된 것 같았다. 받침돌의 옆면도 시커멓게 얼룩이 져서 허연 석회석이 꼴사납게 변했고 제물을 바치는 제단의 모습이 더더욱 섬뜩하게 느껴졌다. 주위를 둘러보았다. 다른 길이나 갈림길 같은 것은 없었다. 공간은 막다른 길의 끝이었다. 공포에 휩싸여 숨을 그르렁거리는 소리가 들렸다. 에고모였다. 그는 방의 맨 뒤편에서 손으로 벽을 더듬으며 따라오다가 태곳적부터 보초를 서고 있는 것 같은 석상 두 개를 발견했다. 가까이 가보니 그가 흥분한 이유를 알 수 있었다. 호수에 출몰하는 괴물과 똑같은 모습의 석상이었다. 기괴한 얼굴에 입은 쩍 벌린 상태로 날카롭고 뾰족한 치열을 드러내고 있었다. 눈은 우리를 노려보고 있었다. 우리가 들이닥친 것을 용납할 수 없다는 표정이었다. 여기저기 둘러보는 동안 그 눈은 응시하는 시선으로 우리의 일거수일투족을 따라다녔다.

천장은 거대한 돌기둥 두 개가 받치고 있었다. 기둥은 위가 방사선 형태의 부채꼴로 돼 있어서 교묘한 궁륭을 이루었다. 아주 먼 옛날에 지은 것이었다. 건축가들이 원시적인 도구로 석회석을 깎아 만든 게 분명했지만, 그 아름다움은 천상의 것이라 해도 과언이 아니었다.

갑자기 왜 군인들이 이 장소를 놓고 그렇게 열을 올렸는지 이해가 갔다. 놀랄 만한 발견이었다. 몰락한 문화의 증거가 돌로 남은 것이다. 나는 이 장소가 고대에 만들어진 전설적인 건축물 명단에 낄 것을 추호도 의심하지 않았다. 경쟁세력들이 이 발견물의 소유권을 놓고 다투게 될 위험성도 높았다.

"야아, 우리가 뭘 찾아낸 거야?" 엘리쉬가 경이에 찬 눈으로 공간을 이리저리 거닐면서 중얼거렸다. "거의 모켈레를 위한 성전(聖殿) 같아."

"신을 섬기고 경배하는 장소예요." 내가 설명을 덧붙였다.

"형태로 보아 공포심을 불러일으키는 신이었던 것 같아요." 엘리쉬가 조심스럽게 말했다.

"놀라워요?"

그녀가 고개를 흔들었다. "저 이빨하고 무시무시한 눈 좀 봐요."

"여기는 정말 놀라운 곳이에요." 나는 신성한 홀의 적막을 세속적인 언사로 모독하지 않을 생각으로 목소리를 낮췄다. 엘리쉬가 손으로 석상을 매만져 보았다. "믿을 수가 없어요. 난 이 나라에서 자랐지만 이런 문화를 만들었다는 건 까맣게 몰랐어요. 얼마나 오래됐고 왜 멸망했는지도 모르고. 기록도 없으니까. 어디에도 없어요."

"유감이지만, 지금 그래 봐야 아무런 도움이 안 돼요." 내가 조급하게 말했다. "우리는 밖에 있는 시신 네 구는 어떻게 된 건지, 누가 그걸 묻었는지 알아야 돼요."

"좋은 생각이에요." 그녀가 공감을 표시했다. "바닥을 좀 자세히 살펴봐요. 여기 봐요. 흔적 같은 게 있는데."

그게 뭔지 설명해줄 수 있는 사람은 에고모뿐이었다.

엘리쉬가 그쪽을 가리키자 그는 고개를 끄덕였다. 대답은 언제나처럼 간단했다. 우리가 여기서 한 행동에 대해 욕을 하는 것 같았다. 그러나 나는 그의 뻣뻣한 방식에 서서히 익숙해졌다. 엘리쉬가 비아냥거리는 듯한 웃음을 지으며 그의 대답을 통역해주었다. "왜 미리 그런 얘기를 안 해줬느냐고 묻네요. 우리가 이미 흔적을 너무 많이 망가뜨렸대요. 원한다면 이 사람이 쏟아낸 욕설들을 하나하나 옮겨줄 수도 있어요."

나는 히죽 웃었다. "그러시지."

"우리가 긴꼬리원숭이 무리보다도 나쁘대요. 계속 수다만 떨면서 아무 생각 없이 돌아다녔다는 거예요. 달리다가 표범에 부딪혀 넘어지고 나서야 표범인 줄 알 정도래요. 그리고 또……. 나머지는 알아서 상상해봐요."

"고집 센 놈들이다, 뭐 그런 거?"

"그래요. 그래도 우리가 굳이 원한다면 해보겠대요."

나는 그에게 손전등을 건네며 허리를 굽혀 절을 한 다음 입술 모양이 또렷이 보이도록 "고, 마, 워" 하고 말했다.

홀을 조사하는 데는 얼마간 시간이 필요했다. 엘리쉬와 나는 아무 말 없이 나란히 서서 에고모가 조사하는 모습을 지켜보았다. 그는 공간 전체를 이리저리 오갔다. 구석구석 꼼꼼하게 살피지 않는 곳이 없었다. 제단도 정확히 검사했다. 그는 벽의 어떤 지점을 유독 오래 살폈다. 두 석상 사이에 벽이 바닥으로 이어지는 지점이었다. 그는 돌을 치밀하게 조사한 다음 손으로 그 위의 먼지를 치우고 후 불었다. 그러고는 일어서더니 그리로 오라고 눈짓을 했다. 엘리쉬는 심각한 표정으로 그가 하는 얘기에 귀를 기울였다. 그러는 동안 그녀의 눈은 점점 둥그레졌다. "뭐래요?" 다그치듯이 물었다.

"이 사람이 찾아낸 게 맞는다면 문제가 된 것 같아요."

"말해봐요. 뭐예요? 빨리."

"에고모는 군인들이 여기 왔다고 주장하는데. 군인들이 벌써 다 조사했대요. 군화 자국이 널려 있대요.”

나는 고개를 끄덕였다. “그건 예상한 거고.”

“잠깐만. 다른 흔적도 있대. 운동화 자국인데 내가 신고 있는 거랑 아주 비슷하다네요. 그리고 당신이 신고 있는 것 같은 가벼운 등산화 자국도 있대요. 이 자국은 대부분 군인들이 남긴 발자국 위에 있대요.”

“그게 우리 것이 아니라는 걸 누가 알아요?”

“에고모가요.”

“확실하대요?”

“이 사람을 모욕하는 거예요?”

“그건 아녜요.” 에고모가 성난 표정을 짓는 바람에 이렇게 대꾸했다. “하지만 그렇게 되면 누군가가 군인들이 다녀간 뒤에 여기에 왔다는 얘기인데. 누가 그랬을까요? 원주민들이겠지요?”

그녀는 고개를 저었다. “운동화 신은 원주민? 말도 안 돼요. 게다가 발자국은 피그미족이라고 보기에는 너무 커요.”

“그럼 가능성은 하나뿐이네.”

“?”

내 입술 위에 저절로 그 이름이 떠올랐다.

“에밀리!”

“에밀리 팜브리지?” 엘리쉬가 이마를 찌푸렸다. “나도 그럴 가능성을 잠시 염두에 둔 건 사실이에요. 하지만 그건 너무 터무니없는 생각이에요. 다른 팀이 여기에 왔다는 게 더 설득력이 있을 거예요. 지금까지 우리가 몰랐던 팀 말이에요. 고고학자든지 문화인류학자든지 아니면 야생동식물보호협회 사람들이겠지요. 발자국은 누구 것이라도 될 수 있어요.”

나는 고개를 저었다. “그럴 리 없어요. 그런 팀이라면 분명히 뭔가 흔적을 남겼을 거예요. 의도했든 아니든 간에. 이런 발견을 그냥 방치했다는 것도 얘기가 안 되고. 아녜요. 에밀리는 여기 왔어요. 손에 잡힐 듯해."

가는 미소가 그녀의 입가에 맴돌았다. "아까 둘러대려고 했던 것보다 훨씬 더 그 여자를 좋아하시는군요. 그냥 어린 시절 첫사랑 정도가 아닌 걸요. 아직도 못 잊고 있어요."

고통스러운 침묵이 흘렀다. 나는 발로 땅바닥을 비볐다. "맞아요." 나는 솔직히 고백했다. "아직도 가끔 밤에 에밀리 꿈을 꿔요. 하지만 그래서 그러는 게 아니에요."

엘리쉬는 어깨를 으쓱하고 아무 말도 하지 않았다.

"에고모가 에밀리의 흔적을 초원에서도 추적할 수 있을까요?"

"물어볼게요." 그녀는 한동안 에고모와 뭐라고 뭐라고 이야기를 나눴다. 에고모가 그녀도 예상치 못한 얘기를 하고 있다는 느낌이 들었다. 그녀는 도저히 믿을 수 없으리만치 놀랍다는 표정이었다.

"도대체 뭐래요? 뭐라 그런 거예요?"

"유감이지만 불가능하대요. 비가 와서 다 흐늘흐늘해졌대요. 게다가 그 발자국들은 밖으로 나가지 않았대요. 이 공간을 벗어나지 않았다는 거예요."

"그럴 리가 있나? 이런 흔적을 남기고 공기 속으로 사라진 건 아닐 텐데."

"아니에요." 그녀가 말했다. 목소리가 낮아졌다. "흔적을 남긴 사람은 아직 여기 있어요. 저 벽 뒤에."

29

긴가민가해서 나는 육중한 돌 벽을 손으로 더듬어보았다. "이 사람은 어떻게 이걸 알았지?"

"여기 바닥에 끌려간 자국이 있어요." 그녀가 설명했다. "무거운 물체 여럿이 끌려간 거 같아요. 그러고는 바로 벽 뒤로 사라졌어요. 게다가 석상 왼쪽과 오른쪽 기단석에 새로 긁힌 자국이 있어요. 미쳤다고 하겠지만 그 뒤에 다른 공간이 있는 게 분명해요. 이 벽은 문인데 사용한 지도 얼마 안 됐대요."

"끌려간 자국이라고 했어요?" 갑자기 바깥의 네 무덤이 생각났다. 영 내키지 않는 생각이었다. "손전등 좀 줘봐요." 나는 엘리쉬에게서 손전등을 받아들고 손가락 끝으로 거대한 마름돌의 이음매 부분을 더듬어보았다. "정말이야." 나는 호흡이 가빠졌다. "정말 딱 안 맞는 부분이 있네. 입구일 가능성이 높아. 그런데 문을 여는 장치는 어디 있을까?" 나는 일어서서 주위를 둘러보았다. "스위치나 지렛대를 찾아봐요." 내가 말했다. "이 문을 열 수 있을 만한 걸 찾아야 만 해."

나는 가슴이 두근거렸다. 옛날부터 비밀통로나 무덤, 카타콤 같은 것에 관한 이야기는 너무나 흥미로웠다. 하워드 카터의 이집트 왕가 계곡 발굴 이야기는 매일 밤 잠자기 전에 몇 장씩 꼭 읽곤 했다. 아버지는 글도 못 읽는 꼬마를 앉혀 놓고 고대의 전설들을 읽어주시곤 했다. 나는 아버지랑 둘이 했던 놀이가 떠올라 미소가 나왔다. '세계를 설명해봐' 라는 놀이였는데 늘 아버지가 거대한 세계지도를 내 무릎에 놓고 손가락으로 한 장 한 장 넘기는 식으로 진행됐다. 내가 "스톱" 하면 아버지가 동작을 멈췄다. 그러면 나는 손가락으로 특정 지역을 가리켰다. 아버지는 그 지역에 관해 아는 것을 모두 설명해야 했다. 기온과 토질에서부터 시작해 동식물 분포, 주민과 사용 언어까지. 그분은 세상 어떤 지역에 관해서도 모르는 게 없었다. 고고학의 기적에서부터 시작해서 우화에 나오는 존재에 관한 신화와 전설에 이르기까지. 그 순간 나는 아버지와 아주 가까워지는 느낌을 가졌다. 그러나 나는 모험적인 이야기로 충분히 행복했지만 그분은 실천가였다. 밖으로 나가서 자기 눈으로 기적을 보아야 직성이 풀렸다. 이런 관계가 우리가 함께 하는 세월에 그림자를 드리웠다.

심호흡을 했다. 정확히 말하자면 내가 뭔가를 발견한 것은 이번이 최초였다. 갑자기 나는 아버지를 이해할 수 있게 됐고, 모험의 매력을 뒤늦게 공감하면서 온몸이 스멀거리는 것을 느꼈다. 그분이 지금 여기서 나를 봤다면 아마 매우 자랑스러워하셨을 것이다. 그러나 반 시간쯤 집중 수색을 하고 나서는 흥분이 차차 가셨다. 스위치나 지렛대 같은 건 없었다. 문으로 보이는 이 벽을 열 수 있는 도구를 전혀 찾을 수 없었다.

"이제 어쩌지?" 엘리쉬는 어깨에 멘 가방 속을 마구 뒤지더니 뭐슬리 바를 꺼냈다. "좀 먹을래요?" 나는 고맙게 받으면서 주변을 둘러보았다. 방법을 생각하면서 단단한 바를 씹었다. 내 시선은 두 석상에 머물렀다. 온갖 군데를 다 뒤져봤지만 뭔가 빼놓은 것 같았다. 찢어진 눈이며 허옇게 드러낸 이빨은 정말 끔찍했다. 나는 이 도시를 건설한 사람들이 의도적으로 그 괴물이 사는 곳과 이토록 가까운 곳에 자리를 잡았다는 게 잘 납득이 되지 않았다. 수백 킬로미터 떨어진 곳에 터를 잡을 수도 있었을 텐데 말이다. 내 눈에는 이 점이 바로 우리가 지금까지 너무 도외시했던 모순점이 아닌가 싶었다.

"석상에서 어떤 부분이 제일 무서워요?" 나는 바를 씹으며 엘리쉬에게 물었다. 그녀는 석상을 위에서 아래로 살펴보더니 대답했다. "뭐니 뭐니 해도 아가리지요. 저 이빨에 식스펜스가 어떻게 당했는지 생각하면 등골이 서늘해요."

"맞아요. 아가리와 이빨이 조각상에서 가장 섬뜩한 부분이야. 좀 가까이 가서 살펴봐요." 나는 남은 바를 입에 털어넣고 손을 바지에 비빈다음 괴물 앞으로 다가갔다.

두 석상은 약 삼 미터 높이였다. 그러나 머리를 아래로 숙인 상태였기 때문에 손이 닿았다. 석상은 오랜 세월을 견뎌온 것 같았다. 영 내키지 않았지만 손을 뻗어 바로 석상의 아가리를 만져봤다. 이빨이 날카로워서 손이 긁혔다. 그러나 겁을 먹지는 않았다. 이 공간에는 해답이 감추어져 있고, 나는 그것을 찾아야 했다. 무슨 일이 있더라도.

"거기서 뭐 해요?" 엘리쉬가 팔에서 흘러내리는 피를 보고 깜짝 놀라 소곤거렸다. "바보 짓 좀 그만해."

"그렇게 걱정이 돼요?" 나는 이를 악물고 물었다. "그런 말 들으니까 기분 좋은데요." 나는 팔꿈치까지 아가리 속으로 집어넣었다. 다시 통증이 왔다. 이번에는 상처가 느낌보다 깊었다. 몹시 아팠지만 나는 포기하지 않았다. 갑자기 뭔가 잡힌 느낌이 들었다. 설골(舌骨)이었다. 손가락 끝을 거기 대고 밀었더니 뭔가 움직이는 것 같았다.

"이거다." 나는 위쪽을 눌렀다. "일종의 손잡이에요. 어디 한번 볼까. 잡힌 것 같은데." 손가락을 뻗어 돌로 된 지렛대를 잡고 잡아당겼다. 처음에는 끼익 하는 소리가 나더니 덜커덩거리면서 벽에 틈이 열리기 시작했다.

"어쩜 이런 일이." 엘리쉬가 말했다. "당신이 해냈어요. 정말 웃기는 아저씨야."

그러나 갑자기 덜커덩거리는 소리가 사그라지면서 틈새가 다시 닫히기 시작했다. 다시 잡아당겨보았지만 소용없었다.

"제기랄." 나는 소리쳤다. "지렛대 하나로는 충분치 않나 봐요. 빗장이 더 있을 텐데. 당신이 저쪽 석상을 해봐요."

그러나 엘리쉬는 주둥이에 팔을 넣기에는 너무 작았다. 에고모가 눈치를 채고 도와주었다. 손과 무릎은 땅에 대고 웅크린 다음 등에 올라타라고 했다.

"이 사람이 내 몸무게를 버틸 수 있을지 모르겠네." 엘리쉬는 조심스럽게 에고모의 어깨로 올라갔다. "내가 보기보다 무겁다는 거 알 사람은 다 아는데."

나는 빙긋이 웃었다. "운수는 하늘에 맡기고. 자, 빨리 해야 돼요."

그녀는 조심스럽게 균형을 잡으면서 안전한 지점을 찾고 있었다. 피그미의 검은 피부 속의 근육이 수축됐다. "괜찮아?" 그녀가 걱정스러운 듯이 물었다.

에고모가 고개를 끄덕였다. 외모는 부드러웠지만, 정말 강인한 친구였다. 조심스럽게 엘리쉬가 갈라진 틈 사이로 손을 밀어넣었다.

"조심해요." 내가 큰 소리로 말했다. "이빨이 상당히 날카로워요.""괜찮아요." 그녀가 대꾸했다. "손목이 당신보다 훨씬 가늘거든요. 잠깐만."

"제발 서둘러요." 팔의 통증이 점점 고통스러워지기 시작했다. 이빨에 찔려서 팔이 어떻게 됐을까 생각조차 하고 싶지 않았다.

"찾았어요." 엘리쉬가 소리쳤다. "같이 해봐요. 하나, 두울, 셋!"

나도 잡아당겼다. 다시 덜커덩거리는 소리가 났다. 이번에는 훨씬 소리가 컸다. 틈새가 점점 넓어지기 시작했다. 해낸 것이다! 나는 재빨리 아가리에서 손을 빼고 팔을 살펴봤다. 다행히 긁힌 자국에서 피가 나는 정도였다.

"괜찮아요?" 엘리쉬가 소리치면서 에고모 등에서 내려와 나에게 달려왔다. "팔 어때요? 이리 줘봐요."

"괜찮아요. 내가 좀 과민했나 봐." 돌로 된 파충류를 올려다보니 이빨에 피가 묻어 있었다.

"나중에 소독제 발라야 돼요. 그래야 상처가 덧나지 않지." 그 순간 삐걱하는 소리를 내던 육중한 문짝이 조용해졌다.

고대 제국의 신비로 들어가는 문이 열린 것이다. 순간 나는 깜짝 놀라 숨이 멎었다. 모든 상황을 염두에 두고 있었지만, 이런 광경이 펼쳐질 줄은 몰랐다. 석유 냄새가 확 밀려왔다. 돌로 깎아 만든 풀 위로 그을음을 내며 불꽃이 너울거리면서 환하게 빛을 내고 있었다. 새까만 액체가 바닥 곳곳에 떨어져서 석회암을 검게 변색시켰다. 바로 얼룩진 제단석이 생각났다. 마음이 한결 가벼워졌다. 수수께끼의 답은 '기름'이었다.

이 액체는 돌로 된 입구의 좁은 홈을 따라 흘렀다. 불꽃은 공기의 흐름에 따라 이리저리 너울거리면서 유령 같은 빛으로 벽을 비추었다. 계속

빛을 내는 통이 어디에 있는 걸까? 아니면 기름이 자연적으로 바닥에서 배어나온 것인가? 어떻게 이런 시스템이 오랜 세월이 지난 지금에도 여전히 작동하는 것일까? 수수께끼는 꼬리에 꼬리를 물었다.

사방을 둘러봤다. 지금 우리가 들어와 있는 공간 위의 둥근 천장은 직경이 다 자란 나무만 한 기둥들이 받치고 있었다. 그에 비하면 우리는 난쟁이 같아 보였다. 엄청난 고대의 건축물을 보니 숨이 멎는 듯했다. 다 살펴보는 동안 시간이 흘러갔다.

"계속 갑시다." 엘리쉬에게 말하고는 대답도 기다리지 않고 움직였다. 에고모는 앞쪽 바닥을 가리켰다. 그 옆으로 뭔가가 끌려간 흔적이 계속 이어졌다. 그의 말이 또 맞았다. 빨간 실처럼 이 흔적은 우리를 알 수 없는 곳으로 이끌어갔다.

손전등은 이제 필요 없었다. 우리는 천천히 조심하면서 앞으로 나아갔다. 그러나 몇 걸음도 채 가지 못해 멈춰서야 했다. "이것 봐요, 엘리쉬." 나는 속삭이면서 부조로 뒤덮인 벽들을 가리켰다. 대영박물관에서도 이보다 더 예술적인 작품은 찾을 수 없었다. 이상한 신들의 세계를 그린 장면들이 보였다. 그 상상력과 표현력은 압권이었다. 원뿔 모양으로 생긴 건물들이 있었고, 그 사이로 날개 달린 전차들이 날아다니고 있었다. 샘물에서는 집채만 한 분수가 물을 뿌리고, 육각형 피라미드들이 있었다. 테라스와 정원과 개선문과 나무가 무성한 뜰도 보였다. 나무 사이로 이상한 신적인 존재들이 돌아다니고 있었다. "이집트풍이네요." 엘리쉬가 말했다. "솔직히 이 분야의 전문가는 아니지만."

"유감이지만 나도 아녜요." 나는 솔직히 시인했다. "그러나 이집트인들이 여기랑 관련이 있는지는 정말 의문이에요. 오히려 그 반대라는 느낌이 들어요. 이런 신들의 세계는 이집트 신들의 세계보다 훨씬 오래된 거 같아 보여요. 심하게 인간화되지 않았잖아요. 오히려……."

"뭐가요?"

나는 한숨을 내쉬었다. 원래는 이런 주제를 제기하려던 게 아니었다. 하지만 말이 나왔으니 그 얘기를 하지 않을 수 없었다.

"피라미드도, 스핑크스도 일반적으로 추정하는 것보다 훨씬 오래 됐다는 이론 들어본 적 있어요?"

그녀가 고개를 저었다.

"스핑크스는 위에서 아래쪽으로 부식돼서 생긴 홈이 가늘게 패여 있어요. 바람으로 생긴 부식의 흔적은 수평 방향으로 나게 돼요. 말하자면 물로 인해 생긴 부식의 흔적일 수밖에 없다는 거예요. 그런데 사하라사막은 거의 육천 년 전부터 비가 거의 오지 않았어요. 사막은 이집트인들이 그곳에 정착하기 오래전부터 있었다는 얘기예요. 기자의 피라미드는 파라오들보다도 수천 년 전에 지어졌다는 이론이 있어요. 파라오들은 묘비로 분단장을 했을 뿐이라는 거지요. 시쳇말로 봉 잡았다는 거예요."

"그럼 누가 세웠다는 거예요? 파라오들이 아니면? 신들이 세웠다는 거예요?" 눈빛을 보니 엘리쉬는 이 문제를 아주 진지하게 받아들이고 있었다. 왜 그렇지 않겠는가. 우리를 에워싸고 있는 것들을 보는 순간 무한한 가능성이 열렸다.

"현대 이론은 이집트인들보다 훨씬 오래전에 고도의 문명이 있었다는 데서 출발해요." 나는 이야기를 계속했다. "그런 문명이 사하라가 아직 푸르고 코끼리와 코뿔소가 뛰놀던 시대에 존재했다는 거지요."

"콩고 공룡도 그렇다는 거예요?" 엘리쉬가 호기심 넘치는 눈초리로 나를 쳐다봤다.

"그럴 수도 있지. 하지만 그 문명에 대해서는 지금까지 아무 흔적도 발견된 게 없었어요.” 나는 어깨를 으쓱해 보였다. “지금까지 발견한 거라곤 징표와 표지 정도였어요. 확인할 수 없는 소문에 따르면 리비아와 수단 접경지역인 제벨 우웨이나트 변두리에서 발굴을 했는데 그 과정에서 육각형 피라미드가 나왔다는 거예요. 하지만 무슨 이유에서인지 그에 관해 정확한 내용이 알려지지 않았어요. 신문이 작문을 했을 거예요.”

“하지만 여기는 날조기사가 아니잖아요.” 엘리쉬의 눈빛이 빛났다. “당신이 지금 말한 게 맞는다면 우리가 그런 이론을 뒷받침하는 흔적을 발견한 것일 수도 있어요.”

“흔적 정도가 아녜요. 잃어버린 고리가 될 거예요.” 내가 대꾸했다. “그렇다면 모켈레 음벰베 발견과 마찬가지로 대단한 사건이지요.” 나는 돌아서서 다시 부조를 꼼꼼히 살펴봤다. 그림마다 다 달랐다. 부조는 환상적인 분위기이기는 하지만, 한 가지 세부묘사만큼은 모든 그림에 공통됐다. 현실과의 연관성을 분명히 보여주는 묘사였다. “이것 좀 봐요.” 나는 소곤거리면서 특정 부분에 시선을 던졌다. 부조 아래쪽은 그 자체로 완결된 지표면 아래 세계를 묘사하고 있는 것 같았다. 일종의 지하세계였다. 엘리쉬는 손가락 끝으로 그 가장자리를 만져보았다. “콩고 공룡들이에요.” 그녀가 속삭였다. “수백 마리나 돼요.”

그녀의 손가락은 거대하고 피둥피둥한 파충류들이 뱀처럼 얽히고설킨 형상을 따라 미끄러져 내려갔다. 일부는 앞발에 물결 모양의 막대기를 들고 있었고, 다른 일부는 포터블 TV나 궤짝 비슷한 물건들을 들고 있었다. 그게 아니면 책일까? 사태는 점점 미궁 속으로 빠져들고 있었다.

“일부는 위쪽의 둥근 천장을 받쳐주고 있는 것 같은데요.” 엘리쉬가 침묵을 깼다. “이들이 그림 전체나 절반 정도는 이끌어가고 있다는 느낌이 들어요. 내가 예술사가라면 이 세상의 토대 전체가 이들의 어깨 위에 놓여 있다고 말하고 싶을 정도예요. 그게 없으면 모든 게 무너지겠지요."

나는 고개를 끄덕였다. "상당히 직접적인 상징이라는 생각이 들지 않아요? 그리고 여길 봐요. 병이 들거나 죽어가는 사람들이 들것에 실려가면서 이 동물들과 접촉한 뒤에 다시 회복되고 있어요. 이건 동물의 눈에서 나오는 눈물인가요?"

"인간의 고통을 보고 울고 있는 거야!" 엘리쉬는 감동 받은 표정으로 부조를 계속 만졌다.

나는 깊이 심호흡을 했다. "그렇다면 우리는 잘못 찾고 있었던 거예요. 사람들은 이 동물들이 있는데도 여기 정주한 게 아니라 이 동물들 때문에 정주한 거예요. 이 동물을 사랑하고 흠모했단 얘기예요. 신으로 떠받든 거지요. 이게 평화를 사랑하는 표지라는 것 말고는 잘 모르겠어요."

"그렇다면 석상은 아마 불청객을 쫓아버릴 목적으로 만들었을 거예요. 불신자들에게 공포를 불러일으켜서 쫓아버리자는 거지요. 그런데도 아직 잘 이해가 안 돼요." 엘리쉬는 고개를 저으며 말했다.

"그게 무슨 소리예요?"

그녀는 두 팔을 앞으로 쑥 내밀었다. "여기 있는 모든 게, 이 거대한 신비가 그렇다고요. 의문은 갈수록 커져요. 이 공회당을 건설한 사람들은 어떤 사람들일까, 왜 사라졌을까? 무엇 때문에 이 문명은 소멸됐을까? 그리고 특히 이 기름불을 켠 사람은 누구였을까? 당신도 이 불이 수천 년 전부터 방해받지 않고 타고 있다는 사실을 설명할 수 없잖아요?"

"당신은 항상 현실적인 쪽으로 사고를 한다는 게 참 부럽군요." 나는 눈을 깜박거리며 말했다. "이 아래 누가 있었는지 알아낼 때까지는 이제 예술사적 고찰은 좀 뒤로 미뤄야겠어요. 아무리 아쉽더라도요."

그녀가 내게 눈짓을 했다. "이제 좀 그럴듯한 탐험가가 돼 가시네. 일주일 전에 처음 봤을 때와는 영 딴 판이야."

"비행기 태우지 마요." 나는 손사래를 쳤다. 하지만 칭찬이 싫지는 않았다. "저 아래 무슨 일이 기다리고 있을지를 생각하면 정말 무서워요. 우리가 여기 오래 머물수록 상황은 더 나빠질 거예요. 그러니까 빨리 끝을 보자고요."

우리는 계속 나아갔다. 그러나 이번에는 목표를 분명히 생각하면서 사소한 일들은 지나쳤다.

우리는 예상보다 빨리 목표지점에 도착했다. 아마 등불과 관련이 있을 것이다. 등불이 황금빛으로 너울거리면서 공간 자체가 실제보다 훨씬 크게 보였던 것이다. 어쨌거나 오십 미터 정도 통로를 따라가다 보니 길이 확 휘면서 두 번째 공간으로 이어졌다. 이 공간은 형태와 크기 면에서 처음 들어왔던 입구의 홀과 아주 흡사했다.

나는 깜짝 놀라 비명을 질렀다. 이 공간은 입구의 홀처럼 텅 빈 상태가 아니었다. 이집트풍의 사원에서 본 것과 같은 궤나 석관, 기타 성물로 차 있지도 않았다. 현대적인 시설을 갖춘 실험실이었다. 접이 의자와 탁자도 보였다. 그 위에는 우리 것에 못지않은 장비들이 놓여 있었다. 정확히 말하면 텔레 호에 두고 온 우리 실험실과 똑같은 것이었다. 스케치와 도형그림들이 벽을 뒤덮고 있었다. 각종 기기와 할로겐램프에 전기를 공급하는 작은 디젤발전기도 있었다. 그러나 기름이 떨어졌는지, 스위치를 꺼두었는지 작동은 되지 않았다. 실험실은 그저 기름램프의 가물거리는 빛으로 모습을 드러내고 있었다.

나는 꿈이 아닌가 싶어 몇 번 깊이 심호흡을 했다. 우리가 찾던 해답이 바로 여기에 있었다. 에밀리의 비밀 실험실이 분명했다. 에밀리와 대원들은 호숫가의 캠프가 파괴된 후 여기로 들어온 것이다. 언제 어떻게 이 장소를 발견했고, 왜 구조신호를 보내지 않고 여기에 숨어 있었는지는 좀 더 알아보아야 할 문제였다. 그런데 그녀와 그녀를 돕던 사람들은 어디 숨어 있는 걸까? 얼마 전까지만 해도 작업을 하고 있던 느낌이 들었다. 그러나 지금은 가물거리는 기름램프 불빛 속에서 묘실 같은 분위기가 풍겼다. 어쩌면 또 다른 비밀의 문이 있을지 몰랐다.

"에밀리?" 내 목소리가 벽에 부딪혀 울렸다. "에밀리, 어디 있어요?"

대답이 없었다.

엘리쉬가 내 소매를 잡아당기면서 어두운 구석에 펼쳐진 잠자리들을 가리켰다. 보온매트와 침낭들이 어지럽게 널려 있었다. 얼마 전부터 사용하지 않은 것 같았다.

딱 하나만 제외하고.

그 안에 어떤 물체가 들어 있는 것을 보고 나는 잠시 숨이 멎었다.

30

그 물체는 바닥에 웅크리고 있었다. 누가 별생각 없이 구석에 처박아놓은 헐렁한 빨랫감 보따리 같았다. 가슴이 떨렸다. 불현듯 너무 늦었구나 싶은 생각이 들었다. 에고모와 엘리쉬도 같은 느낌이 들었는지 나를 앞세웠다.

에밀리는 잠을 자는 것 같았다. 그러나 숨은 멎어 있었다. 그것도 꽤 된 것 같았다. 사원이 서늘해서 지금까지 시신이 부패하지 않았던 것이다. 쇠약해져서 병이 든 상태로 죽은 것 같았다. 나는 침을 삼키고 시신을 살펴보았다. 왼손에는 대충 붕대가 감겨져 있었고, 그 아래 상처는 제대로 아물지 않았다. 상처는 뾰족한 물건에 찢겨서 난 것 같았다. 그녀도 입구를 지키고 서 있는 석상의 송곳니를 거쳐서 들어왔을 것이다. 감염 때문에 죽게 됐는지는 알 수 없었다. 하지만 상당히 고통스럽게 죽어간 것은 분명하다. 팜브리지 장원에서 본 사진 속의 그녀는 젊고 싱싱했는데, 지금은 창백하고 초췌했다. 그러나 입가에는 아직도 오래전 어린 시절에 나를 매료시켰던 오만한 기운이 감돌고 있었다. 그토록 마음을 사로잡는 미소를 흘리고 나에게 첫 키스를 해주었던 바로 그 입이었다.

첫사랑의 추억은 모진 풍파를 겪어도 영원하다더니 이제 그 말이 진실을 담고 있다는 것을 깨달았다. 진짜 사람하고 관계가 있는 건지 아니면 스스로 만들어낸 이상적인 모습과 관계가 있는 건지 확실치는 않았다. 물론 나는 내 팔에 안긴 이 사람이 따지고 보면 낯선 여자라는 것을 알고 있었다. 그래도 이 여자를 쳐들어 얼굴을 내 가슴에 꼭 눌렀다. 그녀와 나만 있었다. 손으로 짧은 금발머리를 쓰다듬자 함께 보낸 어린 시절의 추억이 밀려왔다.

한동안 시간이 지나고 나서야 나는 이별을 고하고 다시 그녀를 내려놓았다. 자세히 보니 그녀는 손에는 책 한 권이 꼭 쥐여 있었다. 빨간 아마 제본에 모서리는 가죽 장정으로 된 것이었다. 표지에는 팜브리지 가문의 문장이 새겨져 있었다. 나는 눈물을 닦고 책을 집어 들었다. 일기장이었다. 그녀의 굳은 손에서 일기장을 빼내 마지막으로 쓴 부분을 몇 장 넘겼다. 날짜는 2월 9일로 돼 있었다. 내가 브라자빌에 도착한 날이었다. 2월 9일. 이 날의 의미를 깨닫는 데는 잠시 시간이 걸렸다. 그녀가 아직 살아 있다는 사실을 알았다 해도, 그리고 바로 구조에 나섰다고 해도 우리는 너무 늦게 도착했을 것이다. 에밀리 팜브리지는 그 시점에 이미 돌이킬 수 없을 만큼 병이 깊어졌다. 피할 수 없는 사실이었다. 또 어떤 의미에서는 위로가 되는 사실이었다. 그녀의 운명은 그 순간 이미 봉인이 돼 있어서 그걸 바꿀 수 있는 방법이 전혀 없었기 때문이다.

엘리쉬의 눈에 당혹한 빛이 보였다.

"그 여자 맞아요?" 그녀가 물었다.

"왜 돌아가려고 하지 않았을까요?" 내가 중얼거렸다.

"왜 최소한 살아 있다는 신호조차 보내지 않고 이리로 돌아왔을까요? 정말 이해가 안 가."

"답은 아마 일기장에 있을 거예요." 엘리쉬는 빨간 책을 집어 들었다. "내가 읽어봐도 돼요?"

"그럼요." 나는 다시 에밀리의 몸을 끌어안으며 속삭이듯이 말했다. "난 지금 읽을 기분도 들지 않아요."

그녀는 뒷부분을 펴더니 일기를 해독하려고 애썼다. 쉽지 않았다. 글씨가 떨렸기 때문이다.

2월 9일 화요일. 08시 20분.

기진맥진이다. 어젯밤 눈 한숨 못 붙였다. 약이란 약은 다 써봤다. 그런데도 염증이 멈추지 않는다. 감염으로 온몸이 불덩어리다. 대원들이 구조대에 합류하는 것을 간신히 무력으로 막고 있다. 그사이 상황이 완전히 달라졌다는 걸 그들이 어떻게 알겠는가? 텔레 호의 비밀은 어쨌든 악당들의 손에 넘어가면 안 된다. 콩고 정부 손에 넘어가는 것도 안 된다. 위험이 너무 크다. 나는 다른 사람들이 알 수 없게끔 모든 자료와 기록을 폐기하기 시작했다. 그들은 아마 이해하지 못할 것이다.

우리는 오늘 아침 일찍 일어난 끔찍한 폭발이 왜 그런 것인지 모른다. 하지만 폭발음이 군인 캠프 쪽에서 난 것은 분명하다. 아마 공격을 받았든지 아니면 불의의 사태가 발생했을 것이다. 앙투안이 나가보겠다고 했지만 내가 말렸다. 그들이 우리를 찾아내면 안 된다. 그렇게 되면 모든 게 사라진다. 얼마 전까지만 해도 진실을 기꺼이 말해주고 싶었다. 그러나 시간이 지나면서 이런저런 점들을 알게 되면서 생각이 바뀌었다. 우리 팀은 반란을 일으키기 직전이다. 다들 병에 걸렸다.

군인들이 사원을 발견한 마당에 대원들을 얼마나 붙잡아둘 수 있을지 모르겠다. 남은 선택이 한 가지뿐이라는 게 두렵다.

나는 도저히 이해할 수 없어서 고개를 흔들었다. "그게 무슨 소리예요? 일기가 더 있어요?"

"네." 엘리쉬는 시선을 들어 이상한 표정으로 나를 바라봤다. "하지만 모르겠어요. 당신이 이걸 정말 듣고 싶을지 말이에요."

"들어야지요." 내가 대꾸했다. "여기서 무슨 일이 있었는지 정확히 알아야 돼요."

그녀가 한숨을 내쉬었다. "알았어요."

다 끝났다. 상상할 수 없는 짓을 저질렀다. 그들은 죽었다. 그들은 내 친구였고 충실한 동반자였다. 그들은 나를 위해 목숨을 바쳤다. 그래서 난 감사한다. 하느님, 저를 용서하소서.

그들은 돌아가고 싶어했다. 나도 정말 그러고 싶었다. 그러나 그렇게 되면 그들은 떠들게 될 것이다. 모두가 이 장소의 숨겨진 비밀을 떠벌리고 다닐 것이다. 다행히 모든 일이 아주 신속하게 진행됐다. 그들은 감을 잡지 못했을 것이다. 그다음에 일어난 일은 정말 힘들었다. 그들의 시체를 밖으로 끌어내 묻는 데는 아주 힘이 들었다. 그나마 기독교식 매장은 해주었으니까. 앙투안에게는 십자가까지 만들어주었다. 남들은 내 행동에 대해 유죄판결을 내릴 것이다.

그러나 나로서는 다른 방법이 없었다. 그들은 뭔가 특이하다. 우리가 이해하지 못하는 재능이 있다. 그리고 우리는 그들을 박해하거나 죽일 권리가 없다. 그러나 우리가 알게 된 비밀이 세상에 알려지면 바로 그런 일이 벌어질 것이다. 온 세상에서 조사팀이 찾아와 그들을 과학의 제단에 희생물로 바칠 것이다. 살아남았다고 해 봐야 동물원이나 관찰기관 같은 데서 비참하게 살아가야 할 것이다. 연구용 실험대상으로만, 그들이 나에게 보여준 걸 사람들한테 보여줄 수 있다면 얼마나 좋을까. 하지만 그들은 자신이 가지고 있는 능력을 거의 의식하지 못하고 있다. 그래서 목숨이 붙어 있는 마지막 순간까지 나는 그들의 비밀을 지킬 것이다. 내가 한 일은 용서받을 수 없는 일이다. 하지만 그러지 않을 수 없었다.

엄마, 이 글을 읽으시고 저를 이해해주시기를 하느님께 빕니다.

힘이 빠져서 더 서 있을 수도 없을 지경이에요. 이제 생명이 제 몸을 떠나는 느낌이 들어요. 이 일기장을 발견하는 분들께 마지막 부탁을 드리고 싶습니다. 텔레 호에 가지 마세요. 비밀을 간직하세요. 그리고 아무한테도 말하지 마세요. 인간이 만물의 영장은 아닙니다. 받아들이기 어려운 얘기겠지만.

– 에밀리 팜브리지

"이게 마지막 기록이에요." 엘리쉬가 책을 덮자 숨 막힐 듯한 침묵이 흘렀다.

"맙소사, 에밀리가 그랬단 말이에요?" 나는 일기 내용이 이해가 가지 않아 말을 더듬었다. 갑자기 안고 있던 시신이 혐오스러워졌다. "에밀리가 밖에 있는 사람들을 죽였다니." 나는 고개를 흔들었다. "무슨 일이 있었기에 그렇게 변한 거지?"

엘리쉬는 이해하기 어려운 눈빛으로 나를 쳐다봤다. "에밀리 팜브리지는 어느 모로 보나 극단적인 인물이었던 것 같아요. 당신이 몰랐다뿐이지. 아니면 알고 싶지 않았겠지요. 사실은 당신이 지난 이십 년간 꿈에 그려오던 것과는 전혀 다른 사람이었다는 거예요. 그녀가 죽은 건 유감이에요. 하지만 그렇다고 어린 시절의 기억이 환상이라는 사실이 달라지는 건 아니에요. 다시 한 번 살아서 만난다면 낯선 사람과의 만남이 될 거예요. 아마 서로 할 얘기가 거의 없을 걸요."

나는 얼굴을 쓸어내렸다. "당신 말이 맞아요. 난 바보였어."

"음, 꼭 그런 건 아니에요." 그녀의 입가에 엷은 미소가 번졌다. "그저 구제불능의 낭만주의자라고 해야 할까? 그럼 좀 낫겠지요. 한 가지 이상한 게 있어요."

"뭔데요?"

엘리쉬는 일어나서 이리저리 거닐기 시작했다. "에밀리가 여기서 사용한 이 실험실 말이에요. 원래 계획과는 뭔가가 안 맞아요."

"무슨 얘기예요?" 멍해졌던 정신을 추스르고 대화에 신경을 집중했다.

"에밀리 팜브리지의 생각이 얼마나 극심하게 변했는지 모르겠어요? 여기 이 일기에 적힌 얘기들은……." 그녀가 일기장을 들어보였다. "탐사팀이 선언한 목적과는 전적으로 배치돼요. 그녀는 자기 엄마한테 반기를 든 것 같단 말이에요. 모켈레의 유전물질을 채집하는 게 원래 계획이었어요. 그걸 가지고 돌아가서 거기서 얻은 정보를 인간 게놈 프로젝트에 활용한다는 거잖아요. 내 말이 맞지요?"

"그래요, 대충." 엘리쉬가 무슨 말을 하려는지 서서히 감이 잡혔다. "아마 그녀는 우리가 발견한 걸 발견했을 거예요. 모켈레가 새로운 종일 뿐 아니라 진화 과정에서 놀라운 비약을 이룬 존재라는 걸 말이에요. 충분히 가능해요."

엘리쉬는 단호하게 고개를 흔들었다. "그런 정도를 알아냈다고 해서 에밀리 팜브리지 같은 여자가 생각이 바뀌진 않을 거예요. 반대지요. 그녀는 그 동물과 우리의 DNA가 통합 불가능하다는 사실을 독점 발표해서 승리를 차지했을 거예요. 모켈레의 유전체에서 모든 걸 알아냈을 가능성도 배제할 수 없지요. 아니……." 그녀는 주저하며 말했다. "뭔가 전혀 다른 걸 찾아낸 게 분명해요. 지금까지 전혀 알지 못했던 어떤 걸 말이에요. 자기 엄마도 더는 믿을 수 없을 만큼 아주 특별한 것. 일기장에 있던 말 생각나요? "그들은 뭔가 특이하다. 우리가 이해하지 못하는 재능을 가지고 있다. …… 사람들한테 그들이 나에게 보여준 걸 보여줄 수 있다면 얼마나 좋을까."엘리쉬는 몸을 뒤로 기대고 이해하기 어려운 눈빛으로 나를 쳐다봤다. "말해봐요. 이 말 듣고 생각나는 게 없는지."

"솔직히 말하면 없어요. 난 딴생각을 하고 있었어. 하지만 당신 말이 맞아요. 그 구절은 정말 이상해. '그들'은 누구고, 무슨 '능력'을 말하는 걸까?"

"'그들'이 누구냐에 대해서는 이제 불분명할 게 없어요. 하지만 그들의 '능력'에 관해서는 오리무중이에요. 마지막 문장도 이상해요. "인간이 만물의 영장은 아닙니다. 받아들이기 어려운 얘기겠지만.""

나는 일어서서 팔을 문질렀다. 이제야 비로소 이 아래가 얼마나 서늘한지 느껴졌다. "모르겠어요. 그게 무슨 말인지. 아마 그걸 쓸 때는 정신이 훨씬 말짱했겠지요."

엘리쉬가 뭔가를 골똘히 생각하며 일기장을 넘겼다. "아, 여기 있다. 그녀는 자기가 발견한 걸 포기하려 하지 않았을 뿐 아니라 이 일기장을 찾은 사람들이 불필요하게 호기심을 갖지 않도록 애썼어요."

"주위를 좀 둘러봅시다." 내가 제안했다. "어쩌면 좀 더 도움이 될 만한 걸 찾을지도 몰라요. 물론 너무 낙관하면 안 되겠지만. 에밀리는 모든 기록을 폐기했다고 썼어요. 그래도 시도는 해봐야지."

우리는 컴퓨터의 모든 기록과 데이터베이스를 샅샅이 뒤졌다. 그러나 우려했던 대로였다. 팜브리지 탐사팀이 얻은 정보를 들여다볼 수 있을 만한 흔적은 완전히 사라졌다. 그토록 철저히 폐기했다는 게 오히려 광기에 가깝다고 할 만했다. 종이와 데이터, 심지어 모켈레의 혈액을 올려놓았을 현미경의 재물대까지 다 폐기됐다. 에밀리가 샬레에 기름을 붓고 태워버린 것이다.

"소용없어요." 나는 반 시간쯤 지나서 솔직히 털어놓았다. "에밀리는 정말 철저하게 모든 걸 없앴어요. 아직 읽을 수 있는 극소수의 정보도 아무 내용이 없어요. 콩고 늪두꺼비에 관한 연구 성과를 기록했을 가능성이 농후한데 말이에요."

"그런 동물이 없다는 것만 빼고 그렇지요." 엘리쉬의 얼굴에 실망한 표정이 역력했다. "그럼 이제 어떻게 하지요?"

"문제는 우리가 뭘 할 수 있느냐예요. 대안이 별로 없어요. 지금의 위태로운 여건으로는 아무것도 안 하는 게 나을 거예요."

"아무것도 안 한다고? 정말이에요? 이 모든 걸 그냥 놔두고 가자고요?"

나는 고개를 끄덕였다. "이걸 다 어떻게 옮겨가겠어요? 하지만 에밀리는 동료들 옆에 묻어줘야겠지요. 본인도 좋아할 거야."

"그런 다음엔?"

나는 어깨를 으쓱해 보였다. "그런 다음엔 에밀리의 마지막 소망을 존중해서 여기서 본 일은 모두 다 잊어야겠지요."

엘리쉬는 못 믿겠다는 표정으로 날 쳐다봤다. "그럼 모켈레 연구는 다른 사람한테 넘기겠다는 거예요?"

나는 어깨를 으쓱했다. "우리 처지를 한번 생각해봐요. 우린 아주 기진 맥진한 상태예요. 식스펜스는 죽었어요. 그리고 우리 비행기는 고철더미가 됐고. 모켈레는 화가 나서 다시 공격해 올 거야. 빨리 여길 떠야 돼. 아무리 생각해봐도 우린 끝났어요."

엘리쉬가 돌을 옆으로 찼다. "논리정연하신 말씀이네요, 교수님. 마음에 들진 않지만 내가 뭘 바꿀 순 없겠지요." 그녀의 어깨가 축 늘어졌다. "어쨌든 아직 희망은 있어요. 우리가 비밀을 지키면 아마 언젠가 여기를 다시 찾을 수 있는 날이 올 거예요. 어쨌든 그때는 준비를 더 잘 하고 오겠지요." 그녀는 자기 말에 별로 확신이 없는 것 같았다. 그러나 나는 아무 말도 하지 않았다. 그녀는 마지막 한 가닥 희망을 걸었다. 나는 그것마저 빼앗고 싶지는 않았다.

엘리쉬는 실망한 눈빛으로 마지막으로 잠자리 쪽을 바라보다가 말했다. "오케이. 에밀리를 묻자고요. 그 정도는 해줘야지요. 그런 다음 사원을 다시 폐쇄해요. 그럼 집에 가는 일만 남았네요."

<h1>31</h1>

우리는 세 시간을 행군한 끝에 마침내 원래 캠프에 도착했다. 비에 젖은 덤불 사이로 텐트가 보였다. 다리가 납처럼 무거웠다. 행군이 아무리 힘들어도 몇 가지 분명한 사실을 알 수 있었다. 지나온 시간 동안 나는 에밀리와 충분히 이별할 시간을 가질 수 있었고, 여러 해 동안 거대한 비누 거품 속에서 살아왔다는 걸 깨닫게 됐다. 이젠 다 청산했다. 집으로 돌아가고 싶었다. 세라를 안고 내가 얼마나 바보였는지 이야기해주고 싶었다. 그리고 그녀에게 용서를 구하고 앞으로는 모든 게 좋아질 거라고 맹세하고 싶었다.

캠프에는 아무도 없었다. 멀로니의 흔적도 안 보였다. 그는 다른 텐트 안에 있는 게 아니었다. 고무보트도 그대로 물가에 매여 있었다. 그가 완전히 떠난 건 아니라는 표시여서 그나마 다행이었다. 아마 산책을 나갔거나 친구 무덤에 가 있을 것이다. 아마 혼자 있고 싶을 것이다.

엘리쉬와 나는 빨리 뭘 좀 먹고 누워서 쉬기로 했다. 나는 팜브리지 여사한테 연락을 해서 최근에 일어난 변화에 대해 알려줄까 하고 잠시 생각했다. 이럴까 저럴까 하다가 그 생각을 접었다. 딸이 죽었다는 소식을 전화로 전하고 싶지는 않았다. 엘리쉬도 한참 떠들 기분이 아니었다. 그녀는 잽싸게 뮤슬리를 입에 털어넣더니 기록을 완성하러 다시 텐트로 들어갔다. 캠프에는 뭔가 답답한 분위기가 흐르고 있었다. 나는 설거지를 하면서 내일 짐을 꾸려야겠다고 마음먹었다. 비행기는 고철덩어리가 됐기 때문에 무선으로 우리를 구해줄 조종사를 불러달라고 해야 했다. 조종사가 도착할 때까지 캠프에서 철수할 시간은 충분했다. 그러나 누구한테 전화를 해야 할지 몰라서 일단 멀로니가 돌아오기를 기다렸다. 나는 에밀리의 일기장을 들고 잠자리에 누웠다. 그러나 두 줄도 채 읽지 못하고 잠이 들었다.

칠흑 같은 밤이었다. 나는 이상한 소음에 잠이 깼다. 처음에는 모켈레라고 생각했다. 우리를 잡아가려고 돌아온 건가? 어렴풋이 멀로니의 악어 이야기가 생각나서 어둠에 귀를 기울였다. 다시 뭔가가 나타났다. 물가 갯벌에서 철벅철벅 하는 소리가 났다. 이상하게도 이번에는 커다란 물건을 진창 위에서 끌어당기는 소리가 났다. 나는 조심스럽게 텐트 지퍼를 열고 밖을 내다봤다. 비는 멈춰 있었다. 그리고 달이 구름 사이로 비치고 있었다. 얼마 후 멀로니의 낯익은 모습이 보였다. 그는 호숫가에서 작업을 하고 있었다. 커다란 플로트를 밧줄에 묶어서 질질 끌고 있었다. 상당히 힘겨워했다. 바로 일어서서 그리로 가려고 했다. 그때 에고모가 내 텐트 옆에 앉아서 보초를 서고 있다는 걸 알게 됐다. 그의 눈빛은 뭔가를 경고하고 있었다. 그래서 나는 조용히 움직였다. 그의 눈빛은 움직임을 드러내지 않는 게 좋겠다고 말하고 있었다. 이 피그미는 예지력이 뛰어났기 때문에 나는 잠자코 따랐다. 우리는 동시에 멀로니를 보았다. 그는 또 다른 큰 물건을 물 위로 끌고 이리로 다가왔다. 비행기 플로트인 것 같았다. 이 남자는 정말 힘이 엄청났다. 끌고 오는 물건들은 삼백 킬로그램은 족히 나갈 듯했다.

잠시 후 멀로니는 목표지점에 도착했다. 그는 끝없이 기침을 하면서 플로트 두 개를 밧줄로 묶기 시작했다. 움직임으로 보아 엄청 힘이 드는 작업이었다.

에고모는 다시 가서 누우라고 눈짓을 했다. 둘 다 밤을 지새울 필요는 없었다. 솔직히 말해서 나는 기꺼이 그가 하라는 대로 따랐다. 몸이 천근만근이었기 때문이다. 게다가 에고모는 믿을 수 있었다. 그래서 다시 둥지로 기어들어가 새까만 밤이 스며들지 못하도록 지퍼를 내리고 다시 곯아떨어졌다.

—

눈을 떴을 때 이상하게 주위가 어두웠다. 손목시계를 보니까 그저 늦은 아침이었다. 텐트를 나와 하늘을 쳐다봤다. 하늘은 납 판자를 박아놓은 것처럼 보였다.

"오늘 날씨 우습네." 연기가 나는 모닥불 저쪽에서 누가 투덜거렸다. 멀로니였다. 그는 밧줄 조각들을 꼬아 긴 밧줄로 만들고 있었다. "좀 있으면 날씨가 더 나빠지겠어." 그가 말했다. "괜찮으면 준비하는 거 좀 도와줘."

"안녕하십니까?" 그에게 인사를 했다. 밤에 잠을 설쳐서인지 아직 좀 몽롱했다. "다시 만나 반갑네요. 어제 저녁에 같이 있었어야 하는 건데.

당신이 걱정되던 참이었어요."

"내 걱정?" 그는 건조하게 웃었다. "나보다 더 걱정할 필요가 없는 사람은 없을 거요."

"기분은 그런대로 괜찮아요?" 나는 그가 이 질문에 기분이 상하지 않기를 바랐다. 그러나 가급적 빨리 어제 있었던 일과 우리가 곧 떠나야 한다는 얘기를 해줄 필요가 있었다. 분명 이 사람도 비행기를 부르기 전에 몇 가지 처리할 일이 있을 것이다.

"할 얘기가 많아요." 나는 말을 이었다. "괜찮다면 커피 한 잔 하면서 얘기하지요."

"필요 없소." 그가 대꾸했다. "어제 저녁 꿈나라를 헤매시는 동안 마드무아젤 은가룽이 다 알려줬어. 무덤을 찾은 얘기하며 사원, 팜브리지 여사 딸의 시신. 슬픈 일이야. 하지만 내가 당신한테 예언했지. 가봐야 소용없을 거라고."

"소용없다고요? 글쎄, 엘리쉬가 정확히 얘기했는지는 모르겠는데, 소용없는 건 전혀 아니었어요."

"얘긴 충분히 들었소. 이 나라는 계속해서 누군가를 죽이지." 그는 구름을 올려다봤다. "우린 다 가장 소중한 것을 잃었어." 그는 수수께끼 같은 녹색 눈으로 나를 쳐다봤다. "그런 건 신경 안 쓰겠지? 그런데 그 폐허는 말이야……." 그는 어깨를 으쓱하며 말했다. "세상에 오래 된 돌은 아주 많아. 그리고 그런 돌들은 다 누군가가 다가와 연구해주기를 기다리고 있어. 하지만 여기 있는 돌들이 중요하냐 아니냐는 우리 문제가 아니지." 남 얘기하듯 하는 목소리가 짜증났다. 그는 이 모든 것에 아무 관심이 없다는 투로 말했다. 에밀리의 죽음에 별 감흥이 없다는 것은 물론 이해할 수 있었다. 멀로니에게 그녀는 아무 의미도 없었기 때문이다. 그러나 제일 친한 친구를 잃은 얘기를 어떻게 그런 식으로 할 수 있는지 정말 화가 났다. "그럼 가급적 빨리 돌아가고 싶다는 얘기도 엘리쉬가 해주었겠네." 나는 억지로 미소 지었다. "모든 일이 다 끝났어요. 솔직히 말해서 정말 이젠 샤워도 하고 제대로 된 침대에서 잠을 자고 싶어요."

"그건 좀 기다려야 할걸." 그는 말하면서 밧줄을 들고 저쪽으로 갔다. 나는 급히 그의 뒤를 따라갔다. "그게 무슨 소리예요? 비바람이 들이치기 전에 캠프를 보수라도 해야 한단 말인가요? 지난번 폭풍우도 잘 견뎌 냈는데."

그가 멈춰 섰다. "지금 캠프 얘기 하는 거요? 아니. 뗏목 만드는 데 당신 도움이 필요해. 어제 비행기에서 플로트 두 개를 떼어내 이리로 가져왔어. 오늘 아침 그걸 대충 밧줄로 얽어서 뗏목으로 만들었지. 바로 타고 나갈 준비를 해야 돼. 잘 알겠지만 비바람이 쳐야 고기가 잘 문단 말이야." 그의 입 주위에 미소가 떠올랐다. 눈매는 여전히 차가웠다.

나는 차츰 불안해지기 시작했다. "뗏목에 고기라니? 무슨 말인지 모르겠어요. 천천히 좀 얘기해봐요. 대체 뭘 하겠다는 거예요?"

"콩고 공룡 잡는 일을 말하는 거요. 그럼 뭘 생각하겠소?"

불안이 근심으로 바뀌었다. "그게 진심인가요? 농담이겠지요."

"아니. 난 놈을 잡아 죽일 계획이야. 그리고 당신이 날 좀 도와야 돼."

다시 공포가 밀려왔다. 우려했던 대로 멀로니의 정신상태는 정상이 아니었다. 완전히 정신이 나갔다. 가장 심각한 것은 그가 말을 하는 방식이었다. 그는 아주 침착했다. 날씨에 대해서도 지나가는 말투로 얘기했다. 나는 불안감을 억누르면서 최대한 침착한 어조로 말하려고 애썼다. "여기 일은 다 끝났어요, 스튜어트." 내가 그의 이름을 부른 것은 처음이었다. 친숙한 느낌을 주려는 의도였다.

“우린 유전자 시료를 채취했어요. 에밀리가 어떻게 됐는지도 알고. 더할 일이 없어요. 임무는 완수한 거예요. 더 필요한 일은 없어요.”

“필요한 일이 있느냐 없느냐는, 데이비드⋯⋯.” 그는 날카로운 시선을 던지며 말했다. “뭐가 필요하고 필요 없느냐는 내가 결정하는 거요. 이 탐사팀의 대장은 나야. 그리고 그것은 우리가 안전하게 브라자빌로 돌아갈 때까지는 여전히 유효한 거요. 토론 끝.”

“이 문제에 대해서는 계약의뢰인과 상의를 해봐야겠네요.” 나는 열을 내며 응수했다. 그가 고집을 굽히지 않는다면 나도 마찬가지였다. 전투 의지가 살아났다. 이번에는 절대로 물러서지 않을 작정이었다. “이 탐사팀은 최종적으로 팜브리지 여사가 주도하는 거지요. 그분이 결정을 내려야 해요.”

언성이 높아진 모양이다. 엘리쉬와 에고모가 나타났다. “무슨 일이에요?” 엘리쉬가 잠이 덜 깬 상태로 중얼거렸다. “무슨 심각한 일이라고 아침부터 싸우고 그래요?”

“그래, 아주 심각한 일이에요. 당신이 얘기해주겠어요, 멀로니? 아니면 내가 할까요?” 나는 씩씩거리며 말했다.

사냥꾼은 험상궂은 표정으로 나를 노려봤다. 그러나 한 마디도 하지 않았다.

“좋아, 그러시다면. 멀로니 씨는 모켈레를 죽이겠대요. 그게 계획이래요. 그리고 우리가 자기를 도와야 한대요. 하지만 난 그렇게 못하겠다고 거절했어요.”

“이건 내 탐사대고 내가 결정해.” 사냥꾼이 고집스레 응수했다. “당신들은 내 명령에 복종해야 돼. 그리고 다시 마음을 다잡고 내가 사냥하는 걸 도와야 돼.”

"우린 당신 종이 아니야. 당신 결정에 따랐을 때 어떻게 됐는지 벌써 봤거든." 내가 씩씩거리며 대꾸했다. "당신 때문에 엉망진창이 됐어. 당신의 무능을 더는 참을 수 없어."

엘리쉬가 난감한 표정으로 둘 사이를 번갈아 쳐다봤다. "농담이지요? 모켈레 얘기 말예요."

멀로니는 태연하게 셔츠 주머니에서 담배를 꺼내 불을 붙였다. "왜 다들 내가 농담을 한다고 생각하지? 내가 광대 같아 보이나?" 연기가 우리 쪽으로 뿜어졌다. 그제야 엘리쉬도 상황의 심각성을 파악한 것 같았다. 그녀는 내게 의미심장한 시선을 보내고 천천히 멀로니 쪽으로 다가갔다. "스튜어트." 그녀는 아주 부드러운 목소리로 말했다. "우리가 모켈레를 죽일 필요는 없어요. 어제 저녁에 벌써 설명드렸잖아요. 우린 유전자 시료와 에밀리의 기록을 확보했어요. 그게 우리가 부탁받은 전부예요. 데이비드와 나는 모켈레가 전혀 다른 종이라는 사실을 알아냈어요. 너무도 중요한 종이기 때문에 죽여서는 안 돼요. 제발, 스튜어트, 돌아가요." 그녀는 멀로니의 코앞까지 다가가 다독거리듯이 그의 팔에 손을 올려놓았다.

멀로니가 너무 갑작스럽게 반응을 보여 아무 조치도 취할 수 없었다. 그가 엘리쉬의 얼굴을 정통으로 힘껏 갈겼다. 그녀는 바닥에 쓰러졌다. 오른쪽 눈 위가 찢어져 피가 흘렀다. 나는 고함을 치며 멀로니를 제치고 엘리쉬 옆으로 달려가 무릎을 꿇고 앉았다. 그러나 멀로니는 아무런 반응도 보이지 않았다. 그는 그저 제자리에 서서 격노한 표정으로 주저앉은 엘리쉬를 노려보았다. "만지는 건 못 참아." 그가 말했다. "그렇다고 사람을 쳐?" 내가 소리쳤다. "당신 대체 뭐 하는 사람이야?"

멀로니가 나에게 다가왔다. 그러나 에고모가 바로 앞을 가로막았다. 그는 화살을 메긴 쇠뇌를 들어 호주 사냥꾼의 가슴을 겨눴다. 그는 멀로니에게 눈짓으로 꺼지라는 신호를 보냈다. 호주인은 차갑게 미소를 짓고 가버렸다.

나는 안도의 한숨을 내쉬었다. "고마워, 에고모. 정말 마지막 순간에 구해줬어. 저 사람 도대체 왜 저러는 거야?" 나는 엘리쉬의 머리를 부드럽게 쳐들고는 셔츠 소매로 이마의 피를 닦아주었다. 그 순간 그녀가 눈을 뜨더니 어리둥절한 표정으로 나를 쳐다보았다. "어떻게 된 거예요?" 그녀가 더듬더듬 말했다. "난 얘기를 하려고 했을 뿐인데."

"당신이 멀로니를 만지자 꼭지가 돌아버렸어요. 왜 그런지야 모르지. 하지만 예감이 너무 불길해요. 친구가 죽는 바람에 제정신이 아닌 모양이에요. 빨리 여기를 뜹시다. 빠를수록 좋아요."

"내 정신 좀 봐." 그녀가 신음하며 말했다. "다 내 잘못이에요. 멀로니가 만지지 말라고 경고했거든요."

나는 눈을 부릅떴다. "여자들은 늘 먼저 제 잘못이라고 말하지요. 사랑에 빠졌을 때 그러는 건 특히 나빠요. 그래, 좋아요. 당신이 미처 생각지 못했다고 쳐요. 그렇다고 그렇게 때린다는 건 말도 안 돼요." 그녀는 눈 위 부은 자리를 만져봤다. "당신네 남자들도 여자가 누구랑 잠만 자면 사랑에 빠졌다고 생각하는 착각을 버려야 돼요." 나는 소리내 웃었다. "알았어요. 하지만 진짜예요. 도움을 청해야 돼요. 가급적 빨리. 일어설 수 있겠어요?"

그녀의 얼굴은 창백했고 다리는 후들거렸다. "갑시다." 나는 그녀를 식량 텐트로 데리고 갔다. "찬 걸 찾아서 부기를 가라앉혀야겠어요. 그러고 나서 최대한 빨리 비행기를 보내달라고 브라자빌에 전화를 합시다."

"고마워, 데이비드."

나는 깜짝 놀라 고개를 들었다. "어? 이젠 교수님이라고 안 하네." 그녀가 미소 지으며 내 뺨에 가볍게 입을 맞췄다.

십 분쯤 뒤에 우리는 식량텐트를 나섰다. 엘리쉬 눈 위에 난 혹은 달걀만 하게 부풀어 올랐다. 그러나 얼음 팩이 그런대로 효과가 있었다. 우리는 살그머니 위성수신장치로 다가갔다. 불필요한 관심을 끌거나 다시 싸움에 휘말리고 싶지 않았다. 멀로니는 완전히 예측불허의 인간이 됐다. 그리고 우리의 또 다른 도발에 어떤 반응을 보일지 전혀 알 수 없었다. 나는 접시안테나를 펼치고 수신기 스위치를 눌렀다. 장비가 가동이 되기까지 수 초가 그토록 느리게 흘러가는지 예전에는 미처 몰랐다. 마침내 가동이 됐다. 나는 자판을 눌러 저장된 번호 목록을 불러냈다. 비행노선 운영자 연락처를 찾아야 했다. 없다는 표시가 떴다.

"다른 번호 없어요?" 엘리쉬가 물었다. "과학기술부 번호 같은 거 말이에요. 아니면 아씨 차관 번호든지."

"다 없대요. 이 전화번호부에는 미국 연락처만 나와 있어요. 아마 다른 번호는 다 멀로니가 자기 핸드폰에 저장해놓았나 봐요."

그녀가 고개를 끄덕였다. "참 똑똑한 사람이에요. 우리 손에 정보를 넘겨줄 수 없다 이거지요. 하지만 다른 방법이 있어요. 마르셀랭 아냐냐한테 연락을 해봐야겠어요. 옛날부터 알던 과기부 직원인데 동물과 자연보호 담당이에요. 탐사팀에 여러 번 참가했으니까 우리한테 딱 맞는 사람이에요." 그녀는 바지 주머니에서 낡은 수첩을 꺼내더니 여기저기를 뒤졌다. "아, 여기 있네요." 그녀가 반색했다. "이 수첩을 두고 오지 않은 게 다행이네. 번호 부를게요." 그러나 그녀는 번호를 부를 수 없었다. 그 순간 꽝 하는 소리가 난 것이다. 이어 고막을 찢는 듯한 파열음이 들렸고 사방으로 파편이 튀었다. 위성수신장치는 눈앞에서 사라졌다. 대신 뭔가 번쩍했다. 심한 폭발이라고 느끼는 순간 날카로운 금속과 플라스틱 파편들이 얼굴로 날아들었고 나는 뒤로 자빠졌다. 통증이 심했다. 신음을 내지르며 바닥을 엉금엉금 기어 숨을 곳을 찾았다. 그러나 소용없었다. 일어서서 얼굴을 더듬어보았다. 통증이 가시는 듯하더니 눈앞에 빨갛고 노란 불꽃이 번쩍번쩍 어른거렸다. 따뜻한 액체가 손가락 사이로 흘러내려 입가를 적셨다. 마지막으로 기억나는 건 피 냄새였다.

사방은 완전히 깜깜해졌다.

32

에고모는 전속력으로 튀었다. 여기가 어딘지 어느 방향으로 뛰는지 몰랐다. 다만 세상을 사로잡은 광기로부터 벗어나고 싶다.

충분히 벗어났다고 생각되면 멈춰 서서 방향을 잡아볼 요량이었다. 그런 다음 고향 오두막으로 가는 길을 찾아보려고 했다. 어깨가 아팠지만 마을까지 나흘 정도 행군을 해낼 수 있을 정도로 회복은 된 것 같았다. 소용돌이치는 낙엽처럼 생각이 어지러웠다. 고통은 치유의 전조라고 엘리쉬는 말했다. 아마 그녀가 잘못 안 것 같다. 지금은 고통만이 존재했다. 총성이 울렸을 때 그들이 도움을 청하려던 기계가 산산조각 나면서 파편이 데이비드의 얼굴에 튀었다. 그는 피가 낭자한 채 뒤로 넘어지더니 손으로 얼굴을 감싸 쥐었다. 무시무시한 호수의 신이 뭔가 장난을 친 게 분명하다는 생각이 들었다. 그는 처음 거울 같은 수면을 보았을 때 그 신이 가까이 있음을 느꼈다. 그건 호수에 있는 사물이 아니었다. 호수 자체였다. 호수의 시커먼 숨결이었다. 호숫가에서 너무 오래 지체한 그들 모두에게 드리워진 저주였다. 멀로니의 광기가 심각했다. 그들이 도착한 날 봤던 멀로니는 과연 어떤 사람이었던가? 대단한 사냥꾼이었다. 주의 깊고 치밀하고 우호적이었다. 그런데 지금은? 그의 용기와 날카로운 감각은 다 어디로 갔나? 그 냉철함과 동료의 선한 마음을 헤아리는 능력은 어디로 갔나? 그러나 지금은 배배 꼬인 고집불통만 남았다. 그는 단 한 가지 생각에 사로잡혀 있었다. 복수! 그 시커먼 숨결이 그에게 드리워졌다는 걸 에고모는 똑똑히 보았다. 친구인 데이비드와 엘리쉬에게 생각이 미치자 발걸음이 한결 느려졌다. 그들도 변화하기는 했지만 달라지는 속도가 아주 완만했다. 그들은 진지해졌고 슬픔까지 느꼈다. 함께 초원에서 겪은 일을 생각해보면 놀랄 일이 아니다. 그는 사원에 있던 백인 여자를 생각했다. 정말 이 여자가 여러 달 전 마을에 찾아왔던 그 여자일까? 데이비드는 분명히 그녀를 알고 있었다. 그리고 그녀의 죽음이 그에게 고통을 준 것은 분명했다. 고통은 치유의 전조였다.

엘리쉬의 말이 여러 번 생각났다. 그의 발걸음은 점점 느려졌다. 마침내 그는 멈춰 섰다. 거친 숨을 몰아쉬며 쇠뇌를 가슴에 꼭 붙잡았다. 친구들은 어떤 치유를 기대하고 있는 걸까? 형제가 위기에 처했다. 아무런 무기도 없이 그 사냥꾼의 광기에 대항해야 한다.

에고모의 생각은 동시에 여러 갈래로 흩어졌다. 그냥 자리를 뜨고 자신의 안녕만을 생각해야 하나? 그래도 괜찮을까? 도움을 받은 만큼 도와줄 의무가 있지 않을까? 지금 그들이 위험에 처했는데 도와주는 게 마땅한 게 아닐까?

며칠 전만 해도 그는 겁쟁이였다. 마을에 돌아가는 수밖에 없다고 생각했다. 그러나 위기를 극복하고 살아남았다. 이제 영웅으로 귀향할 수 있는 기회가 생겼다. 돌아가면 죽을지도 모른다.

그는 잠시 주저하다가 발길을 돌렸다.

—

흐느끼는 소리가 들렸다. 나는 순간 그게 내 목소리라고 생각했다. 그러나 이어 머리를 쓰다듬는 부드러운 손길이 느껴졌고 다독거리는 소리가 들렸다. 울고 있는 것은 엘리쉬였다.

"어떻게 된 거예요?" 나는 일어서려고 애쓰면서 더듬거렸다. 가슴에 참을 수 없는 고통이 오는 바람에 다시 주저앉았다. "여긴 어디에요? 왜 이렇게 어두워요?" 괜히 불안해서 그런 것일까 아니면 흐느낌 소리가 더 커진 것일까? 그런데 왜 아무것도 안 보이지? 주위 세상은 새까만 심연보다 더 캄캄해졌다. 나는 얼굴을 더듬어보다가 비명을 지르고 말았다. 피부가 온통 헤진 상처투성이처럼 느껴졌다. 더 나쁜 건 내가 눈을 크게 뜨고 있으며 수건이나 붕대로 눈을 가린 상태가 아니라는 점이었다. 그런데도 아무것도 보이지 않았다. 끔찍한 생각이 들었다. 여기저기 더듬어가며 내 얼굴이 왜 이렇게 됐을까 따져보았다. 그때 부드럽게 내리누르는 손길이 느껴졌다.

"그러지 마요." 엘리쉬가 속삭였다. "만지면 안 돼요."

"내 얼굴이 어떻게 된 거예요?" 나는 그녀의 손을 뿌리쳤다. 나는 겁이 나서 뺨을 더듬다가 끔찍한 통증을 느끼고 비명을 질러댔다. 피부는 달 표면처럼 우툴두툴했다. 나는 공포에 휩싸였다. "어떻게 된 거예요?" 내가 소곤거렸다. "어째서 안 보이지?"

"눈이……." 엘리쉬의 목소리가 끊겼다. 잠시 후 그녀가 다시 말을 했다. "다 괜찮을 거예요. 하지만 지금은 가만있어야 돼요. 그래야 상처를 치료하지."

"눈이 먼 거예요? 말해줘요. 어떻게 된 거냐고?" 목이 메었다. 그런데도 여전히 엘리쉬는 침묵했다. "마지막으로 생각나는 건 번쩍하는 불빛이었는데……." 내가 말했다. "그다음부터는 모르겠어."

"난 의사가 아니에요." 엘리쉬의 목소리가 들렸다. "내가 말할 수 있는 건 빨리 병원에 가야 한다는 거예요. 어쨌든 빨리 가야 돼요."

그녀의 말이 절절히 다가왔다. 그녀는 자칫하면 다시는 앞을 못 볼지 모른다는 얘기 외에는 아무 말도 하지 않았다. "맙소사." 나는 낮은 목소리로 말했다. "어떻게 그렇게 된 거지?"

"멀로니예요." 엘리쉬는 분노를 억누르며 떨리는 목소리로 말했다. "그자가 마르셀랭한테 전화하려는 걸 보고 있었어요. 그러고서……." 그녀의 목소리가 다시 떨렸다. "쏜 거예요. 위성수신장치가 폭발했어요. 당신 코앞에서. 그러곤 기절했어요. 정신 차리라고 한 지 몇 시간이나 됐어요." 그녀가 코를 푸는 소리가 들렸다. "살아 있는 게 다행이에요."

내 생각은 어지러이 휘날리는 낙엽처럼 아주 복잡했다. "그자가 왜 그랬을까요? 뭐가 잘못된 건가?"

"모르겠어요. 아마 속았다고 느꼈겠지요. 어쩌면 진짜 미쳤을지도 모르고. 총을 쏘고 나서 숲으로 사라졌어요. 한 시간쯤 전에 또 총소리가 들렸어요."

"혹시 자……?" 자살이란 말은 차마 입 밖에 낼 수 없었다.

"솔직히 말해서 정말 무서워요, 데이비드. 여길 떠나고 싶어요. 빨리."

나는 정신을 가다듬었다. "사실대로 얘기해줘요. 내 눈이 어떻게 된 거예요?"

“…….”

“얘기해야 돼요, 엘리쉬, 제발!”

“정말 유감이에요.”

나는 고개를 끄덕였다.

“이제 가만있어요. 머리에 붕대 감게.” 그녀는 내 머리를 들더니 잠시 그대로 있으라고 했다. 붕대를 감는 게 느껴졌고 잠시 후에 천 찢는 소리가 들렸다. 잠시 누르더니 엘리쉬가 반창고를 발랐다. 그러고 나서 두 번째 붕대를 댔다.

몇 분이 흘렀다. 이상했다. 앞을 못 보게 됐다는 명백한 사실이 생각처럼 충격적이지는 않았다. 정확히 말하면 내가 그토록 침착하게 욥의 운명을 받아들이고 있다는 사실이 놀라웠다. 전에는 완전한 암흑 속에서 사는 삶이 어떻게 가능할까 하고 종종 생각했다. 빛도 없고, 색채도 없는 세상. 아름다운 여인의 모습도 즐길 수 없고, 넓은 대지도 하늘에 빛나는 별들도 다시는 볼 수 없다니. 산 채로 묻히는 거라고 생각했다. 그런데 지금은? 살갗에 스치는 바람이 느껴졌다. 바람은 비를 몰아칠 전조로 아주 가는 빗방울을 떨어뜨렸다. 곰팡내 같은 호수의 물 냄새가 났고 물결이 바람에 따라 기슭에 찰랑거리는 소리가 들렸다. 모든 것이 고요하고 평화로웠다.

너무 평화로웠다.

“뭘 놓은 거예요?”

“모르핀. 십 밀리리터예요.” 그녀가 대답했다. “상처가 아주 심해요. 살이 다 찢겨나갔어요.” 그녀가 말을 이었다. “얼굴 전체가 다 그래요. 플라스틱하고 금속 파편을 빼내느라고 하루 종일 걸렸어요. 피가 많이 났지만 생명에는 지장 없어요.”

"당신은 안 다쳤어요?"

"난 당신 바로 뒤에 서 있는 바람에……." 그녀가 말했다. "자, 됐어요. 붕대가 꽉 조여 있어야 할 텐데. 잘못하면 풀어져요."

"고마워. 됐어요."

"일어서 볼래요?"

나는 허우적거리며 일어섰다. 모르핀 주사를 맞았는데도 통증이 밀려왔다. 비틀거리자 엘리쉬가 팔을 끼워 부축했다. "여기서 도망갈 방법이 있어요." 그녀가 말했다. "저 아래 물가에 아직 고무보트가 있어요. 모터에 기름이 꽉 차 있는 것 같아요. 서두르면 멀로니가 모르는 사이에 달아날 수 있어요. 식량하고 모켈레 피 시료랑 일기장 같은 중요한 물품은 내가 꾸려놨어요. 자기만 있으면 돼요."

"어디로 갈 건데요?" 나는 놀라서 물었다. "그때 에밀리 팜브리지의 비디오카메라에 찍힌 길로 가야지요. 내가 멀로니한테 비상계획에 대해 물어봤던 거 기억나요? 지금이 바로 그걸 실행에 옮길 때예요."

"다른 방법이 없겠네요. 그럼 더 기다릴 이유가 없지요." 내가 대꾸했다.

—

오 분 후 우리는 보트가 있는 지점까지 도착했다. 엘리쉬는 나를 물속으로 이끌고 갔다. 둥근 물체에 부딪혔다. 그녀는 내가 보트에 오르도록 도와준 다음 자신은 반대편에 올라탔다. 바닥이 단단하지 않다는 게 참 이상했다. 눈이 보이지 않아서 더 그런가 보다. 전보다 보트의 움직임이 훨씬 또렷이 느껴졌다.

"준비됐어요?" 엘리쉬의 목소리가 들렸다. 강한 기대감이 확연히 느껴졌다. 그 순간 갑자기 어떤 생각이 떠올랐다. "에고모는 어떻게 됐어요?"

"도망갔어요." 엘리쉬가 시동줄을 잡아당기면서 말했다. 목소리에는 분노가 어려 있었다. "총소리가 나니까 토끼새끼처럼 달아났어요. 그 후로는 못 봤어요." 그녀가 다시 줄을 잡아당겼다. 그러나 모터는 털털 털털 하는 소리만 냈다. "이놈의 깡통이 뭐가 잘못된 거지?" 그녀는 세 번째 시도에도 시동이 안 걸리자 욕을 해댔다. "얼마 전에도 잘됐는데……."

"모터에 문제가 있나?"

그 목소리는 아주 가까이서 들렸다. 아주 가까이서.

엘리쉬가 허겁지겁 움직이는 것이 느껴졌다. 보트가 심하게 요동쳤다. 그녀가 욕을 해댔다. 그녀는 다시 시동줄을 당겼다. "보트에서 내려주시면 좋겠네. 중요한 데 쓸 거니까." 멀로니의 목소리가 차가웠다. 아무런 감정도 느껴지지 않았다. "헛수고 말라고. 점화플러그가 없으면 시동 걸기가 어렵지."

엘리쉬는 바로 시동줄 잡아당기는 것을 포기했다. "이 자식아, 점화플러그 내놓고 제발 우릴 놔둬." 그녀가 씩씩거렸다.

가볍게 웃는 소리가 들렸다. "여긴 너희 놀이터가 아니야. 대갈통에 총알을 박아줄까?" 철컥하는 소리가 들렸다. "내 보트에서 나가. 당장." 그가 총을 내게 겨누고 있다는 게 똑똑히 느껴졌다. "너희는 또 날 속이려고 했어. 다음에는 바로 쏠 거야."

나는 조심스럽게 더듬으면서 보트에서 내려 비틀비틀 뭍으로 돌아갔다. 엘리쉬가 내 손을 잡고 이끌어준 덕에 다시 마른 땅을 밟게 됐다.

"저런, 정말 감동적이군." 멀로니가 말했다. "정말 어울리는 한 쌍의 바퀴벌레야. 축하할 것까지야 없겠지만 붕대를 두른 모습이 정말 멋지군, 애스트베리 씨. 정말 멋져. 이제 천막으로 꺼지시지. 당장."

"왜 그러는 거지, 멀로니?" 나는 놀라울 정도로 침착한 태도를 유지하며 물었다. 정맥을 타고 도는 모르핀 덕이었을 것이다. "우리가 당신한테 뭘 어쨌다고 그래?"

"그런 바보 같은 질문 좀 하지 마. 너희는 날 속였어. 두 연놈 다. 내 지시를 어기고 비행기를 부르려고 한 건 정말 용서할 수 없는 실수야. 통신기는 유감이야. 하지만 그러는 수밖에 없었지. 너희가 날 미치광이 취급하는 건 참을 수 있어. 하지만 내 보트를 훔치는 건 용납할 수 없다."

"나쁜 놈." 내가 욕을 했다. "난 이제 앞을 못 본다. 이게 당신 생명을 구해준 고마움의 표시냐?"

"그 태도는 사실 아주 존경스러웠어. 하지만 내 결정에 영향을 미칠 수는 없지. 내 목숨을 열 번 구해줘도 마찬가지야. 난 나와 사냥감 사이에 그 무엇도 끼어들게끔 용납할 수 없어. 식스펜스가 그 얘기 안 해주던가?"

옆에서 엘리쉬가 분노한 나머지 부글부글 끓는 소리가 들렸다. "잡소리 집어치워. 이 역겨운 인간." 그녀는 간신히 자제하고 있었다. "감히 친구의 이름을 입에 올리다니! 그 사람은 너 때문에 죽었어. 벌써 잊어버렸어? 그 사람은 당신을 구하려고 목숨을 버렸어. 자기가 떠안고 갔단 말이야. 이 무덤 속에 드러누워 있어야 하는 건 당신이야. 식스펜스가 아니고."

"아가리 닥쳐. 이 암캐야. 주둥아리 닫지 못해." 멀로니는 화가 머리끝까지 뻗쳐 우리 쪽으로 몇 발짝 다가섰다.

"진실은 못 견디겠지? 내 말 맞지?" 그녀가 대들었다. "당신은 산더미 같은 죄책감을 죄 없는 동물한테 전가시키는 거야. 그게 당신의 알량한 복수야."

"죄가 없다고?" 멀로니가 소리쳤다. "죄가 없다고? 그놈이 내 친구를 죽였어. 그놈이 식스펜스를 갈가리 찢고 짓밟았어. 거의 아무것도 남지 않았어." 그의 목소리가 떨렸다. 나는 벌떡 일어났다. 그가 어디 있는지 정확히 알지는 못했지만 반박을 해주고 싶었다. 속으로는 물론 그자한테 맞아 나둥그라지거나 옆으로 튕겨나가게 될지 모른다는 계산을 하고 있었다. 그러나 그런 일은 일어나지 않았다. 대신 이상하게 윙윙거리는 소리가 들렸다. 이어 둔탁하게 푹 하는 소리가 났다. 화살이 꽂히는 소리 같았다.

멀로니가 비명을 질렀다. 보이진 않았지만 무슨 일이 난 게 분명했다. 에고모가 돌아온 것이다.

그가 이리로 뛰어오는 소리가 들렸다. 이어 싸우는 사람들이 씩씩거리고 끄응 하는 소리가 귓전을 때렸다. 불현듯 내가 참으로 무력하다는 사실이 느껴졌다. 나는 더할 수 없는 분노로 주먹을 움켜쥐었다. 손으로 닿을 거리에서 치열한 싸움이 벌어지고 있었고 거친 숨결과 타격 소리, 씨근거리는 소리, 그리고 간간이 억눌린 비명이 들렸다.

갑자기 모든 것이 정리됐다. 상상할 수 있는 최악이었다.

"안 돼, 스튜어트, 그러지 마!" 엘리쉬의 외침이 귀청을 때렸다. 이어 고막을 찢는 듯한 총소리가 들렸다. 총상을 입은 동물이 내는 신음 소리가 흘러나오더니 어떤 물체가 둔탁하게 바닥에 쓰러지는 소리가 들렸다. 엘리쉬가 한참 비명을 지르는 바람에 에고모가 당했다는 걸 깨달았다. 내 앞 어딘가에 누워 있을 것이다. 나는 정신이 멍해져서 화살이 날아온 방향으로 발걸음을 옮겼다.

"돌아와, 애스트베리." 멀로니가 씩씩거리며 말했다. "한 발짝도 더 가지 마." 나는 그의 말을 무시했다.

"경고한다, 애스트베리, 이 총 장전된 거야."

"쏴." 나는 그에게 소리 질렀다. 나는 쓰러진 친구의 머리맡에 무릎을 끓었다. 에고모는 아직도 쇠뇌를 가슴에 꼭 붙잡고 있었다. 나는 그의 거친 손을 잡았다.

이상하게 따뜻한 기운이 그의 손에서 나한테로 옮겨지는 것 같았다. 그 기운은 팔을 따라 이어지더니 내 가슴속으로 밀려들면서 슬픔과 차가움을 모두 쫓아냈다. 나는 에고모가 미소 짓는 것을 볼 수 있었고, 그가 마음 깊이 작별을 고하는 것이 전해졌다. 이상하게도 그는 생명이 떠나가는 것을 안타까워하지 않는 듯했다. 오히려 죽음을 기쁘게 맞이하는 것 같았다. 그 순간 나는 그가 하는 생각을 생각하고 그가 느끼는 감정을 느낄 수 있었다. 그의 일부가 나에게로 옮겨온 것 같은 느낌이었다. 그러다가 그의 육신은 축 늘어졌다.

거센 바람이 호수의 물결을 때렸다. 물가로 쏴쏴 하는 소리가 밀려들었다. 호수 위로 천둥소리가 울렸다. 한바탕 폭우가 쏟아질 기미였다.

"죽었나?" 이상하게도 멀로니의 목소리는 아쉬움으로 떨렸다.

내가 고개를 끄덕였다.

그는 비틀거리며 다가왔다. "제기랄. 이러려고 그런 건 아니었는데. 유감이군. 용감한 사람이었는데. 친구라고 생각했는데." 그가 중얼거렸다. "그 친구 왜 그랬지?"

"옳고 그름을 구분할 줄 알고 선과 악을 구분할 줄 아니까." 엘리쉬가 씩씩거렸다. 그녀는 적의에 불타고 있었다. 그러나 어쩔 도리가 없었다. 전투는 결판이 났다.

"그만해요, 엘리쉬." 한숨이 나왔다. "계속 싸워봐야 소용없어요. 우린 이제 잡힌 거예요."

"그래도……."

"'그래도'가 아니에요. 제발 조용히 해요. 안 그러면 사태만 악화시킬

뿐이니까.” 나는 털썩 주저앉았다. 온몸의 맥이 다 풀렸다.

“맞는 말이야.” 슬픔조차 장갑 벗듯이 벗어던질 수 있는 것 같은 멀로니가 비아냥거렸다. “존경스럽군. 데이비드. 당신 덕분에 막 아이디어가 떠올랐어.”

그는 비틀비틀하며 먹잇감을 노리는 고양이처럼 우리 주변을 맴돌았다. 그의 병든 머릿속에서 어떤 계획이 무르익는 소리가 들리는 것 같았다. 마침내 그가 멈춰서는 순간 나는 뭔가 끔찍한 일이 일어날 것을 예감했다.

“원래는 숲에서 잡은 두이커영양을 미끼로 쓸 참이었지.” 그가 말했다. “그런데 잘 생각해 보니까 산 놈이 더 좋을 것 같아.”

“우리를? 미끼로 쓴다고? 무슨 미끼?” 엘리쉬가 씩씩거렸다.

사냥꾼은 기침을 하더니 바닥에 침을 뱉었다. 에고모의 화살이 그의 몸을 관통했지만 큰 고통을 주지는 못한 게 분명했다. “그건 당연한 일이지. 자, 일어서실까. 쓸데없는 생각은 마시고.” 퍽 하더니 낮은 비명이 들렸다. 놈이 엘리쉬를 때려서 주저앉힌 것이다.

나는 벌떡 일어섰다. “그만둬.” 나는 지쳐서 말했다. “엘리쉬를 놔둬. 날 데려가. 원래 그럴 계획이었잖아. 안 그래? 자 나 여기 있다.”

비아냥거리는 웃음소리가 귓전을 때렸다. “그사이에 내 스타일을 좀 파악했군, 애스트베리.” 배에 주먹이 한방 날아들었다. 몸이 푹 수그러지는 바람에 고꾸라질 뻔했다. 하지만 그건 예상을 했기 때문에 마음의 준비가 돼 있었다. 엘리쉬가 악담을 퍼부었지만 멀로니는 들은 척도 하지 않았다. 놈은 나한테 억하심정이 있는 게 분명했다.

“기분이 어때, 애스트베리? 창조주께 다가갈 준비는 돼 있나?”

“네 창조주를 말하는 거냐, 내 창조주를 말하는 거냐?” 나는 고통으로 씩씩거리며 말했다. "나는 우리 둘을 똑같은 신이 창조했다고 믿지 않는다." "일어서, 이 새끼야." 멀로니는 명령하면서 나를 마구 걷어차 보트 쪽으로 몰고 갔다. 이번에는 길 찾기가 좀 쉬웠다.

"여기서 기다려." 멀로니는 내가 보트에 기어올라 자리를 잡는 동안 이렇게 말했다. "우리 여자친구 분을 빨리 나무에 묶어드려야지. 알다시피 정말 사나운 여자거든."

멀로니가 멀어지면서 첨벙첨벙 하는 소리가 들렸다. 그러더니 악을 쓰고 욕을 하는 소리가 이어졌다. 그녀가 격렬하게 저항하고 있었다. 그는 낡은 기관차처럼 숨을 헐떡이며 돌아와서 씩씩거렸다. "정말 마귀 같은 암캐야."

"엘리쉬한테 무슨 짓을 한 거야?"

"못할 짓이야 안 했지. 깨어나면 머리깨나 아플 거야." 대충 정리를 한 모양이었다. 그는 요란을 떨며 보트 후미에 자리를 잡았다. 직접 만든 뗏목을 고무보트 뒤쪽에 묶을 생각인 듯싶었다. 그는 잠시 후 일을 마치고 내 옆에 앉았다. 점화플러그를 꽂고 시동줄을 당기는 소리가 들렸다. 이번에는 바로 시동이 걸렸다. 마주치는 바람이 살갗을 스쳤다. 우리는 마지막 여행을 함께 떠날 것이다.

보트는 물가에서 멀어지면서 서서히 호수 한가운데로 나아갔다. 멀리서 천둥소리가 은은히 들렸다. 벌써 빗방울이 떨어지기 시작했다.

33

이번 여행은 처음보다는 길게 느껴졌다. "도대체 어쩔 셈이야?" 내가 사냥꾼에게 물었다. "이럴 정도면 적어도 설명은 해줘야 하는 거 아니야?"

"뭘 알고 싶나?"

너무도 솔직하게 나오는 바람에 나는 오히려 당혹스러웠다. 원래는 끝까지 서로 말이 없을 거라고 생각했다. 그러나 멀로니는 알 수 없는 사람이었다. "모켈레를 죽이는 게 왜 그렇게 중요한 거냐고? 친구가 죽었고 우리 일은 끝났어. 왜 그러는 거야?"

그가 기침을 했다. "네 문제가 뭔지 알아, 애스트베리? 언제 일이 끝나고 언제 안 끝났나에 대해서 우린 서로 생각이 맞지 않는다는 거야. 처음 팜브리지 장원에서 만난 날 오후에 해준 얘기 기억나나?"

"악어 이야기?"

"그래. 넌 그때 내 말 안 믿었지. 반응을 보니까 분명히 그랬어. 하지만 한 마디 한 마디가 다 사실이었어. 네가 의심을 한 이유는 그 얘기의 깊은 뜻을 이해하지 못했기 때문이지. 개인적인 복수심을 만족시킬 양으로 오십만 달러를 포기한다는 게 상상이 안 간 거야. 내 말이 맞지?"

"그래."

"적어도 넌 솔직해. 하지만 모켈레 건을 설명해주는 건 의미가 없어. 악어 얘기도 이해를 못했거든. 따지고 보면 같은 얘긴데. 다만 이번에는 적이 더 크고 교활하다는 뿐이지."

나는 고개를 흔들었다. "내가 이해를 했든 말았든. 솔직히 당신을 과대평가했어, 멀로니. 순간적으로 복수 이상의 뭔가가 있을 거라고 생각했단 말이야. 하지만 당신은 복수가 다야, 안 그래? 자아도취적인 헛된 복수심을 만족시키려는 거야. 열등감과 자기연민에서 나온 복수심 말이야. 의족을 하면 영락없는 에이허브 선장이겠군." 나는 경멸하는 의미로 물에다 침을 뱉었다. "당신, 정말 불쌍한 사람이야."

"얼마든지 떠들어. 솔직히 말해서 난 조금도 신경 안 써." 그가 말했다. "복수라고 했냐? 웃기네. 복수하고는 아무런 관계도 없어. 사물의 균형, 자연의 평형이 문제야. 설명을 해줘도 이해하지 못할걸. 베어울프 얘기도 전혀 이해를 못했잖아?"

"그게 무슨 소리야? 그렌델은 악이야. 그래서 베어울프가 놈을 죽인 거고. 그게 요체야."

"헛소리. 선과 악은 인간의 잣대야. 그런 건 자연에서나 오래된 전설에서는 통하지 않아. 베어울프는 균형을 회복하는 일이 문제였어. 눈에는 눈, 이에는 이. 잊었나? 그래, 넌 구약을 안 읽었지? 한번 읽어봐. 그럼 아직도 흐려지지 않은 진실을 찾을 수 있을 거니까. 우리나라에도 비슷한 전설이 있어. 닌가라 전설이라고 하지."

나는 귀를 기울였다. "나무에 새긴 그 이름?"

"그래. 닌가라는 돌로 된 존재야. 무적이지. 평원을 누비며 방해가 되는 자는 누구나 죽여버렸어. 백 명이 덤벼들어도 그를 해치울 수 없었지. 그래서 현명한 노인이 거대한 함정을 만들자고 제안했어. 바닥에 구멍을 파고 나뭇가지로 덮은 다음 그 위에 잘게 썰어 구운 캥거루 고기를 넣어 놓은 거야. 그 냄새를 맡고 온 닌가라는 고기를 보고는 덜컥 달려들었다가 함정에 빠지게 됐지. 그러자 사람들이 구덩이 속에 나뭇가지와 불을 던졌어. 나중에는 열기 탓에 돌로 된 인간이 터져버렸지. 곳곳에 바위 조각들이 비처럼 쏟아져 내렸어. 빨간 조각은 그의 몸통이고, 검은 건 간이고 허연 건 기름덩어리였지. 평형이 다시 회복된 거야."

나는 고개를 저었다. "그 이야기는 전혀 다르게 해석할 수도 있어. 당신은 세상을 멋대로 해석하고 있는 거야."

"너는 평생을 스스로 만든 문명의 품속에서 보내면서 자연적인, 신이 제시한 사물의 질서에 대한 감각은 완전히 잃어버린 부류지. 윤리니 도덕이니 하는 개념에 집착하는 사람들이라고. 공동생활을 위해 중요한 개념이긴 하지만 자연에서 그런 건 아무런 의미도 없어. 동물이나 식물이 윤리적으로 행동한다고 생각하나? 그러니 내가 뭘 하려고 하는지 설명해줘야 무슨 소용이 있겠냐?"

"하지만 당신도 인간이야. 아니면 내가 잘못 생각한 거냐?"

그가 실소했다. "네 가치기준으로 보면 아마 인간이 아닐 거야. 다음 질문!"

"평형을 회복하고 나와 모켈레를 제거하기 위해 정확히 어떻게 하겠다는 거지?" 나는 빈정거리는 말투로 물었다.

"아주 간단해. 뗏목에 자리를 잡고 기다려주시면 돼. 오래지 않아 손님이 오실 테니까.”

“왜 모켈레가 나는 공격하고 당신은 안 그런다는 거지?”

“넌 나와 달리 중무장을 할 테니까. 이것 봐, 애스트베리. 내가 콩고 공룡을 만나 배운 게 있다면 놈은 그 어떤 무기에도 극도로 공격적인 반응을 보인다는 거야.”

머리에 두른 붕대 속으로 땀이 흘러내리는 게 느껴졌다.

“나는 무기는 잡지 않을 거야. 때려죽여도 안 해.” 나는 격렬하게 거부했다.

“아, 그럴 필요 없어.” 그는 태연하게 대꾸했다. “네가 무기를 물속에 내던질 위험이 솔직히 아주 크니까, 안 돼. 난 좀 더 근사한 걸 염두에 두고 있어. 그래야 모켈레가 곤란해지지. 하지만 더는 말하지 못해. 두고 보면 깜짝 놀랄걸.”

—

약 오 분 후에 우리는 목표지점에 도착했다. 멀로니는 모터를 끄고 뗏목을 자기 쪽으로 잡아당겼다. 비는 더 거세졌다. 빗방울이 고무보트 표면에 타닥타닥 하며 떨어지는 소리가 크게 들렸다. 의사소통을 하려면 멀로니가 고래고래 소리를 질러야 할 지경이었다.

“어서 뗏목으로 건너가. 빨리 좀 해주실까?”

“못 해.” 나도 되받아 소리쳤다. 뗏목에서 나를 기다리고 있을 공포를 생각하니 오히려 용기가 났다.

“뭐라 그랬어?” 멀로니가 소리쳤다. 질문이라기보다는 협박이었다.

“절대 저 개 같은 뗏목에는 못 타겠다고 했다⋯⋯.” 예기치 않은 강타가 날아왔다. 주먹은 내 목에 정확히 꽂혔다. 얼굴 왼쪽에 지독한 통증이 번졌다.

"다시 말해봐. 뭐라고?" 멀로니가 화가 머리 꼭대기까지 올라 소리쳤다. "못 알아들었어."

"한 발짝도 못 간다…… 그랬다." 다시 강한 타격이 날아왔다. 이번에는 오른쪽 얼굴에 맞았다. 예상은 했지만 그런다고 그 효과가 줄어들지는 않았다. 기절 일보 직전이라는 느낌이 들면서 따뜻한 피 냄새가 풍겼다.

"때려죽여도……." 나는 맥없이 중얼거렸다. "내 결심은 안 변해. 절대로 저 뗏목에 타지 않을 거다."

나는 또 다른 가격을 예상하고 잔뜩 긴장했다. 그러나 아무 일 없었다. 대신 멀로니가 말했다. "용기가 가상하군, 애스트베리. 진심이야. 하지만 정신 나간 소리야. 넌 선수 칠 입장이 아니야. 네가 저 뗏목에서 죽든 살든 솔직히 난 아무 상관없어. 하지만 건너가게 될 거야. 그건 확실해."

"그러려면 날 죽여야겠지."

"그걸 원한다면……."

무거운 물건이 붕붕거리며 공기를 갈랐다. 귀가 멍멍할 정도로 쾅 하는 소리가 들렸다. 극심한 통증이 느껴졌다. 나는 기절했다.

—

뭔가가 계속 살랑거리는 소리에 깨어났다. 뜨듯한 빗방울이 온몸을 북처럼 두드리는 느낌이었다. 빗물은 옆구리로 계속 졸졸 흘러내렸다. 그 소리는 왠지 단조롭고 편안해서 나를 포근하게 감싸며 평안한 느낌을 주었다. 이게 저세상일까? 물방울이 얼굴 옆으로 흘러내려 입에 모이더니 다시 내 품으로 계속 흘러들었다. 나는 앉은 자세였다. 서서히 내 몸의 형체가 의식됐다. 이런 인식은 뭔가 낯설었다. 정신과 영혼만 남았다면 왜 아직 육신을 가지고 있는 것일까? 이런 모습은 뭔가 잘못된 것이었다. 움직이려고 하다가 문득 저세상과는 전혀 어울리지 않는 감정을 다시 느꼈다. 고통이 다시 솟았다. 육신욱신 불타는 고통이었다. 쇠망치로 두드리는 듯한 통증이 머리통에서 척추를 따라 팔과 다리에까지 번져갔다. 어떻게 해서든 고통을 눅이려고 무진 애를 쓰는 동안 나는 죽지 않은 것 같다는 생각이 들었다. 여기가 어디일까? 왼발을 구부리려고 하자 다시 통증이 몰려왔다. 그러나 이제는 호기심이 발동했다. 다시 구부리자 통증이 약해졌다. 나는 일어서서 사지가 제 기능을 하는지 차례로 시험해보았다. 모든 게 잘 돌아가는 것 같았다. 다만 팔이 움직이지 않았다. 거기 뭔가 매달려 있다는 것을 느낄 수 있었다. 뒤로 묶인 게 분명했다. 금속기둥 때문에 팔을 꼼짝할 수가 없었다. 차츰 어떻게 된 영문인지 감이 잡혔다. 나한테 어떤 일이 일어났는지 알게 됐다. 멀로니였다!

얼마나 끔찍한 일이 있었는지 차츰 그림이 그려졌다. 나는 흔들리는 뗏목 위에 묶인 채로 앉아 있었다. 텔레 호 한가운데에서.

뜨듯한 열대 소나기가 내려 세상은 온통 쫄쫄거리는 소리로 물들었다. 빗소리는 주변의 모든 소음을 삼켜버렸다. 그 탓에 사냥꾼이 근처에 있는지 확실히 알 수가 없었다. 그가 무슨 꿍꿍를 품었는지도 알 수 없었다. 그러나 좋은 일이 아니라는 건 분명했다. 지금도 생각나는 건 무기라는 바로 그 말이었다. 그는 "넌 나와는 달리 중무장을 할 테니까"라고 했다. 무력감이 밀려왔다. 난 여기 이렇게 앉아 있다. 호수 한가운데서 영원한 밤에 에워싸인 채. 눈은 멀고 손은 결박당했고 멀로니가 무슨 악랄한 궁리를 하는지도 전혀 알지 못했다.

머리에 감은 붕대가 그사이 헐거워져서 바람에 머리를 조금 움직였는데도 젖은 걸레처럼 흘러내렸다. 비는 다친 피부에 좋았다. 상처를 식혀주면서 소금기 섞인 땀을 씻어주었다. 나는 턱을 쳐들고 빗방울을 받아 마시려고 애썼다. 끔찍한 갈증을 해소할 요량이었다. 비는 원기를 북돋워주고 관자놀이 뒤쪽의 욱신욱신하는 통증을 가시게 해주었다. 먼저 여기서 벗어나야 했다. 나머지는 모두 다음 문제다. 손가락으로 손목에 감긴 거친 밧줄을 더듬어보았다. 비에 푹 젖어 있었다. 섬유질이 부풀어 올라 꽉 조여진 상태였다. 손톱으로 밧줄을 풀어보려는 시도는 바로 포기했다. 바닥을 더듬어 날카로운 물건을 찾아보았다. 밧줄을 거기에 대고 끊어볼 생각이었다. 그러나 이 시도도 실패했다. 나는 몇 개의 원통형 물체 위에 앉아 있는 것 같았는데 주위에 모서리가 없었다. 마지막 남은 희망은 손을 묶은 밧줄을 뗏목 바닥에서 돛대처럼 비스듬히 솟아 있는 기둥 끝에다 대고 문질러 보는 것뿐이었다. 그러나 기둥은 너무 높았다. 적어도 나보다 머리 하나는 높았다. 기둥을 몸으로 눌러 구부려보려는 시도도 실패했다. 일 센티미터도 꼼짝하지 않았다. 아마도 비버 아래 달린 플로트를 고정시켜놓는 버팀대인 것 같았다. 그게 얼마나 튼튼한지는 의심해볼 필요도 없었다.

나는 용을 쓰다가 기진맥진해서 다시 바닥에 주저앉았다. 다시 한 번 바닥을 더듬어봤지만 날카로운 모서리를 찾겠다는 희망은 차츰 물거품이 됐다. 그런데 내가 앉아 있는 이 이상한 원통 모양의 물체들은 무엇일까? 플라스틱으로 된 느낌이었는데 비행기에서는 그런 걸 본 기억이 없었다. 물체들은 느슨하게 한데 묶인 상태였다. 그러나 손가락을 끝부분까지 더듬다 보니까 중간에 공간이 있었고, 아래쪽은 철사로 서로 연결돼 있는 느낌이었다. 철사로 연결돼 있다?

이런 물건을 본 적이 있고 어디에 쓰는지도 알고 있다는 생각이 퍼뜩 들었다. 섬뜩해지면서 사지에 힘이 쭉 빠졌다. 나는 빽빽하게 포장한 C4 위에, 폭발물 방석 위에 앉아 있는 것이었다. 다른 모든 수단이 통하지 않을 경우 작은 예비품이 있다고 멀로니가 농담으로 한 바로 그 물건이었다. 케이블 다발과 폭탄을 터뜨리는 소형 기폭장치가 떠오르자 돌연 그가 무슨 계획을 하고 있는지 분명히 알게 됐다. 그는 어둠 속 어딘가에 숨어서 콩고 공룡이 나를 공격하기를 기다리고 있었다. 공룡이 가까이 다가오면 기폭장치를 눌러서 나도 함께 날려버릴 것이다. 일석이조다.

이 음험한 계획은 확실할 뿐 아니라 독창적이기까지 했다. "멀로니!" 나는 치를 떨며 고함쳤다. "네 계획은 들통 났다. 이 악랄한 개자식아. 하지만 안 통해. 맹세코 넌 죗값을 치를 거다!"

적막.

아마 그는 대답을 할 수 없었을 것이다. 아주 멀리 있을 것이기 때문에. 그러나 대답할 생각도 없었을 가능성이 더 높다. 내 협박이라는 게 정말 웃기는 얘기였으니까.

"멀로니, 대답해!"

아직 아무 반응이 없다. 고무보트를 타고 꽤 멀리 가 있는 모양이었다. 손에 기폭장치를 들고 내 절규를 들으며 몹시 기뻐하고 있을 것이다. 난 바보처럼 손에 아무것도 가진 게 없었다. 여행 기간에 우리가 겪은 그 모든 참사를 생각할 때 멀로니가 집에 돌아가서 우리의 죽음에 대해 멋대로 이야기를 지어내는 건 식은 죽 먹기다. 엘리쉬의 죽음을 포함해서. 그의 꿍꿍이를 생각하면 엘리쉬도 살려둘 리가 없었다. 나는 완전히 공포에 사로잡혔다. 무슨 수를 쓰더라도 여기서 탈출해야만 했다. 통증을 더 견딜 수 없을 때까지 온힘을 다해 묶인 줄을 잡아당겨 보았다. 이어 발로 플라스틱 원통을 힘껏 밀어 보았다. 그중 하나라도 떨어져나가면 기폭장치에서 이어지는 전류를 차단할 수 있을 것이라는 생각에서였다. 그러나 폭발물은 나사로 조여 놓은 것처럼 요지부동이었다. 도화선을 떼어내는 데도 성공하지 못했다. 완전히 낙담한 상태로 나는 뗏목을 쿵쿵 밟아댔다. 둔탁한 소리가 물 밑으로까지 번졌을 것은 자명하다. 아래에서도 들렸을 것이다.

나는 깜짝 놀라 움직임을 멈췄다. 내가 완전히 정신이 나간 것인가? 심지어 이렇게 외치고 싶었다. "여봐, 나 여기 있어! 날 잡아먹어봐!"

어떻게 해야 할까를 곰곰이 생각하는 동안 왼쪽에서 쏴아 쏴아 하는 소리가 커다랗게 들렸다. 모든 희망이 한순간에 사라지는 소리였다. 모켈레 음벰베가 나타난 것이다. 이제 얼마 안 남았다는 생각이 스쳤다.

34

그 소리는 왼쪽에서 오른쪽으로 이어졌다. 그러더니 곧 잠잠해졌다. 나는 모켈레가 나에 대해 관심을 잃었다고 생각하지 않았다. 눈이 먼 채 결박당해 고성능 C4 폭약 위에 앉아 있는 사람에 대해 어찌 유혹을 느끼지 않겠는가? 실제로 몇 분도 안 돼서 쏴쏴 하고 다시 다가오는 소리가 들렸다. 동시에 영락없이 썩은 생선 냄새가 코를 찔렀다. 모켈레는 나를 못 본 척하지는 않을 모양이다. 그 괴물은 적당한 거리를 두고 뗏목 주위를 빙빙 돌다가 언제 들이치는 것이 좋을지 찬찬히 따져보고 있는 듯했다. 그러면 멀로니는 내가 깔고 앉은 폭약을 터뜨릴 터였다. 나는 맥없이 주저앉았다. 이제 방법이 없었다.

생각이 세라에게 미쳤다. 지금쯤 아마 도서관에 앉아 자료조사를 하고 있거나 차 한 잔 마시면서 유리창을 때리는 비를 쳐다보고 있을 것이다. 팜브리지 여사를 생각했다. 집 안을 거닐면서 이제나 저제나 딸의 소재에 관한 소식을 기다리고 있을 것이다. 애스턴은 무슨 당부의 말씀이 있을까 해서 그녀 뒤를 졸졸 따라다니고 있을 것이다. 그들 모두 이 순간 멀로니에게 배반당한 것이다. 아무도 저 불행한 수요일, 2월 17일, 텔레호에서 무슨 일이 일어났는지 알 수 없을 것이기 때문이다.

이런 우울한 생각에 매달려 있는 동안 이상하게 친숙한 목소리가 내 의식 속에 살그머니 스며들었다. 나는 고개를 들고 귀를 기울였다.

아니다. 착각을 했나 보다. 줄곧 내리는 빗소리 말고는 아무 소리도 들리지 않았다. 그런데 갑자기 그 목소리가 다시 들렸다. 이번에는 더 크고 힘찬 소리다.

갑자기 피곤과 체념이 확 달아났다. 이미지 조각들이 바위에 부딪히는 파도처럼 아무런 연관 없이 연이어 덮쳐왔다. 텔레비전 화면이 간헐적으로 끊기면서 들어왔다 나갔다 하는 것처럼 선명했다. 내가 미쳤든지 아니면 멀로니한테 두들겨 맞아서 두뇌에 이상이 생겼기 때문인 것 같았다. 제삼의 가능성도 있을 수 있겠다. 갑자기 호수 밑바닥에서 겪었던 일이 떠올랐다. 그 아래서 받았던 기이한 신호들 말이다. 그 이미지들, 말, 언어……. 거기에 어떤 연관성이 있을까? 어쩌면 나는 미치지 않았을 것이다. 진짜로 모켈레의 생각을 체험한 것인지도 모른다. 하기야 이런 생각은 터무니없는 것이었다. 그렇지만…….

어쩌면 초보적인 형태의 텔레파시가 아니었을까? 세라가 전화에서 "위험한 비밀"이라고 하면서 암시한 바로 그것일까? 그 신호들이 어쩌면 그 파충류와의 접촉을 위한 열쇠였을까? 모켈레가 진짜로 텔레파시 능력이 있다면 엘리쉬와 나는 최소한 모켈레의 유전체에 왜 그토록 엄청난 데이터베이스가 들어 있는지에 관한 설명을 찾은 셈이다. 에밀리의 일기에 나오는 말이 떠올랐다. "그들은 우리가 이해하지 못하는 어떤 재능을 가지고 있다."

내가 옳은지 그른지를 알 수 있는 방법은 하나밖에 없었다. 그러나 서둘러야 했다. 시간이 그리 많이 남아 있지 않았기 때문이다. 불필요한 생각을 일체 머리에서 지워버리는 데 온 신경을 집중했다. 모켈레의 생각을 나 자신의 생각에서 걸러내려는 시도였다.

이미지들은 차츰 선명해졌다. 호수, 정글, 초원과 같은 친숙한 모티프들이 보이는 것 같았다. 그 밖의 다른 이미지들은 완전히 추상적인 것이었다. 사진을 어지럽게 모아놓은 것처럼 보였다. 광기에 사로잡힌 예술가가 마구 찢어 붙인 콜라주와 유사했다. 그러나 집중을 오래할수록 이미지 뒤에 숨겨져 있는 어떤 모습이 반복해서 나타났다. 이 모습은 내용을 전하는 것이 아니라 감정을, 더할 나위 없이 선명하고 강렬한 느낌을 전했다. 거기에 담긴 분노와 슬픔은 너무도 강렬해서 앞을 못 보게 된 내 눈에도 눈물이 가득 찼다. 이상한 생각이 스쳤다. 내 정신이 남의 생각에 몰입할 만큼 낯선 이미지를 갈구하기 때문인지도 몰랐다. 앞을 못 보는 덕분에 그 존재와 접촉하게 됐을 것이다. 나는 수수께끼 해결에 아주 가까이 다가갔다는 느낌이 들었다. 그 목소리, 이미지들, 우리 실험실의 실험 결과, 사원에서 한 체험 등등 그 모든 것이 갑자기 어떤 의미로 다가왔다. 엘리쉬가 말한 대로 모켈레 음벰베는 진화 과정의 비약이었다. 모켈레는 텔레파시, 즉 생각으로 커뮤니케이션을 하는 능력을 갖춘 최초의 유일한 생명체였다.

다시 쏴쏴 하는 소리가 들렸다. 이번에는 위협적일 만큼 가까이서 났다. 거의 동시에 분노의 물결이 나를 덮쳤다. 모켈레는 분명 내가 탄 뗏목에서 모종의 위험이 분출되고 있다는 것을 알았다. 내 생각에서 뗏목에 설치해놓은 장치가 자신을 죽이려는 것을 안 거 같았다.

이제 행동을 하지 않으면 안 될 때였다. 그것도 신속히. 내가 지각한 형상은 죽음에 관한 것이었다. 또한 나 자신의 죽음을 의미한다는 것도 금세 알 수 있었다. 나는 절망감 속에서도 방어를 위해 남아 있는 마지막 가능성에 도전했다. 계획이 맞아 들어갈 거라는 희망은 거의 없었지만. 모켈레가 생각을 방출할 수 있다면 분명 생각을 수용할 수도 있을 것이다.

나는 온힘을 다해 폭발장치에 정신을 집중했다. 세세한 부분조차 빠뜨리지 않으려고 안간힘을 썼다. 내면의 시선으로 플라스틱 원통들과 그것들을 묶어놓은 전선, 기폭장치와 연결된 케이블을 감은 틀을 더듬었다. 계속해서 멀로니가 단추를 누르면 어떻게 된다는 시나리오를 시각적으로 표현했다. 저 멀리서 불꽃이 전선을 타고 따라오다가 뗏목에 이르러서는 폭탄을 터뜨리는 장면을 상상했다. 뗏목이 터지면서 강력한 여파로 직경 오십 미터 이내의 모든 생명체를 말살하고 하늘 높이 화염이 치솟은 다음 파편들이 물 위로 쏟아져 내리는 장면을 상상했다. 이 모든 것을 할리우드 영화에서 무수히 보아왔던 식으로 가장 아름다운 색채와 그에 걸맞은 효과음까지 덧붙여 연상해냈다.

모켈레의 반응은 당혹스러웠다. 그 괴물은 공포와 분노로 물든 비명을 지르더니 즉시 다시 물속으로 들어가버렸다. 그 바람에 거센 물결이 밀려와 뗏목이 붕 뜨면서 코르크 마개처럼 이리저리 춤을 추었다. 나는 휙 내던져지면서 머리를 철기둥에 쾅 부딪혔다. 그러나 그로 인한 통증은 가슴속에 솟아난 기대에 비하면 아무것도 아니었다. 계획이 들어맞을 줄은 꿈에도 생각지 못했기 때문이다. 결코 우연이 아니었다. 웃음이 나왔다. 접촉에 성공한 것이다.

나는 이 성공에 고무돼 계획을 계속 밀어붙이기로 했다. 어쩌면 모켈레를 움직여서 살인장치를 무력화시킬 수 있을지도 모른다. 그러려면 이

장치에서 가장 취약한 부분을 알아내야 했다. 콩고 공룡으로 하여금 뇌관을 해체하게 하는 것은 불가능할 것이다. 그 무시무시한 이빨에 나 자신이 먼저 희생될 가능성이 있다. 자칫 폭발물이 저절로 터질 위험도 있었다. 멀로니를 공격하게 하는 것도 배제했다. 죽어 마땅한 자가 아니라서가 아니라 마지막 순간에 기폭장치를 누를 위험성이 너무 컸기 때문이다. 마지막 남은 방법은 폭발물과 기폭장치를 연결하는 케이블을 끊는 것이었다.

바로 그것이다. 그게 내가 찾아낸 취약점이었다. 전류공급을 끊으면 멀로니는 폭발물을 터뜨릴 방법이 없다. 직접 와서 본인이 터뜨릴 수도 있겠지만 그렇게까지 미치지는 않았을 것이다. 나는 케이블이 뗏목 아래 물에서 멀로니의 고무보트까지 이어진 모습을 연상해내려고 애를 썼다. 전선은 비교적 굵어서 약 사 밀리미터쯤 되고 빨갛고 파란 피복을 입혀 방수가 된 상태였다. 그런 전선이라면 틀림없이 혹등고래 정도 크기의 동물도 쉽게 알아볼 수 있을 것이다.

한참 그런 생각을 하고 있을 때 부글부글 쉭쉭 하는 소리가 들렸다. 뗏목에서 몇 미터 떨어지지 않은 거리였다. 모켈레가 다시 나타났다. 그런데 이번에는 녀석이 내 생각에 온전히 주의를 기울이고 있는 것 같았다. 그의 눈에 보이는 것이 거울처럼 내게도 그대로 보였다. 그 자신의 눈에 비친 상들이 나에게 투영된 것이다. 먹구름이 낮게 깔렸고 해는 완전히 저물어 밤이 됐다. 달빛은 은빛 칼처럼 하늘을 가르고 있었다. 모든 것이 숨이 막힐 정도로 아름다웠다. 갑자기 내가 책상다리를 한 채 뗏목에 앉아 있는 모습이 보였다. 얼굴은 온통 베이고 찢긴 상태였고 눈은 꽉 감고 있었다. 잘라. 거대한 몸통이 물속으로 들어가더니 수면 바로 아래를 샅샅이 뒤졌다. 물살에 떠밀려 수초와 기포가 춤을 추는 게 보였다. 그러다 갑자기 전선이 보였다. 예상대로 수면 아래 몇 센티미터 정도 지점에서 연결돼 있었다. 잘라. 모켈레가 아가리를 벌리더니 한 입에 철사를 끊었다. 멀로니가 이런 경우를 예상하고 안전장치를 해두었을까 싶어 침이 꼴깍 넘어갔다. 그러나 아무 일도 일어나지 않았다. 콩고 공룡은 뗏목 주위를 한두 번 돌더니 바로 옆에서 물 밖으로 모습을 드러냈다. 생선 비린 내가 코를 찌르고 나지막하게 천둥소리 같은 게 들렸지만 이번에는 하나도 무섭지 않았다. 모켈레는 내게 몹쓸 짓을 하려는 것 같지는 않았다. 녀석은 나를 향해 머리를 숙이더니 나를 내려다봤다. 고개를 들어 멀어버린 눈을 스스로 응시하는 순간 연민의 물결이 파도같이 밀려들었다. 그게 나 자신이 느끼는 연민이었을까 아니면 모켈레가 느끼는 연민이었을까? 우리는 초지상적인 방식으로 서로 녹아 들어갔다.

그 순간 전혀 예기치 못한 일이 벌어졌다. 그걸 예상할 수 있었다면 너무도 끔찍하고 더러워서 뒤로 확 물러났을 것이다. 모켈레는 입을 벌리더니 내게 침을 뱉었다. 브라자빌에서 악몽을 꾸었을 때와 똑같은 일이 벌어진 것이다.

나는 비명을 질렀다.

끈적끈적하고 악취 나는 침이 살갗과 눈에서 불처럼 타올랐다. 침이 얼굴 옆으로 흘러내리더니 어깨에 떨어지는 게 느껴졌다. 나는 포박을 잡아 흔들었다. 그러나 잘 벗겨지지 않았다. 이 역겨운 물질을 눈에서 씻어내고플 따름이었다. 모켈레가 왜 그랬을까? 내가 받은 이미지는 우호적인 것이었다. 연민에 가득 차 있었다. 아마 내가 착각을 해서 텔레파시의 힘이라고 상상을 한 모양이었다. 이빨로 케이블을 끊은 일도 환상에 불과했을 것이다. 간절한 소망이 빚어낸 착각…….

그렇다면 멀로니는 한시라도 서둘러 폭발물을 터뜨릴 것이다. 모켈레가 지금처럼 나한테 가까이 다가온 적이 없기 때문이다. 얼굴의 통증 때문에 이런저런 생각이 싹 달아났다. 마지막 순간에는 통증이 너무 강렬해서 더는 참을 수 없었다. 비명이 터졌다. 이 처절한 절망의 순간에 가느다란 빛줄기가 보였다. 처음에는 다채로운 빛으로 된 매우 얇은 띠 같은 것이었다. 그런데 그것이 점점 커졌다. 처음에는 환상이라고 생각했는데 아무리 요모조모 따져봐도 빛줄기는 사라지지 않았다. 그것은 시시각각 점점 더 밝고 또렷해졌다. 이제는 뭔가 물체가 보일 정도였다. 여전히 등산화를 신고 있는 내 발과 다리가 보였다. 가물거리는 물결이며 그 위로 아롱거리는 짙은 안개가 보였다. 내가 타고 앉은 폭발물이며 낡은 비버에서 떼어낸 플로트의 형상도 보였다. 도저히 믿기지 않는 일이지만 이 모든 것을 내 눈으로 다시 보게 됐다. 시력을 회복한 것과 같은 순간에 통증이 사라졌다. 고개를 들어보니 코앞에 모켈레 음벰베가 있었다. 세로로 찢어진 동공이 태연자약하게 나를 내려다보고 있었다. 자기가 만든 작품이 잘못된 부분이 없는지 살펴보는 예술가의 눈 같았다.

번개처럼 떠오르는 생각이 있었다. 사원의 부조……. 병에 걸려 쇠약해진 사람들이 들것에 실려 치료를 받으려고 몰려들고…… 파충류의 눈에는 눈물이 흐르고……. 이 모두가 사실과 부합하는 것이었다. 물론 치료 효능을 발휘하는 것은 눈물만이 아니었다. 침도 그랬다. 분명 변이된 유전자의 효과였다. 이 유전자야말로 중상조차도 수 초 만에 아물게 하는 모켈레의 엄청난 자가치유 능력의 요인이었다.

슬며시 웃음이 나왔다. 갑자기 저 동물이 전혀 끔찍스럽게 느껴지지 않았다. 이제 모켈레를, 사원을 건설한 사람들이 보았던 바로 그 눈으로 보게 된 것이다.

모켈레가 긴 목을 아래로 숙이자 이빨이 빽빽이 들어찬 아가리가 위험스러울 정도로 가까이 다가왔다. 그런데도 전혀 두렵지가 않았다. 이빨이 잠시 휙 하고 지나가자 금속기둥이 잘라졌다. 나는 손을 다시 움직일 수 있게 됐다. 잘려진 부분의 날카로운 면에 밧줄을 문질러 끊어버리는 것은 식은 죽 먹기였다.

모켈레는 둔탁하게 구르륵거리는 소리를 내더니 다시 저 아래 고향으로 돌아갔다. 나는 소금기둥처럼 멍하니 앉아서 내 손을 쳐다봤다. 기적이었다. 지금 막 그걸 체험한 것이다. 수 분 동안 나는 멍하니 앉아서 밤으로 물든 주변을 바라봤다. 좀 정신이 들자 보트 뒤에 뭔가가 소리 없이 다가오는 게 느껴졌다. 모든 게 눈 깜빡할 사이에 벌어진 일이었다. 몸을 돌리는 순간 때는 이미 늦었다.

35

“안녕하신가, 애스트베리 씨.” 너무도 친숙한 목소리였다. 머리가 빙빙 도는 듯했다.

“또 만났군.”

“멀로니!” 내 입에서 더듬거리며 나오는 소리는 고작 이것뿐이었다.

“날 잊지는 않았군. 기억해주니 기분이 나쁘지 않은 걸.” 그는 두 팔을 가슴에 대고 비아냥거리듯이 인사를 했다. “나도 물론 당신을 잊지 않았지.” 그는 의아해하는 눈빛으로 주변을 둘러봤다. “그 짐승은 어디 갔나? 멀리서 보니까 당신을 산 채로 잡아먹는 것 같던데. 이제 보니 내가 속았군. 어떻게 줄을 풀고 내 귀여운 장난감을 해체했나? 게다가 다시 앞을 보는 건 또 뭐야? 지금 보이는 거지? 그렇지?” 그는 내 눈앞에 대고 손을 잽싸게 움직였다. 내 눈동자가 곧바로 반응했다. “도무지 어떻게 된 영문인지 알 수 없군.” 그는 화가 단단히 난 표정으로 말했다. “음, 네 눈을 바로잡아주는 건 쉬운 일이야." 갑자기 그의 손에서 무엇인가가 번쩍였다. 사냥칼이었다. 잘 갈은 날에 달빛이 반사됐다. 멀로니가 그걸로 해코지를 할지 모른다는 생각이 들었다. 나는 그 자리에서 꼼짝하지 않았다. "보아하니 무기를 가져오셨군." 나는 번쩍거리는 그 금속에서 한순간도 눈을 떼지 않았다.

"그건 내 습관이야. 내가 무기 없이 다니는 건 내겐 벌거벗고 다니는 거나 마찬가지라." 그는 이렇게 말하면서 폭발물 다발을 살펴봤다. 결함을 찾는 것이었다. "어떻게 해서 내 계획을 뭉개버렸는지 이해가 안 돼. 이 장치는 사전에 충분히 실험을 한 건데. 스위치를 눌렀는데도 아무 일이 없어서 내가 얼마나 실망을 했을지 상상해봐. 너나 모켈레한테서 한시도 눈을 뗀 적이 없거든. 어떻게 된 건지 설명 좀 해봐. 그리고 놈이 왜 널 잡아먹지 않았지? 친구라도 되나? 뭐, 상관없어. 알아내고 말 테니까." 그는 기폭장치에 연결된 케이블을 잡아당겨보고는 무엇이 잘못됐는지 바로 감을 잡았다. 씩씩거리며 케이블을 감자 모켈레가 잘라버린 지점이 나왔다.

"개새끼들, 이게 뭐야?" 그는 끊어진 끝부분을 보면서 고래고래 욕을 했다. "이빨로 끊은 모양인데. 그 빌어먹을 짐승이 생각보단 영리하군. 기다려. 똑같은 게 또 있으니까." 그는 고무보트 쪽으로 한 발짝 옮겼다. 기폭장치를 가지러 가는 것이었다. 케이블 끝을 다시 이어서 두 번째 시도를 하려는 게 분명했다. 그가 보트를 붙잡는 순간 잠시 빈틈이 보였다. 바로 기다리던 순간이었다. 지금 내가 하려는 짓은 자살이나 다름없었다. 그러나 달리 방법이 없었다. 다시 묶여서 살아 있는 폭탄으로 이용되느니 차라리 죽는 게 나았다. 그런 끔찍한 시간을 다시는 겪고 싶지 않았다. 나는 냅다 내달리면서 풀쩍 뛰어올라 멀로니를 덮쳤다. 그러면서 놈의 손에서 칼을 쳐 떨어뜨리려고 했다. 그러나 그런 시도는 반만 성공했다. 서로 치고받고 했지만 그의 손을 잡지는 못했다. 그 대신 우리는 균형을 잃고 금속 플로트에 나동그라졌다. 그러면서 불행하게도 멀로니 밑에 깔리고 말았다. 쿵 떨어지는 순간 그의 몸무게에 눌려 숨을 쉬기가 어려웠다. 잠시 후 다시 숨을 돌리는 순간 멀로니가 비호처럼 팔을 쳐들더니 나를 내리찍었다. 칼이 번쩍하는 순간 나는 고개를 옆으로 돌렸고 칼은 섬뜩한 소리를 내면서 플로트를 뚫었다. 멀로니는 욕설을 퍼부으며 다시 칼을 쳐들었다. 다시 찍을 준비를 하는 것이었다. 두 손으로 저항을 했지만 그는 초인적인 힘을 발휘했다. 그는 다른 손으로는 내 목을 감고 조르면서 칼을 내리꽂았다. 내 눈에 정통으로 꽂힐 것 같았다. 아무리 안간힘을 써도 그의 힘을 당해낼 수는 없었다. 칼날이 머리통을 관통하는 것은 시간 문제였다.

쾅 하는 소리가 들리는 순간 나는 마지막으로 절망의 비명을 질렀다.

그 순간 목에 가해지던 압력이 풀렸다. 멀로니의 눈은 이상하게 멍한 상태가 됐다. 그는 뭔가 말을 하려는 듯 입을 벌렸다. 처음에는 비명에 그가 다시 이성을 회복한 것이라고 생각했다. 그러나 그의 입술에서 붉은 침이 흘러내리는 것을 보고 뭔가 끔찍한 일이 일어났다는 걸 알았다. 멀로니는 차츰 몸이 풀어졌다. 그는 몸을 부르르 떨면서 나에게서 떨어져나갔다. 그때 나는 보았다. 그의 몸은 반점이 박힌 근육질의 녹색 목 끝에 마리오네트처럼 대롱대롱 매달려 있었다. 높은 크레인에 매달린 것 같았다.

모켈레!

그가 돌아온 것이다. 호수 괴물의 반짝이는 눈과 벌름거리는 코와 빨갛게 물든 누런 이빨이 보였다. 우적 하는 소리를 듣고는 구역질이 났다.

멀로니의 움직임이 잦아들었다. 사냥칼은 그의 손을 벗어나 바닥에 딸랑하고 떨어졌다. 차가운 빛을 내는 칼을 보자 바로 이 무기 덕분에 살았다는 생각이 들었다. 그러나 한 가지는 내가 잘못 생각했다. 모켈레는 무기 자체를 혐오한 것이 아니었다. 그는 이 물건이 어디에 쓰는 것인지도 몰랐다. 그는 그 물건에 따라온 살의를 혐오했던 것이다.

서서히 물속으로 끌려들어가는 사냥꾼의 모습이 보였다.

호수에 적막이 깔렸다. 마지막 물결조차 사그라지자 수면은 달빛을 받고 거울처럼 빛났다.

나는 꿈에서처럼 뗏목을 벗어나 고무보트에 올라 모터 옆에 앉았다. 시동줄을 잡고 잡아당기려는 순간 멀로니가 가져온 장비들이 눈에 들어왔다. 다시 정신이 번쩍 났다. 그곳에 잠수장비가 있었다. 멀로니는 모든 가능성에 대비해 준비를 했고 여차하면 물속에서 적을 만나는 경우도 생각해둔 것 같았다. 내 시선이 잠수복과 역청처럼 새까만 호수 표면을 오갔다. 그러자 갑자기 세라의 말이 떠올랐다. 비밀을 풀겠다고 잠수를 하겠다고 할까봐 걱정된다는 얘기였다. 터무니없는 생각이었다. 예전 같으면 바로 내던져버렸을 아이디어였다. 그러나 여기는 새로운 세계였다. 그리고 새로운 인생이었다. 나는 옷을 벗고 고무옷으로 갈아입은 다음 계획을 행동에 옮겼다.

—

두 시간 후 나는 다시 물가에 도착했다. 시계는 잃어버렸지만 달의 위치로 보아 자정이 지났음을 알 수 있었다. 캠프는 조용했고 아무도 없었다. 멀로니의 텐트로 돌아가는데 물품을 보관해둔 텐트에서 희미한 빛이 흘러나왔다. 어둠을 뚫고 두리번거리며 이곳 어딘가에 나무에 묶여 있을 엘리쉬를 찾았다.

"엘리쉬?"

소리쳐 불러도 대답이 없었다.

"엘리쉬, 어디 있어요?"

대답이 없다. 그녀를 찾아 나서기 전에 우선 램프를 찾아야 했다. 늦지 않았어야 할 텐데……. 나는 텐트로 달려가 입구 쪽을 걷어 올렸다. "꼼짝 마!" 예기치 않은 명령에 나는 꼼짝 못하고 섰다.

"손 올려!"

"엘리쉬?" 나는 갑자기 환해진 실내에 적응하느라 눈을 찌푸렸다.

"데이비드?" 텐트 구석에서 한 형상이 램프 앞으로 걸어 나왔다. 손에 든 무기가 보였다. 그러나 꽁지머리에서 나는 방울 소리로 보아 엘리쉬가 분명했다. 그녀도 비로소 나를 알아보는 듯했다. "데이비드!" 환희에 찬 외침이 들렸다. 그러더니 두 팔로 내 목을 끌어안고 얼굴에 키스를 퍼부었다. 그녀의 얼굴은 눈물로 얼룩져 있었다. 그러다 그녀는 한 발짝 뒤로 물러나 유령이라도 보는 양 나를 쳐다봤다.

"얼굴이 어떻게 된 거예요? 눈은 또 어떻게 된 거고?"

"다시 보게 됐어요."

그녀는 더러운 소매로 눈물을 훔쳤다. "뭐라고요?" 그녀 입에서 싱거운 웃음이 터져 나왔다. "그게 어떻게 가능해요? 내 말은…… 당신은 눈이 멀었다고요. 내가 직접 봤단 말이에요."

"기적이라고 하는 수밖에."

"기적이라고? 당신한테?"

나는 고개를 끄덕였다. "이 세상은 기적으로 가득 차 있는 것 같아. 그걸 보지 못한다뿐이지."

"그럼 멀로니는?"

나는 고개를 저었다. "그 사람은 끝났어. 그런데 그 얘기 하기 전에 당신은 어떻게 된 거예요? 어떻게 풀려났어요?"

"내가 그런 게 아니에요." 그녀는 내 손을 잡고 텐트 뒤쪽으로 데려갔다. 옷가지와 모포를 깐 자리가 있었다. 그곳에 에고모가 누워 있었다. 그는 어깨에 피로 물든 붕대를 한 채 믿을 수 없다는 듯이 나를 응시했다. 그는 살아 있었다.

"어떻게 이럴 수가……." 나는 에고모 옆에 앉아 그의 손을 잡으면서 속삭였다.

"그 얘기 해줘야겠구나. 피그미족은 죽음을 피할 수 없는 경우에 일종의 경직 상태로 들어가요. 한참 후에 다시 깨어나는 거예요." 엘리쉬가 소곤거렸다. "그런 상태에서는 호흡과 맥박이 제로가 돼요. 살아남기 위한 본능적인 반응이지요. 에고모는 당신들이 호수로 나갔을 때 깨어났어요. 날 풀어준 것도 이 사람이에요. 하지만 총상 때문에 피를 너무 많이 흘렸어요. 아주 약해졌어. 이 밤을 넘길 수 있을지 모르겠어요."

"모켈레 피가 든 화살을 가져와요." 내가 말했다. "빨리!" 엘리쉬는 이맛살을 찌푸렸지만 바로 나가서 그 화살을 가져왔다. "어쩌려고요?" 그녀는 하나만 남기고 그 안에 든 앰풀을 다 꺼내는 걸 보고 낮은 목소리로 물었다.

"기다려봐요." 나는 에고모 어깨에 묶은 붕대를 풀고 앰풀 하나를 열어 안에 든 피를 상처에 흘려 넣었다. 에고모의 손이 경련을 일으켰다. "날 믿어, 에고모. 통증은 금세 끝나. 다시 건강해질 거야."

"도대체 뭐 하는 거야?" 엘리쉬는 내가 정신이 나가기라도 한 것처럼 놀라서 쳐다봤다.

"모켈레 유전자를 염기서열 분석기에 넣고 구조분석을 할 때 의아했어요. 당신이 유전 정보가 그렇게 믿기 어려울 정도로 복잡한 데는 어떤 이유가 있을 거라고 했지?" 나는 붉은 액체가 방울방울 에고모의 어깨에서 흘러내리는 것을 보며 설명을 이어갔다. "그게 공룡의 몸속에서 뭔가 작용을 일으키는 거야. 우리가 모르는 어떤 작용을 말이지요. 우리한테는 없는 어떤 능력이지요."

엘리쉬가 고개를 끄덕였다. "유감스럽게도 그게 무엇인지 우리가 모를 뿐이지요."

"틀렸어요." 나는 미소 지으며 말했다. "두 가지 특성을 알아냈어요. 하나는 생각을 옮기는 능력이고……."

"텔레파시?"

"맞아요. 두 번째는 자가치유 능력의 엄청난 향상이지. 모켈레는 DNA와 세포를 수리하고 세포성장을 통제할 수 있도록 코드화된 유전자를 갖고 있는 것으로 추정돼요. 그의 DNA 전체를 통제하는 똑똑한 유전자가 있는 것 같아."

엘리쉬는 고개를 흔들었다. "말도 안 되는 소리. 텔레파시나 기적의 요법 같은 건 없어요. 전에도 없었고 앞으로도 없을 거예요."

고개를 엘리쉬를 향해 돌리자 우리 사이의 거리는 코가 맞닿을 정도로 좁혀졌다. "그럼 내 눈을 들여다보고 내가 미쳤다고 말해봐요. 믿기지 않겠지만 달리 설명할 방법이 없어. 내가 아는 모든 것은 여기 당신 옆에 앉아서 당신을 바라볼 수 있다는 것뿐이에요. 그런데 그게 모켈레와 그 능력 덕분이라니까."

그 순간 에고모가 일어나 기지개를 켰다. 깊은 잠에서 깨어난 것 같았다. 경직 상태는 싹 가셨다. 그는 어깨의 피를 닦으면서 방금 전만 해도 심한 총상으로 고통스러웠던 부위를 멍하니 들여다봤다. 믿기지 않는다는 표정이었다. 벌어진 부위는 마법의 손이 만지고 간 듯 말짱해졌다. 나는 몸을 숙여 등 쪽을 살펴보았다. 거기에도 총상의 흔적은 전혀 보이지 않았다.

"없어." 엘리쉬가 피그미를 위에서 아래까지 살펴보더니 더듬더듬 말했다. "쇄골 골절 부위에 유상조직(癒傷組織)이 새로 생겼어. 골절은 완치가 된 것 같아."

그녀는 더는 말을 잇지 못한 채 뒤로 주저앉았다. "당신 말이 맞네." 잠시 후에 엘리쉬가 중얼거렸다. "기적이야. 그런데 어떻게 그런 걸까?"

나는 일어났다. "그래서 이제 아주 조심해야 한다는 거예요."

"그게 무슨 말이지요?"

나는 그녀를 어떻게 납득시켜야 할지 곰곰이 생각했다. 그녀에게는 이제 처음으로 낙원으로 들어가는 문이 열린 것이다. 반면에 나는 몇 시간 동안의 체험을 통해 우리가 처한 상황을 확실히 인식하게 됐다. 그 과정에서 떠오른 모든 생각은 딱 한 방향으로 수렴됐다. "지금부터 하는 얘기는 정말 미친 소리로 들릴지 몰라." 나는 미소를 지으며 말했다. "하지만 그만큼 중요할 거예요. 지구상에 사는 모든 생명체까지는 몰라도 우리한테는, 이 호수에 사는 생명체한테는……."

"아주 비밀스러운 얘기 같은데. 빨리 해요."

"여기서 일어난 일이 밖으로 알려지면 절대 안 된다고 생각해. 모켈레와 그 무리들에 대해서도 그렇고, 모켈레의 능력에 대해서도 그렇고. 우리는 절대 침묵을 지키고 콩고 공룡을 다시 전설의 제국으로 보내야 돼요. 수천 년 동안 평화로운 삶을 영위해온 그곳으로 말이야."

그녀는 믿기 어렵다는 눈빛으로 나를 쳐다봤다. "왜요?"

"상상력을 발휘해봐요. 모든 인간이, 아니 모든 생명체가 기적의 약물로 고통에서 해방되는 세상을 상상해봐."

"그건 꿈이지요."

"그래요, 그러나 곧바로 악몽이 될 거야. 그 결과를 생각해보라고. 우리 시대의 문제만 생각해봐도 그래. 인구 과다, 영토 주권을 둘러싼 전쟁, 지구에 대한 착취 등등. 몇몇 소수가 남들을 희생시켜가면서 훨씬 더 부유해질 거예요. 단번에 자연의 균형을 변화시키게 된단 얘기지. 그러지 않아도 이미 와해된 균형을 우리가 더 깨뜨리게 되는 거지요. 결과는 총체적인 파국이고." 나는 몸을 뒤로 기댔다. "내가 스튜어트 멀로니한테 배운 교훈이 있다면, 평형을 깨는 건 치명적이라는 인식이었어요. 우리 인간은 그런 짓에는 특출한 재능이 있잖아요. 그리고 지금까지 그 과정에서 썩 좋은 일이 생기지 않았다고."

그녀의 양미간에 주름이 잡혔다. 내 말을 이해하는 데 잠시 시간이 필요했다. 마침내 엘리쉬는 결론에 도달했다. "오늘 저녁에 들은 얘기는 하나도 미친 소리가 없네." 그러더니 머리를 쓰다듬고는 고개를 끄덕였다. "알았어요. 나도 찬성이야."

"뭐, 뭐라고? 그렇게 간단해? 시비도 안 걸고 악담도 안 하고 교수님이라고 비아냥거리지도 않고?"

그녀는 진지한 표정으로 나를 쳐다봤다. 그러나 눈가에는 벌써 장난기가 넘쳤다. "조심해요. 원한다면 다시 교수님이라고 불러줄게요." 나는 항복이라는 표시로 두 손을 들었다. "오케이, 오케이. 아무 말 안 할게. 친구로 지내자고. 그게 훨씬 낫겠어." 엘리쉬가 눈짓을 했다. "내 생각도 그래요." 그녀는 돌아서서 술이 든 상자를 살펴보더니 곧바로 최고급 적

포도주를 꺼냈다. 팜브리지 여사의 포도주 저장실에서 가져온 명품이었
다. 원래는 임무를 완성하고 나서 축하할 때 쓰려고 애지중지해온 거였
다. 그녀는 병을 들고 상표를 들여다봤다. "흠, 샤토 마르고 1986년. 좋
은 건가요?"

  "들어본 적 없는데." 나는 뻔뻔스럽게 거짓말을 했다. 그녀가 단번에
코르크 마개를 따고 술병을 입에 대는 걸 보자 소름이 쫙 끼쳤다. "평형
을 위하여." 그녀는 꿀꺽꿀꺽 마시고 병을 내려놓고 쩝쩝 입맛을 다셨다.
"나쁘진 않군." 그녀는 소매로 입을 닦으면서 병을 내게 넘겼다. "마르고
라고? 기억해둬야겠네요."

  "그래." 나는 한 모금 마시고 눈을 감은 채 한동안 맛을 음미했다. 긴장
을 풀고 등을 기대면서 병을 에고모에게 넘겼다. 세상이 갑자기 좀 더 둥
그레지고 좀 더 완벽해진 것처럼 보였다.

36

2월 18일 목요일.

다음 날 아침 슬픈 이별이 우리를 기다리고 있었다. 에고모는 혼자 떠나겠다고 했다. 밤새 상처가 다 나아서 바로 출발하겠다는 것이었다. 마을로 돌아가는 것이다. 지도를 보여주며 리코우알라 강 지류를 건너가는게 훨씬 빠르니까 우리랑 같이 가는 게 좋을 거라고 누누이 설명했는데도 그는 고개를 저었다. 도저히 우리 보트에 태울 수가 없었다. 그는 육로로 가겠다고 했다. 하루 정도 더 걸리거나 덜 걸리는 것은 상관하지 않았다. 그는 생각이 온통 칼레마에게 가 있었다. 도착하자마자 청혼을 할 생각이었다. 우리는 가져온 물품 중에서 결혼선물을 골라보라고 했다. 그러지 않아도 돌아가는 데 필요한 식량을 빼고는 모두 남겨두고 떠날 거였다. 따라서 선택의 폭이 그만큼 컸다. 한참을 이럴까 저럴까 망설이던 그는 엘리쉬의 화려한 티셔츠와 식스펜스의 작은 나무파이프, 멀로니의 묵직한 보위 나이프를 골랐다. 에고모는 그 호주인이 양심 없는 인간이란 건 알았지만, 사냥꾼으로서는 아주 높이 평가했다. 나는 낡은 나침반을 선물했다. 아버지의 유품이었다. 그러면서 바늘은 항상 내 고향이 있는 곳을 가리킨다고 설명해주었다. 에고모는 진지하게 고개를 끄덕이더니 어깨에 멘 주머니에서 뭔가를 새겨넣은 뿌리를 꺼냈다. 잠시 후 이 갈색 나무에서 어떤 형체가 보였다. 두 형상이 서로 엉킨 모습이었다.

그는 그 뿌리를 내 손에 쥐어주면서 자기를 보고 싶으면 머리 아래 두고 자라고 했다. 그가 미소 지었다. 나도 미소를 지었다. 그러나 속으로는 엉엉 울고 싶은 심정이었다.

"자, 이제 시간이 된 것 같네." 나는 당황한 목소리로 더듬거렸다. 나는 에고모의 손을 꼭 잡았다. 엘리쉬도 나랑 똑같이 하고 작별의 표시로 그의 뺨에 입을 맞췄다. "잘 가, 에고모. 그리고 진짜 고마워." 그녀가 말했다. 그러더니 내 손을 잡았다. 우리는 함께 고무보트로 갔다. 우리는 브라자빌로 가는 일주일 정도 여행에 꼭 필요한 것만 챙겼다. 그래도 짐이 꽤 됐다. 주로 식량과 연료였다. 물론 멀로니의 사진기, 에밀리의 일기장, 마투보 하사의 기록 같은 개인적인 물건도 챙겼다.

에고모는 물가에 서서 우리가 보트에 오르는 걸 바라봤다. 나는 모터 옆에 끼어 앉아 연료를 점검하고 시동줄을 당겼다. 푸른 배기가스를 내뿜으며 시동이 걸렸다.

"잘 있어, 친구." 나는 크게 소리치며 손을 흔들었다. 우리는 천천히 호수 가운데로 나아갔다. "가족한테 내 얘기해줘." 에고모는 물가에 서서 눈짓을 했다. 그의 모습이 점점 작아졌다.

"그래도 하나는 위로가 되네." 엘리쉬가 말했다. "안 보이게 되는 순간 우리는 그에게는 존재하지 않는 거니까. 우리는 바로 전설과 신화의 일부가 되는 거예요."

한 백 미터쯤 호숫가에서 멀어진 순간 그녀가 내 팔을 잡았다. "저거 봐요." 그녀가 말했다. "에고모가 왜 저러지? 우리한테 뭘 알려주려고 하는데."

물가 쪽을 바라보니 에고모는 사뭇 흥분한 것 같았다. 팔을 휘두르며 계속 왼쪽을 가리켰다. 엘리쉬가 망원경을 들어 물가 쪽을 살펴봤다. 갑자기 그녀의 입에서 비명이 터져 나왔다.

"저거 봐, 데이비드." 그녀는 카메라를 찾으면서 흥분해서 씩씩거렸다. "저것 보라고. 저 위쪽. 바나나나무 바로 옆."

나는 망원경을 눈에다 대고 거리를 맞췄다. 갑자기 에고모가 보였다. 물가에 코끼리 한 마리가 서 있었다. 아주 작은 코끼리였다. 돼지만 한 정도였다. 그러나 새끼처럼 보이지는 않았다.

"록소돈타 푸밀리오야." 엘리쉬가 기분 좋게 소리치며 카메라 셔터를 몇 번 눌렀다. "난쟁이코끼리야. 아무도 실제로 존재한다고 믿지 않은 동물이지. 나랑 에고모 빼고는 말이야. 잡지를 못했는데 이제야 보게 되네. 고마워 에고모, 고마워!" 그녀는 흐뭇해서 소리를 질러대며 마구 팔을 휘둘렀다.

에고모는 우리에게 손을 흔들면서 마지막 인사를 보냈다. 그러더니 돌아서서 늘 푸른 숲의 잎사귀 속으로 사라졌다.

37

태평양의 파도가 규칙적으로 바위에 와 부딪혔다. 물거품이 솟았다. 바람에 갈매기 소리와 해조류 냄새가 실려 왔다. 세라는 옆에서 내 손을 붙잡고 서 있었다. 우리는 다 함께 너울거리는 흰 파도 너머 하늘과 물이 빛나는 선으로 맞닿은 지점을 바라보고 있었다. 나는 암흑의 핵심에 있다가 돌아왔다. 나 자신을 찾기 위해 지구 반 바퀴를 돌아야만 했다. 나는 세라에게서 늘 부러웠던 게 무엇인지 알게 됐다. 언제나 세상은 잘 굴러갈 것이라는 깊은 믿음이었다. 마침내 나는 앞서서 두려워하지 않게 됐다.

세라는 옆으로 삐딱하게 나를 쳐다봤다. 내가 무슨 생각을 하는지 정확히 알고 있는 것 같았다. 그녀의 머리가 바람결에 날렸다. 해를 바라보는 그녀의 얼굴에 미소가 번졌다.

오 일 전 브라자빌에 도착하자마자 그녀에게 전화를 걸었다. 그녀는 모든 걸 팽개치고 엘리쉬와 내가 캘리포니아로 가는 길에 따라나섰다. 런던 개트윅 공항 로비에서 얼싸안는 순간 그녀는 흉내낼 수 없는 감동적인 스타일로 다시는 혼자 떠나보내지 않겠다고 단언했다. 이 멋진 여자를 어떻게 거역할 수 있겠는가?

그녀의 손을 잡으면서 오랜만에 진정으로 행복하다고 느꼈다. "들어봐." 내가 말했다. "어젯밤 진짜로 에고모 꿈을 꿨어. 그 친구가 예언한 그대로야. 베개 밑에 그 뿌리를 놓아두었더니 그 친구 꿈을 꾼 거야. 놀랍지 않아?"

"전혀." 그녀가 미소 지었다. "그게 주술이야."

우리가 물가에 서서 떠드는 동안 엘리쉬는 소나무 숲을 어슬렁거리며 살이 쪄서 피둥피둥한 다람쥐들에게 먹이를 주었다. 그녀는 엘리쉬의 일기를 팜브리지 여사에게 넘겨야 한다고 고집했다. 적어도 그럴 의무가 있다는 얘기였다. 심지어 우리의 결심이 어떻든 간에 노부인에게는 텔레호에서 있었던 일을 상세하게 알려줘야 한다고 주장했다. 나는 위험한 제안이라고 생각했지만 한참을 숙고한 끝에 동의했다. 딸의 마지막 의지가 노부인을 설복해 우리의 결심에 동참하게 만들 수 있기를 기도할 따름이었다.

노부인은 세 시간 동안이나 보이지 않았다. 기척도 없었다. 그녀는 자신의 궁전 맨 꼭대기 층에 틀어박혀 일기장을 숙독했다. 애스턴마저도 접근이 금지됐다. 그 때문에 그는 매우 난처해졌다. 어쩔 줄 모르고 정원에서 집 안으로 다시 집 안에서 정원으로 들락거렸다. 무슨 근심이 있는지 고개를 푹 수그리고서. 안쓰러웠다. "데이비드." 돌아서 보니 엘리쉬가 빠른 발걸음으로 다가오고 있었다. 그녀가 입구를 가리켰다. "부인이 나오는 것 같은데. 진짜 긴장되는 순간이에요."

팜브리지 부인은 집에서 나와 천천히 우리에게 걸어왔다. 애스턴이 옆에서 부축하고 있었다. 그녀는 갑자기 백 년은 늙은 것 같았다. 딸의 죽음이 커다란 충격을 주었을 것이다. 가까이 왔을 때 보니 눈물을 흘린 자국이 있었다.

그녀는 우리를 흘끗 쳐다보고는 바다로 눈길을 돌렸다. "여기 정말 멋지지? 에밀리도 좋아했어. 걱정거리가 있거나 그냥 혼자 있고 싶을 때면 여기로 와서 파도 소리며 갈매기 소리를 듣곤 했지." 그녀는 얼굴을 들더니 내 손을 잡았다. 손가락이 얼음처럼 찼다. "정말 고마워요들. 딸의 죽음에 관한 소식을 몸소 전해주러 이렇게 찾아와줘서." 그녀는 우리를 차례로 쳐다봤다. 그녀는 강철 같은 정신력으로 간신히 울음을 참고 있었다. "생명이 붙어 있지는 않았지만 그래도 내 딸을 보고 왔다니 위안이 되네. 그 아이가 지금 누워 있는 그곳이 가장 편한 안식처가 될 거라고 믿어요."

나는 눈이 번쩍 뜨일 만큼 놀랐다. "그럼 이리로 데려오지 않을 생각이세요?"

그녀는 단호하게 고개를 가로저었다. "그래. 소란 떨지 않을수록 좋아. 더구나 그 아이도 지금 있는 곳에 만족할 거란 생각이 들어. 늘 모험을 끔찍이도 좋아했거든. 그런 장소에 분명 동의할 거야." 팜브리지 여사는 고개를 들어 엘리쉬와 나를 뚫어져라 쳐다보았다. "이 자리에서 진심으로 여러분께 사과를 드리고 싶어요. 나는 탐사대에 관해서 여러분한테 솔직하지 않았어. 호수의 비밀을 모를수록 거기 가서 내 딸을 데려오는 게 쉬울 거라고 생각했거든. 잘못된 생각이었어. 내가 그 끔찍한 일들을 겪게 만든 셈이니까. 여러분이 살아남았다는 게 내게는 기적이야. 데이비드, 날 용서해줄지는 모르겠지만 한 가지는 확실히 말할 수 있단다. 로

널드가 지금 너를 볼 수 있다면 정말 자랑스러워 할 게다."

아버지 생각을 하니 기분이 우울해졌다. "따지고 보면 그 동물은 그분이 발견했어야 돼. 생의 대부분을 미지의 존재를 찾는 데 바쳤으니까. 하지만 자신이 찾은 것들을 출판할 기회가 없었던 걸 생각하면……. 난 그분이 몹시 가슴이 아팠을 거라고 생각해." 나는 화가 풀렸다. 딸의 죽음이야말로 그녀에게는 충격적인 징벌이었다. 나는 깊이 숨을 들이쉬고 가장 중요한 질문을 던졌다. "이제 어쩌실 거예요?"

그녀의 얼굴에 희미한 미소가 번졌다. "그게 제일 궁금하겠지. 나는 자네들이 거기서 겪은 일로 전혀 다른 사람이 됐어. 딸애의 일기를 읽으면서도 그런 느낌이 들었고. 난 그게 뭔지 알지도 못하고 알고 싶지도 않아. 하지만 아주 강렬한 느낌이었던 건 확실하지. 내 딸의 마지막 소원은 호수와 호수의 비밀을 다시 망각 속으로 보내달라는 것이었어. 난 그 뜻을 따를 거야."

나는 방금 들은 말이 믿기지 않았다. "그럼 프로젝트는 어떻게 되나요?"

그녀의 입이 오므려졌다. "프로젝트는 내 딸이 마지막으로 눈을 감는 순간 죽었어. 정확히 말하자면 그건 그 아이 아이디어였어. 더구나……." 그녀는 어깨를 으쓱하며 말했다. "나는 이제 자연의 운행은 자연에 맡겨야 한다는 확신을 갖게 됐어. 진화의 과정이 여전히 작동하고 있고 생명은 계속 발전한다는 사실을 아는 것만으로도 위안이 돼. 인간을 넘어서까지 발전하는 것도."

팜브리지 여사는 재킷 주머니에서 작은 냉동용기를 꺼냈다. 모켈레의 혈액이 담긴 마지막 앰풀이 들어 있었다. 우리 이야기의 진실성을 입증할 수 있는 유일한 증거였다. "가져가게." 그녀는 앰풀을 내 손에 쥐어주었다. 그러고 나서 내 손가락을 꼭 말아 쥐었다. "난 이거 필요 없어. 하고 싶은 대로 해." 그녀는 어깨에 잔뜩 힘을 주었다. "그리고 저기, 내가 약속한 교수 자리 말인데 데이비드. 내 제안을 받아들이지 않겠다는 게 확실해? 난 약속을 했고 약속은 꼭 지키는 사람이야."

나는 고개를 저었다. "대단히 감사합니다. 정말 고맙게 생각하고 있어요. 하지만 유감스럽게도 사양하지 않을 수 없습니다. 여행 중에 저 자신의 힘에 대해 알게 됐고 남의 도움 없이도 해나갈 수 있다는 자신감을 갖게 됐거든요."

"그래, 나도 그렇게 생각한다. 그래서 내 제안을 마드무아젤 은가롱에게 넘기고 싶은데. 늙은 앰브로즈 교수가 좋아하지는 않겠지만 자기도 어쩔 수 없을 거야. 괜찮겠어?"

"그럼 정말 고맙지요." 나는 입이 쩍 벌어지는 엘리쉬의 모습을 아주 만족스럽게 바라봤다. 그렇게 아무 말 못하는 모습은 처음 봤다.

"좋아, 그럼 그 문제는 해결이 됐고. 콩고 국립공원 보호와 동물 소리 듣기 프로젝트 지원에 이백만 달러를 낼게. 엘리쉬 양이 책임자를 맡아 줘요. 알겠죠?" "제가⋯⋯." 엘리쉬가 한 말은 이게 전부였다. 이 소식이 그녀의 귀에 제대로 들어가기까지는 잠시 시간이 걸렸다. 그러나 곧이어 그녀는 팔을 하늘 높이 쳐들고 환희의 비명을 질러댔다. 절벽 가장자리를 따라 춤을 추며 뛰는 바람에 저러다 떨어지지 않을까 불안할 정도였다. 그러나 잠시 후 안정을 되찾더니 이렇게 말했다. "감사합니다. 팜브리지 여사님." 그녀는 기쁨에 겨워 숨도 제대로 쉬지 못했다. "정말 놀라워요. 그 결정이 저와 우리나라에 어떤 의미가 있는지 모르실 거예요."

"고맙단 소리는 오히려 데이비드한테 해야지. 그렇게 사심 없이 돈을 포기했으니 말이야." 팜브리지 여사가 대꾸했다. 웃을 때 입가에 주름이 잡혔다. "고깝게 생각하진 말아라, 데이비드. 오래 생각할수록 이 돈은 엘리쉬한테 더 요긴할 거라는 생각이 들었어. 난 콩고에 대해 아무것도 모르지만 한번 개인적으로 좀 알아보고 싶어. 가끔 찾아가 봐도 괜찮겠지?"

엘리쉬는 얼굴에 웃음이 가득했다. "언제든 오세요. 원하실 때 아무 때나. 모두들 환영할 겁니다. 내 정신 좀 봐, 빨리 돌아가서 모두에게 이 좋은 소식을 전해야 할 텐데. 잔치가 열리면 런던까지 왁자지껄한 소리가 들릴 거예요."

팜브리지 여사는 고개를 끄덕거리며 말했다. "좋아. 그럼 이 문제도 처리됐네. 미안해요, 여러분. 이제 들어가봐야겠어. 내일까지 여기 있을 거지?"

내가 고개를 끄덕였다. "그래도 되면요. 그다음에는 서부 해안에서 며칠 보내면서 여독을 풀 겁니다."

"내 손님들이니까 편히 지내요." 부인이 말했다. "힐러가 보살펴줄 거야. 재미있는 여행 프로그램도 짜주고. 좋아. 그럼 오늘 저녁이나 같이 먹자." 그녀는 천천히 본관으로 걸어 들어갔다. 다시 우리 셋만 남았다.

그녀가 집 안으로 들어가자마자 우리는 온갖 수다를 다 떨었다. 제일 시끄러운 건 엘리쉬와 세라였다. 나는 자동차의 다섯 번째 바퀴 같은 존재였다. 하지만 그게 무슨 상관이랴. 무거운 짐을 벗은 기분이었다. 이상하다는 생각이 들었다. 왜 어떤 사람들은 자신에게 가장 소중한 것을 잃고 나서야 생각을 바꿀까. 갑자기 인생이 다른 의미로 다가왔다. 예전에는 중요해 보였던 것들이 전혀 다르게 보였다.

갑자기 조용해졌다. 두 여자가 호기심 어린 표정으로 날 쳐다보고 있었다.

"미안해. 다른 생각을 하고 있었어. 왜 그래?"

엘리쉬는 미소를 짓고 있었다. 그러나 눈빛은 진지했다. "내가 물어봤지요? 얘기 안 해줄 거냐고. 멀로니가 죽고 나서 다시 잠수해 들어갔을 때 호수 바닥에서 본 게 뭐였어요?"

"그 얘긴 어떻게 알았어?"

"나도 눈과 귀가 있어요. 하나씩 짜 맞춰 보면 알지. 당신이 한 얘기랑 잠수복이 젖었다는 사실을 가지고 나머지를 추론했어요. 아래로 내려갔다는 건 분명해요. 그러니까, 뭘 봤냐고?"

나는 고개를 끄덕였다. 그러나 대답을 해야 할지 말아야 할지 난감했다. 원래는 아무 말도 안 하려고 했다. 그런데 이제 그럴 수만은 없었다.

"알았어요, 좋아." 나는 한숨을 내쉬었다. 그러고 나서 어떻게 호수 바닥으로 잠수해 내려갔고, 심연을 다시 찾아 그 안으로 헤엄쳐 들어갔는지, 그리고 틈새가 점점 넓어지다가 통로와 동굴로 된 미로로 이어졌고, 미로 속의 동굴은 상상할 수 없을 정도로 넓은 공간으로 펼쳐졌다는 등등을 이야기하기 시작했다. 그 아래에서 마침내 빛의 무리를 보았다는 얘기도 했다. 수천 개의 불, 아니 불의 도시이고 불의 호수였다. "이게 다야." 나는 괴로운 미소를 지으며 말했다. "내 말 안 믿을 게 뻔해. 어떻게 믿겠어?"

엘리쉬가 손가락을 내 입에 대고 고개를 끄덕였다. 세라는 내 허리춤을 끌어안고 매달렸다. "아름다운 얘기야. 환각에 사로잡혀서 수압 때문에 화려한 작은 별들이 눈앞에 어른거렸을 가능성이 높다고 보지만. 그래도 아름다운 꿈은 그대로 남는 거야. 내가 자기 입장이라면 그 얘기 아무한테도 안 하겠다. 여생을 정신병원에서 보내고 싶지 않다면."

피식 웃음이 나왔다. "알았어."

우리는 오래도록 아무 말 없이 나란히 서서 바다를 바라보았다.

"이제 그 시료는 어쩔 거야?" 세라는 뜬금없이 냉동상자를 가리켰다.

엘리쉬가 나를 쳐다보며 절벽을 향해 고개를 까딱거렸다. 그게 무슨 뜻인지 금방 감을 잡았다. 나는 잠깐 숨을 멈추고 몸을 숙였다가 상자를 힘껏 내던졌다.

저 멀리 바다를 향해.

나이지리아
차드
앙골라
카메룬
중앙아프리카공화국
두알라
방기
야운데
리코우알라 오제르베 강
적도기니
텔레 호
임폰도
리브르빌
리코우알라
늪지
키나미
가봉
브라자빌
킨샤사
대서양
앙골라
르완다

북
서 동
남
0   500 km
수단
우방기 강
콩고 강
우간다
캄팔라
루안다
부룬디
콩고민주공화국
사하라
아프리카